# 杜甫集校注

［唐］杜甫 著

謝思煒 校注

丙申夏 一清

# 杜工部集卷第九

## 近體詩八十五首 天寶未亂及陷賊中作

### 冬日洛城北謁玄元皇帝廟 廟有吳道子畫五聖圖〔一〕。

配極玄都閟，憑高禁禦長①〔二〕。守祧嚴具禮，掌節鎮非常〔三〕。碧瓦初寒外，金莖一氣旁〔四〕。山河扶繡户，日月近雕梁〔五〕。仙李盤根大，猗蘭奕葉光〔六〕。世家遺舊史②，道德付今王③〔七〕。畫手看前輩，吳生遠擅場〔八〕。森羅移地軸〔九〕，妙絶動宮牆。五聖聯龍衮④，千官列雁行⑤〔一〇〕。冕旒俱秀發〔一一〕，旌旆盡飛揚。翠柏深留景，紅梨迥得霜。風箏吹玉柱，露井凍銀床⑥〔一二〕。身退卑周室，經傳拱漢皇〔一三〕。谷神如不死，養拙更何鄉⑦〔一四〕。（0409）

【校】

①高，錢箋作「虚」，校：「一作高。又作空。」　禦，錢箋校：「一作籞。」《九家》作「籞」。

②遺，錢箋校：「一作隨。」

③付，錢箋校：「一作冠。」

④聯，錢箋校：「晋作連。」

⑤列，錢箋校：「一作引。」

⑥凍，《文苑英華》作「動」。

⑦鄉，宋本、錢箋校：「一作方。」

【注】

黄鶴注：詩所言「五聖聯龍衮」，却是天寶八年（七四九）閏六月事，當是其年冬作。蓋天寶九年已歸長安，獻三大禮賦。錢箋謂詩作於玄元廟稱廟之時，當是開元末年。

〔一〕玄元皇帝廟：《舊唐書・禮儀志》：「開元二十九年正月己丑，詔兩京及諸州各置玄元皇帝廟一所，並置崇玄學。其生徒令習《道德經》及《莊子》、《列子》、《文子》等，每年準明經例舉送。至閏四月，玄宗夢京師城南山趾有天尊之像，求得之於盩厔樓觀之側。至天寶元年正月癸丑，陳王府參軍田同秀稱於京永昌街空中見玄元皇帝，以『天下太平、聖壽無疆』之言傳於玄宗，仍云桃林縣故關令尹喜宅傍有靈寶符。發使求之，十七日，獻於含元殿。於是置玄元廟於太寧坊，東都於積善坊舊邸。……二年正月丙辰，加玄元皇帝尊號『大聖祖』三字，崇玄學改崇玄館。……三月壬子，親謁玄元宮……西京玄元廟爲太清宮，東京爲太微宮，天下諸州爲紫極宮。」

〔二〕配極二句：《九家》趙注：「配極之義，杜《補遺》以爲配紫極，是。蓋紫極，北極也。晉謝安建宮室，體合辰極，乃其義也。以廟在城之北，故曰配極。」《史記·秦始皇本紀》：「已更命信宮爲極廟，象天極。」索隱：「爲宮廟象天極，故曰極廟。《天官書》曰『中宮曰天極』是也。」朱鶴齡注引此。《雲笈七籤》卷二一天地部：「四天之上則爲梵行，梵行之上則是上清之天，玉京玄都，紫微宮也，乃太上道君所治，真人所登也。」《九家》趙注：「玄都、丹臺，仙真之所也，故用玄都言廟。」按，玄都爲道教慣用，修道之所名玄都，修道之人稱玄都客。《詩·魯頌·閟宮》：「閟宮有侐。」傳：「閟，閉也。先妣姜嫄之廟，在周常閉而無事。」朱鶴齡注：「玄元廟在北邙山上，故曰憑高。」揚雄《羽獵賦》：「器械儲偫，禁禦所營。」《文選》李善注：「應劭曰：禦，禁也，謂禁止往來。」《漢書·宣帝紀》：「又詔池籞未御幸者，假與貧民。」注：「蘇林曰：折竹以繩綿連禁籞，使人不得往來，律名爲籞。」

〔三〕守祧二句：《周禮·春官·守祧》：「守祧掌守先王先公之廟祧，其遺衣服藏焉。」注：「廟謂大祖之廟及三昭三穆。遷主所藏曰祧。先公之遷主，藏於后稷之廟。先王之遷主，藏於文武之廟。」《舊唐書·高宗紀》：「幸老君廟，追號曰太上玄元皇帝，創造祠堂。其廟置令、丞各一員。」《九家》趙注：「既尊玄元爲聖祖，故監廟者得謂之守祧。」錢箋：「今于玄元之廟，嚴守祧之禮，不亦過乎。」按，杜用語甚謹嚴，錢箋無謂。《周禮・地官・掌節》：「掌節掌守邦節而辨其用，以輔王命。」《九家》趙注：「必有御賜之信以爲鎮，故得借掌節以爲言。」

〔四〕金莖句：班固《西都賦》：「抗仙掌以承露，擢雙立之金莖。」《文選》李善注：「《漢書》曰：孝武又作柏梁、銅柱、承露仙人掌之屬矣。金莖，銅柱也。」《九家》趙注：「金莖，廟中未必有，詩人言之，以壯宫殿之形勢耳。」曹植《承露盤頌銘》：「皇帝乃詔有司，鑄銅建承露盤，莖長十二丈。」朱鶴齡注：「則洛城金莖固有之矣。」

〔五〕山河二句：《南史・陳帝紀》後主「及從東巡，登芒山，侍飲，賦詩曰：日月光天德，山川壯帝居。」沈約《臨春風》：「鳴珠簾於繡户，散芳塵於綺席。」檀秀才《陽春歌》：「青春獻初歲，白日映雕梁。」

〔六〕仙李二句：《藝文類聚》卷七八引《神仙傳》：「老子姓李名耳……云母到李樹下生老子，生而能言，指李樹曰：以此爲我姓。」庾信《至老子廟應詔》：「毻毛新鵠小，盤根古樹低。」《分門》洙曰引《漢武帝故事》：「孝景王后夢日入其懷，以七月七日生武帝於猗蘭殿。」《九家》趙注謂用《琴操・猗蘭操》「孔子見薌蘭獨茂，喟然歎曰：夫蘭當爲王者香」：「以李氏之世譬之猗蘭，蓋亦孔子所謂蘭爲王者香也。」錢箋：「以『猗蘭』對『仙李』，亦以漢武比玄宗也。」《晋書・李暠傳》：「文桓嗣位，弈葉載德。」

〔七〕世家二句：《分門》洙曰：「《史記》有《老子傳》而無世家。」朱鶴齡注：「謂《史記》世家不列老子。」《新唐書・選舉志》：「及注《老子道德經》成，詔天下藏其書，貢舉減《尚書》、《論語》策，而加試《老子》。」《唐會要》卷三六《修撰》：「（開元二十三年）其年三月二十七日，上注《老子》，並修《疏義》八卷，並製《開元文字音義》三十卷，頒示公卿。」

〔八〕畫手二句：朱景玄《唐朝名畫録》：「吴道玄字道子，東京陽翟人也。少孤貧，天授之性，年未弱冠，窮丹青之妙。浪跡東洛，時明皇知其名，召入内供奉。開元中，駕幸東洛，吴生與裴旻將軍、張旭長史相遇，各陳其能。……又畫玄元廟五聖千官，宫殿冠冕，勢傾雲龍，心歸造化。故杜員外詩云：『森羅回地軸，妙絶動宫牆。』」《唐國史補》卷上：「郭曖，昇平公主駙馬也。盛集文士，即席賦詩。……是會也，李端擅場；《送王相公之鎮幽朔》，韓翃擅場；《送劉相之巡江淮》，錢起擅場。」《九家》趙注：「擅場，蓋取鬭雞之勝者言之。」曹植《鬭雞詩》：「願蒙狸膏助，常得擅此場。」

〔九〕森羅句：范縝《神滅論》：「若陶甄稟於自然，森羅均於獨化。」地軸，見卷一《三川觀水漲二十韻》(0043)注。

〔一〇〕五聖二句：《舊唐書·禮儀志》：「（天寶八載）閏六月四日，玄宗朝太清宫，加聖祖玄元皇帝尊號曰『聖祖大道玄元皇帝』，高祖、太宗、高宗、中宗、睿宗尊號並加『大聖』字，皇后並加『順聖』字。」康駢《劇談録》卷下：「東都北邙山有玄元觀，南有老君廟，臺殿高敞，下瞰伊洛。神仙泥塑之像，皆開元中楊惠之所製，奇巧精嚴，見者增敬。壁有吴道玄畫五聖真容及《老子化胡經》事，丹青絶妙，古今無比。」《唐會要》卷五〇《尊崇道教》：「於是置玄元皇帝廟於大寧坊西南角，東都置於積善坊臨淄舊邸。廟初成，命工人於大白山砥石爲玄元皇帝聖容，又采白石爲玄宗聖容，侍立於玄元皇帝之右，衣以王者衮冕之服。又於像東設立白石，爲李林甫、陳希烈像。林甫犯事，又改刻石爲楊國忠代焉。至德中，克復上都，盡毁瘞之。」錢箋：「知吴生所畫千官，皆生面也。」按，此記西京玄元廟，東都廟似無石像。

〔一一〕冕旒句：《禮記・禮器》：「天子之冕，朱緑藻十有二旒，諸侯九，上大夫七。」

〔一二〕風筝二句：《分門》洙曰：「風筝，謂製筝挂於風際，風至則鳴也。」司空曙《風筝》：「高風吹玉柱，萬籟忽齊飄。」鮑溶《風筝》：「何響與天通，瑶筝挂望中。」楊慎《丹鉛總録》卷二〇：「古人殿閣簷棱間有風琴、風筝，皆因風動而成音，自諧宫商。元微之詩：『烏啄風筝碎珠玉。』高駢有《夜聽風筝》詩云：『夜静絃聲響碧空，宫商信任往來風。依稀似曲纔堪聽，又被風吹別調中。』……此乃簷下鐵馬也。」《相和歌辭・淮南王》：「後園鑿井銀作床，金瓶素綆汲寒漿。」庾肩吾《九日侍宴樂游苑應令》：「玉醴吹岩菊，銀床落井桐。」吴曾《能改齋漫録》卷六：「按，《山海經》曰：『海内崑崙墟，在西北，帝之下都。高萬仞，面有九井，以玉爲檻。』郭璞注曰：『檻，欄也。』故梁簡文《雙桐生空井》詩云：『銀床繫轆轤。』……蓋銀床者，以銀作欄，猶《山海經》所謂以玉爲欄耳。」朱鶴齡注引《名義考》：「銀床非井欄，乃轆轤架也。」施鴻保云：「今按《釋名》：床，裝也。所以裝物者，皆謂之床，如筆床、墨床、鼓床、琴床之類。轆轤所以便轉，架即兩邊植木，以其裝轆轤，故亦名床。」按，《太平御覽》卷四三引《山經》：「睆山東面有激水，冬夏懸流，狀如瀑布，下有九井，井有一石床，可容百人。」則井床不同於井檻，亦非轆轤架，蓋指井口石板及井檻。

〔一三〕身退二句：《史記・老子韓非列傳》：「老子者，楚苦縣厲鄉曲仁里人也。姓李氏，名耳，字聃，周守藏室之史也。……居周久之，見周之衰，乃遂去。」《藝文類聚》卷七八引《神仙傳》：「河上公，莫知姓名也。漢孝景帝時，結草爲菴於河湄，嘗讀《老子經》。景帝好老子之言，有所不知數事，莫能通者，聞人説河上公讀《老子》，乃遣人咨所不解事以問之。河上公曰：『道尊德貴，非可遥問也。』帝即駕而從之，公以素書二卷與帝，曰：『熟省此，則皆疑了，不事多言言也。勿以示非人。』言畢失其所在。」《九家》趙注：「其經所傳之人，可用之以拱翼漢皇，指言文、景之間崇黄老之教也。」《唐會要》卷七七《論經義》：「（開元七年）其年四月七日，左庶子劉子玄上《孝經注》，議曰：『……按《漢書・藝文志》，注《老子》者三家，河上所釋，無聞焉爾。豈非注者欲神其事，故假造其説耶？其言鄙陋，其理乖訛，豈如王弼所著，義旨爲優。必黜河上公，升王輔嗣。』國子祭酒司馬貞議曰：『……又注《老子》河上公，蓋憑虚立號，漢史實無其人。然其注以養神爲宗，以無爲爲體。其辭近，其理弘，小足以修身絜誠，大可以寧人安國。……今望請王、河二注，令學者俱行。』」

〔一四〕谷神二句：《老子》六章：「谷神不死，是謂玄牝。」釋文：「谷，中央無者也。河上本作浴。浴者養也。」四十五章：「大巧若拙。」潘岳《閑居賦》：「仰衆妙而絶思，終優游以養拙。」《九家》趙注：「鄉，如所謂道德之鄉，與『出入無時、莫知其鄉』同義，不必指洛城也。」「道德之鄉」見《莊子・山木》。

張戒《歲寒堂詩話》卷下：「以神武定天下，高祖、太宗之功也，何必以家世不若商周爲愧，而妄認老子爲祖，必不足以爲榮，而適足以貽世笑。子美云『世家遺舊史』，謂老子爲唐之祖，其家世不見於舊史也。『守祧嚴具禮』，謂以宗廟事之也。『五聖』、『千官』等句，雖若狀吴生畫手之工，而其實謂無故而畫五聖千官於此也。凡此事既明白，但直叙其事，是非自見，六義所謂賦也。身退知周室之卑，漢文景尚黄老，垂拱無爲而天下治，老子之道如此。故子美云『谷神如不死，養拙更何鄉』也。」

錢箋：「『配極』四句，言玄元廟用宗廟之禮，爲不經也。『碧瓦』四句，譏其宫殿踰制也。『世家遺舊史』，謂《史記》不列於世家，開元中敕升爲列傳之首，然不能升之于世家，蓋微詞也。『道德付今王』，謂玄宗親注《道德經》及置崇玄學，然未必知道德之意，亦微詞也。『畫手』以下，記吴生畫圖，冕旒旌旆，炫燿耳目，爲近于兒戲也。《老子》五千言，其要在清静無爲，理國立身，是故身退則周衰。經傳則漢盛，即令不死，亦當藏名養拙，安肯憑人降形，爲妖爲神，以博世主之崇奉也。『身退』以下四句，一篇諷諭之意，總見於此。」

仇注引毛先舒曰：「此篇錢氏以爲皆屬諷刺，不知詩人忠厚爲心，況於子美耶。即如明皇失德致亂，子美於《洞房》、《宿昔》諸作及《千秋節有感》二首，何等含蓄温和。況玄元致祭立廟，起於唐高祖，歷世沿祀，不始明皇。在洛城廟中，又五聖並列，臣子入謁，宜何如肅將者。且子美後來獻三大禮賦，其《朝獻太清宫》，即老子廟也。賦中竭力鋪揚，若先刺後頌，則自相矛盾亦甚矣。子美必不出此也。」

浦起龍云：「字字典重，句句高華。據事直書，不參議論，純是頌體。而細繹之，『配極』四句，亦似鉅典，亦似悖禮。『碧瓦』四句，亦似壯觀，亦似踰制。『蟠根』、『弈葉』，亦似綿遠，亦似矯誣。『遺舊史』，亦似反挑，亦似實刺。『付今王』，亦似同揆，亦似假託。紀畫處亦似尊崇，亦似涉戲。谷神何鄉，亦似呼吸可接，亦似神靈不依。而讀去毫無圭角，所以爲佳。錢箋語語指斥，意非不是也。但學者不善會之，偏在譏刺一邊看去，則失之遠矣。蓋題係朝廷鉅典，體宜頌揚，非比他事諷諫，尚可顯陳也。」

潘德輿《養一齋李杜詩話》卷三：「詩殆未可以多少論也。然僕竊疑少陵酬應之章，排律爲多，即如《贈翰林張四學士》、《贈集賢崔于二學士》、《贈鮮于京兆》等作，大都褒稱先達，感述沈淪，習染時賢，格亦無甚變化，較之《謁玄元皇帝廟》、《行次昭陵》、《重經昭陵》等作，精力甚遜，蓋亦猶五七律中有率不經意之篇也。平心而論，排律一途，杜直以餘力行之，可慕其宏富，闢靡誇多，亦不可斥其冗長，舉一廢百。」

## 行次昭陵〔一〕

舊俗疲庸主，羣雄問獨夫〔二〕。讖歸龍鳳質，威定虎狼都〔三〕。天屬尊堯典，神功協禹謨〔四〕。風雲隨絶足①，日月繼高衢②〔五〕。文物多師古，朝廷半老儒〔六〕。直詞寧戮辱，賢路不崎嶇〔七〕。往者災猶降，蒼生喘未蘇。指麾安率土，盪滌撫洪鑪〔八〕。壯士悲陵邑，幽人拜鼎湖〔九〕。玉衣晨自舉，鐵馬汗常趨③〔一〇〕。松柏瞻虚殿④〔一一〕，塵沙立暝途⑤。寂寥開國日，流恨滿山隅。（0410）

【校】

①絶，錢箋校：「一作逸。」《文苑英華》作「逸」，校：「集作絶。」

②繼，錢箋校：「一作享。」

③鐵，《文苑英華》作「石」，校：「集作鐵。」　趨，宋本作「馳」，出韻。據錢箋等改。

④虚，宋本、錢箋、《九家》、《草堂》校：「一作靈。」《文苑英華》校：「集作靈。」

⑤暝，錢箋、《草堂》校：「樊作暗。」　立暝，《文苑英華》作「暗指」，校：「集作立暝。」

【注】

黄鶴注：當是天寶五年（七四六）自東都歸長安時作。朱鶴齡注：《草堂詩箋》序於《北征》詩後，良是。蓋省家鄜州，道經此也。

〔一〕昭陵：《舊唐書·地理志》京兆府醴泉縣：「貞觀十年，置昭陵於九嵕山，因析雲陽、咸陽二縣置醴泉縣。」《唐會要》卷二〇《陵議》：「至（貞觀）二十三年八月十八日，山陵畢。上欲闡揚先帝徽烈，乃令匠人琢石，寫諸蕃君長、貞觀中擒伏歸化者形狀，而刻其官名。」注：「陵在醴泉縣，因九嵕層峰，鑿山南面，深七十五丈，爲玄宮。緣山傍岩，架梁爲棧道，懸絶百仞，繞山二百三十步，始達玄宮門。頂上亦起神游殿。文德皇后即玄宮後，有五重石門，其門外於雙棧道上起舍，宮人供養如平常。及太宗山陵畢，宮人欲依故事留棧道，惟舊山陵使閻立德奏曰：『玄宮棧道，本留擬有今日，今既始終永畢，與前事不同。謹按故事，惟有寢宮安供養奉之法，而無陵上侍衛之儀，望除棧道，固同山岳。』上嗚咽不許。長孫無忌等援引《禮經》，重有表請，乃依奏。」「突厥頡得可汗……等十四人，列於陵司馬北門内，九嵕山之陰，以旌武功。乃又刻石爲常所乘破敵馬六匹於闕下也。」

〔二〕舊俗二句：《分門》洙曰：「群雄，如李密之流也。」《九家》趙注：「庸主、獨夫，指隋煬帝也。舊俗，謂隋民疲困於庸昏之主。」

〔三〕讖歸二句：《隋書·李渾傳》：「後帝討遼東，有方士安伽陀，自言曉圖讖，謂帝曰：『當有李氏應爲天子。』勸盡誅海内凡姓李者。」《舊唐書·五行志》：「隋末有謡云：『桃李子，洪水繞楊山。』煬帝疑李氏有受命之符，故誅李金才。後李密據洛口倉以應其讖。」《李軌傳》：「曹珍曰：『常聞圖讖云李氏當王。今軌在謀中，豈非天命也？』遂拜賀之，推以爲主。」《劉文静傳》：「文静因謂裴寂曰：『公豈不聞先發制人，後發制於人乎？唐公名應圖讖，聞於天下，何乃推延，自貽禍釁。』」《太宗紀》：「太宗時年四歲，有書生自言善相，謁高祖曰：『公貴人也，且有貴子。』見太宗，曰：『龍鳳之姿，天日之表。年將二十，必能濟世安民矣。』高祖懼其言泄，將殺之，忽失所在，因采『濟世安民』之義以爲名焉。」《史記·蘇秦列傳》：「夫秦，虎狼之國也。」《九家》趙注：「太宗之取天下，先定關中，故曰威定虎狼都。」顧炎武《日知録》卷二七：「此乃用《秦本紀》贊：『據狼弧，蹈參伐。』參爲白虎，秦之分星也。」

〔四〕天屬二句：《九家》趙注：「尊堯典，謂尊高祖之法度，豈亦以高祖爲神堯皇帝，故得用堯典字耶。」朱鶴齡注：「高祖謚神堯，其傳位如堯禪舜，故曰『尊堯典』。」蔡琰《悲憤詩》：「天屬綴人心，念别無會期。」《分門》洙曰：「父子，天屬也。」《九家》趙注：「蓋所謂禹成厥功，而《書》有《禹謨》也。」朱鶴齡注：「《禹謨》：『九功惟叙。』太宗作樂，有九功舞，其盛可配神禹，故曰『協禹謨』。」

〔五〕風雲二句：王粲《登樓賦》：「惟日月之逾邁兮，俟河清之未極。冀王道之一平兮，假高衢而騁力。」《文選》李善注：「高衢，謂大道也。」朱鶴齡注：「言房、杜諸公乘風雲之會，依日月之光也。」施鴻保謂此二句仍就太宗説，「繼」謂太宗繼高祖也。

〔六〕文物二句：《左傳》桓公二年：「文物以紀之，聲明以發之。」《書·説命》：「事不師古，以克永世，匪説攸聞。」仇注：「師古，如製雅樂，定律令，議封建之類。老儒，如用虞世南諸學士。」

〔七〕直詞二句：《説苑·至公》：「久踐高位，妨群賢路。」《九家》趙注：「賢路不崎嶇，則不艱於進用。」仇注：「直詞，如納王珪、魏徵之諫。賢路，如召馬周、劉子翼皆是。」

〔八〕往者四句：張戒《歲寒堂詩話》卷上：「太宗即位之初，兵戈猶未已，然太宗指揮而安率土，遂盪滌污俗而致太平，其易如此。」《九家》趙注：「此六句言太宗末年有日食、太白晝見之祥，興翠微、玉華之役，高麗、龜茲之戰，相繼用師，則太宗之意猶欲好大喜功，勤兵於遠。立思方如此，遽爾升遐，故繼之以『壯士悲陵邑』也。」錢箋謂此用班固《東都賦》「往者王莽作逆，漢祚中缺……乃致命乎聖皇，紹百王之荒屯，因造化之盪滌」：「固之賦序建武克命之事，幾二百言，此詩隱括以二十言。」「往者災猶見，蓋言天寶之亂，乃隋末之災再降於今日也。指揮盪滌，頌收復之功也。」《後漢書·何進傳》：「今將軍總皇威，握兵要，龍驤虎步，高下在心，此猶鼓洪鑪燎毛髮耳。」

〔九〕壯士二句：《易·履》：「履道坦坦，幽人貞吉。」《史記·封禪書》：「黃帝采首山銅，鑄鼎於荆山下。鼎既成，有龍垂胡髯下迎黃帝。黃帝上騎，群臣後宮從上者七十餘人，龍乃上去。餘小臣不得上，乃悉持龍髯，龍髯拔墮，墮黃帝之弓，百姓仰望黃帝既上天，乃抱其弓與胡髯號。故後世因名其處曰鼎湖，其弓曰烏號。」仇注：「壯士，指守陵者。幽人，公謁陵也。」按，説恐倒。幽人謂守陵宮女，壯士蓋泛言謁陵者。唐帝陵有宮女守陵，參卷一《橋陵詩三十韻因呈縣内諸官》(0037)注。閻立德所言「無陵上侍衛之儀」，恐非實情。

〔一〇〕玉衣二句：《漢書·霍光傳》：「賜金錢繒絮繡被百領，衣五十篋，璧珠璣玉衣。」注：「師古曰：《漢儀注》：以玉爲襦，如鎧狀連綴之，以黃金爲縷，要已下玉爲札，長尺廣二寸半爲甲，下至足，亦綴以黃金縷。」程大昌《演繁露》卷一二：「皆言昭陵神靈也。《三輔故事》：高廟中御衣從篋中出，舞於殿上，冬衣自下在席上。」《漢書·王莽傳》：「杜陵便殿乘輿虎文衣廢臧在室匣中者出，自樹立外堂上，良久乃委地。吏卒見者以聞，莽惡之。」錢箋引此，謂程大昌所引非是。《安禄山事迹》卷下：「玄宗數使進兵出關，(哥舒)翰遂領馬步十五萬與賊將崔乾祐會。……陣之既敗也，乾祐領白旗引左右馳突，我軍視之，狀若神鬼。又見黄旗軍數百隊，官軍潛謂是賊，不敢逼之。須臾，又見與乾祐鬭，黄旗不勝，退而又戰者不一，俄然不知所在。後昭陵奏：是日靈宫石人馬汗流。」錢箋：「李義山《復京》詩：『天教李令心如日，可要昭陵石馬來。』韋莊詩：『興慶玉龍寒自躍，昭陵石馬夜空嘶。』蓋詠此事也。鐵馬，當從《英華》作石馬。」按，其説已見《能改齋漫録》卷六引王原叔説及《苕溪漁隱叢話》前集卷七引《蔡寬夫詩話》。《新唐書·五行志》：「至德二載，昭陵石馬汗出。昔周武帝之克晋州也，齊有石像汗流濕地，此其類也。」此又一事。《日知録》卷二七：「『往者災猶降』，謂武、韋之禍。『指麾安率土』，謂玄宗再造唐室也。本於太宗之遺德在人，故詩中及之。錢氏謂此詩天寶亂後作，而改『鐵馬』爲『石馬』，以合李義山詩『昭陵石馬』之説，非矣。其《朝享太廟賦》曰：『弓劍皆鳴，汗鑄金之風馬。』在此未亂以前，又將何説？必古記有此事，而今失之耳。」《南史·梁宗室猷傳》：「時江陽人齊苟兒反，衆十萬攻州城，猷兵糧俱盡，人有異心，乃遥禱請救。是日有田老逢一騎，浴鐵從東方來，問去城幾里，曰百四十。時日已晡，騎舉槊曰：『後人來，可令之疾馬，欲及日破賊。』俄有數百騎如風，一騎過請飲，田老問爲誰，曰：『吴興楚王來救臨汝侯。』當此時，廟中請祈無驗。十餘日，乃見侍衛土偶皆泥濕如汗者。」仇注：「鐵馬汗趨，疑用此事。」張戒《歲寒堂詩話》卷上：「蓋歎其威靈如在。」浦起龍云：「其必玉衣舉、鐵馬趨，力佑子孫殺賊而後快也。」

〔一一〕松柏句：《白虎通義》卷一〇：「《春秋含文嘉》曰：天子墳高三仞，樹以松。諸侯半之，樹以柏。」何思澄《奉和湘東王教班婕妤》：「虚殿簾帷静，閑階花蕊香。」《唐會要》卷一八《配享功臣雜録》：「開元十七年玄宗詔：昭陵仿像，見太宗立於神游殿前，及寢宫聞室中謦欬之音，又於寢宫門外設奠以祭，陪陵功臣將相蕭瑀、房玄齡等，如聞蹈舞之聲。」

黄生《杜詩説》：「唐仲言云：明皇任楊李亂政，故有『災猶降』、『喘未蘇』之歎，因思向者之安撫而不可得，是以向山隅流恨。舊解作隋末之亂者，非。按，此説甚是。蓋從『文物』四句讀下，便見今日之朝廷事事與之相反，前者開元之治媲美貞觀者，今已掃地。有志之士皆爲當路沮抑而不得進，安得不望昭陵而興悲乎！」「予謂『玉衣』二句，蓋援古事爲形容之語耳。以『鐵』爲『石』，恐後人轉因昭陵有此事，從而改之。不然，禄山之亂，率土翻覆，九廟震驚，何詩中略無一語叙及？恐蹂躪之慘，恢復之功，以『往者』四語當之，亦不甚似。而『寂寥』二語作結，亦不相應也。」

仇注：「此詩中段，向有三説。以災降爲隋末旱災仍降唐初者，張南湖説也。以災降爲韋后亂宫，明皇廓清者，錢牧齋説也。以災降爲禄山倡亂，如隋末兵戈者，朱長孺説也。黄白山謂指天寶季年禄山未亂之先，此説得之。」按，以爲武、韋之禍，顧炎武之説。以爲禄山之亂，則錢、朱之説。

## 贈韋左丞丈濟〔一〕

左轄頻虚位〔二〕，今年得舊儒。相門韋氏在①，經術漢臣須②〔三〕。時議歸前列③，天倫恨莫俱〔四〕。鴒原荒宿草，鳳沼接亨衢〔五〕。有客雖安命，衰容豈壯夫。家人憂几杖，甲子混泥途〔六〕。不謂矜餘力，還來謁大巫〔七〕。歲寒仍顧遇，日暮且踟躕。老驥思千里，飢鷹待一呼④〔八〕。君能微感激，亦足慰榛蕪⑤〔九〕。（0411）

【校】

①在，《文苑英華》作「任」，校：「集作在。」

②臣，錢箋校：「一作官。」《文苑英華》作「官」，校：「集作臣。」

③列，錢箋、《草堂》作「烈」，錢箋校：「吴作列。」

④飢，《文苑英華》作「寒」，校：「集作飢。」

⑤亦足慰榛蕪，宋本、錢箋、《九家》、《文苑英華》校：「一云折骨效區區。」

【注】

黄鶴注：天寶七載（七四八）作。按，當作於天寶九載（七五〇）。

〔一〕韋左丞丈濟：韋濟，見卷一《奉贈韋左丞丈二十二韻》(0001)注。

〔二〕左轄句：左轄，尚書左丞。《唐六典》卷一尚書左右丞：「左丞一人，正四品上，右丞一人，正四品下。左右丞掌管轄省事，糾舉憲章，以辨六官之儀制，而正百僚之文法，分而視焉。」注：「晉傳咸云：左丞得奏彈八座。魏晉已來，左丞主臺内禁令、宗廟祠祀、朝儀禮制、選用置吏、糾諸不法，無所回避。」《舊唐書·韋濟傳》：「遷尚書左丞。三代爲省轄，衣冠榮之。」中宗《授張錫工部尚書制》：「自提綱左轄，執簡中台。」《梁書·王暕傳》：「養素丘園，台階虛位。」

〔三〕相門二句：韋思謙二子：承慶、嗣立。《舊唐書·韋嗣立傳》：「及承慶卒，嗣立又代爲黄門侍郎，前後四職相代。又父子三人，皆至宰相。有唐已來，莫與爲比。嗣立三子：孚、恒、濟，皆知名。」《漢書·韋賢傳》：「少子玄成，復以明經歷位至丞相。故鄒魯諺曰：『遺子黄金滿籯，不如一經。』」《九家》趙注：「嗣立、承慶並爲宰相，故得引漢韋氏爲言。」

〔四〕時議二句：《後漢書·儒林傳》謝該：「今該實卓然比跡前列。」《穀梁傳》隱公元年：「兄弟，天倫也。」《九家》趙注：「嗣立有二子，恒、濟知名，故有是句。」朱鶴齡注：「按，濟遷左丞時，其兄恒必已先歿，故有『恨莫俱』、『荒宿草』之句。」

〔五〕鴒原二句：《詩·小雅·常棣》：「脊令在原，兄弟急難。」傳：「脊令，雝渠也。飛則鳴，行則搖，不能自舍耳。急難，言兄弟之相救於急難。」釋文：「令音零，本亦作鴒。」《禮記·檀弓上》：「曾子曰：朋友之墓，有宿草而不哭焉。」注：「宿草，謂陳根也。爲師心喪三年，於朋友期可。」此謂其兄亡已經年。《晉書·荀勖傳》：「勖久在中書，專管機事，及失之，甚罔罔悵恨。

或有賀之者，勖曰：『奪我鳳皇池，諸君何賀邪！』」謝莊《讓中書令表》：「臣聞璧門天邃，鳳沼神深。」《易·大畜》：「上九，何天之衢，亨。」朱鶴齡注：「《通典》：光宅元年，中書省改曰鳳閣，以鳳池事爲名。濟父祖皆官鳳閣，此故以『接亨衢』期之也。」浦起龍云：「天倫、宿草，以概其兄，作開筆，然於賀體不倫。」

〔六〕家人二句：《禮記·曲禮上》：「大夫七十而致事。若不得謝，則必賜几杖，行役以婦人。」《左傳》襄公三十年：「晋悼夫人食輿人之城杞者，絳縣人或年長矣，無子而往，與於食。有與疑年，使之年。曰：『臣小人也，不知紀年。臣生之歲，正月甲子朔，四百有四十五甲子矣，其季於今三之一也。』……（趙孟）召之，而謝過焉，曰：『武不才，任君之大事，以晋國之多虞，不能由吾子，使吾子辱在泥塗久矣。』」仇注：「次言窮老而受知於韋。」浦起龍云：「几杖、泥塗，甚言蹉跌之態，然非盛年本色，定是疵句。」

〔七〕不謂二句：《論語·學而》：「行有餘力，則以學文。」《九家》趙注：「正謂矜餘力之文也。」《三國志·吴書·張紘傳》注引《吴書》：「後紘見陳琳作《武庫賦》、《應機論》，與琳書深歎美之。琳答曰：『自僕在河北，與天下隔，此間率少於文章，易爲雄伯……今景興在此，足下與子布在彼，所謂小巫見大巫，神氣盡矣。』」

〔八〕老驥二句：曹操《步出夏門行》：「驥老伏櫪，志在千里。」《三國志·魏書·吕布傳》：「譬如養鷹，饑則爲用，飽則揚去。」《九家》趙注：「雖飢矣，猶待呼，則不苟就食也。」

〔九〕君能二句：《史記·張儀列傳》：「乃使人微感張儀。」朱鶴齡注引此。《漢書·韓信傳》：「欲說信令背漢，乃先微感信曰。」皆謂微言誘導。此謂稍感激，義不同。傅亮《爲宋公至洛陽謁五陵表》：「伊洛榛蕪，津塗久廢。」

## 投贈哥舒開府翰二十韻

今代麒麟閣，何人第一功〔一〕？君王自神武，駕馭必英雄〔二〕。開府當朝傑，論兵邁古風。先鋒百勝在①，略地兩隅空②〔三〕。青海無傳箭③，天山早挂弓〔四〕。廉頗仍走敵，魏絳已和戎〔五〕。每惜河湟弃，新兼節制通〔六〕。智謀垂睿想④，出入冠諸公〔七〕。日月低秦樹，乾坤繞漢宫。胡人愁逐北，宛馬又從東〔八〕。受命邊沙遠⑤，歸來御席同〔九〕。軒墀曾寵鶴，畋獵舊非熊〔一〇〕。茅土加名數，山河誓始終〔一一〕。策行遺戰伐，契合動昭融〔一二〕。勳業青冥上，交親氣概中。未爲珠履客⑥，已見白頭翁⑦〔一三〕。壯節初題柱，生涯獨轉蓬〔一四〕。幾年春草歇〔一五〕，今日暮途窮。軍事留孫楚，行間識吕蒙⑧〔一六〕。防身一長劍，將欲倚崆峒⑨〔一七〕。（0412）

【校】

①勝，宋本、錢箋、《九家》校：「一作戰。」《文苑英華》校：「川本注作戰。」

②略地，錢箋校：「一作妙略。」

③無傳，《文苑英華》作「傳飛」，校：「集作無傳。」

④智謀，《文苑英華》作「知謀」，校：「川本作知謨。」

⑤邊沙，宋作、錢箋、《九家》校：「一作軍麾。」

⑥珠，錢箋、《草堂》作「朱」。

⑦見，宋本、錢箋、《九家》校：「一作是。」

⑧軍事留孫楚行間識吕蒙，宋本、錢箋校：「一云鄉曲輕周處，將軍拔吕蒙。」

⑨防身一長劍將欲倚崆峒，宋本、錢箋校：「一云腰間有長劍，聊欲倚崆峒。」《九家》校：「一云防身有長劍，聊欲倚崆峒。」　防身一，《文苑英華》校：「一作腰間有。」　將，《文苑英華》作「聊」，校：「集作將。」

【注】

黄鶴注：翰凡三入朝，今詩云「每惜海湟弃，新兼節制通」，又云「茅土加名數」，則是指天寶十二載（七五三）加河西節度，進封西平郡王。

〔一〕今代二句：麒麟閣，見卷七《荆南兵馬使太常卿趙公大食刀歌》（0310）注。朱鶴齡注引《杜詩博議》：「按《高宗紀》：總章元年三月，以太原元從西府功臣分爲第一功、第二功二等官，其後有差。此詩以『第一功』期翰，欲其遠比開國之功臣也。舊注引漢高論功，以蕭何爲第一，殊不切。」用典以切時事，詩意本可兼賅。

〔二〕君王二句：《漢書·刑法志》：「高祖躬神武之材，行寬仁之厚，總攬英雄，以誅秦、項。」朱鶴齡注：「哥舒本蕃將，必駕馭之而成功，故以神武歸美天子，此立言之體也。」

〔三〕開府四句：《舊唐書·哥舒翰傳》：「哥舒翰，突騎施首領哥舒部落之裔也。蕃人多以部落稱姓，因以爲氏。祖沮，左清道率。父道元，安西副都護，世居安西。翰家富於財，倜儻任俠，好然諾，縱蒱酒。年四十，遭父喪，三年客居京師，爲長安尉不禮，慨然發憤折節，仗劍之河西。初事節度使王倕，倕攻新城，使翰經略，三軍無不震懾。後節度使王忠嗣補爲衙將。翰好讀《左氏春秋傳》及《漢書》，疏財重氣，士多歸之。忠嗣以爲大斗軍副使，嘗使翰討吐蕃於新城，有同列爲副者，見翰禮倨，不爲用，翰怒，撾殺之，軍中股慄。遷左衛郎將。後吐蕃寇邊，翰拒之苦拔海。其衆三行，從山差池而下，翰持半段槍當其鋒擊之，三行皆敗，無不摧靡，由是知名。天寶六載，擢授右武衛員外將軍，充隴西節度副使、都知關西兵馬使、河源軍使。先是，吐蕃每至麥熟時即率部衆至積石軍獲取之，共呼爲吐蕃麥莊，前後無敢拒之者。至是，翰使王難得、楊景暉等潛引兵至積石軍，設伏以待之。吐蕃以五千騎至，翰於城中率驍勇馳擊，殺之略盡，餘或挺走，伏兵邀擊，匹馬不還。……王忠嗣被劾，敕召翰至，與語悅之，遂以爲鴻臚卿，兼西平郡太守，攝御史中丞，代忠嗣爲隴右節度支度營田副大使，知節度事。……十一載，加開府儀同三司。」錢箋：「所謂『兩隅』者，指河西、隴右而言也。舊注北征突厥，西伐吐蕃，謬甚。」

〔四〕青海二句：《舊唐書・哥舒翰傳》：「明年，築神威軍於青海上，吐蕃至，攻破之。又築城於青海中龍駒島，有白龍見，遂名爲應龍城。吐蕃屏跡，不敢近青海。吐蕃保石堡城，路遠而險，久不拔。八載，以朔方、河東群牧十萬衆委翰總統，攻石堡城。翰使麾下將高秀岩、張守瑜進攻，不旬日而拔之。」《新唐書・吐蕃傳上》：「其舉兵，以七寸金箭爲契，百里一驛，有急兵，驛人臆前加銀鶻，甚急，鶻益多。告寇舉烽。」天山，見卷七《八哀詩・王公思禮》（0330）注。《舊唐書・地理志》北庭節度使：「天山軍，在西州城内，管兵五千人，馬五百匹。」《薛仁貴傳》：「軍中歌曰：『將軍三箭定天山，戰士長歌入漢關。』」

〔五〕廉頗二句：《史記・廉頗藺相如列傳》：「趙使者既見廉頗，廉頗爲之一飯斗米，肉十斤，被甲上馬，以示尚可用。」《左傳》襄公十一年：「晉侯以樂之半賜魏絳，曰：子教寡人和諸戎狄，以正諸華。」《九家》趙注：「此必中間議不用兵，故言廉頗仍可以走敵，而魏絳和戎之策已行也。」錢箋：「翰已年老，素有風疾，故以廉頗爲比。《新書》：十二載，賜翰音樂田園。」

〔六〕每惜二句：《元和郡縣圖志》卷三九鄯州湟水縣：「湟水，名湟河，亦謂之都樂水，出青海東北亂山中，東南流至蘭州西南入黄河。」《舊唐書・吐蕃傳》：「睿宗即位……時楊矩爲鄯州都督，吐蕃遣使厚遺之，因請河西九曲之地以爲金城公主湯沐之所，矩遂奏與之。吐蕃既得九曲，其地肥良，堪頓兵畜牧，又與唐境接近，自是復叛，始率兵入寇。」參卷七《八哀詩・王公思禮》（0330）注。《舊唐書・哥舒翰傳》：「十二載，進封涼國公，食實封三百户，加河西節度使，尋封西平郡王。」《九家》趙注：「蓋以河湟之久弃，欲得翰收復之，故使之節度河西也。」

〔七〕智謀二句：《九家》趙注：「惟其方往謀復河湟，而爲帝所繫想，則入歸朝，出而建節，其榮耀爲諸公之冠矣。明年遂復河湟。舊注引王忠嗣事，在復河湟之前，非是。」《新唐書·玄宗紀》：「（天寶十三載）三月，隴右、河西節度使哥舒翰敗吐蕃，復河源九曲。」

〔八〕胡人二句：《南部新書》庚卷：「天寶中，哥舒翰爲安西節度使，控地數千里，甚著威令。故西鄙人歌曰：『北斗七星高，哥舒夜帶刀。吐蕃總殺盡，更築兩重壕。』」宛馬，見卷一《高都護驄馬行》(0012)「汗血馬」注。

〔九〕受命二句：《舊唐書·哥舒翰傳》：「翰素與禄山、思順不協，上每和解之爲兄弟。其冬，禄山、思順、翰並來朝，上使高力士及中貴人於京城東駙馬崔惠童池亭宴會。」《安禄山事迹》卷上：「使射生官供鮮鹿，取血煮其腸，謂之熱落河，以賜之，爲翰好之故也。」錢箋：「禄山在范陽，翰與思順分控隴、朔，故曰『受命邊沙遠』。」

〔一〇〕軒墀二句：《左傳》閔公二年：「衛懿公好鶴，鶴有乘軒者。將戰，國人受甲者皆曰：『使鶴，鶴實有禄位。余焉能戰！』」張表臣《珊瑚鉤詩話》卷一：「杜甫云『軒墀曾寵鶴』，杜牧云『欲把一麾江海去』，皆用事之誤。蓋衛懿公好鶴，鶴有乘軒者，則軒車之軒耳，非軒墀也。」《隋書·突厥傳》：「拜首軒墀。」謂軒宇丹墀。陰鏗《詠鶴》：「乍動軒墀步，時轉入琴聲。」此蓋與乘軒鶴混用。薛雪《一瓢詩話》：「張表臣駁老杜『軒墀曾寵鶴』、小杜『欲把一麾江海去』，以爲誤用懿公好鶴顔詩意。殊不知二公非死煞用事者，其好處正是此種。」《史記·齊世家》：「西伯將出獵，卜之，曰所獲非龍非彲，非虎非羆，所獲霸王之輔。於是周西伯獵，果遇太公於渭之陽。」洪邁《容齋五筆》卷二：「自李翰《蒙求》有『吕望非熊』之句，後來據以爲用。然以史策考之……後漢崔駰《達旨》云『漁父見兆於玄龜』，注文乃引《史記》『非龍非彲，非熊非羆』爲證。今之《史記》蓋不然也。非熊出處，惟此而已。」朱鶴齡注：「《爾雅翼》：熊之雌者爲羆。則熊羆殆可互用。」錢箋：「蓋謂禄山、思順不過軒墀之寵鶴，如翰者乃畋獵之非熊也。以寵鶴喻禄山、思順，亦以衛懿公託諷玄宗也。」按，寵鶴疑泛言，錢箋頗涉附會。

〔一一〕茅土二句：《書・禹貢》：「厥貢惟土五色。」傳：「王者封五色土爲社，建諸侯則各割其方色土與之，使立社。燾以黄土，苴以白茅。茅取其潔，黄取王者覆四方。」《漢書・石奮傳》：「關東流民二百萬口，無名數者四十萬。」注：「師古曰：名數，若今户籍。」《高惠高后文功臣表》：「封爵之誓曰：『使黄河如帶，泰山如厲，國以永存，爰及苗裔。』」《舊唐書・哥舒翰傳》：「十二載，進封涼國公，食實封三百户，加河西節度使，尋封西平郡王。時楊國忠有隙於禄山，頻奏其反狀，故厚賞翰以親結之。十三載，拜太子少保，更加實封三百户，又兼御史中丞。」

〔一二〕策行二句：朱鶴齡注：「遺戰伐，猶云王者無戰。」仇注：「攘邊策行，無事於戰伐。」《詩・大雅・既醉》：「昭明有融，高朗令終。」傳：「融，長。朗，明也。始於饗燕，終於享祀。」箋：「天既助女以光明之道，又使之長。」仇注：「君臣契合，獨見其昭明。」

〔一三〕未爲二句：珠履客，見卷五《短歌行》(0249)注。曹丕《與吴質書》：「已成老翁，但未白頭耳。」

〔一四〕壯節二句：《水經注》江水成都縣：「城北十里曰昇仙橋，有送客觀。司相相如將入長安，題其門曰：『不乘高車駟馬，不過汝下也。』」《太平御覽》卷七三引常璩《華陽國志》作「司馬相如題橋柱」。曹操《却東西門行》：「田中有轉蓬，隨風遠飄揚。」

〔一五〕幾年句：謝靈運《游赤石進帆海》：「首夏猶清和，芳草亦未歇。」楊素《贈薛内史》：「待君春草歇，獨坐秋風發。」

〔一六〕軍事二句：《晉書·孫楚傳》：「復參石苞驃騎軍事。楚既負其材氣，頗侮易於苞。初至，長揖曰：『天子命我參卿軍事。』」《三國志·吴書·孫權傳》：「拔吕蒙於行陳，是其明也。」《九家》趙注：「公欲有所冀於翰，故先引以爲言曰：以軍事則能留孫楚，異乎石苞之不容；以行間則識吕蒙如孫策者。」錢箋：「翰奏嚴挺之之子武爲節度判官，河東吕諲爲度支判官，前封丘尉高適爲掌書記，又蕭昕亦爲翰掌書記。翰爲其部將論功，隴右十將皆加封。若王思禮翰押衙，魯炅爲别將，郭英乂亦策名河隴間，又是年奏安邑曲環爲别將，皆拔之行間也。」按，錢引雖不誤，然詩意仍就己言。

〔一七〕防身二句：宋玉《大言賦》：「長劍耿耿倚天外。」崆峒，見卷一《送高三十五書記》(0002)注。

胡應麟《詩藪》内篇卷四：「杜排律五十百韻者，極意鋪陳，頗傷蕪碎。蓋大篇冗長，不得不爾。惟贈李白、汝陽、哥舒、見素諸作，格調精嚴，體骨匀稱。每讀一篇，無論其人履歷，咸若指掌，且形神意氣，踴躍毫楮。如周昉寫生，太史序傳，逼奪化工。而杜從容聲律間，尤爲難事，古今絶詣也。」

## 上韋左相二十韻見素。相公之先人遺風餘烈，至今稱之，故云「丹青憶老臣」。公時兼兵部尚書，故云「聽履上星辰」①〔一〕。

鳳曆軒轅紀，龍飛四十春〔二〕。八荒開壽域，一氣轉洪鈞〔三〕。霖雨思賢佐，丹青憶老臣②〔四〕。應圖求駿馬〔五〕，驚代得騏驎③。沙汰江河濁④，調和鼎鼐新〔六〕。韋賢初相漢，范叔已歸秦〔七〕。盛業今如此，傳經固絶倫〔八〕。豫樟深出地，滄海闊無津〔九〕。北斗司喉舌，東方領搢紳〔一〇〕。持衡留藻鑑，聽履上星辰〔一一〕。獨步才超古，餘波德照鄰⑤〔一二〕。聰明過管輅，尺牘倒陳遵〔一三〕。豈是池中物，由來席上珍〔一四〕。廟堂知至理，風俗盡還淳。才傑俱登用，愚蒙但隱淪〔一五〕。長卿多病久，子夏索居頻〔一六〕。回首驅流俗，生涯似衆人〔一七〕。巫咸不可問，鄒魯莫容身〔一八〕。感激時將晚，蒼茫興有神。爲公歌此曲⑥，涕淚在衣巾。（0413）

【校】

① 見素相公之先人遺風餘烈至今稱之故云丹青憶老臣公時兼兵部尚書故云聽履上星辰，錢箋以「見

素」以下題注为吴若本注。「稱之」宋本作「爲□」，據錢箋、《九家》改。

②老，錢箋校：「一作直。樊作舊。」《文苑英華》作「舊」，校：「集作老。」

③代，《文苑英華》作「世」，校：「集作代。」

④河，《文苑英華》作「湖」，校：「集作河。」

⑤餘波德照鄰，錢箋校：「一云餘陰照北鄰。」《九家》校：「一云餘陰照比鄰。」

⑥公，《文苑英華》作「君」，校：「集作公。」

## 【注】

黃鶴注：當是天寶十三載（七五四）見素同中書門下平章事時投之，今題曰「左相」，乃後來編寫之誤。仇注：詩云「四十春」，蓋天寶十四載（七五五）初春作。《川》譜繫於天寶十三載。

〔一〕韋左相：韋見素，《舊唐書·玄宗紀》：「（天寶十三載）秋八月丁亥，以久雨，左相、許國公陳希烈爲太子太師，罷知政事。文部侍郎韋見素爲武部尚書，同中書門下平章事。」「（十五載七月庚午）以韋見素爲左相。」《韋見素傳》：「韋見素，字會微，京兆萬年人。父湊，開元中太原尹。……時右相楊國忠用事，左相陳希烈畏其權寵，凡事唯諾，無敢發明。玄宗頗知之，聖情不悅。天寶十三年秋，霖雨六十餘日，京師廬舍垣墉頹毀殆盡，凡一十九坊污潦。天子以宰輔或未稱職，見此咎徵，命楊國忠精求端士……國忠訪於中書舍人竇華、宋昱等，華、昱言見素方雅，柔而易制，上亦以經事相王府，有舊恩，可之。其年八月，拜武部尚書，同中書門下平章事，充集賢院學士，知門下省事，代陳希烈。見素既爲國忠引用，心德之。時禄山與國忠争寵，兩相猜嫌，見素亦無所是非，署字而已，遂至凶胡犯順，不措一言。」按，《楊國忠傳》：「上率龍武將軍陳玄禮、左相韋見素……出延秋門……左相韋見素傷」。又《韋見素傳》：「見素遁走，爲亂兵所傷，衆呼曰：『勿傷韋相。』」是見素代左相職，當時已呼爲左相。杜詩乃保留當時稱謂。《舊唐書·職官志》：「開元元年十二月，改尚書左右僕射爲左右丞相。……天寶元年二月，侍中改爲左相，中書令改爲右相，左、右丞相依舊爲僕射。……至德二載十二月敕：近日所改百司額及郡名並官名，一切依故事。於是侍中、中書令、兵吏部等並仍舊。」

〔二〕鳳曆二句：《左傳》昭公十七年：「昔者黄帝氏以雲紀，故爲雲師而雲名。……我高祖少皞摯之立也，鳳鳥適至，故紀於鳥，爲鳥師而鳥名。鳳鳥氏，曆正也。」杜預注：「黄帝軒轅氏，姬姓之祖也。」「少皞金天氏，黄帝之子，己姓之祖也。」「鳳鳥知天時，故以名曆正之官。」《九家》趙注：「自明皇即位，至天寶十三載四十三年，而此言四十春，蓋詩家舉其大目耳。」四十春猶四十年，仇注以爲春季者誤。

〔三〕八荒二句：《漢書·禮樂志》：「驅一世之民，濟之仁壽之域。」《莊子·大宗師》：「游乎天地之一氣。」張華《答何劭》：「洪鈞陶萬類，大塊禀群生。」《文選》李善注：「洪鈞，大鈞，謂天也。」

〔四〕霖雨二句：錢箋謂指天寶十三載霖雨事，朱鶴齡注：「非尋常使霖雨故事也。」《九家》趙注：「下句非甫題下自注見素之先人，則後學無由而見。言丹青，則應見於圖畫之間也。」《舊唐書·韋湊傳》：「韋湊，京兆萬年人。……景龍中歷遷將作少匠、司農少卿，嘗以公事忤宗楚客，出爲貝州刺史。睿宗即位，拜鴻臚少卿，加銀青光禄大夫。景雲二年，轉太府少卿，又兼通事舍人。……湊前後上書論時政得失，多見采納。再遷河南尹，累封彭城郡公。以公事左授杭州刺史，轉汾州刺史。十年，拜太原尹兼節度支度營田大使。」

〔五〕應圖句：班固《典引》：「若乃嘉穀靈草，奇獸神禽，應圖合諜。」又《洛神賦》李善注：「應圖，應畫圖也。」《漢書·梅福傳》：「今不循伯者之道，乃欲以三代選舉之法取當時之士，猶察伯樂之圖，求騏驥於市，而不可得，亦已明矣。」

〔六〕沙汰二句：《後漢書·賈琮傳》：「詔書沙汰刺史、二千石。」《九家》趙注：「此句言見素爲文部侍郎時也。文部即吏部，而當時更名耳。沙汰，乃吏部事。沙汰其濁，則清仕流矣。」錢箋：「陳希烈爲太子太師罷政，故云『沙汰江河濁』。」按，陳罷政爲太師，不得謂沙汰。《淮南子·泰族訓》：「伊尹憂天下不治，調和五味，負鼎俎而行。」《太平御覽》卷二〇九引《漢官儀》：「太尉、司徒、司空長史，秩比千石，號爲毗佐三台，助和鼎味。」《詩·周頌·絲衣》：「鼐鼎及鼒，兕觥其觩。」傳：「大鼎謂之鼐。」

〔七〕韋賢二句：《漢書·韋賢傳》：「韋賢字長孺，魯國鄒人也。……自孟至賢五世，賢爲人質樸少欲，篤志於學，兼通《禮》、《尚書》，以《詩》教授，號稱鄒魯大儒。……以先帝師，甚見尊重。本始三年，代蔡義爲丞相。」《史記·范雎蔡澤列傳》：「范雎者，魏人也，字叔。……王稽辭魏去，超載范雎入秦。……秦昭王大説，乃謝王稽，使以傳車召范雎。」錢箋：「見素雖爲國忠引薦，公深望其秉正以去國忠，故有范叔之諭。蓋國忠以外戚擅國，猶穰侯之擅秦也。」仇注謂其曲説。浦起龍云：「此見解本出於明季傾軋之習，然於本句實有會，但不可入正講。」

〔八〕盛業二句：浦起龍云：「亦用韋賢事，父子皆以通經至相位。益知原注非僞。」朱鶴齡注引見素子倜、僜，皆位至給事中。非是。

〔九〕豫樟二句：豫樟，見卷四《贈蜀僧閭丘師兄》（0175）注。曹植《當牆欲高行》：「君門以九重，道遠河無津。」

〔一〇〕北斗二句：《後漢書·李固傳》：「今陛下之有尚書，猶天下之有北斗也。斗爲天喉舌，尚書亦爲陛下喉舌。」《九家》趙注引《周禮·朝士》「左九棘，孤、卿、大夫位焉，群士在其後」，謂：「左者東方之位，爲左相，其秩則孤矣，位在東方之九棘，而領卿大夫群士。」《書·康王之誥》：「太保率西方諸侯，入應門左。畢公率東方諸侯，入應門右。」傳：「二公爲二伯，各率其所掌諸侯，隨其方爲位。」又《顧命》傳：「司馬第四，畢公領之。」錢箋引此，謂：「見素兼兵部尚書，故以畢公擬之。」

〔一一〕持衡二句：《禮記·深衣》：「權衡取其平。」《詩·小雅·沔水》疏引《援神契》：「春執規，夏持衡。」秦嘉《與婦徐淑書》：「頃得此鏡，既明且好，形觀文藻。」江總《讓尚書僕射表》：「藻鏡官方，品裁人物。」《北史·郎茂傳》：「子琮簿領見知，及居藻鏡，俱稱尸禄。」《舊唐書·韋見素傳》：「天寶五年，充江西、山南、黔中、嶺南等黜陟使，觀省風俗，彈糾長吏，所至肅然。使還，拜給事中，駁正繩違，頗振臺閣舊典。尋檢校尚書工部侍郎，改右丞。九載，遷吏部侍郎，加銀青光禄大夫。見素仁恕長者，意不忤物，及典選累年。銓叙平允，人士稱之。」《漢書·鄭崇傳》：「哀帝擢爲尚書僕射，數求見諫争，上初納用之。每見，曳革履，上笑曰：『我識鄭尚書履聲。』」《九家》趙注：「上星辰，以言其親帝之旁，猶言上雲霄。」

〔一二〕獨步二句：《後漢書・逸民傳》戴良：「我若仲尼長東魯，大禹出西羌，獨步天下，誰與爲偶。」《論語・里仁》：「德不孤，必有鄰。」傅亮《爲宋公修張良廟教》：「張子房道亞黄中，照鄰殆庶。」

〔一三〕聰明二句：《三國志・魏書・管輅傳》評曰：「管輅之術筮，誠皆玄妙之殊巧，非常之絶技矣。」《新唐書・韋見素傳》：「肅宗立，與房琯、崔涣持節奉傳國璽及册……是歲十月丙申，有星犯昴，見素言於帝曰：『昴者，胡也。天道謫見，所應在人，禄山將死矣。』帝曰：『日月可知乎？』見素曰：『福應在德，禍應在刑，昴金忌火，行當火位，昴之昏中，乃其時也。既死其月，亦死其日。明年正月申寅，禄山其殪乎。』……及禄山死，日月皆驗。」錢箋引此，謂：「見素孫顗，亦精陰陽象緯，蓋其家學也。」《漢書・陳遵傳》：「性善書，與人尺牘，主者藏弆以爲榮。」《九家》趙注：「見素必善書矣，惜乎史所不載。」朱鶴齡注：「倒，即傾倒之倒。」仇注：「倒，壓倒也。」

〔一四〕豈是二句：《三國志・吴書・周瑜傳》：「恐蛟龍得雲雨，終非池中物也。」《禮記・儒行》：「儒有席上之珍以待聘，夙夜强學以待問。」注：「席，猶鋪陳也。鋪陳往古堯舜之善道，以待見問也。」

〔一五〕愚蒙句：朱鶴齡注：「隱淪，公自謂。」

〔一六〕長卿二句：長卿病，見卷六《同元使君舂陵行》(0276)注。《禮記・檀弓上》子夏曰：「吾離群而索居，亦已久矣。」

〔一七〕回首二句：《九家》趙注：「此言欲回首而驅出流俗，然爲生之涯終似衆人也。」仇注：「且驅逐生涯，資身無策。」

〔一八〕巫咸二句：《楚辭·離騷》：「巫咸將夕降兮，懷椒糈而要之。」《藝文類聚》卷七五引《古史考》：「庖犧氏作，始有筮，其後殷時巫咸善筮。」《莊子·盜跖》：「子自謂才士聖人邪？則再逐于魯，削跡于衛，窮于齊，圍于陳蔡，不容身於天下。」

## 奉贈太常張卿二十韻均①〔一〕

方丈三韓外，崑崙萬國西〔二〕。建標天地闊〔三〕，詣絶古今迷。氣得神仙迥，恩承雨露低〔四〕。相門清議衆，儒術大名齊。軒冕羅天闕②，琳琅識介珪〔五〕。伶官詩必誦，夔樂典猶稽〔六〕。健筆淩鸚鵡，銛鋒瑩鸊鵜〔七〕。友于皆挺拔，公望各端倪〔八〕。通籍踰青瑣，亨衢照紫泥〔九〕。靈虬傳夕箭，歸馬散霜蹄〔一〇〕。能事聞重譯，嘉謨及遠黎〔一一〕。弼諧方一展，班序更何躋〔一二〕。適越空顛躓，游梁竟慘悽〔一三〕。謬知終畫虎，微分是醯雞〔一四〕。萍泛無休日③，桃陰想舊蹊〔一五〕。吹噓人所羨，騰躍事仍睽〔一六〕。碧海真難涉，青雲不可梯〔一七〕。顧深慚鍛錬④，才小辱提携〔一八〕。檻束哀猿叫⑤，枝驚夜鵲栖〔一九〕。幾時陪羽獵，應指釣璜溪〔二〇〕。（0414）

【校】

①均，《草堂》校：「一作垍。」

②天，宋本、錢箋校：「一作高。」

③泛，錢箋校：「一作跡。」

④慚，錢箋校：「一作忘。」

⑤叫，錢箋、《九家》校：「一作巧。」宋本校：「一作功。」字誤。

【注】

黄鶴注：詩當作於天寶十一載（七五二）。朱鶴齡注、仇注均繫於天寶十三載（七五四）。

〔一〕張卿：張均，説子。《舊唐書・張均傳》：「均、垍皆能文。説在中書，兄弟已掌綸翰之任。……九載，遷刑部尚書。自以才名當爲宰輔，常爲李林甫所抑。及林甫卒，依附權臣陳希烈，期於必取。既而楊國忠用事，心頗惡之，罷希烈知政事，引文部侍郎韋見素代之，仍以均爲大理卿，均大失望，意常鬱鬱。」《張垍傳》：「以主婿，玄宗特深恩寵，許於禁中置内宅，侍爲文章……及禄山還鎮，命中官高力士餞於滻坡。既還，帝曰：『禄山慰意否？』力士曰：『觀其深心鬱鬱，必伺知宰相之命不行故也。』帝告國忠，國忠曰：『此議他人不知，必張垍所告。』帝怒，盡逐張垍兄弟。出均爲建安太守，垍爲盧溪郡司馬，埱爲宜春郡司馬。歲中召還，再遷爲太常卿。」《新唐書·張均傳》：「坐垍，貶建安太守，還，授大理卿。」黄鶴注：「按史，均未嘗爲太常卿。……兄弟貶皆在十三載。今詩當是與垍。垍尚主，多留禁中，所以冀其援引。」《九家》趙注謂《舊史》載均坐垍貶建安太守，還，遷太常卿。所引疑誤。錢箋謂：「均於歲中召還之後，自大理卿遷太常卿，故云再遷也。」然史料實無如此解説之理。

〔二〕方丈二句：《史記·秦始皇本紀》：「言海中三神山，名曰蓬萊、方丈、瀛洲，仙人居之。」《三國志·魏書·東夷傳》：「韓在帶方之南，東西以海爲限，南與倭接，方可四千里。有三種：一曰馬韓，二曰辰韓，三曰弁韓。」《水經注》河水：「崑崙墟在西北，去嵩高五萬里，地之中也。」《九家》趙注：「是皆仙聖居集之地。……以譬禁掖之清切，乃神仙之地，惟有仙風道骨，始能游且承恩寵也。」

〔三〕建標句：《太平御覽》卷七四引劉欣期《交州記》：「馬援積石爲塘，以通於海，達於象浦，建標爲南極之界。」

〔四〕氣得二句：《舊唐書·禮儀志》：「九載十月，先是御史大夫王鉷奏稱，太白山人王玄翼見玄元皇帝於寶仙洞中，乃遣王鉷、張均、王倕、韋濟、王翼、王岳靈，於洞中得玉石函《上清護國經》、寶券、紀籙等，獻之。」《資治通鑑》天寶九年十月：「太白山人王玄翼上言見玄元皇帝，言寶仙洞有妙寶真符，命刑部尚書張均等往求，得之。」錢箋：「秦皇之求方丈，漢武之窮崑崙，皆爲天地古今闊絶不可致之事，豈如玄宗使張均求妙寶真符於寶仙洞，往而遂獲乎？以秦皇、漢武喻玄宗之求仙，亦諷均之以求仙得幸也。」朱鶴齡注：「詣絶，造乎絶域也。言方丈、崑崙爲天地闊絶之境，古今共迷其處，豈若禁掖承恩者能迴得神仙之氣乎？因垍尚主，有宅在禁中故云。然方丈、崑崙乃假像爲辭。」仇注引張遠注，則謂：「（張均往求）必與垍同行也。張垍於寶仙洞中求得真符，其感神仙而膺主眷，豈若前世之渺茫乎。」浦起龍云：「贈詩通意，主美不主諷，而此詩語氣亦見美不見諷也。其言方丈、崑崙者，唐人於貴主姻戚多以仙家比之。言世間闊絶之區，平人迷不能到，今乃得合氣而承恩焉。」朱、浦説近是，詩亦無關求真符。

〔五〕琳琅句：《世説新語・容止》：「有人詣王太尉，遇安豐、大將軍、丞相在坐。往別屋，見季胤、平子。還，語人曰：『今日之行，觸目見琳琅珠玉。』」《詩・大雅・崧高》：「錫爾介圭，以作爾寶。」箋：「圭長尺二寸謂之介，非諸侯之圭，故以爲寶。諸侯之瑞圭，自九寸而下。」

〔六〕伶官二句：《詩・邶風・簡兮》箋：「伶官，樂官也。伶氏世掌樂官而善焉，故後世多號樂官爲伶官。」《書・舜典》：「帝曰：夔，命汝典樂，教胄子。」《九家》趙注：「此正言其爲太常卿也。太常卿，掌樂者也。」

〔七〕健筆二句：《後漢書・禰衡傳》：「射時大會賓客，人有獻鸚鵡者，射舉卮於衡曰：『願先生賦之，以娱嘉賓。』衡攬筆而作，文無加點，辭采甚麗。」瑩鸊鵜，見卷七《荊南兵馬使太常卿趙公大食刀歌》（0310）注。

〔八〕友于二句：友于，見卷八《岳麓山道林二寺行》（0406）注。《晋書・虞駿傳》：「孔愉有公才而無公望，丁潭有公望而無公才。」《資治通鑑》天寶十五年七月：「是時均、垍兄弟，及姚崇之子尚書右丞奕、蕭嵩之子兵部侍郎華、韋安石之子禮部侍郎陟、太常少卿斌，皆以才望至大官，上嘗曰：『或命相，當遍舉故相子弟耳。』既而皆不用。」《九家》趙注、錢箋、朱鶴齡注皆引此，然詩雖稱譽，實無涉於此。

〔九〕通籍二句：《漢書・元帝紀》：「得爲大父母、父母、兄弟通籍。」應劭注：「籍者，爲二尺竹牒，記其年紀名字物色，縣之宮門，案省相應，乃得入也。」《三輔黄圖》卷二：「《漢宮闕疏》曰：未央宮有麒麟閣、天禄閣，有金馬門、青瑣門，玄武、蒼龍二闕。」《初學記》卷一二引衛宏《漢舊儀》：「黄門郎屬黄門令，日暮入對青瑣闈拜，名夕郎。」錢箋：「均、垍供奉翰林院，故曰『踰青瑣』。」《史記・高祖本紀》正義：「天子有六璽……皆以武都紫泥封，青囊白素裏，兩端無縫。《三秦記》云：紫泥水在今成州。《輿地志》云：漢封詔璽用紫泥。則此水之泥也。」錢箋：「此言掌綸翰之事也。」

〔一〇〕靈虬二句：陸倕《新刻漏銘》：「靈虬承注，陰蟲吐噏。……銅史司刻，金徒抱箭。」《文選》李善注：「孫綽《漏刻銘》曰：『靈虬吐注，陰蟲承瀉』」；「張衡《漏水轉渾天儀制》曰：『蓋上又鑄金銅仙人，居左壺；爲胥徒，居右壺。皆以左手抱箭，右手指刻，以別天時早晚』」。呂周翰注：「言漏刻之體，以龍承之。」《九家》趙注：「此言晝日之接，晚始歸也。」

〔一一〕能事二句：《淮南子・泰族訓》：「夷狄之國，重譯而至。」《史記・秦始皇本紀》泰山刻石：「親巡遠方黎民。」刻石作「親巡遠黎」。《九家》趙注：「此又美其爲太常卿也。太常，古之宗伯，兼掌禮樂，朝會之際，蠻夷在焉。」朱鶴齡注謂其非是：「時垍自貶所召還，故有『重譯』、『遠黎』之句。」錢箋謂指均爲兵部侍郎，以累遷饒、蘇二州。錢、朱説皆有疵，仇注：「制作遥傳，而謀猷及遠。」疑只是泛譽。

〔一二〕弼諧二句：《書・皋陶謨》：「謨明弼諧。」傳：「謀廣聰明，以輔諧其政。」《宋書・蔡廓傳》：「皇子出仕則有位，有位則依朝，復示之班序。」姚崇《十事要説》：「外戚貴主，更相用事，班序荒雜。」班序指朝班序列。《九家》趙注謂甫自言班次序列不可攀于張。仇注：「更何躋，言莫有躋其上者。」按，言可躋高位。

〔一三〕適越二句：《九家》趙注：「公初落魄，嘗適越矣。公又嘗游梁矣。」《晉書・武帝紀》：「是猶將適越者指沙漠以遵途，欲登山者涉舟航而覓路。」《史記・司馬相如列傳》：「因病免，客游梁。」

〔一四〕謬知二句：《後漢書・馬援傳》：「所謂『畫虎不成反類狗』者也。」《宋書・劉式之傳》：「劉式之於國家粗有微分。」《莊子・田子方》：「孔子見老聃……孔子出，以告顔回曰：『丘之道也，其猶醯雞與！』」注：「醯雞者，甕中之蠛蠓。」仇注：「知同畫虎，謂召試不遇。分等醯雞，謂抱道不行。」

〔一五〕萍泛二句：司馬彪詩：「泛泛江漢萍，飄蕩永無根。」《史記・李將軍列傳》：「諺曰：『桃李不言，下自成蹊』。」《九家》趙注：「乃懷念舊日見知之人也。」

〔一六〕吹噓二句：阮籍《詠懷》：「吹噓誰以益，江湖相捐忘。」《莊子・逍遥游》：「我騰躍而上，不過數仞而下。」

〔一七〕碧海二句：《初學記》卷六引東方朔《十洲記》：「東有碧海，廣狹浩汗，與東海等，水不鹹苦，正作碧色。」謝靈運《登石門最高頂》：「惜無同懷客，共登青雲梯。」浦起龍云：「碧海、青雲，亦借用仙家語，與篇首照耀。」

〔一八〕顧深二句：《九家》趙注：「言張卿恩顧我雖深，而己却自慚鍛鍊之未至也。」

〔一九〕檻束二句：《淮南子·俶真訓》：「置猿檻中，則與豚同，非不巧捷也，無所肆其能也。」曹操《短歌行》：「月明星稀，烏鵲南飛。繞樹三匝，何枝可依。」

〔二〇〕幾時二句：《漢書·揚雄傳》：「其十二月羽獵，雄從。……故聊因《校獵賦》以風。」《初學記》卷二二引《尚書大傳》：「周文王至磻溪，見呂望，文王拜之尚父。望釣得玉璜，刻曰：『周受命，呂佐檢，德合於今昌來提。』」錢箋：「蓋謂逢人主以求仙，不若薦賢爲國，爲大臣之事也。應指釣璜溪，以太公望自況，其自待亦不薄矣。」朱鶴齡注：「終以汲引望之也。」

## 敬贈鄭諫議十韻①〔一〕

諫官非不達，詩義早知名〔二〕。破的由來事，先鋒孰敢争〔三〕。思飄雲物外②，律中鬼神驚〔四〕。毫髮無遺恨，波瀾獨老成〔五〕。野人寧得所，天意薄浮生〔六〕。多病休儒服，冥搜信客旌〔七〕。築居仙縹緲，旅食歲峥嵘〔八〕。使者求顔闔，諸公厭禰衡〔九〕。將期一諾重③〔一〇〕，欻使寸心傾。君見途窮哭，宜憂阮步兵〔一一〕。（0415）

【校】

① 贈，宋本作「聽」，據諸本改。

② 外，宋本、錢箋、《九家》校：「一作動。」

③ 諾，錢箋校：「一作語。」

【注】

黄鶴注：當是天寶十載（七五一）奏賦後作。

〔一〕鄭諫議：陶敏謂是鄭審。顔真卿《正議大夫行國子司爲下柱國金鄉縣開國男顔府君（允南）神道碑銘》：「天寶九載……與諫議大夫鄭審、郎中祁賢之每應制及朝廷唱和，必警絶佳對，人人稱説之。」參卷七《八哀詩·鄭公虔》（0336）注。《唐六典》卷八門下省：「諫議大夫四人，正五品上。」

〔二〕詩義句：《毛詩序》：「故詩有六義焉：一曰風，二曰賦，三曰比，四曰興，五曰雅，六曰頌。」

〔三〕破的二句：《世説新語·品藻》：「長史曰：『韶音令辭不如我，往輒破的，勝我。』」《史記·留侯世家》：「楚人剽疾，願上無與楚人争鋒。」

〔四〕思飄二句：《九家》趙注：「此如《文賦》言神游萬仞，精騖八極。」《左傳》僖公五年：「凡分、至、啓、閉，必書雲物。」《詩譜序》疏引《堯典》鄭玄注：「聲之曲折，又長言而爲之。聲中律，乃爲和。」《毛詩序》：「故正得失，動天地，感鬼神，莫近於詩。」

〔五〕毫髮二句：鮑照《代白頭吟》：「毫髮一爲瑕，丘山不可勝。」陸機《文賦》：「恒遺恨以終篇，豈懷盈而自足。」《文心雕龍·序志》：「振葉以尋根，觀瀾而索源。」《隋書·文學傳》：「英華秀發，波瀾浩蕩。筆有餘力，詞無竭源。」《詩·大雅·蕩》：「雖無老成人，尚有典刑。」仇注：「毫髮無憾，謂字句斟酌。波瀾老成，謂通篇結構。包小大而言。」

〔六〕野人二句：《九家》趙注：「自此而下，皆公自叙也。」《漢書·王莽傳》：「四海輻湊，靡不得所。」

〔七〕多病二句：冥搜，見卷一《同諸公登慈恩寺塔》(0023)注。駱賓王《疇昔篇》：「賴有邊城月，常伴客旌懸。」仇注：「不修儒服，而但任客旌，則行蹤難定矣。」

〔八〕築居二句：謝靈運《石門新營所住四面高山回溪》：「躋險築幽居，披雲卧石門。」木華《海賦》：「群仙縹眇，餐玉清涯。」旅食，見卷一《奉贈韋左丞丈二十二韻》(0001)注。峥嶸，見卷一《自京赴奉先縣詠懷五百字》(0041)注。

〔九〕使者二句：《莊子·讓王》：「魯君聞顔闔得道之人也，使人以幣先焉。顔闔守陋閭，苴布之衣而自飯牛。……使者致幣，顔闔對曰：『恐聽者謬而遺使者罪，不若審之。』使者還，反審之，復來求之，則不得已。」《後漢書·禰衡傳》：「(曹)操怒，謂融曰：『禰衡豎子，孤殺之猶雀鼠耳。顧此人素有虚名，遠近將謂孤不能容之，今送與劉表，視當何如。』於是遣人騎送之。……後復侮慢於表，表恥，不能容，以江夏太守黄祖性急，故送衡與之。祖亦善待焉。……後黄祖在蒙衝船上大會賓客，而衡言不遜順，祖慚，乃呵之。……衡方大罵，祖恚，遂令殺之。」黃鶴注：「當是天寶十載奏賦後作，謂天子雖召試而莫有從而薦送之者。」浦起龍云：「略逗召試本事，是轉下語。言我已舉朝厭之，而君且爲我不平。」

〔一〇〕將期句：《史記・季布欒布列傳》：「楚人諺曰：『得黃金百，不如得季布一諾。』」

〔一一〕君見二句：《晉書・阮籍傳》：「籍聞步兵厨營人善釀，有貯酒三百斛，乃求爲步兵校尉。……時率意獨駕，不由徑路，車跡所窮，輒慟哭而反。」

## 奉贈鮮于京兆二十韻〔一〕

王國稱多士，賢良復幾人〔二〕？異才應間出①，爽氣必殊倫〔三〕。始見張京兆，宜居漢近臣〔四〕。驊騮開道路，雕鶚離風塵〔五〕。侯伯知何算②，文章實致身〔六〕。奮飛超等級，容易失沉淪〔七〕。脱略磻溪釣，操持郢匠斤〔八〕。雲霄今已逼，台衮更誰親〔九〕？鳳穴雛皆好，龍門客又新〔一〇〕。義聲紛感激，敗績自逡巡〔一一〕。途遠欲何向③，天高難重陳〔一二〕。學詩猶孺子④，鄉賦忝嘉賓⑤〔一三〕。不得同晁錯，吁嗟後郤詵〔一四〕。計疏疑翰墨，時過憶松筠〔一五〕。獻納紆皇眷，中間謁紫宸〔一六〕。且隨諸彥集〔一七〕，方覬薄才伸。破膽遭前政，陰謀獨秉鈞〔一八〕。微生霑忌刻〔一九〕，萬事益酸辛。交合丹青地〔二〇〕，恩傾雨露辰。有儒愁餓死，早晚報平津〔二一〕。

（0416）

【校】

①出，錢箋校：「一作世。」

②筭，錢箋作「等」，校：「刊作算。」《九家》校：「一作等。」

③遠，宋本、錢箋、《九家》校：「一作永。」

④孺子，宋本、錢箋、《九家》校：「一云子夏。」

⑤忝，錢箋作「念」，校：「一作忝。」

【注】

黄鶴注：仲通爲京兆尹在天寶十一載十一月國忠爲相後也，則此詩在十一載（七五二）十二月作。按，追削李林甫在身官爵在天寶十二載（七五三）二月，詩當作於其後。

〔一〕鮮于京兆：名仲通。《舊唐書・楊國忠傳》：「國忠薦閬州人鮮于仲通爲益州長史，令率精兵八萬討南蠻，與羅鳳戰於瀘南，全軍陷没。……十載，國忠權知蜀郡都督府長史，充劍南節度副大使，知節度事，仍薦仲通代己爲京兆尹。」《資治通鑑》天寶四年：「楊釗，貴妃之從祖兄也，不學無行，爲宗黨所鄙。從軍於蜀，得新都尉。考滿，家貧不能自歸。新政富民鮮于仲通常資給之。……鮮于仲通名向，以字行，頗讀書，有材智，劍南節度使章仇兼瓊引爲采訪支使，委以心腹。嘗從容謂仲通曰：『今吾獨爲上所厚，苟無内援，必爲李林甫所危。聞楊妃新得幸，人未敢附之。子能爲我至長安與其家相結，吾無患矣。』仲通曰：『仲通蜀人，恐敗公事。今爲公更求得一人。』因言釗本末。兼瓊引見，儀觀甚偉，言辭敏給，兼瓊大喜，即辟爲推官，往來寢親密。乃使之獻春彩於京師。」天寶十二年正月：「京兆尹鮮于仲通諷選人請爲國忠刻頌，立於省門。」顔真卿《鮮于氏離堆記》：「君諱向，字仲通，以字行，漁陽人。……天寶九載，以益州大都督府長史兼御史中丞、持節充劍南節度副大使知節度事、劍南山南西道采訪處置使，入爲司農少卿，遂作京兆尹。以忤楊國忠，貶邵陽郡司馬。十有二載秋八月，除漢陽郡太守。冬十有一月，終於所任官舍。」又據顔氏《鮮于公神道碑銘》，其卒於天寶十四載閏十一月。

〔二〕王國二句：《詩·大雅·文王》：「思皇多士，生此王國。」《禮記·月令》：「贊桀俊，遂賢良。」

〔三〕異才二句：《宋書·劉義慶傳》：「異人間出，何遠之有。」《世説新語·簡傲》：「（王子猷）以手版拄頰云：『西山朝來，致有爽氣。』」左思《詠史》：「雖無壯士節，與世亦殊倫。」

〔四〕始見二句：《漢書·張敞傳》：「是時，潁川太守黄霸以治行第一入守京兆尹。霸視事數月，不稱，罷歸潁川。於是制詔御史：『其以膠東相敞守京兆尹。』」

〔五〕驊騮二句：驊騮，見卷一《天育驃騎歌》(0013)注。左思《蜀都賦》：「熊羆咆其陽，雕鶚鴥其陰。」《文選》劉逵注：「鶚，其形如雕，皆鷙鳥也。」干寶《晋紀總論》：「悠悠風塵，皆奔競之士。」《文選》李善注：「風塵，以喻污辱也。」《九家》趙注：「以比其俊，言得其路。」

〔六〕侯伯二句：《論語・子路》：「斗筲之人，何足算也。」顔延之《陶徵士誄》：「苟允德義，貴賤何算焉。」曹丕《典論・論文》：「蓋文章經國之大業，不朽之盛事。」《論語・學而》：「事父母，能竭其力；事君，能致其身。」《九家》趙注：「此微言而含不盡之意。」錢箋：「魯公《碑》記節度劍南，拔吐蕃摩彌城，而不載南詔之役。公詩美其文章義激，而不及其武略，古人不輕諛人若此。」朱鶴齡注：「此曰『文章實致身』與『容易失沉淪』，頌之亦諷之也。」是皆求之過深。

〔七〕奮飛二句：劉向《九歎・憂苦》：「或沉淪其無所達兮，或清激其無所通。」《九家》趙注：「言惟其奮飛而超邁於官之等級，故其離去沉淪也易而不難。」仇注：「當今侯伯雖多，鮮于獨以文章進身，一旦奮飛而起，則向之沉淪頓失矣。」浦起龍云：「『侯伯』四句忽將俗腸颺開，正以激動京兆。言侯伯之人何算，非不以文章致身者，一自位登通顯，便爾漠視單寒，比比然矣。」浦説甚巧，然終非正解。

〔八〕脱略二句：脱略，此爲放弃義。江淹《恨賦》：「脱略公卿，跌宕文史。」磻溪釣，參本卷《奉贈太常張卿二十韻》(0414)「釣璜溪」注。《莊子・徐无鬼》：「郢人堊慢其鼻端若蠅翼，使匠石斫之。匠石運斤成風，听而斫之，盡堊而鼻不傷，郢人立不失容。」

〔九〕雲霄二句：夏侯湛《抵疑》：「猶奮迅於雲霄之際，騰驤於四極之外。」《晋書・天文志》：「一曰天柱，三公之位也。在人曰三公，在天曰三台。」《職官志》：「其相國、丞相，皆衮冕，綠盭綬，所以殊於常公也。」王褒《太保吴武公尉遲綱碑銘》：「及年逾艾服，任隆台衮。」仇注：「雲霄，言得近天子。台衮，言得交宰相。」

〔一〇〕鳳穴二句：《晋書·陸雲傳》：「幼時吴尚書廣陵閔鴻見而奇之，曰：『此兒若非龍駒，當是鳳雛。』」錢箋：「《碑》載公弟晋，字叔明，超遷京兆尹，不十載而兄弟相代。有子六人，皆有令聞。」見顔真卿《中散大夫京兆尹漢陽郡太守贈太子少保鮮于公神道碑銘》。《後漢書·李膺傳》：「士有被其容接者，名爲登龍門。」《九家》趙注：「已暗引人公之自謂矣。」

〔一一〕義聲二句：《三國志·魏書·崔琰傳》：「盤游滋侈，義聲不聞。」《左傳》莊公十一年：「凡師，敵未陳曰敗某師，皆陳曰戰，大崩曰敗績。」《九家》趙注：「言鮮于之義聲雖紛然感激之多，而我之敗績，則自逡巡而不進也。」

〔一二〕天高句：《吕氏春秋·制樂》：「天之處高而聽卑，君有至德之言三，天必三賞君。」此反言之。

〔一三〕學詩二句：《論語·季氏》：「嘗獨立，鯉趨而過庭，曰：『學詩乎？』對曰：『未也。』『不學詩，無以言。』鯉退而學詩。」《史記·留侯世家》：「孺子可教矣。」《舊唐書·元載傳》：「家貧，徒步隨鄉賦。」朱鶴齡注：「鄉賦，謂鄉舉。」

〔一四〕不得二句：《漢書·晁錯傳》：「後詔有司舉賢良文學士，錯在選中，上親策詔之。……時賈誼已死，對策者百餘人，唯錯爲高第，繇是遷中大夫。」《晋書·郤詵傳》：「武帝於東堂會送，問詵曰：『卿自以爲何如？』詵對曰：『臣舉賢良對策，爲天下第一，猶桂林之一枝，崑山之片玉。』」《九家》趙注：「此公本傳謂其舉進士不中也。」朱鶴齡注：「此序開元末應鄉舉下第事。」

〔一五〕計疏二句：《九家》趙注：「上句乃憤歎之語，與『文章憎命達』、『儒術誠難起』同義。下句言時已過矣，則思隱於山林。」《禮記·學記》：「時過然後學，則勤苦而難成。」謝朓《陽雪聯句遥贈和》：「原隰望徙倚，松筠竟不移。」

〔一六〕獻納二句：班固《兩都賦序》：「朝夕論思，日月獻納。」《唐六典》卷七尚書工部：「宣政北曰紫宸門，其内曰紫宸殿。即内朝正殿也。」《長安志》卷六大明宫：「龍朔二年造蓬萊宫、含光殿，又造宣政、紫宸、蓬萊三殿。」朱鶴齡注：「此序獻三大禮賦，召試集賢院之事。」

〔一七〕且隨句：江淹《别賦》：「金閨之諸彦，蘭臺之群英。」

〔一八〕破膽二句：《漢書·谷永傳》：「臣永所以破膽寒心。」朱鶴齡注：「前政、秉鈞，謂李林甫也。是時國忠已代林甫，故云『前政』也。」錢箋、朱鶴齡皆引《李林甫傳》詔天下通一藝已上皆詣京師，恐草野之士對策斥言其奸惡，遂無一人及第事。參卷一《奉贈韋左丞丈二十二韻》(0001)注。《九家》趙注以此事屬前「獻納」二句。

〔一九〕微生二句：蕭統《錦帶書十二月啓》：「但某衡門賤士，甕牖微生。」《晋書·王濟傳》：「然外雖弘雅，而内多忌刻。」

〔二〇〕交合句：《九家》趙注：「丹青地，指言爲公卿之地也。」《鹽鐵論·相刺》：「公卿者，四海之表儀，神化之丹青也。」

〔二一〕早晚句：早晚，何日，何時。見卷七《秋風二首》(0317)注。《史記·平津侯主父列傳》：公孫弘爲宰相，封平津侯。《九家》趙注：「所賴者在鮮于京兆如公孫弘爾。」朱鶴齡注：「平津，謂國忠也。仲通與國忠深交，此詩疑謁選時所上，故望其汲引。舊注指鮮于，謬矣。」

潘德輿《養一齋李杜詩話》卷三：「王氏應麟曰：『鮮于京兆，仲通也。張太常、博士，均、垍也。所美非美。然昌黎之於于頔、李實，類此。杜、韓晚節所守，如孤松勁柏，學者不必師法其少作也。』按少陵酬應投獻之詩，不盡行其平素鯁直之誼，蓋唐人風氣使然，亦不獨於鮮于京兆、張博士也。《投哥舒僕射》詩云：『君王自神武，駕馭必英雄。開府當朝傑，論兵邁古風。』而《潼關吏》則云：『哀哉潼關卒，百萬化爲魚。請囑防關將，慎勿學哥舒。』何其前後違戾如此？此皆古人躁率失檢處。而置之集中，不肯删其少作，又見古人樸實，不諱過也。然於翰等猶可解曰前時敗闕未見，自不應逆探其惡而斥之。若王維、鄭虔，大節已玷，猶從而美之曰『一病緣明主，三年獨此心』、『反覆歸聖朝，點染無滌蕩』，何其深加惋惜乃爾！至稱維曰天下高人，稱虔曰天然生知，此真不能爲少陵解矣。」

## 贈特進汝陽王二十韻①〔一〕

特進羣公表，天人夙德升〔二〕。霜蹄千里駿，風翮九霄鵬〔三〕。服禮求毫髮，惟忠忘寢興②〔四〕。聖情常有眷，朝退若無憑〔五〕。仙醴來浮蟻③〔六〕，奇毛或賜鷹。清關塵不雜，中使日相乘〔七〕。晚節嬉游簡，平居孝義稱。自多親棣萼，誰敢問山陵〔八〕。學業醇儒富，辭華哲匠能④〔九〕。筆飛鸞聳立，章罷鳳騫騰〔一〇〕。精理通談笑，忘形向友朋〔一一〕。寸長堪繾綣⑤，一諾豈驕矜〔一二〕。已忝歸曹植，何知對李膺〔一三〕。招要恩屢至，崇重力難勝。披霧初歡夕〔一四〕，高秋爽氣澄。樽罍臨極浦〔一五〕，鳧雁宿張燈。花月窮游宴，炎天避鬱蒸〔一六〕。硯寒金井水，簷動玉壺冰〔一七〕。瓢飲唯三逕，岩栖在百層⑥〔一八〕。且持蠡測海⑦，況挹酒如澠⑧〔一九〕。鴻寶寧全秘，丹梯庶可凌〔二〇〕。淮王門有客⑨，終不愧孫登〔二一〕。（0417）

【校】

①二十，錢箋校：「按詩二十二韻，題恐有誤。」《九家》作「二十二」。

②惟，錢箋校：「一作推。」《九家》作「推」。

③醴，宋本、錢箋校：「一作醞。」　來，錢箋校：「一作求。」《九家》作「求」。

④辭，錢箋校：「一作才。」

⑤長，宋本、錢箋、《九家》校：「一作腸。」

⑥岩栖在百層，錢箋校：「陳作岩居異一塍。」

⑦且，錢箋校：「魯作謬。」

⑧挹，《草堂》作「把」。

⑨有，宋本、錢箋校：「一作下。」《九家》作「下」。

【注】

黄鶴注：天寶三載璡喪服方終，必其年二月封琳爲嗣寧王，時并加璡特進。從汝陽之游當在天寶五、六載（七四七）間。

〔一〕汝陽王：名璡。見卷一《飲中八仙歌》（0027）、卷七《八哀詩・汝陽郡王璡》（0333）注。《舊唐書・職官志》文散官：「特進，正二品。」

〔二〕天人句：《三國志・魏書・曹仁傳》：「及見仁還，乃歎曰：『將軍真天人也。』三軍服其勇。」又《王粲傳》注引《魏略》：「（邯鄲）淳歸，對其所知歎（曹）植之材，謂之天人。」《魏書・廣陵王羽傳》：「卿夙德老成，久居機要。」

〔三〕霜蹄二句：霜蹄，見卷四《題壁畫馬歌》（0177）注。庾闡《衡山》：「翔虬凌九霄，陸鱗困濡沫。」慧遠《廬山東林雜詩》：「孰是騰九霄，不奮衝天翮。」

〔四〕服禮二句：《九家》趙注：「言其於禮無纖毫違背。」《詩・秦風・小戎》：「言念君子，載寢載興。」

〔五〕聖情二句：沈約《齊故安陸昭王碑》：「皇情眷眷，慮深求瘼。」《九家》趙注：「王謙抑焉，於朝退若無憑恃其貴也。」朱鶴齡注引鄭善夫曰：「若無憑，猶漢高失蕭何若失左右手意。正言帝眷之切，非如舊注所云不挾貴也。」

〔六〕仙醴句：設醴，見卷七《八哀詩·汝陽郡王璡》(0333)注。張衡《南都賦》：「醪敷徑寸，浮蟻若蓱。」《文選》李善注：「《釋名》曰：酒有泛齊，浮蟻在上，泛泛然如蓱之多者。」

〔七〕清關二句：《九家》趙注：「乘者，一使已到而又有一使乘駕其上也。清關塵不雜，則形容其門牆之深嚴。」仇注：「門關不雜，正見無憑。」

〔八〕自多二句：《詩·小雅·常棣》：「常棣之華，鄂不韡韡。凡今之人，莫如兄弟。」《舊唐書·讓皇帝憲傳》：「玄宗於興慶宮西南置樓，西面題曰『花萼相輝之樓』，南面題曰『勤政務本之樓』。玄宗時登樓，聞諸王音樂之聲，咸召登樓同榻宴謔，或便幸其第，賜金分帛，厚其歡賞。諸王每日於側門朝見，歸宅之後即奏樂縱飲，擊毬鬬雞，或近郊從禽，或別墅追賞，不絶於歲月矣。游踐之所，中使相望，以爲天子友悌，近古無比，故人無間然。」「(開元二十九年)十一月薨，時年六十三。……憲長子汝陽郡王璡又上表懇辭，盛陳先意，謙退不敢當帝號，手制不許。……制號其墓爲惠陵。」朱鶴齡注：「言帝雖篤親親之誼，崇禮有加，而汝陽終恪守臣節，不敢問及山陵之名。所謂孝義足稱者此也。」仇注謂「親棣萼」句言汝陽能善於兄弟。

〔九〕學業二句：《漢書·賈山傳》：「所言涉獵書記，不能爲醇儒。」殷仲文《南州桓公九井作》：「哲匠感蕭晨，肅此塵外軫。」

〔一〇〕筆飛二句：索靖《草書狀》：「草書之爲狀也，婉若銀鉤，漂若驚鸞。」《法書要録》卷四《唐朝叙書録》：許圉師見太宗書，曰：「今觀聖跡，兼絶二王，鳳翥鸞回，實古今書聖也。」崔琦《七蠲》：「翻然鳳舉，軒爾龍騰。」《九家》趙注：「下句言其又有鳳藻之華。」

〔一一〕忘形句：《晉書・阮籍傳》：「當其得意，忽忘形骸。」

〔一二〕寸長二句：《史記・白起王翦列傳》：「鄙語云：『尺有所短，寸有所長。』」《左傳》昭公二十五年：「繾綣從公，無通外内。」杜預注：「繾綣，不離散。」《九家》趙注：「於人之寸長堪繾綣，則待之以一諾，豈更驕矜乎？」

〔一三〕已忝二句：《九家》趙注：「曹植爲陳思王，故以比汝陽王。此公自言其身，蓋曹植府中有七才子。」仇注：「自謙不如王粲輩，故曰『已忝』。」《後漢書・杜密傳》：「黨事既起，免歸本郡，與李膺俱坐，而名行相次，故時人亦稱李杜焉。」《九家》趙注：「今蓋言已叨忝歸附於曹王，又何敢謂己身姓杜，欲配對姓李之汝陽王乎。」朱鶴齡注：「公自言不敢對李膺爲李杜，謙辭也。」

〔一四〕披霧句：《世説新語・賞譽》：衛伯玉見樂廣與中朝名士談議，曰：「此人，人之水鏡也。見之若披雲霧睹青天。」

〔一五〕樽罍句：《楚辭・九歌・湘君》：「望涔陽兮極浦，横大江兮揚靈。」王逸注：「極，遠也。浦，水涯也。」

〔一六〕花月二句：《吴聲歌曲・子夜四時歌》：「思見春花月，含笑當道路。」應璩《與廣川長岑文瑜書》：「草木焦卷，處涼臺而有鬱蒸之煩。」

〔一七〕硯寒二句：劉孝威《奉和湘東王應令冬曉》：「天寒硯水凍，心悲書不成。」鮑照《代白頭吟》：「直如朱絲繩，清如玉壺冰。」《九家》趙注：「惟其避鬱蒸，必置清涼之物於前，故硯則寒金井之水，而玉壺之冰輝動簷端也。」浦起龍謂玉壺冰指簷馬。按，詩言初歡在秋，又言花月、炎天游宴，則硯寒簷冰亦寫實記冬。浦起龍並以高秋句爲比語，乃謂花月炎天均是一宴，臆説無據。

〔一八〕瓢飲二句：《論語·雍也》：「賢哉回也，一簞食，一瓢飲，在陋巷，人不堪其憂，回也不改其樂，賢哉回也。」陶淵明《歸去來兮辭》：「三徑就荒，松菊猶存。」《文選》李善注引《三輔決録》：「蔣詡，字元卿，舍中三徑，唯羊仲、求仲從之游，皆挫廉逃名不出。」嵇康《與山巨源絶交書》：「堯舜之君世，許由之岩栖。」

〔一九〕且持二句：東方朔《答客難》：「語曰：『以管窺天，以蠡測海。』」《文選》李善注：「張晏曰：蠡，瓠瓢也。」《左傳》昭公十二年：「有酒如澠，有肉如陵。」《詩·小雅·大東》：「維北有斗，不可以挹酒漿。」傳：「挹，斞也。」釋文：「挹音揖。斞，矩於反，《廣雅》云：酌也。」

〔二〇〕鴻寶二句：《漢書·劉向傳》：「淮南有《枕中鴻寶苑秘書》，書言神仙使鬼物爲金之術，及鄒衍重道延命方，世人莫見。」謝朓《游敬亭山》：「要欲追奇趣，即此陵丹梯。」《文選》李善注：「丹梯，謂山也。」又謝靈運《擬魏太子鄴中集》「躧步陵丹梯」李善注：「丹梯，丹墀也。」朱鶴齡注引作「丹梯，陞階也」，謂當從此。仇注引邵注以丹梯爲山上升仙之路。按，此言游仙，即用謝朓詩意。《苕溪漁隱叢話》前集卷一七引《學林新編》，謂此詩「一篇押二『陵』字也。」王嗣奭《杜臆》：「韻重『陵』字，『可陵』當作『凌』，本作『夌』。」宋本作「凌」。

〔二一〕淮王二句：《神仙傳》卷六：「淮南王安，好神仙之道，海内方士從其游者多矣。一旦，有八公詣之，容狀衰老，枯槁傴僂……八公曰：『王以我衰老不欲相見，却致年少，又何難哉？』於是振衣整容，立成童幼之狀。」《晉書・隱逸傳》孫登：「孫登字公和，汲郡共人也。無家屬，於郡北山爲土窟居之。夏則編草爲裳，冬則被髮自覆。……嵇康又從之游三年，問其所圖，終不答。康每歎息，將別，謂曰：『先生竟無言乎？』登乃曰：『……今子才多識寡，難乎免於今之世矣。子無求乎？』康不能用，果遭非命，乃作《幽憤詩》曰：『昔慚柳下，今愧孫登。』」《九家》趙注：「淮南王以比汝陽王。言以汝陽無鴻寶之秘，由是得遂其養生，不以嵇康之戮辱而有愧孫登也。」朱鶴齡注：「言汝陽愛士固不下淮南，我則何敢有愧孫登乎？蓋不欲自處於曳裾之客也。」王嗣奭《杜臆》：「嵇與魏宗室婚，拜中散大夫。杜與汝陽交好似之。……言己爲淮王門客，終可不愧孫登。蓋嵇康所遇非時，而己所與游則賢王也，亦盛世也。」

## 重經昭陵

草昧英雄起，謳歌曆數歸①〔一〕。風塵三尺劍，社稷　戎衣〔二〕。翼亮貞文德，丕承戢武威〔三〕。聖圖天廣大〔四〕，宗祀日光輝。陵寢盤空曲，熊羆守翠微〔五〕。再窺松柏路，還見五雲飛②〔六〕。（0418）

**【校】**

① 曆，宋本作歷，據錢箋改。

②見，《草堂》作「有」。

【注】

《草堂》魯訔曰：不知往來之因，姑從舊次。仇注：此必鄜州省家之後，復至長安時作。《川》譜亦與《行次昭陵》同繫於至德二載（七五七）。按，自鄜州返長安不應屈道往醴泉。至德後實無由再經昭陵，並《行次昭陵》詩編年俱可疑。

〔一〕草昧二句：《易・屯・象》：「天造草昧。」《論語・堯曰》：「堯曰：『咨！爾舜，天之曆數在爾躬。』」《史記・曆書》：「（堯）年耆禪舜，申戒文祖，云天之曆數在爾躬。舜亦以命禹。」

〔二〕風塵二句：《史記・高祖本紀》：「吾以布衣提三尺劍取天下，此非天命乎？」《書・武成》：「一戎衣，天下大定。」傳：「衣，服也。一著戎服而滅紂。」庾信《周宗廟歌・皇夏》：「終封三尺劍，長卷一戎衣。」

〔三〕翼亮二句：《三國志・魏書・高堂隆傳》：「鎮撫皇畿，翼亮帝室。」《易・小畜・象》：「君子以懿文德。」《左傳》襄公八年：「小國無文德，而有武功，禍莫大焉。」《書・君牙》：「丕承哉，武王烈。」傳：「言武王業美，大可承奉。」《漢書・刑法志》：「文德者，帝王之利器；威武者，文德之輔助也。」《九家》趙注：「此言太宗偃武用文也。貞則《易》云『天下之動，貞夫一』，戢則《左傳》『兵猶火也，不戢將自焚』。此又無一字無來處矣。」

〔四〕聖圖句：《宋書・武帝紀》：「自靈命初基，聖圖重遠。」

〔五〕陵寢二句：《史記・劉敬叔孫通列傳》：「先帝園陵寢廟。」《九家》趙注：「下句言兵衛之人如熊如羆，屯守於翠微之際。」

〔六〕再窺二句：《藝文類聚》卷九八引孫氏《瑞應圖》：「景雲者，太平之應也，一曰慶雲。非氣非烟，五色氛氲，謂之慶雲。」又引《孝經援神契》：「德至山陵，則景雲出。」

## 鄭駙馬宅宴洞中〔一〕

主家陰洞細烟霧，留客夏簟清琅玕①〔二〕。春酒杯濃琥珀薄，冰漿椀碧馬腦寒②〔三〕。誤疑茅堂過江麓③，已入風磴霾雲端〔四〕。自是秦樓壓鄭谷，時聞雜佩聲珊珊〔五〕。（0419）

【校】

①清，錢箋校：「一作青。」

②馬腦，錢箋作「瑪瑙」，《九家》作「碼碯」。

③堂，宋本、錢箋、《九家》校：「一作屋。」　江麓，錢箋校：「一云江底。」

五),而詩在其先後矣。按,碑當作於天寶五載(七四六),參該篇注。

【注】

黄鶴注:公所撰《皇甫淑妃碑》云:「甫忝鄭莊之賓客,游竇主之山林。」碑作於天寶四載(七四

〔一〕鄭駙馬:獨孤及《鄭駙馬孝行記》:「特進、駙馬都尉滎陽鄭潛曜,字某。睿宗外孫,玄宗之甥,代國長公主之才子也。……公開元二十八年,尚玄宗第十二女臨晉長公主。……歷太僕、光禄,嗣滎陽郡公。」《新唐書·孝友傳》:「鄭潛曜者,父萬鈞,駙馬都尉、滎陽郡公。母,代國長公主。」黄鶴注:「按公所撰《皇甫淑妃碑》:鄭潛曜尚臨晉公主,乃代國長公主之子,官曰光禄卿,爵曰駙馬都尉。」碑見本書卷二〇(1481)。鄭萬鈞《代國長公主碑》:「後乃相攸,降歸於鄭。……男二女四,教之以德。長子左贊善大夫聰,聰爲吾耳。次子右贊善大夫明,明爲吾目。」明疑即潛曜。鄭愔《大唐故贈荆州大都督上蔡郡王(韋洮)墓志銘》(《全唐文補遺》第三輯):「又下制,冥婚滎陽鄭氏,即隋高密令道援之曾孫,澧州司馬懷節之孫,貝州清河尉鋭思之女,尚舍奉御萬鈞之妹。」懷節爲鄭虔祖父,虔與萬鈞爲從兄弟,參卷一《醉時歌》(0019)引鄭虔《墓志》。本書卷一〇《鄭駙馬池臺喜遇鄭廣文同飲》(0514):「重對秦簫發,俱過阮宅來。」錢箋、朱注謂潛曜爲鄭虔之侄。今以墓志證之。張禮《游城南記》:「直樊川之上,倚神禾原,有洞曰蓮花,舊爲村人鄭氏之業。鄭氏遠祖潛曜,尚明皇之女臨晉公主,杜甫詩有《宴鄭駙馬洞中》云『主家陰洞細烟霧』,宜即此地也。」

〔二〕留客句：左思《吴都賦》：「桃笙象簟。」《文選》劉逵注：「吴人謂簟爲竹，又折象牙以爲簟也。」江淹《别賦》：「夏簟清兮晝不暮，冬釭凝兮夜何長。」《文選》李善注：「張儼《席賦》曰：席爲冬設，簟爲夏施。」《書・禹貢》：「厥貢球琳琅玕。」傳：「琅玕，石而似珠。」《九家》趙注：「詩家多以比竹，今言竹簟之美耳。杜田所引又作青琅玕，以附會青者爲勝之説。」

〔三〕春酒二句：琥珀杯，參卷八《奉送魏六丈佑少府之交廣》(0382)「琥珀鍾」注。《九家》趙注：「舊注以爲酒色，非是。」《洛陽伽藍記》：「河間王琛最爲豪首……琛嘗會宗室，陳諸寶器，金瓶銀甕百餘口，甌檠盤盒稱是。自餘酒器，有水晶鉢、瑪瑙琉璃碗、赤玉巵數十枚，作工奇妙，中土所無，皆從西域而來。」

〔四〕誤疑二句：鮑照《過銅山掘黄精》：「既類風門磴，復像天井壁。」庾肩吾《賦得山》：「層雲霾峻嶺，絶澗倒危峰。」《九家》趙注：「言在富貴之家，都城之地，而有幽逸之興。」朱鶴齡注：「二語極狀洞中之幽。」

〔五〕自是二句：《分門》洙曰：「以秦女弄玉吹簫於樓上得仙，故曰秦樓。」按，《相和歌辭・陌上桑》：「日出東南隅，照我秦氏樓。」此「秦樓」字面所出。李嶠《鳳》：「屢向秦樓側，頻過洛水陽。」乃唐人改言。《漢書・王貢兩龔鮑傳》序：「其後谷口有鄭子真，蜀有嚴君平，皆修身自保，非其服弗服，非其食弗食。成帝時，元舅大將軍王鳳以禮聘子真，子真遂不出而終。」《雍録》卷七：「谷口，在雲陽縣西四十里，鄭樸字子真隱於此。……即鄭白渠出山之處。」宋玉《神女賦》：「動霧縠以徐步兮，拂墀聲之珊珊。」

# 李監宅〔一〕

尚覺王孫貴〔二〕，豪家意頗濃。屏開金孔雀，褥隱繡芙蓉〔三〕。且食雙魚美，誰看異味重〔四〕？門闌多喜色，女壻近乘龍〔五〕。（0420）

【注】

黄鶴注：天寶初作。

〔一〕李監：《太平廣記》卷二三〇《李令問》（出《靈怪録》）：「李令問，開元中爲秘書監，左遷集州長史。令問好服玩飲饌，以奢聞於天下。其炙驢罌鵝之屬，慘毒取味，天下言服饌者，莫不祖述李監，以爲美談。」《九家》趙注引此，謂：「今公詩題李監宅，而有『異味重』之句，豈李監者乃李令問乎？開元中左遷集州，今豈自集州歸，賦詩者尚從故稱乎？」李令問，靖弟客師孫，傳附《舊唐書·李靖傳》。先天二年預誅竇懷貞功，遷殿中少監，封宋國公。開元中轉殿中監、左散騎常侍，知尚食事。十五年，坐與王君㚟連姻左授撫州別駕，尋卒。此當是其故宅，或另一人。錢起《陪南省諸公宴殿中李監宅》：「將門高勝霍，相子寵過韋。」或爲同一人。《舊唐書·高宗中宗諸子傳》許王素節子璆：「進《龍池皇德頌》，遷宗正卿、光禄卿、殿中監。天寶初，重拜宗正卿。」唐皇孫亦多授殿中監同正員，然詩必稱某王、某郡王。本書卷一八補遺《李鹽鐵二首》(1445)，錢箋注：「後一首題云《李監宅》，在第九卷中。」參該篇注。

〔二〕尚覺句：朱鶴齡注：「李監必宗室，故曰王孫。」《史記・淮陰侯列傳》：「吾哀王孫而進食，豈望報乎。」索隱：「劉德曰：秦末多失國，言王孫公子，尊之也。」今問非宗室，王孫亦泛言貴者。

〔三〕屏開二句：《舊唐書・后妃傳》高祖太穆皇后竇氏：「乃於門屏畫二孔雀，諸公子有求婚者，輒與兩箭射之，潛約中目者許之，前後數十輩莫能中。高祖後至，兩發各中一目。毅大悦，遂歸於我帝。」《分門》洙曰以爲太宗長孫皇后事，誤。徐彥伯《芳樹》：「玉花珍簟上，金縷畫屏開。」王僧孺《爲人述夢》：「以親芙蓉褥，方開合歡被。」崔顥《盧姬篇》：「魏王綺樓十二重，水精簾箔繡芙蓉。」《九家》趙注：「隱，蔽也，如王維『暮省隱花枝』之隱。」楊慎《丹鉛總録》卷二一：「《集韻》：縫衣曰⿰糸㥯。今俗云『穿針⿰糸㥯線』是也。杜詩『褥⿰糸㥯繡芙蓉』，而字借隱。」玄應《一切經音義》卷一四：「縫⿰糸㥯，⿰糸㥯衣也。《通俗文》：合袟曰⿰糸㥯。」

〔四〕且食二句：《飲馬長城窟行》：「客從遠方來，遺我雙鯉魚。」《史記・吴太伯世家》：「越王句踐食不重味。」《九家》趙注：「此微誚之也。言我但知食雙魚之美耳，誰復顧其異味之多也。」仇注引王嗣奭曰：「食魚句乃翻《孟子》舍魚取熊掌語。」

〔五〕門闌二句：《後漢書・明帝紀》：「勞賜縣掾史，及門闌走卒。」《虞詡傳》注引《續漢志》：「伍伯，公八人。……武官武伯，文官辟車。鈴下、侍閣、門闌、部署、街里走卒，皆有程品，多少隨所典領。」《九家》趙注：「則門闌之品，貴家方有之。」《藝文類聚》卷四〇引《楚國先賢傳》：「孫俊字文英，與李元禮俱娶太尉桓焉女，時人謂桓叔元兩女俱乘龍，言得婿如乘龍也。」《苕溪漁隱叢話》前集卷一四引《潘子真詩話》：「杜詩云『門闌多喜色，女婿近乘龍』，宋景文亦云『承家男得鳳，擇婿女乘龍』。事雖不如宋之切當，至造語則杜渾厚而有工。」吴曾《能改齋漫録》卷三：「余嘗以潘子真之論爲非，蓋景文所用乃是此事。至杜子美詩『女婿近乘龍』，蓋用《太平廣記》蕭史傳所謂『弄玉乘鳳，蕭史乘龍』者是也。」汪師韓《詩學纂聞》：「此二韻俱俗調。」

方回《瀛奎律髓》卷二九：「老杜卒於大曆五年庚戌，自天寶十四年乙未始亂，流離凡十六年。唐中葉衰矣，却只成就得老杜一部詩也。不知終始不亂，老杜得時行道如姚、宋，此一部杜詩不過如其祖審言能雅歌詠治象耳，不過皆《何將軍山林》、《李監宅》等詩耳。寧有如今一部詩乎？然則亦可發一慨也。」

## 重題鄭氏東亭在新安界〔一〕。

華亭入翠微〔二〕，秋日亂清暉。崩石欹山樹，清漣曳水衣〔三〕。紫鱗衝岸躍，蒼隼護巢歸〔四〕。向晚尋征路〔五〕，殘雲傍馬飛。（0421）

【注】

黄鶴注：當是天寶三年（七四四）在東都作。

〔一〕鄭氏：《分門》鮑曰：「即駙馬鄭潛曜也。」朱鶴齡注：「鄭氏無考。」新安，見卷二《新安吏》（0060）注。

〔二〕華亭句：《爾雅·釋山》：「未及上，翠微。」注：「近上旁陂。」疏：「謂未及頂上，在旁陂陀之處，名翠微。一説山氣青縹色，故曰翠微。」左思《蜀都賦》：「鬱氛氳以翠微，崛巍巍以瓘瓘。」《文選》劉逵注：「翠微，山之輕縹也。」

〔三〕崩石二句：江淹《學梁王兔園賦》：「崩石梧岸，崱屴藏陰。」《詩·魏風·伐檀》：「河水清且漣猗。」傳：「風行水成文曰漣。」《説文》：「菭，水衣也。」張協《雜詩》：「階下伏泉涌，堂上水衣生。」

〔四〕紫鱗二句：左思《蜀都賦》：「觴以清醥，鮮以紫鱗。」潘岳《西征賦》：「華魴躍鱗，素鱮揚鬐。」《晉鼓吹曲·仲秋獮田》：「白藏司辰，蒼隼時鷹揚。」

〔五〕向晚：傍晚。沈滿願《戲蕭娘》：「清晨插步摇，向晚解羅衣。」

## 題張氏隱居二首

春山無伴獨相求，伐木丁丁山更幽〔一〕。澗道餘寒歷冰雪，石門斜日到林丘〔二〕。不貪夜識金銀氣，遠害朝看麋鹿游〔三〕。乘興杳然迷出處，對君疑是泛虛

舟〔四〕。（0422）

【注】

黄鶴注疑張氏即與李白俱隱於徂徠山之張叔明，或杜甫《雜述》之魯人張叔卿，謂詩作於開元二十四年（七三六）後。錢箋：「或曰張氏以爲張山人彪亦可。正不必求其人以實之。」

〔一〕伐木句：《詩·小雅·伐木》：「伐木丁丁，鳥鳴嚶嚶。」傳：「丁丁，伐木聲也。」

〔二〕石門句：《輿地廣記》卷六齊州臨邑縣：「唐屬齊州。有石門，有盧縣故城。《春秋》齊侯、鄭伯盟於石門，尋盧之盟是也。」黄鶴注：「公嘗與劉九法曹、鄭瑕丘宴集於石門也。」仇注：「石門不必確指地名。公《橋陵》詩云『石門霜露白』，亦只泛言。」王士禛《居易録》卷二七亦以此詩之石門與本卷《劉九法曹鄭瑕丘石門宴集》（0430）爲一地，即曲阜縣東北石門山，謂其地有張氏莊，相傳爲張叔明舊居，「山南有兩小阜，俗稱金耙齒、銀耙齒者，子美詩『不貪夜識金銀氣』之句，蓋偶然即目耳，非身歷其處固不知也。」

〔三〕不貪二句：《九家》趙注：「古人有《地鏡圖》之書，以觀地下之物，曰黄金之氣夜赤黄，銀之氣夜正白，流散在地。今言性雖不貪，而能夜識金銀之氣。」《太平御覽》卷八一一引《地鏡圖》、《説郛》卷六〇《地鏡圖》有此説。《史記·天官書》：「大水處，敗軍場，破國之虚，下有積錢，金寶之上，皆有氣，不可不察。」沈作喆《寓簡》卷三：「齊梁間，山陰隱者孔祐至行通神，嘗於四明山谷中見積錢數百斛，視之如瓦石，樵人競取，入手即成沙礫。」錢箋引此。劉峻《廣絶交論》：

「獨立高山之頂，歡與麋鹿同群。」

〔四〕乘興二句：《莊子·知北游》：「夫道，窅然難言哉。」《山木》：「方舟而濟於河，有虛船來觸舟，雖有惼心之人不怒。」李諧《述身賦》：「獨浩然而任己，同虛舟之不繫。」

之子時相見〔一〕，邀人晚興留。霽潭鱣發發①，春草鹿呦呦〔二〕。杜酒偏勞勸，張梨不外求〔三〕。前村山路險，歸醉每無愁。（0423）

【校】

①霽，錢箋校：「一作濟。」

【注】

〔一〕之子句：《詩·鄭風·羔裘》：「彼其之子，舍命不渝。」《漢書·五行志》：「成帝時童謠曰：燕燕尾涎涎，張公子，時相見。」

〔二〕霽潭二句：《詩·衛風·碩人》：「施罛濊濊，鱣鮪發發。」毛傳：「鱣，鯉也。發發，盛貌。」《小雅·鹿鳴》：「呦呦鹿鳴，食野之苹。」

〔三〕杜酒二句：曹操《短歌行》：「何以解憂，唯有杜康。」《文選》李善注：「《博物志》曰：杜康作酒。」潘岳《閑居賦》：「張公大谷之梨。」《文選》李善注：「《廣志》曰：洛陽北芒山有張公夏梨，甚甘，海内唯有一樹。」仇注：「暗用賓主二姓。」

**天寶初南曹小司寇舅於我太夫人堂下累土爲山一匱盈尺以代彼朽木承諸焚香瓷甌甌甚安矣旁植慈竹蓋兹數峰嶔岑嬋娟宛有塵外數致乃不知興之所至而作是詩**①〔一〕

一匱功盈尺，三峰意出羣〔二〕。望中疑在野，幽處欲生雲。慈竹春陰覆，香爐曉勢分〔三〕。惟南將獻壽，佳氣日氛氲②〔四〕。（0424）

【校】

① 數，《九家》作「格」，錢箋校：「一本無『數』字。」

② 氛，錢箋、《草堂》作「氤」。

【注】

黄鶴注：謂之天寶初，專指爲元年，今從吕大防、魯訔《譜》，爲天寶元年（七四二）作。

〔一〕南曹小司寇舅：盧氏太夫人侄。《唐六典》卷六刑部：「侍郎一人，正四品下。周之秋官小司寇，中大夫也。」《新唐書・宰相世系表三上》盧氏第二房：之信，洛州司功參軍；子元哲，金州刺史；元哲弟珙，珙孫：「貞諒，刑部侍郎。」嚴耕望《唐僕尚丞郎表》推測其官至刑侍當在玄宗時。按，《世系表》元哲未知是否爲盧氏太夫人父。「大父元懿」則於表無徵。然貞諒當即此小司寇舅，據表乃元哲從孫。《唐六典》卷二吏部：「員外郎一人，掌選院，謂之南曹。其曹在選曹之南，故謂之南曹。」《唐會要》卷五八《吏部員外郎》：「開元十二年四月十六日，敕兵吏各專定兩人判南曹，以陳希烈、席豫爲之，尋却一人判。」權德輿《吏部員外郎南曹廳壁記》：「初上元中，天官趙郡李敬玄號爲稱職……乃請外郎一人顓南曹之任，其後或詔同曹郎分主之，或詔他曹郎權居之，皆難其才而慎斯舉也。」朱鶴齡注：「按唐制，未聞以司寇判南曹。此云『南曹小司寇』，當是以秋官權職者。」太夫人：審言繼室，杜甫繼祖母。本書卷二〇《唐故范陽太君盧氏墓志》(1483)：「五代祖柔，隋吏部尚書容城侯。大父元懿，是渭南尉。父元哲，是廬州慎縣丞。維天寶三載五月五日，故修文館學士著作郎京兆杜府君諱某之繼室、范陽縣太君盧氏，卒於陳留郡之私第，春秋六十有九。」

〔二〕一匱二句：《書・旅獒》：「爲山九仞，功虧一簣。」沈約《傷王融》：「眷言懷祖武，一簣望成峰。」《分門》洙曰：「猶華岳之三峰也。」《太平寰宇記》卷二九華州華陰縣：「按《名山記》：華岳有三峰，直上數千仞，基廣而峰峻，疊秀迄於嶺表，有如削成。今博山香爐，形實象之。」《九家》趙注：「今句實道土山之三峰。舊注非是。」按，借三峰爲喻，舊注不誤。唐人蓋屢言之。

〔三〕慈竹二句：《太平御覽》卷九六二引任昉《述異記》：「南中生子母竹，今慈竹是也。漢章帝三年，子母竹笋生白虎殿前，謂之孝竹，群臣作《孝竹頌》。」《分門》洙曰：「廬山有香爐峰。」《九家》趙注：「兩句並指實事。下句言土山上承香瓷甌，其曉烟勢與春陰分也。」按，此亦以香爐峰喻焚香甌。沈佺期《同李舍人冬日集安樂公主山池》：「峰奪香爐巧，池偷明鏡圓。」唐人亦屢言之。仇注謂舊注太迂，亦不明此喻象之沿襲。

〔四〕惟南二句：《詩・小雅・天保》：「如南山之壽，不騫不崩。」沈約《齊明帝哀策文》：「北極齊光，南山獻壽。」《隋書・樂志》北齊元會大饗《食舉樂》：「榮光至，氣氤氳。」

## 龍門

龍門橫野斷〔一〕，驛樹出城來。氣色皇居近，金銀佛寺開〔二〕。往還時屢改，川水日悠哉①。相閲征途上，生涯盡幾回〔三〕。（0425）

【校】

① 水，錢箋校：「一作陸。」

【注】

黄鶴注：公天寶元年（七四二）在東京，此詩當是其時作。

〔一〕龍門句：《史記·秦本紀》正義引《括地志》：「伊闕在洛州南十九里。《注水經》云：昔大禹鑿龍門以通水，兩山相對，望之若闕，伊水歷其間，故謂之伊闕。按，今洛南猶謂之龍門也。」《元和郡縣圖志》卷五河南府：「初，煬帝嘗登邙山，觀伊闕，顧曰：『此非龍門邪？自古何因不建都於此？』僕射蘇威對曰：『自古非不知，以俟陛下也。』帝大悦，遂議都焉。其宫室臺殿，皆宇文愷所創也。」

〔二〕金銀句：《分門》洪覺範曰：「此句蓋謂龍門山有奉先寺，佛地有金世界、銀世界。」錢箋引元人《龍門記》：「舊有八寺，無一存者。」仇注：「固不但奉先一寺也。」乾隆《河南府志》卷七五：「後魏所建龍門八寺，見於《伽藍記》者，惟有石窟、靈岩二寺，餘六寺見於舊《洛志》者，曰乾元，曰廣化，曰崇訓，曰寶應，曰嘉善，曰天竺，而奉先、香山不與焉。然奉先、香山據舊《洛志》，亦建于後魏時。八寺外益以奉先、香山，則爲十寺。故居易《記》曰：龍門十寺，香山爲冠。《名勝志》舉龍門八寺之名，而並數奉先、香山，其亦弗深考歟？至八寺遺跡，據薩天錫《龍門記》：伊闕兩岸，舊有八寺，無一存者，但東崖嶺有壘石址兩區，餘不可辨。又孫應奎《乾元寺記》：舊在伊闕東山巔，魏時龍門八寺，惟此爲甲，去村窵遠。嘉靖間遷於山麓。今香山寺亦非舊址。」參卷一《游龍門奉先寺》(0004)注。白居易有《修香山寺記》、《春日題乾元寺上方最高峰亭》。

〔三〕往還四句：陸機《歎逝賦》：「川閲水以成川，水滔滔而日度。世閲人而爲世，人冉冉而行暮。」仇注：「閲征途而生涯無幾，歎後游難必也。」

## 奉寄河南韋尹丈人甫敝廬在偃師，承韋公頻有訪問，故有下句〔一〕。

有客傳河尹，逢人問孔融〔二〕。青囊仍隱逸，章甫尚西東〔三〕。鼎食分門户①，詞場繼國風〔四〕。尊榮瞻地絶，疏放憶途窮〔五〕。濁酒尋陶令，丹砂訪葛洪〔六〕。江湖漂短褐②，霜雪滿飛蓬〔七〕。牢落乾坤大，周流道術空③〔八〕。謬慚知薊子，真怯笑揚雄〔九〕。盤錯神明懼，謳歌德義豐〔一〇〕。尸鄉餘土室，難説祝雞翁④〔一一〕。

（0426）

【校】

①分，錢箋校：「一作爲。」《九家》、《草堂》作「爲」。

②短，宋本、錢箋校：「一作裋。」

③流，錢箋校：「一作旋。」

④難説祝雞翁，宋本、錢箋校：「一云誰話朔雞翁。」　難説，《九家》校：「一作誰話。」

**【注】**

黄鶴注：《韋濟傳》濟天寶七載（七四八）爲河南尹，詩當作於是年。

〔一〕河南韋尹：韋濟。見卷一《奉贈韋左丞丈二十二韻》（0001）注。《新唐書・地理志》河南府：「偃師，畿。天寶七載，尹韋濟以北坡道迂，自縣東山下開新道通孝義橋。」

〔二〕有客二句：《後漢書・孔融傳》：「年十歲，隨父詣京師。時，河南尹李膺以簡重自居，不妄接士賓客，敕外自非當世名人及與通家，皆不得白。融欲觀其人，故造膺門。語門者曰：『我是李君通家子弟。』門者言之。膺請融……融曰：『然。先君孔子與君先人李老君同德比義，而相師友，則融與君累世通家。』」

〔三〕青囊二句：《晉書・郭璞傳》：「有郭公者，客居河東，精於卜筮，璞從之受業。公以《青囊中書》九卷與之，由是遂洞五行天文卜筮之術。」《莊子・逍遥游》：「宋人資章甫而適諸越，越人斷髮文身，無所用之。」《禮記・檀弓上》孔子曰：「今丘也，東西南北人也。」

〔四〕鼎食二句：《説苑・建本》：「累茵而坐，列鼎而食。」《後漢書・蔡邕傳》：「言事者因此欲陷臣父子，破臣門户。」《分門》洙曰：「門户，閥閲也。」仇注：「韋氏有大小兩逍遥房，故云分門户。」《毛詩序》：「《關雎》，后妃之德也。風之始也，所以風天下而正夫婦也，故用之鄉人焉，用之邦國焉。」箋：「此風謂十五國風，風是諸侯政教也。」

〔五〕尊榮二句：任昉《齊竟陵文宣王行狀》：「地尊禮絶，親賢莫貳。」《分門》洙曰：「言地望崇重。」

向秀《思舊賦》序：「然嵇志遠而疏，吕心曠而放。」《晉書·阮籍傳》：「時率意獨駕，不由徑路，車跡所窮，輒慟哭而反。」《趙次公先後解》：「公自謂也。」

〔六〕濁酒二句：《晉書·陶潛傳》：「又不營生業，家務悉委之兒僕。未嘗有喜愠之色，惟遇酒則飲，時或無酒，亦雅詠不輟。」陶淵明《己酉歲九月九日》：「何以稱我情，濁酒且自陶。」葛洪，見卷八《送重表侄王砅評事使南海》(0386)注。

〔七〕江湖二句：短褐，見卷一《橋陵詩三十韻因呈縣内諸官》(0037)注。《詩·衛風·伯兮》：「自伯之東，首如飛蓬。」朱鶴齡注：「霜雪，髮之白也。」《趙次公先後解》以此詩爲潭州作，霜雪乃實言。不從。

〔八〕牢落二句：左思《魏都賦》：「臨菑牢落，鄢郢丘墟。」《文選》李善注：「牢落，猶遼落也。」《楚辭·離騷》：「覽相觀於四極兮，周流乎天余乃下。」

〔九〕謬慚二句：《後漢書·方術傳》：「薊子訓者，不知所由來也。建安中，客在濟陰宛句，有神異之道。……其追逐觀者常有千數。既到京師，公卿以下候之者，坐上恒數百人。」《漢書·揚雄傳》：「時雄方草《太玄》，有以自守，泊如也。或嘲雄以玄尚白，而雄解之，號曰《解嘲》：……子徒笑我玄之尚白，吾亦笑子之病甚，不遭臾跗、扁鵲。」盧元昌曰：「公《秋述》云：『揚子雲草《玄》寂寞，多爲後輩所褻。』近似之矣。」

〔一〇〕盤錯二句：《後漢書·虞詡傳》：「乃以詡爲朝歌長，故舊皆弔詡曰：『得朝歌何衰！』詡笑曰：『志不求易，事不避難，臣之職也。不遇槃根錯節，何以别利器乎？』」《魏書·甄琛傳》：

「遷河南尹……琛表曰：……凡使人攻堅木者，必爲之擇良器。今河南郡是陛下天山之堅木，盤根錯節，亂植其中。六部里尉即攻堅之利器，非貞剛精鋭，無以治之。」朱鶴齡注：「按《唐書》稱濟文雅能修飾政事，所至以治稱。此詩『盤錯』二語，當是實録。」

〔一一〕尸鄉二句：尸鄉，見卷六《催宗文樹雞柵》（0284）注。《漢書・地理志》河南郡：「偃師，尸鄉，殷湯所都。莽曰師成。」《水經注》穀水：「陽渠水又東，逕亳殷南，昔盤庚所遷，改商曰殷此始也。班固曰尸鄉，故殷湯所都者也，故亦曰湯亭。……此山即祝雞翁之故居也。」黄鶴注：「土室，謂依土山以爲室。……諸杜廬與墓多在河南偃師。」《趙次公先後解》：「蓋言誰人話及祝雞翁乎，惟我韋丈人而已。」

## 贈李白〔一〕

秋來相顧尚飄蓬，未就丹砂愧葛洪〔二〕。痛飲狂歌空度日，飛揚跋扈爲誰雄〔三〕？（0427）

【注】

黄鶴注：當是開元十八年（七三〇）在東都作。仇注繫於天寶四載（七四五）。

〔一〕李白：見卷一《贈李白》(0003)注。

〔二〕秋來二句：《九家》趙注：「時公有胄曹之命，白以賀知章薦而待詔，然公意以無益於身，不若稚川爲勾漏令之能養身也。」仇注：「此詩自歎失意浪游，而惜白之興豪不遇也。」蕭滌非謂：「相顧，見得彼此一樣。時二人都流浪山東，故以飄蓬爲比。」按，葛洪謂李，言己未如李訪道受籙，故有愧。

〔三〕痛飲二句：《世説新語·任誕》：「王孝伯言：名士不必須奇才，但使常得無事，痛飲酒，熟讀《離騷》，便可稱名士。」仇注：「『李白斗酒詩百篇』，即『痛飲狂歌』也。」《後漢書·梁冀傳》：「帝少而聰慧，知冀驕横，嘗朝群臣，目冀曰：『此跋扈將軍也。』」章懷注：「跋扈，猶强梁也。」《北齊書·神武帝紀》：「神武曰：『(侯)景專制河南十四年矣，常有飛揚跋扈志。』」《九家》趙注：「飛揚跋扈，皆强狠不臣之謂。公意謂如吾輩之痛飲狂歌，亦空度日而已，如强狠之輩跋扈飛揚，亦何所爲而自雄？皆不若勾漏令之能養生有益於身也。」錢箋：「按太白性倜儻，好縱横術，魏顥稱其眸子炯然，哆如餓虎，少任俠，手刃數人。故公以『飛揚跋扈』目之，猶云『平生飛動意』也。」仇注：「下二贈語含諷，見朋友相規之義焉。」蕭滌非謂：「意思是希望李白不要太任性，應該收斂些。」

## 與任城許主簿游南池〔一〕

秋水通溝洫，城隅集小船①。晚涼看洗馬②，森木亂鳴蟬。菱熟經時雨③，蒲

荒八月天④〔二〕。晨朝降白露⑤，遥憶舊青氈⑥〔三〕。（0428）

【校】

①集，錢箋作「進」。

②涼，錢箋校：「《草堂》本作來。」

③菱，《草堂》作「麥」。　時，錢箋校：「一作旬。」

④荒，《草堂》作「黄」。

⑤降，《草堂》作「看」。

⑥憶，《草堂》作「想」。

【注】

黄鶴注：此詩公游齊趙至兖時作，當作於開元二十九年（七四一）前。仇注繫於開元二十五年（七三七）。

〔一〕任城：《元和郡縣圖志》卷一〇兖州：「任城縣，緊。東至州七十六里。」許主簿：名不詳。《唐六典》卷三〇諸州下縣：「主簿一人，從九品上。」「主簿掌付事勾稽，省署抄目，糾正非違，監印，給紙筆雜用之事。」

〔二〕菱熟二句：《九家》趙注引范元實説：「蒲當八月，未至於荒，其荒者，以經時之雨故然邪。」仇

注：「蒲有二種。《陳風》：『彼澤之陂，有蒲與荷。』蒲乃水草，其質柔弱，故到中秋而荒殘也。《王風》：『不流束蒲。』乃蒲柳，屬木本，與此不同。」按，蒲與蒲柳自是二物，不當謂蒲有二種。

〔三〕遥憶句：《晉書・王獻之傳》：「夜卧齋中，而有偷人入其室，盗物都盡。獻之徐曰：『偷兒，青氈我家故物，可特置之。』」

## 登兖州城樓〔一〕

東郡趨庭日〔二〕，南樓縱目初。浮雲連海岱①，平野入青徐〔三〕。孤嶂秦碑在，荒城魯殿餘〔四〕。從來多古意，臨眺獨躊躇〔五〕。（0429）

【校】

①岱，錢箋作「岳」，校：「一作岱。」

【注】

黄鶴注：公以開元二十四年前下第後游齊趙，此當作於開元二十九年（七四一）前。仇注繫於開元二十五年（七三七）。

〔一〕兗州：《元和郡縣圖志》卷一〇：「兗州，魯郡。中都督府。」《舊唐書·地理志》：「兗州，上都督府。隋魯郡。……天寶元年，改兗州爲魯郡。乾元元年，復爲兗州。」

〔二〕東郡句：《漢書·地理志》：「東郡，秦置。莽曰治亭。屬兗州。」《論語·季氏》：「嘗獨立，鯉趨而過庭，曰：『學詩乎？』對曰：『未也。』『不學詩，無以言。』」鯉，孔子之子。《草堂》夢弼注：「公父閑嘗爲兗州司馬，公時省侍之。」

〔三〕浮雲二句：《書·禹貢》：「海岱惟青州。」傳：「東北據海，西南距岱。」《元和郡縣圖志》卷一〇河南道：「青州，北海，望。」卷九河南道：「徐州，彭城。上。」青州在兗州北，徐州在兗州南。

〔四〕孤嶂二句：《水經注》泗水：「《地理志》：嶧山在鄒縣北。……山北有絶岩，秦始皇觀禮於魯，登於嶧山之上，命丞相李斯以大篆勒銘山嶺，名曰書門。」《元和郡縣圖志》卷一〇兗州鄒縣：「嶧山，一名鄒山，在縣南二十二里。……秦始皇二十六年，觀禮於魯，刻石於嶧山。」《水經注》泗水魯縣：「孔廟東南五百步有雙石闕，即靈光之南闕，北百餘步即靈光殿基，東西二十四丈，南北十二丈，高丈餘。東西廊廡别舍，中間方七百餘步。……是漢景帝程姬子魯恭王之所造也。」《元和郡縣圖志》卷一〇兗州曲阜縣：「靈光殿，魯王所造，在魯城内。案《文選》，漢景帝子名餘，封爲魯王，好理宫室，而建此殿。遭王莽亂，宫室被焚，建章皆隳壞，而靈光殿巋然獨存。」

〔五〕臨眺句：張衡《思玄賦》：「躔建木於廣都兮，摭若華而躊躇。」《文選》李善注：「《韓詩》曰：愛而不見，搔首躊躇。薛君曰：躊躇，躑躅也。《廣雅》曰：躊躇，猶豫也。」

## 劉九法曹鄭瑕丘石門宴集〔一〕

秋水清無底，蕭然静客心①。掾曹乘逸興〔二〕，鞍馬去相尋②。能吏逢聯璧，華筵直一金〔三〕。晚來横吹好，泓下亦龍吟③〔四〕。（0430）

【校】

①静，錢箋、《草堂》作「浄」。

②乘，宋本作「承」，抄寫之誤，據錢箋等改。　去相尋，宋本、錢箋校：「一云到荒林。」

③「能吏」至「龍吟」，錢箋、《草堂》校：「一云尊酒宜如此，人生復至今。白頭逢晚歲，相顧一悲吟。」

【注】

黄鶴注：當是開元二十四年（七三六）以後作。

〔一〕劉九法曹：名不詳。《唐六典》卷三〇上都督府：「法曹參軍事二人，正七品下。」「法曹、司法參軍掌律令格式，鞫獄定刑，督捕盜賊，糾逖姦非之事。」鄭瑕丘：名不詳。《元和郡縣圖志》卷一〇兖州：「瑕丘縣，上，郭下。」朱鶴齡注：「石門在兖東。李白集有《魯郡東石門送杜甫》

詩。」錢箋引《水經注》：「（臨邑）縣有濟水祠也。水有石門，以石爲之，故濟水之門也。」仇注：「石門，山名，在兖州府平陰縣，與瑕丘相鄰境。」王士禛《居易録》卷二七：「孔博士東塘言：曲阜縣東北有石門山，即杜子美詩《題張氏隱居》所謂『春山無伴獨相求』、《劉九法曹鄭瑕丘石門宴集》所謂『秋水清無底』者是也。李太白有《石門送杜二甫》詩：『何言石門路，復有金尊開。』亦其地。山麓今尚有張氏莊，相傳爲唐隱士張叔明舊居。張蓋與太白、孔巢父輩同隱徂徠，稱『竹溪六逸』者也。山不甚高，石峽對峙如門，故名。」

〔二〕掾曹：《分門》洙曰：「漢制以曹官爲掾，如室之掾也，言其有所負荷。」《九家》趙注謂指劉法曹。按，掾曹即掾屬諸曹。《後漢書・百官志》：「掾史屬二十四人。本注曰：……西曹主府史署用，東曹主二千石長史遷除及軍吏。户曹主民户、祠祀、農桑。」唐指州府諸曹參軍。《舊唐書・韓愈傳》：「量移江陵府掾曹。」《李商隱傳》：「京兆尹盧弘正奏署掾曹。」《新唐書》愈傳作「江陵法曹參軍」，商隱傳作「表爲府參軍」。

〔三〕能吏二句：《漢書・張敞傳》：「望之以爲敞能吏，任治煩亂。」《晋書・夏侯湛傳》：「與潘岳友善，每行止同輿接茵，京都謂之連璧。」《周書・韋孝寬傳》：「時獨孤信爲新野郡守，同荆州，與孝寬情好款密，政術俱美，荆部吏人號爲聯璧。」《九家》趙注：「指二公也。」《史記・孝文本紀》：「召匠計之，直百金。」《平準書》：「一金，黄金一斤。」索隱：「臣瓚下注云秦以一鎰爲一金，漢以一斤爲一金，是其義也。」《酈生陸賈列傳》正義：「漢制：一金直千貫。」

〔四〕晚來二句：《晋書・樂志》：「鼓角横吹曲。……角，説者云蚩尤氏帥魑魅與黄帝戰於涿鹿，帝乃始命吹角爲龍鳴以禦之。……胡角者，本以應胡笳之聲，後漸用之横吹，有雙角，即胡樂也。」《通典》卷一四四《樂》：「篪，以竹爲之，長尺四寸，圍三寸，一孔，上出寸三分，名曰翹，横吹之。小者尺二寸。《廣雅》云八孔。今有胡吹，非雅器也。」《九家》趙注：「横吹雖云胡樂，縱非笛而别是一物，公今只是借字以言横笛耳。」潘岳《笙賦》：「鬱捋劫悟，泓宏融裔。」《文選》李善注：「泓宏，聲大貌。融裔，聲長貌。《説文》曰：泓，下深也。」《説文》段注：「下深謂其上似淺狹，其下深廣也。」馬融《長笛賦》：「龍鳴水中不見已，截竹吹之聲相似。」

## 暫如臨邑至𡺚山湖亭奉懷李員外率爾成興〔一〕

野亭逼湖水，歇馬高林間。鼉吼風奔浪，魚跳日映川。暫游阻詞伯，却望懷青關〔二〕。靄靄生雲霧，唯應促駕還。（0431）

【注】

黄鶴注：當是天寶四載（七四五）作，在李邕五載事發之前。

〔一〕臨邑：《元和郡縣圖志》卷一〇齊州：「臨邑縣，上，南至州六十里。」𡺚山湖亭：《九家》趙注：「𡺚，《玉篇》：助麥切。或曰𡺚山湖即鵲山湖，非也。《地志》云：齊州治歷城，歷城縣東門外十步有歷水，入鵲山湖。按本朝王存《九域志》：臨邑去州北百四十里。而㟗字之音又與鵲不同，則所謂㟗山湖又別湖之名。」朱鶴齡注引《杜詩博議》：「疑公將往臨邑，中道抵歷下，登新亭，因懷李之芳。㟗山湖當是鵲山湖之訛，不必別求㟗山以實之也。」盧元昌曰：「暫如臨邑者，公弟簿領臨邑，前以河泛書至告哀也，暫如臨邑，故先至湖亭別員外李之芳。」李員外：黃鶴注：「李員外，皆以李之芳爲駕部員外郎而云。然李邕……亦可稱員外。北海郡爲青州。……蓋公嘗與邕宴歷下亭，而却未嘗與之芳至此也。」按，李邕《登歷下古城員外孫新亭》實爲之芳作。參卷一《同李太守登歷下古城員外新亭》（0007）注。

〔二〕暫游二句：詞伯，見卷六《壯游》（0295）注。《九家》趙注：「指李員外矣。」仇注引遠注：「却望，退望也。」按，却望即回望。《太平廣記》卷三七《楊越公弟》（出《逸史》）：「回數十步却望，猶有揮袖者。」朱鶴齡注：「青關，李員外所在，其地未詳。或云即青州穆陵關。」《南齊書·蘇侃傳》載蕭道成《塞客吟》：「青關望斷，白日西斜。」此或用其語。

## 對雨書懷走邀許十一簿公①〔一〕

東岳雲峰起，溶溶滿太虛〔二〕。震雷翻幕燕，驟雨落河魚②〔三〕。座對賢人酒，門聽長者車〔四〕。相邀愧泥濘，騎馬到堦除。（0432）

**【校】**

① 許十一簿公，《九家》作「許主簿」。

② 河，宋本、錢箋、《九家》校：「一作溪。」

**【注】**

黄鶴注：主簿即任城許主簿，當是開元二十九年至兖州與許游南池時相先後。仇注編在開元二十五年（七三七）。

〔一〕簿公：即主簿。《鑒誡録》卷二：「臣少時曾任封丘主簿……僧云：『今日實不知簿公訪及，有闕迎門。』」

〔二〕東岳二句：沈約《和竟陵王游仙》：「玉鑾隱雲霧，溶溶紛上馳。」曹植《仙人篇》：「萬里不足步，輕舉凌太虚。」

〔三〕震雷二句：《左傳》襄公二十九年：「夫子之在此也，猶燕之巢於幕上。」《苕溪漁隱叢話》後集卷一引《藝苑雌黄》：「夫幕非燕巢之所，言其至危也。……後人因此言燕事多使巢幕，似乎無謂。」仇注：「杜詩『震雷翻幕燕』，則仍合本意矣。」《史記・秦始皇本紀》：「河魚大上。」索隱：「謂河水溢，魚大上平地，亦言遭水害也。」黄鶴注：「河魚乃水面之塵所結成者，如釜生魚也。公《秋述》云卧病旅次長安，多雨生魚，此義也。」朱鶴齡注：「雨著水面，魚必上浮而淰，故曰『落河魚』。」引《杜詩博議》：「《汝南先賢傳》云：葛玄書符著社中，大雨淹注，復書符投雨中，須臾落大魚數百頭。豈暗使此事耶？」仇注引慈水姜氏曰：「『驟雨落河魚』與『細雨魚兒出』照看自明。雨細則雨浮而上淰，雨驟則魚落而潛伏也。」

〔四〕座對二句：《三國志·魏書·徐邈傳》：「邈私飲至於沈醉。校事趙達問以曹事，邈曰：『中聖人。』達白之太祖，太祖甚怒。度遼將軍鮮于輔進曰：『平日醉客謂酒清者爲聖人，濁者爲賢人，邈性修慎，偶醉言耳。』」《史記·陳丞相世家》：「家乃負郭窮巷，以弊席爲門，然門外多有長者車轍。」

## 巳上人茅齋〔一〕

巳公茅屋下，可以賦新詩。枕簟入林僻，茶瓜留客遲。江蓮摇白羽，天棘夢青絲①〔二〕。空忝許詢輩，難酬支遁詞〔三〕。（0433）

【校】

① 夢，錢箋校：「一作蔓。」《九家》、《草堂》作「蔓」，《九家》校：「舊本作夢。」

【注】

黄鶴注：當是開元二十九年間作。仇注編入開元二十五年（七三七）。

〔一〕已上人：事迹不詳。錢箋：「僞歐注云齊已，謬甚。」

〔二〕江蓮二句：劉孝威《苦暑》：「白羽徒垂握，緑水自周堂。」朱鶴齡注：「白羽，謂白羽扇。摇白羽，狀蓮之迎風而舞也。《華嚴會玄記》：青松爲麈尾，白蓮爲羽扇。」吴可《藏海詩話》：「徐師川云：工部有『江蓮摇白羽，天棘夢青絲』之句，於江蓮而言摇白羽，乃見蓮而思扇也。蓋古有以白羽爲扇者。是詩之作，以時考之，乃夏日故也。於天棘言夢青絲，乃見柳而思馬也。蓋古有以青絲絡馬者。……此詩後復用支遁事，則見柳思馬形於夢寐審矣。東坡欲易『夢』爲『弄』，恐未然也。」《苕溪漁隱叢話》前集卷八引《冷齋夜話》：「王仲至言：天棘非烟非霧，自是一種物。曾見一小説，今忘之矣。高秀實云：天棘，天門冬也。見《本草》。其枝蔓延。疑『蔓』字也，非夢青絲也。然《本草》：天門冬，一名巔棘。王元之詩：『水芝卧玉腕，天棘蔓金絲。』則天棘蓋柳也。」《許彦周詩話》：「當以秀實之言爲正。顛、天聲相近，又酷似青絲。又江南徐鉉家本云『天棘蔓青絲』，若蔓生如青絲，尤見是天門冬。」羅大經《鶴林玉露》乙編卷四：「譚浚明爲余言：此出佛書。終南長老入定，夢天帝賜以青棘之香。蓋言江蓮之香，如所夢天棘之香耳。此詩爲僧齊已賦，故引此事。余甚喜其説，然終未知果出何經。近閲葉石林《過庭録》，亦言此句出佛書。則浚明之言宜可信。」朱鶴齡注引李時珍云：「天門冬或曰天棘，即《爾雅》之髦顛棘。因其葉如髦，有細棘也。」按，諸説皆未有確據。江蓮非專名，所對天棘恐亦非專名，只如叢棘、荆棘之棘，青絲亦狀棘之蔓延也。

〔三〕空忝二句：《世説新語·文學》：「支道林、許掾諸人共在會稽王齋頭。支爲法師，許爲都講。

支通一義，四坐莫不厭心。許送一難，衆人莫不抃舞。但共嗟詠二家之美，不辯其理之所在。」

## 房兵曹胡馬詩①〔一〕

胡馬大宛名，鋒稜瘦骨成〔二〕。竹批雙耳峻，風入四蹄輕〔三〕。所向無空闊，真堪託死生〔四〕。驍騰有如此，萬里可橫行〔五〕。（0434）

【校】

①房兵曹胡馬詩，《草堂》作「房兵曹胡馬」。

【注】

黄鶴注：以舊次先後，當在開元二十八九年間作。

〔一〕房兵曹：名不詳。《唐六典》卷三〇上州：「司兵參軍事一人，從七品下。」

〔二〕胡馬二句：大宛馬，見卷一《高都護驄馬行》(0012)注。《唐會要》卷七二《馬》：「貞觀二十一年八月十七日，骨利幹遣使朝貢，獻良馬百匹，其中十匹尤駿。太宗奇之，各爲制名……上乃敘其事曰：骨利幹獻馬十匹，特異常倫。觀其骨大叢精，鬣高意闊，眼如懸鏡，頭若側塼。腿像鹿而差圓，頸比鳳而增細。後橋之下，促骨起而成峰；側䯊之間，長筋密而如瓣。」

〔三〕竹批二句：竹批，見卷二《李鄠縣丈人胡馬行》（0084）注。《藝文類聚》卷九三引魯國黄伯仁《龍馬頌》：「雙耳如剡筩。」《九家》趙注：「《相馬法》：不取三羸五駑。其一羸是大蹄，其一駑是緩耳。而劉義恭《白馬賦》有『竦身輕足』。故公詩於耳言峻，於蹄言輕也。」

〔四〕所向二句：《九家》趙注：「如《世説》載劉備之初奔劉表……的顱達備意，一踴三丈得過。又如劉牢之爲慕容垂所逼，策馬跳五丈澗而脱。此其事也。」仇注：「無空闊，能越澗注坡。」

〔五〕驍騰二句：顔延之《赭白馬賦》：「料武藝，品驍騰。」《史記·季布欒布列傳》：「上將軍樊噲曰：『臣願得十萬衆，横行匈奴中。』」

浦起龍云：「此與《畫鷹》詩自是少年氣盛時作，都爲自己寫照。」

## 畫鷹

素練風霜起①〔一〕，蒼鷹畫作殊②。㩳身思狡兔，側目似愁胡〔二〕。絛鏇光堪摘，軒楹勢可呼〔三〕。何當擊凡鳥，毛血洒平蕪〔四〕。（0435）

【校】

① 風，宋本、錢箋、《九家》、《草堂》校：「一作如。」

② 殊，宋本缺字，據錢箋等補。

【注】

黄鶴注：此詩雖未詳何年在何地作，然舊次在《與李白同尋范氏隱居》，則不得爲在天寶十三年作。

〔一〕素練句：《九家》趙注：「素練，絹也。」卷五《春日戲題惱郝使君》(0217)：「願携王趙兩紅顔，再騁肌膚如素練。」《舊唐書·文苑傳》徐堅論近代文士：「張九齡之文，如輕縑素練。」《西京雜記》卷三：「號爲淮南子，一曰劉安子，自云字中皆挾風霜。」

〔二〕攫身二句：《分門》洙曰：「攫身猶竦身也。」《廣韻》：「攫，執也。」《集韻》：「聳，音攫。義同。」《禮部韻略》：「攫，挺也。」傅玄《鷹賦》：「左看若側，右視如傾。」《九家》趙注：「鷹常傾側其目。」孫楚《鷹賦》：「深目蛾眉，狀似愁胡。」魏澹《鷹賦》：「立如植木，望似愁胡。」《分門》王琪曰：「鷹産於岱北，出於胡地。愁胡謂思胡也。」朱鶴齡注：「傅玄《猿猴賦》云：『揚眉蹙額，若愁若嗔。既似老公，又類胡兒。』所謂愁胡也。以對狡兔甚切。」仇注引劉云：「以其碧眼相似也。」

〔三〕絛鏇二句：《玉篇》：「絛，縷飾也。」《廣韻》：「絛，編絲繩也。」魏澹《鷹賦》：「絛不欲絶，背不宜喘。」《玉篇》：「鏇，徐釧切，圓轆轤也。又徐專切，轉軸裁器也。」朱鶴齡注：「以絛縶鷹足，而繫之於鏇也。」傅玄《鷹賦》：「飾五采之華絆，結璇璣之金環。」仇注：「環即鏇也。」孫楚《鷹賦》：「雚則應機，招出易呼。」

〔四〕何當二句：《初學記》卷三引《孔氏志》：「楚文王好田，天下快狗名鷹畢聚焉。有人獻一鷹，曰非王鷹之儔。俄而雲際有一物，凝翔飄摇，鮮白而不辨其形。鷹於是竦翮而升，矗若飛電，須臾羽墮如雪，血洒如雨。良久，有一大鳥墮地而死。」《九家》趙注謂暗用此事。

## 與李十二白同尋范十隱居〔一〕

李侯有佳句，往往似陰鏗〔二〕。余亦東蒙客〔三〕，憐君如弟兄。醉眠秋共被〔四〕，携手日同行①。更想幽期處〔五〕，還尋北郭生。入門高興發〔六〕，侍立小童清。落景聞寒杵，屯雲對古城〔七〕。向來吟橘頌，誰欲討蓴羹〔八〕？不願論簪笏〔九〕，悠悠滄海情。（0436）

【校】

① 日，錢箋校：「一作月。」《草堂》作「月」，校：「或作日。」

【注】

黄鶴注：當是開元二十四年後公游齊趙，與高、李同至齊兖時作。仇注編入天寶四載（七四五）。

〔一〕李十二白：李白。崔宗之有《贈李十二白》，賈至有《初至巴陵與李十二白裴九同泛洞庭湖》。

范十：李白有《尋魯城北范居士失道落蒼耳中見范置酒摘蒼耳作》。

〔二〕李侯二句：《苕溪漁隱叢話》前集卷六引《遯齋閑覽》：「或問王荆公……曰：『評詩者謂甫期白太過，反爲白所誚。』公曰：『不然。甫贈白詩，則曰「清新庾開府，俊逸鮑參軍」。但比之庾信、鮑照而已。又曰「李侯有佳句，往往似陰鏗」。鏗之詩，又在鮑、庾下矣。飯顆之嘲，雖一時戲劇之談，然二人者名既相逼，亦不能無相忌也。』」引韓子蒼云：「陰鏗與何遜齊名，號陰何。今《何遜集》五卷，其詩清麗簡遠，正稱其名。鏗詩至少，又淺易無他奇，其格律乃似隋唐間人所謂。疑非出於鏗。雖然，自隋唐以來謂鏗詩矣。」又《學林新編》云：「某按子美《夔州詠懷寄鄭監李賓客》詩云：『鄭李光時論，文章並我先。陰何尚清省，沈宋欻聯翩。』蓋謂陰鏗、何遜、沈約、宋玉也。四人皆能詩文，爲時所稱者。而子美又以陰鏗居四人之首，則知贈太白之詩非鄙之也，乃深美之也。《陳書·阮卓傳》曰：武威陰鏗字子堅，五歲能誦詩，日賦千言。及長，博涉史傳，尤喜五言詩，爲當世所重，有集三卷行於世。以此觀之，則子美贈太白詩『往往似陰鏗』者，乃美太白善爲五言詩似陰鏗也。」陳僅《竹林答問》：「太白《宮中行樂詞》諸作，絶似陰鏗，少陵之評，故非漫下。」

〔三〕東蒙：見卷一《玄都壇歌寄元逸人》(0008)注。

〔四〕醉眠句：《後漢書·姜肱傳》：「肱與二弟仲海、季江，俱以孝行著聞。其友愛天至，常共卧起。」《晉書·祖逖傳》：「與司空劉琨俱爲司州主簿，情好綢繆，共被同寢。」

〔五〕更想句：謝靈運《富春渚》：「平生協幽期，淪躓困微弱。」

〔六〕入門句：殷仲文《南州桓公九井作》：「獨有清秋日，能使高興盡。」

〔七〕落景二句：江淹《雜體詩·謝僕射混游覽》：「眷然惜良辰，徘徊踐落景。」《列子·周穆王》：「化人之宫構以金銀，絡以珠玉，出雲雨之上，而不知下之據，望之若屯雲焉。」謝惠連《西陵遇風獻康樂》：「屯雲蔽曾嶺，驚風涌飛流。」

〔八〕向來二句：《楚辭·橘頌》王逸注：「言橘受天命生於江南，不可移徙，種於北地則化爲枳也。屈原自比志節如橘，亦不可移徙。」《晋書·張翰傳》：「翰因見秋風起，乃思吴中菰菜、蓴羹、鱸魚膾，曰：『人生貴得適志，何能羈宦數千里以要名爵乎！』遂命駕而歸。」《九家》趙注：「意謂其身與李白、范隱居並吟誦屈原之《橘頌》，守己之有素，又誰肯待倦游、睹秋風而後思蓴羹乎？」

〔九〕不願句：《宋書·禮志》：「古者貴賤皆執笏，其有事則搢之於腰帶，所謂搢紳之士者，搢笏而垂紳帶也。紳垂三尺。笏者有事則書之，故常簪筆。今之白筆，是其遺象。三台五省二品文官簪之，王公侯伯子男卿尹及武官不簪，加内侍位者乃簪之。手版，則古笏矣。」江總《秋日侍宴婁苑湖應詔》：「朽劣叨榮遇，簪笏奉周行。」

## 臨邑舍弟書至苦雨黄河泛溢隄防之患簿領所憂因寄此詩用寬其意〔一〕

二儀積風雨，百谷漏波濤〔二〕。聞道洪河坼〔三〕，遥連滄海高①。職司憂悄悄②，郡國訴嗷嗷〔四〕。舍弟卑栖邑，防川領簿曹〔五〕。尺書前日至，版築不時操〔六〕。難假黿鼉力，空瞻烏鵲毛〔七〕。燕南吹畎畝，濟上没蓬蒿〔八〕。螺蚌滿近郭，蛟螭乘九皋〔九〕。徐關深水府，碣石小秋毫〔一〇〕。白屋留孤樹，青天失萬艘③〔一一〕。吾衰同泛梗，利涉想蟠桃〔一二〕。賴倚天涯釣④，猶能掣巨鼇〔一三〕。（0437）

【校】

① 遥，錢箋校：「一作逕。」

② 司，錢箋作「思」，校：「一作司。」

③ 天，宋本、錢箋校：「一作雲。」　失，錢箋作「矢」，校：「一作失。」

④ 賴倚，錢箋作「倚賴」。　賴，宋本校：「一作却。」　倚，錢箋校：「一作却。」

【注】

黄鶴注：《唐書・五行志》：開元二十九年（七四一）七月，伊洛及支川皆溢，是秋河南、河北二十四郡水。齊其一也。當是其年作。仇注引張綖注：「然黄河水溢，常常有之，豈獨是年哉。集中如此類者甚多，不能偏舉。」

〔一〕臨邑舍弟：朱鶴齡注：「集有《送弟潁赴齊州》詩，或潁嘗官臨邑。」《元和郡縣圖志》卷一〇齊州臨邑縣：「黄河，在縣北七十里。」

〔二〕二儀二句：《初學記》卷一引《纂要》：「天地曰二儀，以人參之曰三才。」傅咸《患雨賦》：「惟二儀之神化，奚水旱之有並。」《老子》六十六章：「江海所以能爲百谷王，以其善下之，故能爲百谷王。」《後漢書·陳忠傳》：「青冀之域，淫雨漏河。」

〔三〕聞道句：班固《西都賦》：「右界褒斜隴首之險，帶以洪河涇渭之川。」《文選》劉良注：「洪河，大河也。」

〔四〕職司二句：《詩·唐風·蟋蟀》：「無已大康，職思其憂。」傳：「職，主也。」《邶風·柏舟》：「憂心悄悄，愠於群小。」傳：「悄悄，憂貌。」《小雅·鴻雁》：「鴻雁于飛，哀鳴嗷嗷。」傳：「未得所安集，則嗷嗷然。」

〔五〕舍弟二句：曹植《矯志詩》：「鵷雛遠害，不羞卑栖。」簿領，文書檔案。《後漢書·獨行傳》戴就：「遣部從事薛安案倉庫簿領，收就於錢唐縣獄。」仇注：「領簿曹，穎爲臨邑主簿。」主簿主文書檔案。《唐六典》卷三〇諸州縣：「主簿掌付事勾稽，省署抄目，糾正非違，監印，給紙筆雜用之事。」

〔六〕尺書二句：應璩《百一詩》：「文章不經國，筐篋無尺書。」《孟子·告子下》：「舜發於畎畝之中，傅説舉於版築之間。」《九家》趙注：「此言書中云水遽至，不得即時操版築以防之也。」按，不時有不按時、時常二義，此當是時常義。

〔七〕難假二句：《藝文類聚》卷九引《紀年》：「周穆王三十七年，伐楚，大起九師，至於九江，比黿鼉爲梁。」羅願《爾雅翼》卷一三鵲：「涉秋七日，首無故皆髡，相傳以爲是日河鼓與織女會於漢東，役烏鵲爲梁以渡，故毛皆脱去。」《九家》趙注：「言無是物爲橋梁也。」

〔八〕燕南二句：《九家》趙注：「燕南、濟上、徐關、碣石，皆齊州近境。」朱鶴齡注：「燕南、濟上、徐關、碣石，志諸州漂没也。吹畎畝、失萬艘，志害稼並害漕也。」《後漢書・公孫瓚傳》：「燕南垂，趙北際。」《史記・樂毅列傳》：「舉之濟上。」正義：「濟上，在濟水之上。」

〔九〕螺蚌二句：《論衡・説日》：「日月毁於天，螺蚌汩於淵。」《詩・小雅・鶴鳴》：「鶴鳴于九皋，聲聞于野。」傳：「皋，澤也。」釋文：「《韓詩》云：九皋，九折之澤。」

〔一〇〕徐關二句：《左傳》成公二年：「齊侯免……遂自徐關入。」朱鶴齡注：「徐關在齊州。」顧炎武《日知録》卷二七：「徐關在齊境，今不可考。」木華《海賦》：「爾其水府之内，極深之庭。」碣石，見卷六《昔游》(0288)注。《莊子・齊物論》：「天下莫大於秋豪之末，而大山爲小。」

〔一一〕白屋二句：《韓詩外傳》卷三：「窮巷白屋先見者四十九人。」左思《吴都賦》：「泛舟航於彭蠡，渾萬艘而既同。」《文選》劉逵注：「《説文》曰：艘，船總名。」

〔一二〕吾衰二句：《戰國策・齊策三》：「今者臣來，過於淄上，有土偶人與木偶人相與語，木偶人謂土偶人曰：『子，西岸之土也，埏子以爲人，至歲八月，降雨下，淄水至，則子殘矣。』土偶人曰：『不然。吾，西岸之土也，吾殘，則復西岸耳。今子，東國之桃梗也，刻削以爲人，降雨下，淄水至，流子而去，則子漂漂然將何所之也？』」《初學記》卷三引《山海經》：「東海有山名度索，山有大桃實，樝盤三千里，曰蟠桃。」

〔一三〕賴倚二句：《列子·湯問》：「渤海之東，不知幾億萬里，有大壑焉……其中有五山焉：一曰岱輿，二曰員嶠，三曰方壺，四曰瀛洲，五曰蓬萊。……帝恐流於西極，失群仙之居，乃命禺强，使巨鼇十五舉首而戴之。迭爲三番，六萬歲一交焉。五山始峙而不動。而龍伯之國有大人，舉足不盈數步而暨五山之所，一釣而連六鼇，合負而趣，歸其國，灼其骨以數焉。員嶠二山流於北極，沈於大海，仙聖之播遷者巨億計。」朱鶴齡注：「末因臨邑濱海，故用蟠桃、巨鼇事，言我雖泛梗無成，猶思垂釣東海，以施掣鼇之力，水患豈足憂耶。蓋戲爲大言以慰之，題所謂『用寬其意』也。」

## 過宋員外之問舊莊員外季弟執金吾見知于代，故有下句〔一〕。

宋公舊池館，零落守陽阿①〔二〕。枉道祇從入，吟詩許更過〔三〕。淹留問耆老，寂寞向山河。更識將軍樹〔四〕，悲風日暮多。（0438）

【校】

① 守，宋本、錢箋、《九家》校：「一云首。」《草堂》作「首」。

【注】

黄鶴注：是開元二十九年至天寶二三年公在河南時作。朱鶴齡注：「本集：開元二十九年，公築室首陽之下，祭遠祖當陽君。其過之問莊，或在是時也。」

〔一〕宋員外之問：宋之問，《舊唐書・文苑傳》：「宋之問，虢州弘農人。父令文，有勇力而工書，善屬文。……易之兄弟雅愛其才，之問亦傾附焉。預修《三教珠英》，常扈從游宴。……及易之等敗，左遷瀧州參軍。未幾，逃還。……景龍中，再轉考功員外郎。時中宗增置修文館學士，擇朝中文學之士，之問與薛稷、杜審言等首膺其選，當時榮之。……睿宗即位，以之問嘗附張易之、武三思，配徙欽州。先天中，賜死於徙所。……世人以之問父爲三絶，之問以文詞知名，弟之悌有勇力，之遜善書，議者云各得父之一絶。之悌，開元中自右羽林將軍出爲益州長史、劍南節度兼采訪使。尋遷太原尹。」黄鶴注：「之問有送審言詩，有『卧病人事絶，嗟君萬里行』之句，審言死，之問又有景龍二年祭文，公與之有世契，宜過其莊而問耆舊也。」

〔二〕宋公二句：《九家》趙注：「伯夷、叔齊隱於首陽山，《史記》注云在河東蒲阪，華山之北，河曲之中。之問乃汾州人，去河中皆晉地，則宜爲首陽矣。舊作守陽則無義。」錢箋引《寰宇記》、朱鶴齡注引《文選》阮籍《詠懷》詩注引《河南郡圖經》，謂偃師縣西北之首陽山。朱注：「按《新書》之問汾州人，《舊書》則云虢州弘農人。首陽與虢州相鄰，故有莊在焉。」按，虢州與偃師相距甚遠，朱注牽强爲説，實無據。之問《春夜令狐正字田子過弊廬序》：「使嵩高洞裏，記兹夕之當歌；太白岩中，念今宵之秉燭。」又《温泉莊卧病寄楊七炯》：「賴有嵩丘山，高枕長在目。」《使至嵩山尋杜四不遇》：「歸來不相見，孤賞弄寒泉。」又有《初到陸渾山莊》等詩。嵩山亦稱陸渾山。此當即之問舊莊所在。又王維曾購之問輞川别業。詩所言當無外此二處。《楚辭·九歌·少司命》：「與女沐兮咸池，晞女髮兮陽之阿。」王逸注：「阿，曲隅，日所行也。」詩用此。與首陽山無涉。

〔三〕枉道二句：《九家》趙注：「凡枉道而游者猶任其人，況能吟詩者而不許其過乎。」朱鶴齡注：「祇從入，言一任過客之入，見莊已無主也。許更過，言他日可更過此乎，見重來者未有期。」

〔四〕更識句：《後漢書·馮異傳》：「每所止舍，諸將並坐論功，異常獨屏樹下，軍中號曰大樹將軍。」此指之悌。《朝野僉載》卷六：「之悌有勇力。之悌後左降朱鳶，會賊破驩州，以之悌爲總管擊之。募壯士，得八人。之悌身長八尺，被重甲，直前大呼曰：『獠賊，動即死。』賊七百人一時俱剉，大破之。」

## 夜宴左氏莊

風林纖月落①，衣露浄琴張〔一〕。暗水流花徑，春星帶草堂〔二〕。檢書燒燭短〔三〕，看劍引杯長②。詩罷聞吴詠，扁舟意不忘〔四〕。（0439）

【校】

①風林，錢箋校：「晉作林風。」

②看，宋本、錢箋、《九家》校：「一作說。」　看劍，宋本、錢箋、《九家》校：「一云煎茗。」

【注】

黄鶴注：公未得鄉貢之前游吴越，下第之後游齊趙，此詩云「詩罷聞吴詠，扁舟意不忘」，謂因吴音而思其地也，則是在游齊趙時作。詩是天寶二三年間作。

〔一〕風林二句：《藝文類聚》卷五六《古兩頭纖纖詩》：「兩頭纖纖月初生，半白半黑眼中精。」《九家》趙注：「纖月，初生月也。」又：「《莊子》之書人名率用義理寓言爲之，有子琴張，用張琴爲名也。此琴張因可使矣。」

〔二〕春星句：《九家》趙注：「《吴都賦》云：帶朝夕之濬池，佩長洲之茂苑。注云：帶、佩，猶近也。又《魏都賦》云：列宿分其野，荒裔帶其隅。則『帶』字又可單用，不必以襟帶、佩帶爲類也。」仇注引張伯復《詩話》：「只一『帶』字，便點出空中景象。如『玉繩低建章』，『低』字亦然。帶，拖帶也。」

〔三〕檢書句：《隋書·李文博傳》：「恒令在聽事帷中披檢書史。」《九家》趙注：「謂之檢書，則必尋事出之類。檢或未獲，宜乎燒燭至於短。此理之當然。」黄徹《䂬溪詩話》卷三：「燭正不宜觀書，檢閱時暫可也。」

〔四〕詩罷二句：《世説新語·排調》：「劉真長始見王丞相……劉既出，人問王公云何，劉曰：『未見他異，唯聞作吴語耳。』」《宋書·顧琛傳》：「先是，宋世江東貴達者，會稽孔季恭、季恭子靈符、吴興丘淵之及琛，吴音不變。」《史記·貨殖列傳》：「（范蠡）乃乘扁舟，浮於江湖。」《九家》趙注：「惟其聞吴詠，故動扁舟之興。」

## 送蔡希魯都尉還隴右因寄高三十五書記①時哥舒入奏，勒蔡子先歸〔一〕。

蔡子勇成癖，彎弓西射胡〔二〕。健兒寧鬬死②，壯士耻爲儒〔三〕。官是先鋒得，材緣挑戰須〔四〕。身輕一鳥過，槍急萬人呼〔五〕。雲幕隨開府〔六〕，春城赴上都③。馬頭金匼帀④，駞背錦模糊〔七〕。咫尺雲山路⑤，歸飛青海隅⑥〔八〕。上公猶寵錫⑦〔九〕，突將且前驅。漢使黄河遠，涼州白麥枯〔一〇〕。因君問消息，好在阮元瑜〔一一〕。（0440）

【校】

①魯，錢箋作「曾」，校：「一作魯。」

②健，宋本、錢箋、《九家》校：「一作男。」

③赴，宋本、錢箋、《九家》校：「一作入。」

④叵帀，錢箋作「狎帢」，校：「一作叵匝。」

⑤咫尺雲山路，錢箋校：「一作自至青雲外。」　雲，錢箋校：「荆作雪。」《九家》作「雪」。

⑥青，錢箋、《九家》校：「一作西。」

⑦猶，錢箋校：「荆作獨。」

**【注】**

黄鶴注：哥舒翰天寶十四載（七五五）春入朝，道遇風疾，留京師，勒都尉蔡希魯先歸隴右，故詩以送之。朱鶴齡注：夢弼謂十一載冬隨翰來朝，明年春至京師，誤也。是時高尚未爲書記。

〔一〕蔡希魯：事迹不詳。《唐六典》卷二五諸衛折衝都尉府：「諸府折衝都尉各一人，左右果毅都尉一人。諸府折衝都尉之職，掌領五校之屬，以備宿衛，以從師役。」高三十五書記：高適。見卷一《送高三十五書記》(0002)注。

〔二〕蔡子二句：《晋書·杜預傳》：「時王濟解相馬，又甚愛之，而和嶠頗聚斂，預常稱濟有馬癖，嶠有錢癖。」《後漢書·五行志》桓帝之初童謡：「丈人何在西擊胡。」

〔三〕健兒二句：陳琳《飲馬長城窟行》：「男兒寧當格鬭死，何能怫鬱築長城。」《禮記·儒行》：「今衆人之命儒也妄，常以儒相詬病。」楊炯《從軍行》：「寧爲百夫長，勝作一書生。」

〔四〕材緣句：《左傳》宣公十二年：「請挑戰，弗許。請召盟，許之。」《史記·項羽本紀》：「願與漢王挑戰決雌雄。」集解：「李奇曰：挑身獨戰，不復須衆也。」

〔五〕身輕二句：歐陽修《六一詩話》：「陳公時偶得杜集舊本，文多脱誤，至《送蔡都尉》詩云『身輕一鳥』，其下脱一字。陳公因與數客各用一字補之，或云『疾』，或云『落』，或云『起』，或云『下』，莫能定。其後得一善本，乃是『身輕一鳥過』。陳公嘆服，以爲雖一字，諸君亦不能到也。」《九家》趙注：「然兩句好處，尤在『槍急』字，非身輕而槍急，何以致萬人之呼。」朱鶴齡注：「槍急，謂用槍之急。」按，謂出槍迅速。

〔六〕雲幕句：《史記·李將軍列傳》：「莫府省約文書籍事。」索隱：「大顔云：凡將軍謂之莫府者，蓋兵行舍於帷帳，故稱幕府，古字通用，遂作莫耳。《小爾雅》謂莫爲大，非也。」《唐六典》卷二吏部郎中：「從一品曰開府儀同三司。」注：「吕布有平董卓之勳，開府如三司。魏黄初三年，黄權爲車騎將軍、開府儀同三司。開府之名，自此始也。」此指節度使設幕府。

〔七〕馬頭二句：《九家》趙注：「金匼匝，言金絡頭，其狀密而匼匝。駝背負物，而以錦帕蒙之，此之謂模糊。匼匝、模糊皆方言。」鮑照《代白紵舞歌詞》：「象床瑶席鎮犀渠，雕屏匼匝組帷舒。」本書卷四《戲作花卿歌》(0174)：「子璋髑髏血模糊，手提擲還崔大夫。」

〔八〕青海：見卷一《兵車行》(0011)注。

〔九〕上公句：《九家》趙注：「上公言哥舒翰，猶有錫命未已。」《易·師·象》：「在師中吉，承天寵也。王三錫命，懷萬邦也。」

〔一〇〕漢使二句：《史記·大宛列傳》：「漢使窮河源。」《通典》卷六《食貨·賦稅》天下諸郡每年常貢：「武威郡：貢野馬皮五張，白小麥十石，今涼州。」《政和證類本草》卷二五引陳藏器《本草》：「河渭已西，白麥麵涼，以其春種，缺二時氣，使之然也。」

〔一一〕好在句：《三國志·魏書·王粲傳》：「陳留阮瑀字元瑜……建安中都護曹洪欲使掌書記，瑀終不爲屈。太祖並以琳、瑀爲司空軍謀祭酒，管記室，軍國書檄，多琳、瑀所作也。」《九家》趙注：「此題所謂因寄高書記也。」朱鶴齡注：「好在，乃存問之詞。」《太平廣記》卷三八四《周子恭》（出《朝野僉載》）：「子恭蘇，問家中曰：『許侍郎好在否？』」

## 春日憶李白

白也詩無敵①，飄然思不羣〔一〕。清新庾開府，俊逸鮑參軍〔二〕。渭北春天樹，江東日暮雲〔三〕。何時一樽酒，重與細論文②〔四〕？（0441）

【校】

①敵，宋本、錢箋、《九家》校：「一作數。」

②細論文，錢箋校：「一作話斯文。」

公歸長安，白被放浪游，再入吴，詩必此時作。

【注】

黄鶴注：是時白在江東也，當是天寶元年（七四二）春作。仇注引顧注：天寶五載（七四六）春，

〔一〕白也二句：《九家》趙注：「呼人名爲某也，起於《左傳》，而『回也』、『賜也』之類，在《論語》尤多。」《漢書·景十三王傳》：「夫唯大雅，卓爾不群。」

〔二〕清新二句：《周書·庾信傳》：「出爲弘農郡守，遷驃騎大將軍、開府儀同三司。」《宋書·鮑照傳》：「臨海王子頊爲荆州，照爲前軍參軍，掌書記之任。」葛立方《韻語陽秋》卷一：「杜集中言李白詩處甚多，如『李白一斗詩百篇』，如『清新庾開府，俊逸鮑參軍』，『何時一尊酒，重與細論文』之句，似譏其太俊快。」楊慎《升庵詩話》卷九：「杜工部稱庾開府曰清新，清者流麗而不濁滯，新者創見而不陳腐也。」「庾信之詩，爲梁冠絶，啓唐之先鞭。史評其詩曰綺艷，杜之美稱之曰清新，又曰老成。綺艷清新，人皆知之，而其老成，獨子美能發其妙。」李調元《雨村詩話》卷下：「杜少陵詩：『白也詩無敵，飄然思不群。清新庾開府，俊逸鮑參軍。』又不似稱白詩，亦直公自寫照也。」

〔三〕渭北二句：《九家》趙注：「於兩句内分言地之所在，時白在會稽，越州也，斯江東矣。」

〔四〕何時二句：孫奕《示兒編》卷九：「即孟浩然『何時一杯酒，重與李膺傾』之體。」孟詩即《永嘉别張子容》。《九家》趙注：「蘇子卿云：我有一樽酒，欲以贈遠人。」見《文選》蘇武詩。

# 贈陳二補闕〔一〕

世儒多汩没〔二〕，夫子獨聲名。獻納開東觀，君王問長卿〔三〕。皂雕寒始急〔四〕，天馬老能行。自到青冥裏，休看白髮生。（0442）

【注】

黄鶴注：天寶十三載（七五四）長安作。

〔一〕陳二補闕：名不詳。高適有《宋中遇陳二》，未知是否同人。《唐六典》卷八門下省：「左補闕二人，從七品上。皇朝所置，言國家有過闕而補正之，故以名官焉。……垂拱中因其義而創立四員，左右各二焉。天授初，左右各加三員，通前爲十員。神龍初，依舊各置二人。其才可則登，不拘階叙。又置内供奉，無員數，才職相當，不待闕而授，其資望亦與正官同，禄俸等並全給。右補闕亦同。」

〔二〕汩没：見卷三《泥功山》（0150）注。

〔三〕獻納二句：《後漢書·杜詩傳》：「讜言善策，隨事獻納。」《唐六典》卷八黄門侍郎：「盡規獻納，糾正違闕。」《後漢書·孝和帝紀》：「帝幸東觀，覽書林，閲篇籍，博選術藝之士以充其官。」

《漢書・司馬相如傳》：「上讀《子虛賦》而善之，曰：『朕獨不得與此人同時哉。』得意曰：『臣邑人司馬相如自言爲此賦。』上驚，乃召問相如。」

〔四〕皁雕句：陸佃《埤雅》卷六：「雕能草食，似鷹而大，黑色，俗呼皁雕。」羅願《爾雅翼》卷一六：「雕者鶚之類，土黄色。……鷲乃雕之大者耳，鷲多黑色，則所謂皁雕是也。」《舊唐書・王志愔傳》：「執法剛正，百僚畏憚，時人呼爲皁雕。言其顧瞻人吏，如雕鶚之視燕雀也。」黄鶴注：「陳蓋老儒也。」

## 寄高三十五書記 適〔一〕

歎惜高生老，新詩日又多〔二〕。美名人不及，佳句法如何？主將收才子，崆峒足凱歌〔三〕。聞君已朱紱〔四〕，且得慰蹉跎。（0443）

【注】

黄鶴注：當是天寶十三載（七五四）作。

〔一〕高三十五書記：高適，見卷一《送高三十五書記》（0002）注。

〔二〕歎惜二句：《舊唐書・高適傳》：「適年過五十留意詩什，數年之間，體格漸變，以氣質自高，每吟一篇，已爲好事者稱誦。」

〔三〕崆峒：見卷一《送高三十五書記》注。

〔四〕聞君句：《説文》：「巿，韠也。上古衣蔽前而已，巿以象之。天子朱巿，諸侯赤巿……俗作紱。」《漢書・韋賢傳》韋孟諫詩：「黼衣朱紱，四牡龍旂。」唐指賜緋。《舊唐書・良吏傳》薛苹：「理身儉薄，嘗衣一緑袍，十餘年不易，因加賜朱紱，然後解去。」黄鶴注：「史云玄宗嘉適陳潼關敗亡之勢，至成都方賜緋，除諫議大夫。則在至德二載。若是賜緋後寄之，則不應題曰『書記』。……當是十三載作詩時聞賜緋，故及之，而言者誤也。」按，適至德二載授諫議大夫，乃實職。《唐會要》卷八一《考》元和二年五月敕：「諸道及諸司副使、行軍司馬、判官、參謀、掌書記、支使、推官、巡官等，有敕充職掌、帶檢校五品已上官及臺省官，三考與改轉，餘官四考與改轉。」《舊唐書・馬炫傳》：「李光弼鎮太原，辟爲掌書記、試大理評事、監察御史，歷侍御史。」大理評事以下即其所帶檢校官。掌書記所帶朝銜一般不及五品，然其遷轉或及之。詩蓋虚言譽之。

## 送裴二虬作尉永嘉〔一〕

孤嶼亭何處〔二〕，天涯水氣中。故人官就此，絶境興誰同①？隱吏逢梅福，游

山憶謝公〔三〕。扁舟吾已就②，把釣待秋風③〔四〕。（0444）

【校】

①興，錢箋校：「一作與。」《草堂》作「與」。

②就，宋本、錢箋、《九家》、《草堂》校：「一作具。」

③扁舟吾已就把釣待秋風，錢箋校：「一云扁舟吾已買，只是待秋風。」

【注】

黄鶴注：公欲學謝靈運游山，梁權道編在天寶十三載（七五四），或是。

〔一〕裴虬：見卷八《暮秋枉裴道州手札率爾遣興寄近呈蘇涣侍御》（0397）注。《元和郡縣圖志》卷二六温州：「永嘉縣，上。郭下。」

〔二〕孤嶼句：謝靈運《登江中孤嶼》：「亂流趨正絶，孤嶼媚中川。」《文選》李善注：「永嘉江也。」《太平寰宇記》卷九九温州：「孤嶼山在州南四里永嘉江中，渚長三百丈，闊七十步，嶼有二峰。」

〔三〕隱吏二句：《漢書·梅福傳》：「補南昌尉。……一朝弃妻子，去九江，至今傳以爲仙。」錢箋：「比裴之作尉也。」《宋書·謝靈運傳》：「出爲永嘉太守，郡有名山水，靈運素所愛好，出守既不得志，遂肆意游遨，遍歷諸縣，動逾旬朔。民間聽訟，不復關懷。所至輒爲詩詠，以致其意焉。」

《百家注》趙注：「舊注妄引謝安，非是。」

〔四〕把釣句：劉長卿《却赴南邑留别蘇臺知己》：「已料生涯事，唯應把釣竿。」

## 城西陂泛舟〔一〕

青蛾皓齒在樓船，横笛短簫悲遠天〔二〕。春風自信牙檣動，遲日徐看錦纜牽〔三〕。魚吹細浪摇歌扇①，燕蹴飛花落舞筵〔四〕。不有小舟能盪槳②，百壺那送酒如泉〔五〕。（0445）

【校】

①歌，錢箋校：「一作歃。」

②舟，《草堂》作「船」。槳，錢箋校：「槳作艀。」

【注】

黄鶴注：天寶十三載（七五四）作。

〔一〕城西陂：《九家》趙注：「此渼陂也，在鄠縣西五里。後篇有《與源大少府游陂》詩『應爲西陂好』可知也。」參卷一《渼陂行》(0031)注。

〔二〕青蛾二句：劉鑠《白紵曲》：「佳人舉袖輝青蛾，摻摻擢手映鮮羅。」朱鶴齡注：「蛾，蛾眉也。」江總《梅花落》：「横笛短簫淒復切，誰知柏梁聲不絶。」

〔三〕春風二句：自信，自任。唐求《贈楚公》：「雲間曉月應難染，海上虚舟自信風。」《横吹曲辭・黄淡思歌》：「象牙作帆檣，緑絲作幃縴。」蕭綱《玄圃牛渚磯碑》：「畫船向浦，錦纜牽磯。」《隋遺録》卷上：「錦帆彩纜，窮極侈靡。」《大唐傳載》：「杜亞爲淮南，競渡采蓮，龍舟錦纜繡帆之戲，費金數千萬。」

〔四〕魚吹二句：唐太宗《采芙蓉》：「船移分細浪，風散動浮香。」

〔五〕百壺句：裴秀《大蜡詩》：「有肉如丘，有酒如泉。」

## 贈田九判官 梁丘〔一〕

崆峒使節上青霄，河隴降王款聖朝〔二〕。宛馬總肥春苜蓿①，將軍只數漢嫖姚②〔三〕。陳留阮瑀誰爭長，京兆田郎早見招〔四〕。麾下賴君才並入，獨能無意向漁樵〔五〕。（0446）

【校】

①春，錢箋校：「或作秦。」

②漢，宋本、錢箋、《九家》校：「一作霍。」

【注】

黄鶴注：哥舒翰天寶十四載入朝，當是十四載春作。仇注引陳廷敬曰：天寶十三載（七五四）吐谷渾蘇毗王款塞，明皇詔翰應接，舊注以此當降王款朝是也。田蓋以使事入奏，當在翰未疾之先，非隨翰入朝也。公所投翰詩，當是一時作，或即因田而投贈於翰也。

〔一〕田九判官：田梁丘，《舊唐書・哥舒翰傳》：「及安禄山反，上以封常清、高仙芝喪敗，召翰入，拜爲皇太子先鋒兵馬元帥，以田良丘爲御史中丞，充行軍司馬。……軍中之務不復親躬，委政於行軍司馬田良丘，良丘復不敢專斷，教令不一。」于邵《田司馬傳》：「司馬姓田氏，名某字某。其先蓋自齊諸田之裔，遠代仕漢，徙家於秦，世爲京兆茂陵人。……齒太學，數歲不上第，因左常侍王倕受鉞西河之地，乃喟然而歎……遂投刺王公。……御史大夫哥舒翰兼統五原，雅知其人，得之甚喜，表清勝府别將，非其好也。人皆歎屈，獨不以介意。驟改永平府果毅、長松府折衝。……臨藩介在大府，尤難其人，所被斟酌者蓋百餘輩，人人自以爲得令，而哥舒公決策取之。……會安禄山以范陽叛，潼關失守，有詔御史中丞郭英乂專制隴右，未及下車，表渭州隴西縣令。」顔真卿《顔府君（允南）神道碑》：「十五年，長安陷，輿駕幸蜀，朝官多出駱谷至興道，房琯、李峘、高適等數十人盡在，中丞田良丘爲哥舒翰行軍司馬，既敗，猶自振矜，因誦表云：『翰北行師，未當挫衄，蓋緣運數潛迫，人神同弃，職之人故，匪翰之由。』衆皆默然，君獨抗聲叱之曰：『公何得尚爲賊説徵祥乎？』」則其名或作良丘。

〔二〕崆峒二句：《新唐書·哥舒翰傳》：「攻破吐蕃洪濟、大莫門等城，收黄河九曲，以其地置洮陽郡，築神策、宛秀二軍。」《舊唐書·王思禮傳》：「十三年，吐蕃蘇毗王款塞，詔翰至磨環川應接之。」《册府元龜》卷一二八《帝王部·明賞》：「（天寶）十三年三月，隴右節度使哥舒翰破吐蕃洪濟、大莫門等城，並牧九曲，其將咸來策勳，翰采摭具奏。」卷九九七《外臣部·降附》：「（天寶）十四載正月，蘇毗王子悉諾邏率其首領數十人來降，隴右節度使哥舒翰奏曰：……且吐蕃、蘇毗互相屠戮，心腹自潰，滅亡可期。但其王去逆歸仁，則是國家盛事。」

〔三〕宛馬二句：《史記·大宛列傳》：「俗嗜酒，馬嗜苜蓿。漢使取其實來，於是天子始種苜蓿、蒲萄肥饒地。」《西京雜記》卷一：「樂游苑自生玫瑰樹，樹下有苜蓿。苜蓿一名懷風，時人或謂之光風，風在其間常蕭蕭然。日照其花有光采，故名苜蓿爲懷風，茂陵人謂之連枝草。」嫖姚，見卷二《後出塞五首》（0133）注。

〔四〕陳留二句：阮瑀，見本卷《送蔡希魯都尉還隴右因寄高三十五書記》（0440）注。《九家》趙注：「以比田九也。」《初學記》卷一一引《三輔決録注》：「田鳳字季宗，爲尚書郎。容儀端正，入奏事，靈帝目送之，因題柱曰：『堂堂乎張，京兆田郎。』」

〔五〕麾下二句：《史記·魏其武安侯列傳》：「至吴將麾下。」正義：「謂大將之旗。」《分門》洙曰：

「漁樵，杜公自謂也。」《九家》趙注：「言主將麾下賴田君之才與諸俊並入，可獨能無意而甘心向於漁樵乎。」仇注：「留意漁樵，公仍望其汲引也。」

## 贈獻納使起居田舍人 澄〔一〕

獻納司存雨露邊①，地分清切任才賢〔二〕。舍人退食收封事，宮女開函近御筵②〔三〕。曉漏追趨青瑣闥③，晴窗點檢白雲篇〔四〕。揚雄更有河東賦，唯待吹噓送上天〔五〕。（0447）

【校】

① 邊，錢箋校：「一作偏。」

② 近，錢箋校：「一作捧。」

③ 趨，錢箋作「飛」，校：「刊作趨。吴亦作趨。」《草堂》校：「卞圜作飛。」

【注】

黃鶴注：公既獻三賦，又作《封西岳賦》欲奏上，故云「揚雄更有河東賦」，當是天寶十三載（七五四）未進賦時投贈也。

〔一〕田舍人：田澄，事迹不詳。《唐詩紀事》卷二九收其《成都爲客作》詩。《舊唐書·職官志》：「知匭使，天后垂拱二年，置匭以達冤滯。其制，一房四面，各以方色，東曰延恩，西曰申冤，南曰招諫，北曰通玄。所以申天下之冤滯，達萬人之情狀。蓋古善旌、誹謗木之意也。天寶九年，改匭爲獻納。乾元元年，復名曰匭。垂拱已來，常以諫議大夫及補闕、拾遺一人充使，受納訴狀。」《唐六典》卷九匭使院：「知匭使一人，垂拱元年置，常以諫議大夫及補闕、拾遺一人爲使。……理匭使常以御史中丞及侍御史一人爲之。」《唐會要》卷五五《匭》：「伏准寶應元年五月敕，給事中韓賞、中書舍人楊綰同充理匭使。」《九家》趙注：「今舊注乃以中書舍人當起居舍人，以理匭使爲知匭，以寶應事當天寶，皆非。田公以起居舍人爲獻納使。」

〔二〕獻納二句：《申鑑·雜言上》：「故人主以義申，以義屈也。喜如春陽，怒如秋霜。威如雷霆之震，惠如雨露之降，沛然孰能禦也。」《唐六典》卷二吏部郎中：「清望官，謂内外三品已上官……六品謂起居郎、舍人，太子司議郎、舍人，諸司員外郎、侍御史……」

〔三〕舍人二句：《詩·召南·羔羊》：「退食自公，委蛇委蛇。」《唐會要》卷六五《光禄寺》珍羞署：「景雲二年正月敕：左右廂南衙廊中食，每日常參官職事五品以上及員外郎，供一百盤、羊三口。餘賜中書門下供奉官及監察御史、太常博士。……若御内坐當參日，即於外廊設食，並給門下中書，有餘賜供奉官六品已下，及在仗三衛主兵帥、漏生漏刻直官等食，不須回折。」起居舍人屬供奉官，與此食。《唐六典》卷一二尚宫局：「女史掌執文書。司言掌宣傳啓奏之事。」《分門》洙曰：「宫女開函，以所投封事奏御。」

〔四〕曉漏二句：范雲《古意贈王中書》：「攝官青瑣闥，遥望鳳皇池。」參本卷《奉贈太常張卿二十韻》(0414)注。《九家》薛云：「漢武帝《秋風詞》曰：秋風起兮白雲飛。《淮南王安傳》：武帝每爲報書及賜，常召司馬相如等視草乃遣。」朱鶴齡注：「《新史》云：起居舍人本紀言之職，惟編詔書，不及他事。此云『白雲篇』，以比舍人所編制詔耳。」又補注：「陶淵明《和郭主簿》云：『遥遥望白雲，懷古意何深。』故郎士元《馮翊西樓》詩有『陶令好文嘗對酒，相招一和白雲篇』之句。或云即此詩『白雲篇』也。言在野文章舍人皆得上達。」仇注引張希良曰：「舊指白雲篇爲隱逸之書，非也。宋之問《登總持莊嚴二寺》詩：『帝歌雲稍白，御酒菊猶黄。』張説《扈從》詩：『獻納紆天札，飄飄飛白雲。』白雲本漢武《秋風辭》，謂御製也。舍人職王言，故有點檢白雲之贈。」

〔五〕揚雄二句：《漢書·揚雄傳》：「其三月，將祭后土。上乃帥群臣横大河……雄以爲臨川羡魚不如歸而結網，還，上《河東賦》以勸。」《九家》趙注：「今公自比於雄，欲有所諷諫而上《河東賦》，以田君爲獻納使，有吹嘘之理。」黄鶴注：「按《進賦表》云：『惟岳授陛下元弼，克生司空。』司空指楊國忠。《舊史》：天寶十三載二月戊寅，右丞相兼吏部尚書楊國忠守司空。甲申，受册。則進賦必在是年。」

## 送韋書記赴安西〔一〕

夫子欻通貴，雲泥相望懸〔二〕。白頭無籍在，朱紱有哀憐〔三〕。書記赴三捷①，公車留二年〔四〕。欲浮江海去，此別意蒼然②。（0448）

【校】

①捷，錢箋校：「一作接。」

②蒼，錢箋校：「一作茫。」《九家》、《草堂》作「茫」，《草堂》校：「一作蒼。」

【注】

黄鶴注：《進封西岳表》云：「幸得奏賦，待制於集賢。」今詩云「公車留二年」，當是天寶十一載（七五二）作。

〔一〕韋書記：名不詳。《舊唐書·封常清傳》：「王正見爲安西節度，奏常清爲四鎮支度營田副使、行軍司馬。十一載，正見死，乃以常清爲安西副大都護，攝御史中丞，持節充安西四鎮節度、經略、支度、營田副大使，知節度事。」黄鶴注以爲韋當爲其書記。

〔二〕夫子二句：《九家》趙注：「詳公詩意，則韋君亦貧困矣，忽然通貴，遂有雲泥之隔。」《後漢書・逸民傳》矯慎：「乘雲行泥，栖宿不同。」荀濟《贈陰梁州》：「雲泥已殊路，暄涼詎同節。」

〔三〕白頭二句：《分門》洙曰：「籍如通籍之籍。」《九家》趙注：「謂無所倚籍。」錢箋：「謂無人慰籍如韋也。引通籍及《尹賞傳》無市籍，俱非是。」仇注引申涵光曰：「蓋言無著籍所在，如今籍貫之籍，身老無家，幸爲朱紱所哀憐耳。」按，《唐律疏議》卷七《衛禁》「宫殿門無籍冒名入」：「諸於宫殿門無籍及冒承人名而入者，以闌入論。」疏：「議曰：應入宫殿，在京諸司皆有籍。其無籍應入者，皆引入。其無籍不得人引，而詐言有籍及冒承人名而入者，宫門，徒二年；殿門，徒二年半；持杖者，各加二等。」此是當時官籍，非止前代有通籍，無籍者即未入官。朱紱，見本卷《寄高三十五書記》(0443)注。朱鶴齡注：「唐制御史賜金印朱紱，韋書記必兼官御史。」韋或帶憲銜，然所言唐制未詳所出。

〔四〕書記二句：《詩・小雅・采薇》：「豈敢定居，一月三捷。」《漢書・東方朔傳》：「令待詔公車。」注：「師古曰：公車令屬衛尉，上書者所詣也。」錢箋：「公獻賦隸有司參列選序之時也。」

## 陪鄭廣文游何將軍山林十首〔一〕

不識南塘路，今知第五橋〔二〕。名園依緑水，野竹上青霄。谷口舊相得，濠梁

同見招〔三〕。平生爲幽興，未惜馬蹄遥。（0449）

【注】

黄鶴注：天寶九載秋七月置廣文館，以此詩第四首及後詩第五首考之，是官未定時游此，當在天寶十二載（七五三）作。

〔一〕鄭廣文：鄭虔。見卷一《醉時歌》（0019）注。何將軍山林：《長安志圖》卷中：「韓莊者，在韋曲之東。退之與孟郊賦詩，又送其子讀書之所也。鄭莊又在其東南，鄭十八虔之居也。曰塔坡者，以其浮圖故名。在韋曲西，何將軍之山林也。蓮花洞在神禾原，即鄭駙馬之居，所謂主家陰洞者也。」《陝西通志》卷七三引《馬志》：「何將軍山林，今謂之塔坡，少陵原乃樊川之北原，自司馬村起至此而盡。其高三百尺，在杜城之東，韋曲之西，山林久廢，上有寺浮圖，亦廢。俗呼爲塔坡。」

〔二〕不識二句：張禮《游城南記》：「今第五橋在韋曲之西，與沈家橋相近。定昆池在韋曲之北，楊柳渚今不可考。南塘，按許渾詩云：『背嶺枕南塘』，其亦在韋曲之左右乎。」《陝西通志》卷一六長安縣引《賈志》：「韋曲之西有華嚴寺，寺西北有雁鶩陂，陂西北有第五橋。」

〔三〕谷口二句：谷口，見本卷《鄭駙馬宅宴洞中》（0419）注。《莊子·秋水》：「莊子與惠子游於濠梁之上，莊子曰：『鯈魚出游從容，是魚之樂也。』惠子曰：『子非魚，安知魚之樂？』莊子曰：『子非我，安知我不知魚之樂？』」《九家》趙注：「指言廣文，相親爲莊惠也。」

百頃風潭上〔一〕，千重夏木清①。卑枝低結子，接葉暗巢鶯〔二〕。鮮鯽銀絲膾，香芹碧澗羹〔三〕。翻疑柂樓底，晚飯越中行〔四〕。（0450）

【校】

① 重，錢箋校：「《草堂》本作章。」《九家》、《草堂》作「章」。

【注】

〔一〕百頃句：黄希注：「潭當是廣運潭，亦在萬年縣。」按，廣運潭在禁苑東南望春宫之東，壅滻水而成，與城南韋曲不相接。

〔二〕卑枝二句：曹丕《芙蓉池作》：「卑枝拂羽蓋，修條摩蒼天。」吴均《行路難》：「青瑣門外安石榴，連枝接葉夾御溝。」謝朓《春思》：「巢燕聲上下，黄鳥弄儔匹。」吴聿《觀林詩話》：「謝靈運有『蘋苹泛沈深，菰蒲冒清淺』，上句雙聲疊韻，下句疊韻雙聲。後人如杜少陵『卑枝低結子，接葉暗巢鶯』……皆出於疊韻，不若靈運之工也。」

〔三〕鮮鯽二句：庾信《謝趙王賚乾魚啓》：「洞庭鮮鮒，温湖美鯽。」《爾雅·釋草》：「芹，楚葵。」注：「今水中芹菜。」

〔四〕翻疑二句：《九家》趙注：「公往時在越州，今言何將軍山林之景似之也。」朱鶴齡注：「見羹膾而思越，猶前聞吴詠而思吴也。」

萬里戎王子，何年別月支〔一〕？異花開絶域，滋蔓匝清池①。漢使徒空到，神農竟不知〔二〕。露翻兼雨打，開拆漸離披②〔三〕。（0451）

【校】

①匝，《草堂》作「接」。

②漸，錢箋作「日」，校：「荆作漸。」《草堂》校：「舊作日。」

【注】

〔一〕萬里二句：《九家》趙注：「戎王子，説者以爲花名，義固然也。」《朱子語類》卷一四〇：「此中嘗有一人，在都下見一蜀人遍鋪買戎王子，皆無。曰是蜀中一藥，爲《本草》不曾收，今遂無人蓄。方曉杜詩所言。」朱鶴齡注：「或曰《本草》日華子云：獨活，一名戎王使者，戎王子當是其類。」《太平御覽》卷九九二：「《本草經》曰：獨活，一名護羌使者，味苦平，生益州，久服輕身。」

〔二〕漢使二句：朱鶴齡注引趙曰：「漢使空到，謂張騫至西域止得安石榴種。神農不知，謂《本草》不載也。」

〔三〕露翻二句：《楚辭·九辯》：「白露既下百草兮，奄離披此梧楸。」

李調元《雨村詩話》卷下：「其三章文氣似與上下文絶不相蒙。《銷夏録》曰：『馬上無事，與鄭廣文閑説其來歷，遂成此詩。遂不連接，而法脈有天然之妙，文章唯太史公有此奇横。』愚謂通首皆比也。公與鄭俱有才不遇，故感慨獨深。」

旁舍連高竹，疏籬帶晚花。碾渦深没馬〔一〕，藤蔓曲藏蛇①。詞賦工無益②，山林跡未賖。盡拈書籍賣③，來問爾東家〔二〕。（0452）

**【校】**

① 藤蔓，錢箋作「蔓藤」。　藏，錢箋校：「一作垂。」

② 無，錢箋校：「一作何。」

③ 拈，錢箋、《九家》作「撚」。

**【注】**

〔一〕碾渦句：《太平御覽》卷七六二引《通俗文》：「石碣轢穀曰碾。」《魏書·崔亮傳》：「亮在雍州，讀《杜預傳》，見爲八磨，嘉其有濟時用，遂教民爲碾。及爲僕射，奏於張方橋東堰穀水造水碾磨數十區，其利十倍，國用便之。」朱鶴齡注：「碾渦，碾磑間水渦漩也。」仇注：「此言碾轍地陷處，水漩成渦。」引《杜臆》：「謂園木周圍曲繞，狀如碾槽之渦。」按，朱注是。此言碾磑。《舊唐書・李元紘傳》：「時太平公主與僧寺争碾磑……諸王公權要之家，皆緣渠立磑，以害水田，元紘令吏人一切毁之。」《李林甫傳》：「林甫京城邸第，田園水磑，利盡上腴。」時私家多建碾磑。仇注謂車轍碾地，其水渦豈可深没馬？

〔二〕盡拈二句：《説文》：「拈，掫也。」段注：「《篇》、《韻》皆云指取也。」王念孫《廣雅疏證》：「今俗語猶謂兩指取物爲拈矣。」《三國志・魏書・邴原傳》：「欲遠游學，詣安丘孫崧。……崧曰：『鄭君學覽古今，博聞强識，鈎深致遠，誠學者之師模也。君乃舍之，躡屣千里，所謂以鄭爲東家丘者也。君似不知而曰然者何？』原曰：『……人各有志，所規不同……君謂僕以鄭爲東家丘，君以僕爲西家愚夫邪？』」仇注：「東家，指何氏。」浦起龍云：「時蓋去獻賦試文未久也。非謂欲賣書買園，蓋憤讀書無用，將以結避地之鄰耳。山林必在杜曲之東，故曰東家。」施鴻保云：「疑何園之旁别有他氏之園……此必其園久廢，或本欲出售，公特發此興，東家雖借用現成字，亦必其園正在何園之東。」

剩水滄江破，殘山碣石開〔一〕。緑垂風折笋，紅綻雨肥梅〔二〕。銀甲彈箏用，金魚換酒來①〔三〕。興移無灑掃，隨意坐莓苔。（0453）

**【校】**

① 魚，錢箋校：「一作盤，非。」

【注】

〔一〕剩水二句：《九家》趙注：「滄江破而爲剩水，碣石開而爲殘山。剩水殘山，杜公之新語。」按，此破亦爲溢滿義。參卷一《奉贈韋左丞丈二十二韻》(0001)注。

〔二〕緑垂二句：《九家》趙注：「上句言風折笋垂緑，下言雨肥梅綻紅，句法以倒言爲老健。」

〔三〕銀甲二句：朱鶴齡注：「銀甲，繫爪之類。」《梁書·羊侃傳》：「有彈筝人陸太喜，著鹿角爪長七寸。」李商隱《無題》：「十二學彈筝，銀甲不曾卸。」唐彦謙《無題》：「錦筝銀甲響鵾絃，勾引春聲上綺筵。」《舊唐書·輿服志》：「天授元年九月，改内外所佩魚並作龜。久視元年十月，職事三品已上龜袋宜用金飾，四品用銀飾，五品用銅飾。……神龍元年二月，内外官五品已上依舊佩魚袋。六月，郡王、嗣王特許佩金魚袋。」《晋書·阮孚傳》：「嘗以金貂换酒。復爲所司彈劾。」李白《對酒憶賀監》：「金龜换酒處，却憶淚沾巾。」朱鶴齡注：「蓋龜、魚皆唐制，不妨隨舉言之。」

范温《潛溪詩眼》：「上自齊梁諸公，下至劉夢得、温飛卿輩，往往以綺麗風花累其正氣，其過在於理不勝而詞有餘也。老杜云『緑垂風折笋，紅綻雨肥梅』、『岸花飛送客，檣燕語留人』，亦極綺麗，其模寫景物，意自親切，所以妙絶古今。」

范晞文《對床夜語》卷三：「老杜多欲以顔色字置第一字，却引實字來，如『紅入桃花嫩，青歸柳葉新』是也，不如此，則語既弱而氣亦餒。他如『青惜峰巒過，黄知橘柚來』、『碧知湖外草，紅見海東雲』、『緑垂風折笋，紅綻雨肥梅』、『紅浸珊瑚短，青懸薜荔長』、『翠深開斷壁，紅遠結飛樓』、『翠乾危棧竹，紅膩小湖蓮』、『紫收岷嶺芋，白種陸池蓮』，皆如前體。若『白摧朽骨龍虎死，黑入太陰雷雨垂』，益壯而險矣。」

風磴吹陰雪①，雲門吼瀑泉〔一〕。酒醒思卧簟，衣冷得裝綿②。野老來看客，河魚不取錢〔二〕。只疑淳樸處，自有一山川〔三〕。（0454）

【校】

①陰，錢箋校：「一作梅。」

②得，錢箋作「欲」，校：「一作得。」《九家》校：「一作欲。」《草堂》校：「舊作欲。」

【注】

〔一〕風磴二句：風磴，見卷五《謁文公上方》（0209）注。《分門》師曰：「雲門，謂雲擁翼山門。」朱鶴齡注：「言飛瀑之濺，乍疑吹雪。」仇注：「以下句解上句。」

〔二〕野老二句：楊倫引蔣云：「言何不禁人游，不禁人取，即所謂淳樸也。」

〔三〕只疑二句：仇注引洪注：「暗用桃花源事。」

棘樹寒雲色①，茵蔯春藕香〔一〕。脆添生菜美，陰益食單涼②〔二〕。野鶴清晨出③，山精白日藏〔三〕。石林蟠水府，百里獨蒼蒼〔四〕。（0455）

【校】

①棘，錢箋校：「刊作棟。」

②益，錢箋校：「一作蓋。」

③出，宋本、錢箋、《九家》校：「一作至。」

【注】

〔一〕棘樹二句：《説文》：「棘，小棗叢生者。」《爾雅·釋木》：「棟，赤棟。白者棟。」注：「赤棟，樹葉細而岐鋭，皮理錯戾，好叢生山中，中爲車輞。白棟，葉員而岐，爲大木。」朱鶴齡注：「此云『寒雲色』，似是高大之木。」仇注：「棘乃小棗，棘下鋪單，頗無佳致，當是棟樹。」浦起龍云：「曰石林，則必有危峰峭壁，高據水涯，羣樹叢生其上，雖小木亦有寒雲之色，遠覆之陰矣。」《政和證類本草》卷七「茵蔯蒿」引陳藏器《本草》：「雖蒿類，苗經冬不死，更因舊苗而生，故名茵蔯，後加蒿字也。今又詳此，非菜中茵蔯也。」《通志》卷七五：「因陳蒿，南人所用者似香蒿，北人所用者似青蒿，即白蒿也。南北所用，俱有山茵蔯之名，同名異實。又有石香葇，亦名山茵蔯，而香薷亦名茵陳。四種足相紊也。」錢箋、朱注引陳藏器《本草》，皆删去「非菜中茵蔯也」一句。《太平廣記》卷三九《劉晏》（出《逸史》）：「吃冷淘一盤，香菜茵陳之類，甚爲芳潔。」杜詩所言當與此同。

〔二〕脆添二句：生菜，蔬菜。《齊民要術》卷九作菹藏生菜法：「菹色仍青，以水洗去鹹汁，煮爲茹，與生菜不殊。」《政和證類本草》卷二八「冬葵」：「生菜中又有胡荽、芸香、白苣、邪蒿，並不可多食。」《新唐書·地理志》振州延德郡：「土貢：金、五色藤盤、斑布食單。」《太平廣記》卷二二四《范氏尼》（出《常侍言旨》）：「范尼指坐上紫絲布食單曰：『顔郎衫色如此，其功業名節稱是。』」《太白陰經》卷五軍資篇：「軍士一人一年賞賜……帳設錦褥一十領、紫綾褥二十領、食單四十張、食器一千事。」此蓋餐布一類。錢箋引鄭望之《膳夫録》「韋僕射巨源有燒尾宴食單」，乃菜譜食經之類，非是。

〔三〕山精句：《異苑》卷三：「吴孫皓時，臨海得毛人。《山海經》云：山精如人而有毛。此蔣山精也。故《抱朴子》曰：山之精，形如小兒而獨足，足向後，喜來犯人。其名曰跂，知而呼之，即當自却耳。一名曰超空，可兼呼之。又或如鼓，赤色一足，其名曰渾。又或如人，長九尺，衣裘戴笠，名曰金累。又或如龍，有五色赤角，名曰飛龍。見之皆可呼其名，不敢爲害。《玄中記》：山精如人，一足，長三四尺，食山蟹，夜出晝藏。」此蓋泛言精魅。

〔四〕石林二句：《水經注》溱水：「晋中朝時，縣人有使至洛者，事訖將還，忽有一人寄其書云：『吾家在觀峽前，石間懸藤，即其處也。但叩藤，自當有人取之。』使者謹依其言，果有二人出外，取書並延入水府，衣不沾濡。」《太平御覽》卷五九引《述異記》：「漢沔會流處，岸上有石銘云：下至水府三十一里。皆傳李斯刻石於此。」仇注：「石林，叢石如林也」；「獨見蒼蒼，甚言石林之高聳，非謂何林有百里也。」

憶過楊柳渚，走馬定昆池〔一〕。醉把青荷葉，狂遺白接䍦〔二〕。刺船思郢客，解水乞吴兒〔三〕。坐對秦山晚，江湖興頗隨。（0456）

【注】

〔一〕走馬句：《舊唐書·外戚傳》武延秀：「令楊務廉於城西造定昆池於其莊，延袤數里。」《新唐書·安樂公主傳》：「嘗請昆明池爲私沼，帝曰：『先帝未有以與人者。』主不悦，自鑿定昆池，延袤數里。定，言可抗訂之也。司農卿趙履温爲繕治，累石肖華山，隥彴横邪，回淵九折，以石瀵水。」《雍録》卷六：「定昆池在長安縣西南十五里。」

〔二〕醉把二句：《世説新語·任誕》：「山季倫爲荆州，時出酣暢，人爲之歌曰：『山公時一醉，徑造高陽池。日莫倒載歸，茗艼無所知。復能乘駿馬，倒著白接䍦。舉手問葛彊，何如并州兒。』」

〔三〕刺船二句：《莊子·漁父》：「乃刺船而去。」宋玉《對楚王問》：「客有歌於郢中者。」《晉書·夏統傳》：「此吴兒是木人石心也。」《宋書·索虜傳》：「南習水鬭，江湖固舟楫之鄉。」

床上書連屋〔一〕，階前樹拂雲。將軍不好武，稚子總能文。醒酒微風入，聽詩静夜分〔二〕。絺衣挂蘿薜，涼月白紛紛〔三〕。（0457）

【注】

〔一〕床上句：庾信《擬詠懷》：「琴聲遍屋裏，書卷滿床頭。」又《寒園即目》：「游仙半壁畫，隱士一床書。」

〔二〕聽詩句：曹植《上責躬應詔詩表》：「晝分而食，夜分而寢。」朱鶴齡注引鍾嶸《詩品序》「分夜呻吟」，不確。仇注：「静夜分，夜中分，出更漏也。」亦無憑。參卷一四《晝夢》（0970）注。

〔三〕絺衣二句：絺衣，見卷三《遺興五首》（0113）注。《楚辭·九歌·山鬼》：「若有人兮山之阿，被薜荔兮帶女蘿。」《九家》趙注：「月白謂之紛紛，言其影在薜蘿之間。」

幽意忽不愜，歸期無奈何。出門流水住①〔一〕，回首白雲多②。自笑燈前舞，誰憐醉後歌。祇應與朋好，風雨亦來過〔二〕。（0458）

【校】

①住，錢箋作「注」，校：「一作住。」

② 白雲多，宋本、錢箋、《九家》校：「一作雜花多。」

【注】

〔一〕出門句：《九家》趙注：「流水住，則又見其處所當水平慢不流之處爲平地矣。」

〔二〕祇應二句：顏延之《和謝監靈運》：「入神幽明絶，朋好雲雨乖。」

張謙益《絸齋詩談》卷四：「《游何將軍山林》合十首看，章法不必死相承接，却一句少不得。其一是遠看。其二入門細看，並及林下供給。其三單摘一花，爲其異種也。其四又轉入園内之書舍。其五前狀其假山池沼之森蔚，後叙其好客治具之高雅。其六酒後起立，隨意登臨，即一磴一泉亦堪賞心。其七前叙物産之美，後極形勢之大。其八借定昆池以擬何氏之池，因及刺船解水之嬉。其九單贊主人之賢，若非地主好士，文人不能久留。此爲十首之心。其十一折忽超局外，身去而心猶繫，便伏重過之根。此一題數首之定式也。」

## 重過何氏五首

問訊東橋竹〔一〕，將軍有報書。倒衣還命駕，高枕乃吾廬〔二〕。花妥鶯捎蝶①，

溪喧獺趁魚〔三〕。重來休沐地，真作野人居。（0459）

【校】

①妥，錢箋校：「刊作墮。」

【注】

黄鶴注：前詩云「千重夏木清」，言夏初景物，今詩云「春風啜茗時」，則是春作，當是天寶十三載（七五四）春也。

〔一〕問訊句：仇注引顧注：「東橋即第五橋。問訊云竹，此暗翻看竹何須問主人事。」

〔二〕倒衣二句：《詩・齊風・東方未明》：「東方未明，顛倒衣裳。顛之倒之，自公召之。」《晋書・嵇康傳》：「東平吕安服康高致，每一相思，輒千里命駕。」《韓非子・用人》：「君高枕而臣樂業。」

〔三〕花妥二句：《禮記・曲禮下》：「國君綏視。」注：「綏讀爲妥。」疏：「妥，下也。庾氏云：妥，頽下之貌。」錢箋引吴若本注：「刊作墮，音妥。妥又音墮。關中人謂落爲妥。」《苕溪漁隱叢話》前集卷一〇引《三山老人語録》：「西北方言以墮爲妥，花妥即花墮也。」《説文》：「捎，自關已西，凡取物之上者爲撟捎。」段注：「取物之上，謂取物之顛也。捎之言梢也。……《考工記》：捎其藪，捎溝。注曰：捎，除也。其引申之義。」張衡《東京賦》：「捎魑魅，斫獝狂。」《文選》薛綜注：「捎，殺也。」捎蝶略同捕蝶。《禮記・月令》孟春之月：「獺祭魚。」注：「此時魚肥美，獺將食之，先以祭也。」趁，趕也。見卷三《青陽峽》(0146)注。

山雨樽仍在，沙沉榻未移。犬迎曾宿客①，鴉護落巢兒。雲薄翠微寺，天清黄子陂②〔一〕。向來幽興極，步屣過東籬③〔二〕。(0460)

【校】

①犬迎曾宿客，錢箋校：「吴曾《漫録》：顧陶本作犬憎閑宿客。」

②清，錢箋校：「《雍録》作寒。」

③屣，宋本校：「一作屧。」錢箋校：「一作履。一作屐。」

【注】

〔一〕雲薄二句：《元和郡縣圖志》卷一京兆府長安縣：「太和宫，在縣南五十五里終南山太和谷。武德八年造，貞觀十年廢。二十一年，以時熱，公卿重請修築。於是使將作大匠閻立德繕理焉，改爲翠微宫。今廢爲寺。」《長安志》卷一一萬年縣：「永安坡在縣南二十五里，周七里。《十道志》曰：秦葬皇子，起冢陂北原上，因名皇子陂。」《雍録》卷六引此詩：「或書『皇』爲『黄』，誤也。」又卷七韋曲杜曲：「韋曲在明德門外，韋后家在此，蓋皇子陂之西也。」仇注：「以皇對翠，乃借對法。岑參《早朝》詩紫陌、皇州作對，亦此法也」；「原來翠寺皇陂只言遥望之景，詩意主在雲薄天清，晴光可愛，以逗起末句耳。」

〔二〕向來二句：仇注引顧注：「此章云『向來幽興極』，是追憶從前；下章云『自今幽興熟』，是預期後日。兩章緊相照應。」向來，此前。見卷七《醉爲馬墜諸公携酒相看》(0356)注。屣多言脱屣、倒屣，當作屧。步屧，見卷五《遭田父泥飲美嚴中丞》(0232)注。

落日平臺上，春風啜茗時〔一〕。石欄斜點筆①，桐葉坐題詩〔二〕。翡翠鳴衣桁〔三〕，蜻蜓立釣絲。自今幽興熟②，來往亦無期。(0461)

【校】

①點，錢箋校：「一云照。」

②自今幽興熟，錢箋、《九家》校：「一云自逢今日興。」

【注】

〔一〕春風句：李嘉祐《同皇甫侍御題薦福寺一公房》：「啜茗翻真偈，然燈繼夕陽。」

〔二〕石欄二句：《九家》趙注：「置硯於石欄之上也。」王嗣奭《杜臆》：「點筆謂泚筆，置硯石欄而坐臺上，故用一『斜』字。」岑參《西亭子送李司馬》：「酒行未醉聞暮雞，點筆操紙爲君題。」姚合

《武功縣中作》：「點筆圖雲勢，彈琴學鳥聲。」下筆亦可稱點筆。《劉賓客嘉話録》：「鄭廣文學書而病無紙，知慈恩寺有柿葉數間屋，遂借僧房居止，日取紅葉學書，歲久殆遍。」《本事詩》卷一：「顧況在洛，乘間與三詩友游於苑中，坐流水上，得大梧葉，題詩上曰：『一入深宫裏，年年不見春。聊題一片葉，寄與有情人。』況明日於上游，亦題葉上，放於波中。」此以葉書寫之事。

〔三〕翡翠句：《説文》：「翡，赤羽雀也，出鬱林。」「翠，青羽雀也，出鬱林。」《相和歌辭・東門行》：「盎中無斗儲，還視桁上無懸衣。」慧琳《一切經音義》卷九四：「《考聲》云：桁，衣架也。」《正字通》桁：「又漾韻杭去聲，衣架，一曰曬衣杆。」

頗怪朝參懶，應耽野趣長。雨抛金鎖甲，苔卧緑沈槍〔一〕。手自移蒲柳〔二〕，家纔足稻粱。看君用幽意，白日到羲皇〔三〕。（0462）

【注】

〔一〕雨抛二句：周紫芝《竹坡詩話》：「言甲抛於雨，爲金所鎖，槍卧於苔，爲緑所沈，有將軍不好武之意。余讀薛氏《補遺》，乃以緑沈爲精鐵，謂隋文帝賜張奫以緑沈之甲是也。不知金鎖當是何物。又讀趙德麟《侯鯖録》，謂緑沈爲筆，乃引陸龜蒙詩：『一架三百竿，緑沈森杳冥。』此尤可笑。」姚寬《西溪叢語》卷上：「《續齊諧記》云：『王敬伯夜見一女，命婢取酒，提一緑沈漆榼。』王羲之《筆經》：『有人以緑沈漆竹管見遺，亦可愛玩。』蕭子雲詩云：『緑沈弓項縱，紫艾刀横拔。』恐緑沈如今以漆調雌黄之類，若調緑漆之，其色深沈，故謂之緑沈，非精鐵也。」王楙《野客叢書》卷五：「僕謂周説鑿甚。杜之緑沈槍，正謂精鐵槍耳。且《唐百家詩》亦曰『校獵緑沈槍』，此豈槍卧於苔爲緑所沈邪？竹坡謂以緑沈爲精鐵，則金鎖甲當是何物。僕謂金鎖甲者黄金鎖子甲耳。貫休詩曰：『黄金鎖子甲，風吹色如鐵。』此亦用金鎖甲事，安謂何物？竹坡言槍卧於苔，爲緑所沈，固已甚鑿。言甲拋於雨，爲金所鎖，尤爲不通。僕嘗考之，所謂緑沈者，不可專指一物，顧所指何物耳。如梁武帝食緑沈瓜，是指瓜也；如人以緑沈漆管筆遺王逸少，是指筆也；如劉邵賦『六弓四弩，緑沈黄間』，古樂府『緑沈明月弦』，唐太宗詩『羽騎緑沈弓』，是指弓也。」吴曾《能改齋漫録》卷四：「蓋槍用緑沈飾之，以此得名。如弩稱黄間，則以黄爲飾。槍稱緑沈，則以緑爲飾。」周必大《二老堂詩話》：「余按苻堅使熊邈造金銀鎧，金爲綫以縲之。蔡琰詩云：『金甲耀日光。』至今謂甲之精細者爲鎖子甲，言其相銜之密也。」《唐六典》卷一六：「甲之制……十有二曰鎖子甲。」「山文、烏鎚、鎖子，皆鐵甲也。」

〔二〕手自句：《古今注》卷下：「蒲柳，水邊生，葉似青楊，亦曰蒲楊。」

〔三〕看君二句：陶淵明《與子儼等書》：「常言五六月中，北窗下卧，遇涼風暫至，自謂是羲皇上人。」

到此應常宿，相留可判年〔一〕。蹉跎暮容色①〔二〕，悵望好林泉。何路霑微禄②，

歸山買薄田〔三〕。斯游恐不遂③，把酒意茫然。（0463）

【校】

①色，錢箋校：「一作鬢。」

②路，錢箋校：「一作日。」

③斯游，錢箋校：「一作終身。」

【注】

〔一〕相留句：《分門》師曰：「判年，半年也。」《周禮·地官·媒氏》「掌萬民之判」注：「判，半也。」朱鶴齡注：「古音多四聲互用，唐人猶知此法，如『判』字本去聲，亦讀平聲。《吴越春秋》『一士判死兮而當百夫』，王筠《行路難》『含情畜怨判不死』是也，音義與『拚』同。杜詩『拚』字都作『判』。此詩『可判年』，猶云可拚却一年耳。又孫愐《唐韻》，『拚』字收入二十三阮。《玉篇》：拚一音伴。則『拚』字正可從仄聲叶，非半年之解。」按，二解皆可通。高適《送渾將軍出塞》：「意氣能甘萬里去，辛勤判作一年行。」或與此同。

〔二〕蹉跎句：《世説新語·自新》：「欲自修改而年已蹉跎，終無所成。」

〔三〕何路二句：《後漢書·獨行傳》趙苞：「欲以微禄奉養朝夕。」《三國志·蜀書·諸葛亮傳》：「成都有桑八百株，薄田十五頃，子弟衣食，自有餘饒。」

## 冬日有懷李白

寂寞書齋裏，終朝獨爾思。更尋嘉樹傳，不忘角弓詩〔一〕。裋褐風霜入①，還丹日月遲〔二〕。未因乘興去，空有鹿門期〔三〕。（0464）

【校】

①裋，錢箋、《草堂》作「短」，錢箋校：「刊作裋。」

【注】

黄鶴注：當在開元二十九年（七四一）冬作。仇注引顧注：此詩在天寶四載（七四五）冬作，諸家謂白未官時，誤。

〔一〕更尋二句：《左傳》昭公二年：「晉侯使韓宣子來聘……公享之，季武子賦《綿》之卒章，韓子賦《角弓》。……既享，宴於季氏，有嘉樹焉，宣子譽之。武子曰：『宿敢不封殖此樹，以無忘《角弓》。』遂賦《甘棠》。」杜預注：「《角弓》，《詩·小雅》。取其『兄弟昏姻，無胥遠矣』，言兄弟之國宜相親」；「《甘棠》，《詩·召南》。召伯息於甘棠之下，詩人思之，而愛其樹。武子欲封殖嘉樹如甘棠，以宣子比召公。」《九家》趙注：「以在書齋而思白，故於讀書之中更尋得此傳，因尋此傳，故不忘《角弓》。言兄弟相親之意。」

〔二〕裋褐二句：裋褐，見卷一《橋陵詩三十韻因呈縣内諸官》(0037)注。朱鶴齡注：「《漢書·貢禹傳》『裋褐不完』、班彪《王命論》『裋褐之褻』，皆『裋』字豎音，唐人遂兩用之。若少陵『短褐風霜入，還丹日月遲』與『江湖漂短褐，霜雪滿飛蓬』，以屬對言，皆不當作『裋』。」《雲笈七籤》卷六六《丹論訣旨心照五篇·大還丹宗旨》：「夫言還丹者，即神仙服食也。……夫論還丹皆至藥而爲之，即丹砂之玄珠，金汞之靈異。」

〔三〕未因二句：《世説新語·任誕》：「王子猷居山陰，夜大雪，眠覺……忽憶戴安道。時戴在剡，即便乘小船就之。經宿方至，造門不前而返。人問其故，王曰：『吾本乘興而行，興盡而返，何必見戴。』」鹿門，見卷三《遣興五首》(0109)注。《九家》趙注：「言無因乘興如子猷訪戴而去，徒與白有效龐德公隱鹿門山之期約也。」

## 杜位宅守歲〔一〕

守歲阿戎家①，椒盤已頌花〔二〕。盍簪喧櫪馬，列炬散林鴉〔三〕。四十明朝過，飛騰暮景斜〔四〕。誰能更拘束〔五〕，爛醉是生涯。(0465)

【校】

①戎，錢箋校：「刊作咸。」

【注】

黄鶴注：詩云「四十明朝過」，則是天寶十載（七五一）除夜。

〔一〕杜位：《舊唐書·李林甫傳》：「子婿……杜位爲右補闕。」《新唐書·宰相世系表二上》襄陽杜氏：希望，河西隴右節度使、太僕卿，子：「位，考功郎中、湖州刺史。」其弟佑，相德宗、順宗、憲宗。王應麟《困學紀聞》卷一八：「時林甫在相位，盍簪列炬之盛，其炙手之徒歟？」

〔二〕守歲二句：《晋書·王戎傳》：「父渾……戎年十五，隨渾在郎舍。戎少（阮）籍二十歲，而籍與之交……謂渾曰：『濬沖清賞，非卿倫也。共卿言，不如共阿戎談。』」《分門》洙曰引此。《苕溪漁隱叢話》後集卷六引《藝苑雌黄》：「潘惇《詩話補闕》云：舊本作『守歲阿咸家』。按杜位，子美侄也，當以『阿咸』爲是。故東坡有《除夜詩》：『欲唤阿咸來守歲，林鴉櫪馬鬭喧嘩。』正用杜詩。則知今本作『阿戎』者誤。余又考之，子美有《送蜀州柏二别駕將中丞命赴江陵起居衛尚書太夫人因示從弟行軍司馬位》云：『與報惠連詩不惜，知吾斑鬢已如銀。』則位恐所謂阿咸也。」胡震亨《唐音癸籤》卷二二：「後人以位爲甫從弟，不應用父子事，妄改『阿戎』爲『阿咸』。正不知呼人爲阿戎，必父前可呼。想其時位恰有父在，故云。」《南齊書·王思遠傳》：思遠從兄晏，高宗廢立之際曾規勸之，晏不聽，「及拜驃騎，集會子弟，謂思遠兄思徵曰：『隆昌之末，阿戎勸吾自裁，若從其語，豈有今日。』思遠遽應曰：『如阿戎所見，猶未晚也。』」錢箋引胡儼曰及吴旦生《歷代詩話》卷三四引此，謂阿戎本指從弟。按，本書卷一二《答楊梓州》(0770)：「却向青溪不相見，回船應載阿戎游。」注家皆謂用王戎典。王維《送李員外賢郎》：「借問阿戎父，知爲童子郎。」亦同。皆指同儕之子。用王思遠事者未見。位必年幼於甫，胡震亨説或可參。羅願《爾雅翼》卷一一：「荆楚之俗，正月一日，長幼悉正衣冠以次拜賀，進椒酒。崔寔《月令》云：過臘一日，謂之小歲，拜賀君親，進椒酒，從小起。成公綏《椒花銘》云：『肇惟歲首，月正元日。』是知小歲則用之漢朝，元正則行之後世。率以正月一日，以盤進椒，飲酒則撮置酒中，號椒盤焉。」《晋書・列女傳》劉臻妻陳氏：「嘗正旦獻《椒花頌》。」

〔三〕盍簪二句：《易・豫》：「勿疑，朋盍簪。」注：「故勿疑則朋合疾也。盍，合也。簪，疾也。」朱翌《猗覺寮雜記》卷上：「王弼云：盍，合也；簪，疾也。謂朋來之速。子美云『盍簪喧櫪馬，列炬散林鴉』，以簪爲冠簪之簪。按，古冠有笄，不謂之簪。簪，後人所名。以弼言爲是。」王應麟《困學紀聞》卷一：「朋盍簪，簪，疾也。至侯果始有冠簪之訓。晁景迂云：古者禮冠未有簪名。」若璩按：「杜注號詳博，皆未知其從侯果來者。侯果説見李鼎祚《周易集解》。」施鴻保云：「李鼎祚《周易集解》所載侯果説雖在公前，然公非用其説也，但取與『列炬』字對，其義則仍本王弼注。」

〔四〕飛騰句：鮑照《三日游南苑》：「合樽遽景斜，折榮吝組芬。」

〔五〕誰能句：任昉《答何徵君》：「散誕羈鞿外，拘束名教裏。」

## 與鄠縣源大少府宴渼陂得寒字〔一〕。

應爲西陂好，金錢罄一餐①。飯抄雲子白〔二〕，瓜嚼水精寒。無計回船下，空愁避酒難。主人情爛漫，持答翠琅玕〔三〕。（0466）

【校】

① 金錢，《草堂》校：「一作千金。」

【注】

黄鶴注：梁權道編在天寶十四載（七五五）。錢箋：岑參《得人字》云「載酒入天色，水涼難醉人」，蓋公與參頻游渼陂也。仇注：今依類編入西陂詩内。

〔一〕鄠縣：《元和郡縣圖志》卷二京兆府：「鄠縣，畿。東北至府六十五里。」源大少府：名不詳。岑參有《與鄠縣源少府泛渼陂得人字》。渼陂：見卷一《渼陂行》（0031）注。

〔二〕飯抄句：仇注：「北人稱匕爲抄，乃抄轉也。」按，《敦煌變文集·大目乾連冥間救母變文》：「見飯未能抄入口，大火無端却損傷。」韓愈《贈劉師服》：「匙抄爛飯穩送之，含口軟嚼如牛咼。」白居易《與沈楊二舍人閣老同食敕賜櫻桃玩物感恩因成十四韻》：「手擘才離核，匙抄半是津。」乃以匙勺盛取之義。《分門》時可曰引《漢武帝内傳》「太上之藥，風實雲子」。《許彦周詩話》：「雲子，雨也，言如雨點爾，出荀子《雲賦》。又，葛洪《丹經》用雲子，碎雲母也。今蜀中有碎礫，狀如米粒圓白，云雲子石也。」莊綽《雞肋編》卷下云吉州有雲子石，疑少陵比飯者是此石也。《九家》趙注：「雲子，指言菰米飯也。西陂中則有菰矣。惟菰米之香滑潔白，然後足以當雲子之譬。」朱鶴齡注：「雲子以擬飯之白耳。……升庵《韻藻》引山稻名雲子，河樫號雨師，直以雲子爲稻名，不知何本。」朱注謂趙注謬，趙注明言雲子譬飯，而指飯爲菰米，未必誤。

〔三〕持答句：《九家》趙注：「持答翠琅玕，言以篇什當之也。」張衡《四愁詩》：「美人贈我金琅玕，何以報之雙玉盤。」

## 崔駙馬山亭宴集〔一〕

蕭史幽栖地，林間踏鳥毛①〔二〕。洑流何處入〔三〕，亂石閉門高。客醉揮金椀，詩成得繡袍〔四〕。清秋多宴會②，終日困香醪〔五〕。（0467）

【校】

① 鳥，錢箋、《文苑英華》作「鳳」。

②宴會，錢箋校：「一云賞樂。」

【注】

黄鶴注：梁權道編在天寶十四載，是年禄山反狀已明，當在十三載（七五四）秋作。

〔一〕崔駙馬：《新唐書·諸公主傳》玄宗二十九女：「晉國公主，始封高都，下嫁崔惠童。」《舊唐書·哥舒翰傳》：「上使内侍高力士及中貴人於京城東駙馬崔惠童池亭宴會。」錢箋、朱鶴齡注謂即此人。

〔二〕蕭史二句：《九家》趙注：「蕭史，秦女弄玉之婿，故得以言駙馬。」見卷七《奉酬薛十二丈判官見贈》（0324）注。《南齊書·謝朝宗傳》：「帝大嗟賞，曰：『超宗殊有鳳毛，恐靈運復出。』」浦起龍云：「借用超宗鳳毛，以貼蕭史跨鳳。」

〔三〕洑流句：何遜《渡連圻》：「洑流自洄糾，激瀨視奔騰。」《廣韻》：「洑，回流。」

〔四〕客醉二句：《禮記·曲禮上》：「飲玉爵者弗揮。」釋文：「何云：振去餘酒曰揮。」《舊唐書·宋之問傳》：「則天幸洛陽龍門，令從官賦詩，左史東方虬詩先成，則天以錦袍賜之。及之問詩成，則天稱其詞愈高，奪虬錦袍以賞之。」《唐會要》卷三二《異文袍》：「天授三年正月二十二日，内出繡袍，賜新除都督刺史。……延載元年五月二十二日，出繡袍以賜文武官三品已上。其袍文仍各有訓誡，諸王則飾以盤龍及鹿，宰相飾以鳳池，尚書飾以對雁，左右衛將軍飾以對麒麟，左右武衛飾以對虎……文銘皆各爲八字回文。」施鴻保云：「第言宴集之盛，非真有其事也。」

〔五〕終日句：李適《奉和聖制九日應制得高字》：「萸房頒彩笥，菊蕊薦香醪。」

## 九日楊奉先會白水崔明府〔一〕

今日潘懷縣，同時陸浚儀〔二〕。坐開桑落酒〔三〕，來把菊花枝。天宇清霜淨，公堂宿霧披〔四〕。晚酣留客舞，鳧舄共差池〔五〕。（0468）

【注】

黃鶴注：《橋陵詩呈縣内諸官》云「王劉美竹潤」，王與楊音同，當有一誤。蓋天寶十三載（七五四）作。

〔一〕楊奉先：參卷一《橋陵詩三十韻因呈縣内諸官》（0037）注。白水崔明府：見卷一《白水縣崔少府十九翁高齋三十韻》（0042）注。

〔二〕今日二句：《晉書·潘岳傳》：「出爲河陽令……轉懷令。」《陸雲傳》：「出補浚儀令。」

〔三〕坐開句：《水經注》河水：「河東郡民有姓劉名墮者，宿善工釀，采挹河流，釀成芳酎。排於桑落之辰，故酒得其名矣。」《齊民要術》卷七造神麴並酒等：「十月桑落初凍則收水釀者，爲上時春酒。」

〔四〕天宇二句：陶淵明《辛丑歲七月赴假還江陵夜行途中》：「昭昭天宇闊，皛皛川上平。」霧披，見本卷《贈特進汝陽王二十韻》（0417）注。

〔五〕鳧舄：見卷一《橋陵詩三十韻因呈縣内諸官》（0037）注。

## 贈翰林張四學士〔一〕

翰林逼華蓋〔二〕，鯨力破滄溟。天上張公子，宫中漢客星〔三〕。賦詩拾翠殿，佐酒望雲亭〔四〕。紫誥仍兼綰，黄麻似六經〔五〕。内分金帶赤①，恩與荔枝青〔六〕。無復隨高鳳，空餘泣聚螢〔七〕。此生任春草，垂老獨漂萍〔八〕。儻憶山陽會〔九〕，悲歌在一聽。（0469）

【校】

①分，錢箋校：「魯作頒。」

【注】

黄鶴注：此詩題云「贈翰林張四學士」，則在張垍未貶司馬前。意是天寶九載（七五〇）自河南歸時作。

〔一〕張四學士：張垍。參本卷《奉贈太常張卿二十韻》(0414)注。《舊唐書·職官志》翰林院：「玄宗即位，張説、陸堅、張九齡、徐安貞、張垍等召入禁中，謂之翰林待詔。」《唐會要》卷五七《翰林院》：「(玄宗)由是始選朝官有詞藝學識者入居翰林，供奉敕旨。於是中書舍人呂向、諫議大夫尹愔玄充焉。雖有密近之殊，亦未定名。制詔書敕猶或分在集賢。時中書舍人張九齡、中書侍郎徐安貞等迭居其職，皆被恩遇。至二十六年，始以翰林供奉改稱學士，由是別建學士院，俾掌内制。於是太常少卿張洎、起居舍人劉光謙等首居之，而集賢所掌於是罷息。」

〔二〕翰林句：張衡《西京賦》：「華蓋承辰，天畢前驅。」《文選》薛綜注：「華蓋星覆北斗，王者法而作之。」

〔三〕天上二句：《漢書·五行志》：「成帝時童謡曰：『燕燕尾涎涎，張公子，時相見。……』其後帝爲微行出游，常與富平侯張放俱稱富平侯家人，過陽阿主作樂，見舞者趙飛燕而幸之，故曰燕燕尾涎涎，美好貌也。張公子，謂富平侯也。」《後漢書·逸民傳》嚴光：「因共偃卧，光以足加帝腹上。明日，太史奏客星犯御坐甚急。帝笑曰：『朕故人嚴子陵共卧耳。』」李肇《翰林志》：「(學士院)南廳五間，本學士駙馬都尉張垍飾爲公主堂。」

〔四〕賦詩二句：《玉海》卷一六〇引《兩京記》：「金鑾西南曰長安殿，長安北曰仙居殿，仙居西北曰麟德殿。此殿三面，故以三殿名。……大福殿在三殿北，拾翠殿在大福殿東南。」《長安志》卷六大明宫：「翰林門北曰九仙門，大福殿、拾翠殿、三清殿、含水殿。」同卷西内：「延嘉殿在甘露殿西北……延嘉西北有景福臺，臺西有望雲亭。」《太平御覽》卷一九四引《兩京新記》：「西京苑内有望雲亭、鞠場亭……」

〔五〕紫誥二句：《分門》洙曰：「紫誥，謂以紫泥封誥。」見本卷《奉贈太常張卿二十韻》注。蘇頲《春晚紫微省直寄内》：「内史通宵承紫誥，中人落晚愛紅妝。」李肇《翰林志》：「凡賜予徵召宣索處分曰詔，用白藤紙，凡慰撫軍旅曰書，用黄麻紙，並印。」《唐會要》卷五七《翰林院》：「故事，中書以黄、白二麻爲綸命重輕之辨，近者所由猶得用黄麻，其白麻皆在此院。自非國之重事、拜授于德音赦宥者，則不得由於斯矣。」黄鶴注：「制誥本集賢學士領之，今翰林學士得分掌，故云『兼綰』。」《分門》洙曰：「似六經，言訓辭深厚如六經。」

〔六〕内分二句：《唐會要》卷三一《章服品第》：「上元元年八月二十一日敕：……文武三品已上服紫，金玉帶十三銙。四品服深緋，金帶十一銙。五品服淺緋，金帶十銙。六品服深緑，七品服淺緑，並銀帶九銙。」《分門》洙曰：「翰林拜命日賜金荔枝帶。」《文獻通考》卷一一三：「太平興國七年正月翰林學士承旨李昉等奏曰：……荔枝帶本是内出，以賜將相，在於庶僚，豈可僭服。」吕希哲《吕氏雜記》：「舊制，執政見任賜笏頭帶，親王、使相及武臣任樞府皆止賜荔枝帶。俗號毬文爲笏頭，御仙花爲荔枝，朝省文書亦多從俗呼。」《九家》趙注引楊文公《談苑》載荔枝帶，云：「雖是本朝名式，然稱舊用，則亦循唐故事矣」；「謂之荔枝青，言金色之青熒也。」朱鶴齡注引貴妃嗜荔枝事，謂垍尚主，宅在禁中，得與此賜。又引曾子固《荔枝狀》：「江家緑，出福州。又色紅而有青斑者名虎皮，亦出福州。」謂荔枝青殆此類。按，荔枝事天寶中似無人言及。甫在蜀中賦《病橘》（卷四0189）始及之。疑趙注爲是。

〔七〕無復二句：《分門》洙曰引《後漢書·逸民傳》高鳳，《九家》趙注：「殊無意義，豈可以人名對聚螢乎。」《詩·大雅·卷阿》：「鳳凰鳴矣，于彼高岡。」顏延之《秋胡行》：「椅梧傾高鳳，寒谷待鳴律。」《晉書·車胤傳》：「家貧不常得油，夏月則練囊盛數十螢火以照書，以夜繼日焉。」

〔八〕此生二句：《九家》趙注：「此言任春時之草生幾度，更不管年華之去耳。」仇注：「春草，歎卑微。漂萍，傷流落。」《藝文類聚》卷八二古詩：「泛泛江漢萍，漂蕩水無根。」

〔九〕儻憶句：《三國志·魏書·王粲傳》注引《魏氏春秋》：「（嵇）康寓居河内之山陽縣，與之游者，未嘗見其喜愠之色。與陳留阮籍、河内山濤、河南向秀、籍兄子咸、琅邪王戎、沛人劉伶相與友善，游於竹林，號爲七賢。」

## 送張二十參軍赴蜀州因呈楊五侍御①〔一〕

好去張公子，通家別恨添〔二〕。兩行秦樹直〔三〕，萬點蜀山尖②。御史新驄馬，參軍舊紫髯〔四〕。皇華吾善處，於汝定無嫌〔五〕。（0470）

【校】

①州，《草堂》作「川」。

②點，錢箋校：「一作朵。」

【注】

黄鶴注：楊侍御使蜀而張參軍往依之，以舊次考之，當在天寶十三載（七五四）。

〔一〕張二十參軍：名不詳。楊五侍御：本書卷一一有《寄楊五桂州》（0642），注：「譚。因州參軍段子之任。」又《廣州段功曹到得楊五長史譚書功曹却歸聊寄此詩》（0705）。《新唐書·宰相世系表一下》楊氏觀王房：汾陰令暹子，「譚，廣州都督。」《全唐文》卷三七七收楊譚《兵部奏劍南節度破西山賊露布》，當爲天寶十一載奏，時爲劍南節度從事。

〔二〕通家句：《後漢書·孔融傳》：「敕外自非當世名人及與通家，皆不得白。」

〔三〕兩行句：《唐會要》卷八六《道路》：「開元二十八年正月十三日，令兩京道路並種果樹。」同卷《街巷》：「（貞元）十二年，官街樹缺，所司植榆以補之。京兆尹吴湊曰：『榆非九衢之玩。』亟命易之以槐。」

〔四〕御史二句：驄馬，見卷二《送長孫九侍御赴武威判官》（0085）注。《晉書·郗超傳》：「府中語曰：髯參軍，短主簿，能令公喜，能令公怒。超髯、珣短故也。」《九家》趙注：「紫髯字却因《孫權傳》號紫髯將軍可得取而合用之。」

〔五〕皇華二句：《詩・小雅・鹿鳴》：「皇皇者華，于彼原隰。」序：「君遣使臣也。」曹丕《典論・奸讒》：「斯可謂善處骨肉之間矣。」《九家》趙注：「楊侍御爲皇華之使，乃吾所厚善之人，則於張二十亦必無嫌。」

## 陪諸貴公子丈八溝攜妓納涼晚際遇雨二首〔一〕

落日放船好，輕風生浪遲。竹深留客處，荷淨納涼時。公子調冰水，佳人雪藕絲〔二〕。片雲頭上黑，應是雨催詩〔三〕。（0471）

【注】

黄鶴注：當是天寶十三載（七五四）作。仇注：大抵在天寶間未亂時作。

〔一〕丈八溝：張禮《游城南記》：「又西北經下杜城，過沈家橋，杜城之西有丈八溝，即杜子美陪諸公子納涼遇雨之地。」《陝西通志》卷九長安縣潏水引《賈志》：「丈八溝在縣西南十五里，即漕河岸最深處。」引《縣册》：「皂河自牛頭寺入縣境，西北流至丈八溝，一分流爲通濟渠，一西北流逕三橋鎮入渭。按皂河即漕河之訛。」

〔二〕公子二句：《九家》趙注：「貴家有以蜜或乳糖伴雪而食者，冰水曰調，豈亦用香美之物調和之乎」；「雪藕絲，蓋雪斷之雪。此是方言。」朱鶴齡注引《家語》：「黍所以雪桃。」注：「雪，拭也。」按，趙注「雪斷」之「雪」，當即「撧」字，又記作「撅」。《龍龕手鑑》：「撅，居月反，撥物也」；「撧，子雪反，手撧斷也。」蔣捷《秋夜雨》：「愁多無奈處，謾碎把、寒花輕撧。」本又作「撅」。李調元《雨村詩話》卷二：「『撧』字字書不載，意即『擲』字也。」説誤。《黑旋風雙獻功》第二折：「我把那廝脊梁骨各支支生撧作兩三截。」雪藕絲，蓋謂撅斷藕而絲相連，言拭者無義。謝朓《在郡卧病呈沈尚書》：「夏李沈朱實，秋藕折輕絲。」

〔三〕片雲二句：仇注引胡夏客曰：「公子作詩，催之亦未必速就。應是雨催詩，調笑中却有含蓄。」

雨來霑席上，風急打船頭①〔一〕。越女紅裙濕，燕姬翠黛愁〔二〕。纜侵隄柳繫，幔卷浪花浮②〔三〕。歸路翻蕭颯，陂塘五月秋〔四〕。（0472）

【校】

①急，宋本、錢箋、《九家》校：「一作惡。」

②卷，錢箋作「宛」，校：「一作卷。」

【注】

〔一〕風急句：《大般涅槃經》卷三一：「譬如壞瓶，不耐風雨打擲搥押。」《九家》趙注：「亦是方言。蓋江南有謂之打頭風者也。」辛弃疾《小重山》：「殷勤却謝打頭風，船兒住，且醉浪花中。」

〔二〕越女二句：枚乘《七發》：「越女侍前，齊姬奉後。」江總《南越木槿賦》：「趙女垂金珥，燕姬插寶珈。」江總《新入姬人應令》：「數錢拾翠争佳麗，拂紅點黛何相似。」

〔三〕纜侵二句：《九家》趙注：「急雨當避，進舟於岸傍，故侵堤柳而繫纜也。」蕭綱《送別》：「水苔隨纜聚，岸柳拂舟垂。」庾信《詠畫屏風》：「幰拂緣堤柳，甍飄夾路花。」庾肩吾《應令》：「別筵開帳殿，離舟卷幔城。」顧野王《艷歌行》：「窗開翠幔卷，妝罷金星出。」

〔四〕歸路二句：《九家》趙注：「以當五月炎天，而遂成秋。」

## 白水明府舅宅喜雨〔一〕得過字。

吾舅政如此，古人誰復過。碧山晴又濕〔二〕，白水雨偏多。精禱既不昧，歡娛將謂何？湯年旱頗甚，今日醉絃歌〔三〕。（0473）

**【注】**

黄鶴注：當在天寶十三載（七五四）作。

〔一〕白水明府舅：見本卷《九日楊奉先會白水崔明府》(0468)注。

〔二〕碧山句：蔡邕《協和婚賦》：「立若碧山亭亭豎，動若翡翠奮其羽。」

〔三〕精禱四句：《淮南子・主術訓》：「湯之時，七年旱，以身禱于桑林之際，而四海之雲湊，千里之雨至。」

## 陪李金吾花下飲〔一〕

勝地初相引，余行得自娱①。見輕吹鳥毳，隨意數花鬚〔二〕。細草稱偏坐②，香醪懶再沽〔三〕。醉歸應犯夜，可怕李金吾〔四〕？（0474）

【校】

①余，宋本、錢箋校：「一作徐。」《九家》作「徐」。

②稱偏，錢箋校：「一作偏稱。」《草堂》作「偏稱」。

【注】

黄鶴注：金吾，李嗣業也。天寶十四載（七五五）春作。

〔一〕李金吾：《唐六典》卷二五諸衛府：「左右金吾衛，大將軍各一人，正三品。將軍各二人，從三品。」《舊唐書·李嗣業傳》：「仙芝表其功，加驃騎左金吾大將軍。及禄山反，兩京陷，上在靈武，詔嗣業赴行在。嗣業自安西統衆萬里，威令肅然，所過郡縣，秋毫不犯。」則天寶末年嗣業在安西。黄鶴注指此爲嗣業，恐非是。《舊唐書·李峴傳》：「入爲金吾將軍，遷將作監，改京兆府尹。」任華《送李侍御充汝州李中丞副使序》：「且御史仲兄金吾將軍，嘗處中司之雄職。」李遵天寶十四載由執金吾爲彭原郡守（《全唐文》小傳）。此皆在天寶年間。

〔二〕見輕二句：《書·堯典》：「鳥獸毨毛。」傳：「鳥獸皆生耎毳細毛以自温焉。」《漢書·晁錯傳》：「鳥獸毳毛。」左思《蜀都賦》：「敷蘂葳蕤，落英飄颻。」《文選》劉逵注：「蘂者，或謂之華，或謂之實。一曰花鬚頭點也。」

〔三〕細草二句：《九家》趙注：「如公嘗使『偏勸腹腴愧年少』、『漁父忌偏醒』、『驥病思偏秣』之義，此飲酒闌珊則歇於細草之上，惟其偏可於此坐，則不思起矣。」劉禹錫《拋毬樂》：「最宜紅燭下，偏稱落花前。」《海山記》載《望江南》：「浪摇晴影走金蛇，偏稱泛靈槎。」則作偏稱是。

〔四〕醉歸二句：《唐六典》卷二五諸衛府：「左右金吾衛大將軍、將軍之職，掌宫中及京城晝夜巡警之法，以執禦非法。」《九家》趙注：「此戲李金吾也。」「薛夢符所引李廣霸陵事非。言可怕，則不怕之也。」《世説新語·政事》：「王安期作東海郡，吏録一犯夜人來。王問：『何處來？』云：『從師家受書還，不覺日晚。』王曰：『鞭撻甯越以立威名，恐非致理之本。』使吏送令歸家。」張鷟《龍筋鳳髓判》：「右金吾衛將軍趙宜檢校街，時大理丞徐逖鼓絶後於街中行，宜決二十，奏付法。遜有故，不伏科罪。」

## 贈高式顔〔一〕

昔别是何處①，相逢皆老夫。故人還寂寞，削跡共艱虞〔二〕。自失論文友，空知賣酒壚〔三〕。平生飛動意〔四〕，見爾不能無。（0475）

【校】

①是，宋本、錢箋校：「一作人。」

【注】

黄鶴注：當是禄山反後，天寶十五載（七五六）與高相遇於奉先、白水間作。仇注：當是乾元初出爲華州司功時。

〔一〕高式顔：高適《宋中送族侄式顔時張大夫貶括州使人召式顔遂有此作》：「游梁且未遇，適越今可以。」又《又送族侄式顔》：「惜君才未遇，愛君才若此。世上五百年，吾家一千里。俱游帝城下，忽在梁園裏。我今行山東，離憂不能已。」

〔二〕削跡句：《莊子·天運》：「伐樹於宋，削跡於衛，窮於商周。」疏：「削，剗也。夫子嘗游於衛，衛人疾之，故剗削其跡不見用也。」《晋書·明帝紀》：「虛弊既甚，事極艱虞。」

〔三〕自失二句：本書卷七《遺懷》(0360)：「憶與高李輩，論交入酒壚。」朱鶴齡注：「今高適不在，故云然。」參該詩注。

〔四〕飛動：見卷一《夜聽許十誦詩愛而有作》(0036)注。

# 贈比部蕭郎中十兄 甫從姑子也〔一〕。

有美生人傑〔二〕，由來積德門。漢朝丞相系，梁日帝王孫〔三〕。蘊藉爲郎久，魁梧秉哲尊〔四〕。詞華傾後輩，風雅藹孤騫〔五〕。宅相榮姻戚〔六〕，兒童惠討論。見知真自幼，謀拙愧諸昆①〔七〕。漂蕩雲天闊，沈埋日月奔。致君時已晚，懷古意空存。中散山陽鍛，愚公野谷村②〔八〕。寧紆長者轍，歸老任乾坤〔九〕。(0476)

【校】

①愧，錢箋作「醜」，校：「一作愧。」

②谷，《文苑英華》作「客」，校：「集作谷。」

【注】

黄鶴注：當是未獻賦前天寶五載（七四六）自河南歸應詔時作。

〔一〕蕭郎中：名不詳。《唐六典》卷六尚書刑部：「比部郎中一人，從五品上。員外郎一人，從六品上。比部郎中、員外郎掌勾諸司百寮俸料、公廨、贓贖、調斂、徒役課程、逋懸數物，以周知内外之經費而總勾之。」

〔二〕有美句：《詩・鄭風・野有蔓草》：「有美一人，清揚婉兮。」生人，《九家》趙注謂應是生民，避唐諱改。《史記・高祖本紀》：「此三者，皆人傑也，吾能用之，此吾所以取天下也。」

〔三〕漢朝二句：《新唐書・宰相世系表一下》蕭：「漢有丞相酇文終侯何」；齊梁房：「衍，梁高祖武皇帝也。號齊梁房。」

〔四〕蘊藉二句：《史記・酷吏列傳》：「治敢行，少蘊藉。」索隱：「張晏云：爲人無所避，故少所假借也。」《後漢書・桓榮傳》：「會諸博士論難於前，榮被服儒衣，温恭有蘊藉。」《史記・留侯世家》：「余以爲其人魁梧奇偉。」集解：「應劭曰：魁梧，丘虚壯大之意。」《書・酒誥》：「經德秉哲。」傳：「能常德持智。」

〔五〕風雅句：孤騫，字當作「鶱」，飛舉之貌。見卷七《覽柏中允兼子侄數人除官制詞因述父子兄弟四美載歌絲綸》（0308）注。

〔六〕宅相句：《晉書・魏舒傳》：「少孤，爲外家甯氏所養。甯氏起宅，相宅者云：『當出貴甥。』外祖母以魏氏甥小而慧，意謂應之。舒曰：『當爲外氏成此宅相。』」《九家》趙注：「蕭兄，杜家之外孫，故比之魏舒。」

〔七〕謀拙句：朱鶴齡注：「諸昆，謂蕭氏諸兄。」

〔八〕中散二句：《晋書·嵇康傳》：「與魏宗室婚，拜中散大夫。……性絶巧而好鍛，宅中有一柳樹甚茂，乃激水圜之，每夏月，居其下以鍛。」《説苑·政理》：「齊桓公出獵，逐鹿而走，入山谷之中，見一老公而問之曰：『是爲何谷？』對曰：『爲愚公之谷。』桓公曰：『何故？』對曰：『以臣名之。……臣故畜牸牛，生子而大，賣之而買駒，少年曰牛不能生馬，遂持駒去。傍鄰聞之，以臣爲愚，故名此谷爲愚公之谷。』」

〔九〕寧紆二句：《九家》趙注：「言不煩蕭兄之枉顧，姑任乾坤而歸老。蓋孤憤之辭也。」

## 九日曲江〔一〕

綴席茱萸好，浮舟菡萏衰〔二〕。季秋時欲半①，九日意兼悲。江水清源曲，荆門此路疑〔三〕。晚來高興盡〔四〕，摇蕩菊花期。（0477）

【校】

① 季秋時欲半，宋本、錢箋、《九家》、《草堂》校：「一作百年秋已半。」

**【注】**

黄鶴注繫於天寶十四載（七五五），仇注謂天寶十二載（七五三）作。皆無確證。

〔一〕曲江：見卷一《九日寄岑參》（0025）注。

〔二〕綴席二句：《太平御覽》卷三二引《齊人月令》：「重陽之日，必以糕酒登高眺迥，爲時宴之游賞，以暢秋志。酒必采茱萸、甘菊以泛之，既醉而還。」《爾雅·釋草》：「荷，芙蕖，其莖茄，其葉蕸，其本蔤，其華菡萏，其實蓮，其根藕。」曹植《芙蓉賦》：「芙蕖騫翔，菡萏星屬。」

〔三〕荆門句：《分門》洙曰：「桓温以九日宴從事於龍山。孟嘉落帽龍山，在荆州門外。」《九家》趙注：「《九域志》載：江陵府古跡有落帽臺，乃龍山矣。今言在曲江作重九，而疑是龍山，故曰『荆門此路疑』。」

〔四〕晚來句：殷仲文《南州桓公九井作》：「獨有清秋日，能使高興盡。」

## 官定後戲贈〔一〕

時免河西尉，爲右衛率府兵曹①〔二〕。

不作河西尉，凄涼爲折腰〔三〕。老夫怕趨走，率府且逍遥〔四〕。耽酒須微禄〔五〕，狂歌託聖朝。故山歸興盡，回首向風飇。（0478）

【校】

① 右，《草堂》作「左」。

【注】

黄鶴注：改衛尉率府兵曹在天寶十四載（七五五），《夔府書懷》所云「昔罷河西尉，初興薊北師」是也。

〔一〕官定後戲贈：《九家》趙注：「此公自贈耳，故云戲也。」《唐六典》卷二吏部尚書：「凡注官，皆對面唱示。若官資未相當及以爲非便者，聽至三注。三注不伏注，至冬檢舊判注擬。」甫蓋初注河西尉，後改注率府。

〔二〕河西：《元和郡縣圖志》卷二同州：「夏陽縣，緊。西南至州一百三十里。古有莘國，漢部陽縣之地。武德三年分部陽於此置河西縣，在河之西，因以爲名。又割同州之部陽、韓城二縣於今縣理置西韓州，取古韓國爲名也。以河東有韓州，故此加西。貞觀八年廢西韓州，以縣屬同州，乾元三年改爲夏陽縣。」卷一二河中府：「河西縣，次赤。郭下。本朝邑縣東地，乾元三年因置河中府，割朝邑縣置。」《舊唐書·地理志》同州：「夏陽，武德三年，分部陽於此置河西縣。乾元三年，爲夏陽。」又河中府：「河西，舊朝邑縣，屬同州，管長春宮。乾元元年，置河中府，割朝邑來屬，改爲河西縣，以鹽坊爲理所。」聞一多《會箋》謂河西縣故城在今雲南河西縣境。所據爲《舊唐書·地理志》所載戎州都督府宗州領縣河西。然戎州屬羈縻州，其官員由酋渠自署。杜甫所授當爲同州河西縣尉，乾元三年後改夏陽縣。郭沫若謂唐河西一屬於雲南，在蒙自附近，一屬於四川，在宜賓附近，尤謬。參譚其驤《郭著〈李白與杜甫〉地理正誤》（《歷史地理》第二輯）。右衛率府兵曹：王洙《杜工部集記》作「改右衛率府胄曹」。《唐六典》卷二八太子左右衛：「太子左右衛率府……兵曹參軍事各一人，從八品下。胄曹參軍事各一人，從八品下。……兵曹掌親、勳、翊三府、廣濟等五府武官，親、勳、翊衛衛士之名簿，及其番上、差遣之法式。凡上番者，皆受其名簿，而咨配於率。兼知公私馬及雜畜之簿帳。胄曹掌親、勳、翊三府、廣濟等五府器械，諸公廨繕造之物事。」

〔三〕淒涼句：蕭統《陶淵明傳》：「歲終，會郡遣都郵至，縣吏請曰：『應束帶見之。』淵明歎曰：『我豈能爲五斗米折腰向鄉里小兒。』即日解綬去職，賦《歸去來》。」

〔四〕率府句：《白虎通義》卷四：「臣以執事趨走爲職。」

〔五〕耽酒句：《晉書·裴憲傳》：「挹、毅俱豪俠耽酒，好臧否人物。」

## 承沈八丈東美除膳部員外阻雨未遂馳賀奉寄此詩〔一〕

今日西京掾，多除南省郎。府掾四人同日拜郎〔二〕。通家惟沈氏，謁帝似馮唐〔三〕。詩律羣公問，儒門舊史長〔四〕。清秋便寓直，列宿頓輝光〔五〕。未暇申宴慰①〔六〕，含情空激揚②。司存何所比，膳部默悽傷。甫大父昔任此官〔七〕。貧賤人事略，經過霖潦妨。禮同諸父長，恩豈布衣忘〔八〕。天路牽騏驥，雲臺引棟梁〔九〕。徒懷貢公喜〔一〇〕，颯颯鬢毛蒼。（0479）

【校】

① 宴，錢箋校：「一作安。」

② 激，《草堂》作「抑」。

【注】

黄鶴注：當是天寶十三載（七五四）作，是年九月淫雨不止。

〔一〕沈八丈東美：沈東美，《太平廣記》卷四四八《沈東美》（出《紀聞》）：「唐沈東美爲員外郎，太子詹事佺期之子，家有青衣，死且數歲，忽還家。」綦毋潛有《題沈東美員外山池》。《唐六典》卷四尚書禮部：「膳部郎中一人，從五品上。員外郎一人，從六品上。膳部郎中、員外郎掌邦之牲豆、酒膳，辨其品數。」

〔二〕今日二句：《唐六典》卷三〇京兆河南太原府：「司録參軍事二人，正七品上。……煬帝罷州置郡，有東西曹掾及主簿。皇朝省掾主簿，置録事參軍。開元初，改爲司録參軍。」《舊唐書·

姜公輔傳》：「以府掾俸給稍優，乃求兼京兆尹户曹參軍。」府掾指三府司録參軍及諸曹參軍。東美當以京兆府司録參軍遷膳部員外郎。南省，尚書省。《通典》卷二一《中書省》：「時謂尚書省爲南省，門下、中書爲北省，亦謂門下省爲左省，中書爲右省，或通謂之兩省。」

〔三〕通家二句：《史記·張釋之馮唐列傳》：「武帝立，求賢良，舉馮唐。唐時年九十餘，不能復爲官。」朱鶴齡注：「蓋沈以晚年除郎也。」

〔四〕詩律二句：詩律謂詩之聲律。《文鏡秘府論》天卷引王昌齡《詩格》：「律調其言，言無相妨，以字輕重清濁間之須穩。……兩頭管上去入相近，是詩律也。」《新唐書·宋之問傳》：「魏建安後迄江左，詩律屢變，至沈約、庾信，以音韻相婉附，屬對精密。及之問、沈佺期，又加靡麗，回忌聲病，約句准篇，如錦繡成文。學者宗之，號爲沈宋。」仇注：「詩律二句，稱其家學」；「又，沈約亦修《宋史》」。

〔五〕清秋二句：《九家》趙注：「便，平聲。」《楚辭·大招》：「魂兮歸徠，恣所便只。」王逸注：「便猶安也。」補注：「便，平聲。」謝靈運《過始寧墅》：「拙疾相倚薄，還得静者便。」潘岳《秋興賦》：「以太尉掾兼虎賁中郎將，寓直於散騎之省。」《文選》李善注：「寓，寄也。」直指宿直。《唐六典》卷一尚書都省：「凡尚書省官，每日一人宿直，都司執直簿一轉以爲次。」《後漢書·明帝紀》：「館陶公主爲子求郎，不許，而賜錢千萬。謂群臣曰：『郎官上應列宿，出宰百里，有非其人，則民受其殃，是以難之。』」《通典》卷二九《職官·三署郎官》：「自近代皆謂郎官上應列宿，出宰百里，爲尚書郎故事。且夫天文有武賁、郎位等星，皆在太微帝座之後，爲翊衛之象，則應劭、楊秉所言三署郎是也，而代人謂之尚書郎，則誤矣。徵其失也，蓋自梁陶藻《職官要録》以漢三署郎故事通爲尚書郎，循名失實，疑誤後代。」

〔六〕未暇句：鮑照《玩月城西門廨中》：「休浣自公日，宴慰及私辰。」

〔七〕司存二句：《論語・泰伯》：「籩豆之事，則有司存。」《九家》趙注：「言沈丈之司何所比擬乎，公直以比其大父也。」《舊唐書・杜審言傳》：「拜著作佐郎，俄遷膳部員外郎。」

〔八〕禮同二句：《詩・小雅・伐木》：「既有肥羜，以速諸父。」《九家》趙注：「布衣，則公新召試入官，前此蓋布衣耳。」

〔九〕天路二句：《楚辭・九辯》：「却騏驥而不乘兮，策駑駘而取路。」雲臺，見卷四《述古三首》(0206)注。

〔一〇〕貢公喜：見卷一《奉贈韋左丞丈二十二韻》(0001)注。

## 奉留贈集賢院崔于二學士國輔、休烈〔一〕。

昭代將垂白①，途窮乃叫閽〔二〕。氣衝星象表〔三〕，詞感帝王尊。天老書題目，春官驗討論〔四〕。倚風遺鶂路，隨水到龍門〔五〕。竟與蛟螭雜，寧無燕雀喧②〔六〕。青冥猶契闊③，陵厲不飛翻④〔七〕。儒術誠難起，家聲庶已存〔八〕。故山多藥物，勝概憶

桃源〔九〕。欲整還鄉旆，長懷禁掖垣〔一〇〕。謬稱三賦在，難述二公恩。甫獻三大禮賦出身，二公常謬稱述。（0480）

【校】

①白，《草堂》作「老」。

②寧，宋本、《九家》校：「一作空。」寧無，錢箋作「空聞」，校：「一作寧聞。一作寧無。」

③猶契闊，錢箋校：「一云連澒洞。」

④不，錢箋校：「一云小。」

【注】

黄鶴注：天寶十一載（七五二）作。公獻賦，明皇奇之，俾待詔集賢，召學官試文章。崔、于二學士當是試文之人。試後止降恩澤，送隸有司，參列選序，故起故山之興。

〔一〕崔于二學士：崔國輔、于休烈。《新唐書·藝文志》：「《崔國輔集》，卷亡。應縣令。舉授許昌令、集賢直學士、禮部員外郎。坐王鉷近親，貶竟陵郡司馬。」《直齋書録解題》卷一九：「開元十三年進士，應縣令，舉爲許昌令。天寶中加學士。後以王鉷近親坐貶。」《河岳英靈集》卷中：「國輔詩婉孌清楚，深宜諷詠，樂府數章，古人不及也。」《舊唐書·于休烈傳》：「河南人。高祖志寧，貞觀中任左僕射，爲十八學士。……自幼好學，善屬文，與會稽賀朝、萬齊融、延陵包融爲文詞之友，齊名一時。舉進士，又應制策登科，授秘書省正字，累遷右補闕、起居郎、集賢殿學士，轉比部員外郎、郎中。楊國忠輔政，排不附己者，出爲中部郡太守。值禄山構難，肅宗踐祚，休烈自中部赴行在，擢拜給事中，遷太常少卿。」集賢院，見卷五《莫相疑行》(0231)注。

〔二〕昭代二句：《分門》洙曰：「昭代猶明時也。」《九家》趙注：「本是昭世字。」鮑照《擬青青陵上柏》：「浮生旅昭世，空事歎華年。」宋之問《故趙王屬贈黄門侍郎上官公挽詞》：「冥漠辭昭代，空憐賦子虚。」謝靈運《游南亭》：「戚戚感物歎，星星白髮垂。」揚雄《甘泉賦》：「選巫咸兮叫帝閽，開天庭兮延群神。」《文選》注：「服虔曰：令巫祝叫呼天門也。」錢箋：「公後進《雕賦》、《封西岳賦》，亦投延恩匭，故曰叩閽也。」

〔三〕氣衝句：《九家》趙注：「氣衝星象，暗以劍喻。」參卷七《可歎》(0327)注。

〔四〕天老二句：《韓詩外傳》卷八：「黄帝即位……夙寐晨興，乃召天老而問之。」《太平御覽》卷二〇六引陶氏《職官要録》：「三台擬三公。黄帝以風后配上台，天老配中台，五聖配下台。」《唐六典》卷四禮部：「禮部尚書一人，正三品。周之春官卿也。……後周依《周官》，置春官府大宗伯卿一人。隋更爲禮部尚書，皇朝因之。……光宅元年爲春官尚書，神龍元年復故。」《九家》趙注：「公於《進封西岳表》云：幸得奏賦，待制於集賢，委學官試文章。則出題目者宰相，而審驗之者禮部。」

〔五〕倚風二句：《左傳》僖公十六年：「六鷁退飛過宋都，風也。周内史叔興聘於宋，宋襄公問焉，曰：『是何祥也？吉凶焉在？』對曰：『今兹魯多大喪，明年齊有亂。君將得諸侯而不終。』退而告人曰：『君失問。是陰陽之事，非吉凶所生也。吉凶由人，吾不敢逆君故也。』」鷁，《穀梁傳》作鶂。《九家》趙注：「言倚賴風而往矣，反遭回風而遺失其所往之程路。」《水經注》河水：「《爾雅》曰：鱣，鮪也。出鞏穴，三月則上渡龍門，得渡爲龍矣，否則點額而還。」

〔六〕竟與二句：《九家》趙注：「到龍門而不過，則猶雜蛟螭；遺鷁路而不進，則不免群燕雀而受其喧也。」

〔七〕陵厲句：嵇康《代秋胡歌》：「凌厲五岳，忽行萬意。」王粲《贈蔡子篤》：「苟非鴻雕，孰能飛翻。」

〔八〕家聲句：《史記·李將軍列傳》：「單于既得陵，素聞其家聲。」

〔九〕桃源：見卷二《北征》(0052)注。

〔一〇〕欲整二句：《九家》趙注：「整旆字，如劉公幹整駕之整。」劉楨《贈五官中郎將》：「昔我從元后，整駕至南鄉。」《左傳》宣公十二年：「令尹南轅反旆。」杜預注：「回車南鄉。旆，軍前大旗。」陸機《贈顧交阯公真》：「惆悵瞻飛駕，引領望歸旆。」劉楨《贈徐幹》：「誰謂相去遠，隔此西掖垣。」《文選》李善注：「《洛陽故宮銘》曰：洛陽宮有東掖門、西掖門。」薛奇童《楚宮詞》：「日晚梧桐落，微寒入禁垣。」

## 故武衛將軍挽歌三首〔一〕

嚴警當寒夜，前軍落大星〔二〕。壯夫思感決①，哀詔惜精靈〔三〕。王者今無戰，

書生已勒銘〔四〕。封侯意疏闊，編簡爲誰青〔五〕？（0481）

【校】

① 感，錢箋校：「陳作敢。」

【注】

黄鶴注：詩云「黄河十月冰」，《通鑑》謂天寶八載（七四九）黄河冰合，意將軍是年死。仇注：詩意本謂塞外河冰，引證未合。大抵屬未亂以前之詩。

〔一〕武衛將軍：《唐六典》卷五尚書兵部：「凡兵士隸衛，各有其名。左右衛曰驍騎，左右驍衛曰豹騎，左右武衛曰熊渠，左右威衛曰羽林，左右領軍衛曰射聲，左右金吾衛曰佽飛。」卷二四諸衛：「左右武衛，大將軍各一人，正三品。將軍各二人，從三品。左右武衛大將軍、將軍之職掌如左右衛。」仇注引張希良曰疑此人爲裴旻，然裴官金吾將軍，與此不合。曹慕樊謂是王忠嗣。《舊唐書·王忠嗣傳》：「天寶元年……忠嗣乃縱反間於拔悉密與葛邏禄、回紇三部落，攻米施可汗走之。忠嗣因出兵伐之，取其右廂而歸，其西葉護及毗伽可敦、男殺葛腊哆，率其部落千餘帳入朝。因加左武衛大將軍。……七載，量移漢東郡太守。明年，暴卒，年四十五。」

〔二〕嚴警二句：《三國志·蜀書·諸葛亮傳》注引《晋陽秋》：「有星赤而芒角，自東北西南流，投於亮營，三投再還，往大還小，俄而亮卒。」

〔三〕壯夫二句：《九家》趙注：「疑是敢決，蓋思其敢決邁往之氣也。或是感決，欲隨之以死。」劉歆《遂初賦》：「勒障塞而固守兮，奮武靈之精誠。」夏侯湛《東方朔畫贊》：「墟墓徒存，精靈永戢。」

〔四〕王者二句：《荀子·議兵》：「王者有誅而無戰。」盧元昌曰：「開寶時府兵罷，折衝停，民間挾兵器者有禁。王者今無戰，正謂如將軍不使折衝萬里，乃坐老宿衛，賫志以没耳。」按，天寶八載停折衝，因折衝府但有兵額，無兵可交，非所謂王者無戰。《唐會要》卷七二《軍雜録》：「天寶末，天子以中原太平，修文教，廢武備，銷鋒鏑，以弱天下豪傑。於是挾軍器者有辟，蓄圖讖者有誅，習弓矢者有罪。不肖子弟爲武官者，父兄擯之不齒。惟邊州置重兵，中原乃包其戈甲，示不復用，人至老不聞戰聲。六軍諸衛之士，皆市人白徒。富者販繒采，食粱肉，壯者角抵拔河，翹木扛鐵，日以寢鬭，有事乃股栗，不能授甲。其後盜乘而反，非不幸也。」詩蓋緣此文飾。勒銘，見卷七《奉酬薛十二丈判官見贈》(0324)注。

〔五〕封侯二句：《後漢書·吴祐傳》：「欲殺青簡以寫經書。」注：「殺青者，以火炙簡令汗，取其青易書，復不蠹，謂之殺青，亦謂汗簡。」朱鶴齡注：「封侯之志雖不得遂，然編簡不爲之青而爲誰青乎？許其功名之必垂於簡策也。」《舊唐書·王忠嗣傳》：「河西兵馬使李光弼危之，遽而入告：……忠嗣曰：『李將軍，忠嗣計已決矣。平生始望，豈及貴乎？今争一城，得之未制於敵，不得之未害於國，忠嗣豈以數萬人之命易一官哉？假如明主見責，豈失一金吾羽林將軍，歸朝宿衛乎？』」曹慕樊謂詩言此。

舞劍過人絶，鳴弓射獸能〔一〕。銛鋒行愜順，猛噬失蹻騰〔二〕。赤羽千夫膳①，黄河十月冰。横行沙漠外，神速至今稱〔三〕。（0482）

【校】

① 羽，錢箋校：「一作雨。」

【注】

〔一〕鳴弓句：曹植《名都篇》：「攬弓捷鳴鏑，長驅上南山。」楊素《出塞》：「嚴鐎息夜斗，騂角罷鳴弓。」射獸，猶言射虎。用李廣事。

〔二〕銛鋒二句：張衡《西京賦》：「衝狹燕濯，胸突銛鋒。」《文選》李善注：「《漢書音義》曰：銛，利也。」曹植《七啓》：「蹻捷若飛，蹈虚遠蹠。」《文選》李善注：「《廣雅》曰：趫，趫行也。今爲蹻，古字無定也。」《九家》趙注：「猛噬，言射獸之能也。」

〔三〕赤羽四句：《韓詩外傳》卷九：「孔子喟然歎曰：『二三子各言爾志，予將覽焉。由，爾何如？』曰：『得白羽如月，赤羽如日，擊鐘鼓者，上聞於天，下槊於地。使由將而攻之，惟由爲能。』」《藝文類聚》卷六〇引《六韜》：「陷堅陣、攻强敵，大黄參連弩，飛鳧電影自副。飛鳧赤莖白羽，以鐵爲首。電影青莖赤羽，以銅爲首。」朱鶴齡注：「四句紀行師沙漠之事也。赤羽之下會膳千夫，見以孤軍轉鬬，又值黄河十月，塞外苦寒，冰堅難渡之時，當此而能横行沙漠之外，其神速誠可稱矣。」

哀挽青門去，新阡絳水遥〔一〕。路人紛雨泣，天意颯風飆。部曲精仍鋭〔二〕，匈奴氣不驕。無由覩雄略，大樹日蕭蕭〔三〕。（0483）

【注】

〔一〕哀挽二句：《漢書・王莽傳》：「霸城門災，民間所謂青門也。」注：「師古曰：《三輔黄圖》云：長安城東出南頭名霸城門，俗以其色青，名曰青門。」《漢書・原涉傳》：「初，武帝時，京兆尹曹氏葬茂陵，民謂其道爲京兆仟。涉慕之，乃買地開道，立表署曰南陽仟，人不肯從，謂之原氏仟。」仟即阡陌之阡，此指墓間道。仇注謂阡墓表也，施鴻保已駁其非。《九家》趙注：「武衛將軍蓋絳州人，其柩歸絳，則由城東而去矣。」《水經注》澮水：「澮水又西南，與絳水合。俗謂之白水，非也。水出絳山東，寒泉奮涌，揚波北注，懸流奔壑，一十許丈。……其水西北流，注於澮。應劭曰：絳水出絳縣西南，蓋以故絳爲言也。」《舊唐書・王忠嗣傳》忠嗣爲太原祁人。

〔二〕部曲：見卷五《去秋行》（0221）注。

〔三〕無由二句：大樹將軍，見本卷《過宋員外之問舊莊》（0438）注。

## 九日藍田崔氏莊①〔一〕

老去悲秋强自寬〔二〕，興來今日盡君歡②。羞將短髮還吹帽，笑倩傍人爲正冠③〔三〕。藍水遠從千澗落，玉山高並兩峰寒〔四〕。明年此會知誰健④，醉把茱萸子細看⑤〔五〕。（0484）

【校】

① 九日藍田崔氏莊，錢箋題下注：「自此已後詩十三首，没賊時作。」

② 今，錢箋校：「一作終。」《文苑英華》作「終」，校：「集作今。」

③ 正，《文苑英華》作「整」，校：「集作正。」

④ 健，錢箋、《草堂》校：「一云在。」《文苑英華》作「在」，校：「集作健。」

⑤ 醉，錢箋、《九家》、《草堂》校：「一云再。」

【注】

黄鶴注：梁權道編在至德元載（七五六）陷賊中作，魯訔《年譜》亦然。在賊營則不應更能遠至藍田。又是時兩宫奔竄，四海驚擾，公豈有「興來今日盡君歡」之理？意是乾元元年（七五八）爲華州司功時至藍田有此作。蓋以後篇《東山草堂》詩知之。按，據後篇詩注，詩當作於陷賊時，舊編有據。鶴注想當然爾。

〔一〕藍田：《元和郡縣圖志》卷一京兆府：「藍田縣，畿。東北至府八十里。本秦孝公置。按《周禮》：『玉之美者曰球，其次爲藍。』蓋以縣出美玉，故曰藍田。」崔氏：名興宗，王維内弟。王維有《秋夜獨坐懷内弟崔興宗》、《與盧員外象過崔處士興宗林亭》。崔興宗有《和王維敕賜百官櫻桃》。《唐才子傳》卷二「王維」：「别墅在藍田縣南輞川，亭館相望。嘗自寫其景物奇勝，日與文士丘丹、裴迪、崔興宗游覽賦詩，琴樽自樂。」《唐代墓志彙編》元和〇七四辛劭《唐朝請大夫唐州長史兼監察御史彭城劉公故夫人崔氏墓志銘》：「夫人博陵崔氏……曾祖樫，皇恒州井陘縣令。祖元續，皇左衛兵曹參軍。皆貫綜道德，窮達理要。考興宗，皇大理評事。」時代相近。按，内弟謂舅子。《白氏六帖事類集》：「舅子爲内兄弟。」非謂妻弟。王維母爲博陵崔氏，此興宗當即其人。

〔二〕老去句：《列子·天瑞》：「孔子游於泰山，見榮啓期行乎郕之野，鹿裘帶索，鼓琴而歌……孔子曰：『善乎，能自寬者也。』」

〔三〕羞將二句：《晉書·孟嘉傳》：「後爲征西桓温參軍，温甚重之。九月九日，温燕龍山，僚佐畢集。時佐吏並著戎服，有風至，吹嘉帽墮落，嘉不之覺。温使左右勿言，欲觀其舉止。嘉良久如厠，温令取還之，命孫盛作文嘲嘉。」陳琳《爲曹洪與魏文帝書》：「怪乃輕其家丘，謂爲倩人。」《文選》張銑注：「謂我文辭皆倩人所作。」《禮部韻略》：「倩，七正切，假也。」

〔四〕藍水二句：《水經注》渭水：「霸者，水上地名也。古曰滋水矣。秦穆公霸世，更名滋水爲霸水，以顯霸功。水出藍田縣藍田谷，所謂多玉者也。西北有銅谷水，次東有輞谷水，二水合而西注，又西流入泥水。」《元和郡縣圖志》卷一藍田：「藍田山，　名玉山，一名覆車山，在縣東二十八里」；「霸水，故滋水也，即秦嶺水之下流，東南自商州上洛縣界流入，又西北流，合滻水入渭。」齊召南《水道提綱》卷六渭水：「灞水上源即藍水也，出東南藍田縣藍關之西南山秦嶺，其南即丹水南入沔漢者。藍水二源，北流而合，又西北經縣城南，又西北有水合三源自西南來會，亦出秦嶺者也。又西北流曰灞水，經府境東而北，有滻水。」《分門》晏曰：「玉山與秦山、華山峙立，故云『高並兩峰寒』。」朱鶴齡注：「《華山志》：岳東北有雲臺山，兩峰峥嶸，四面懸絶，上冠景雲，下通地脈。按，藍田去華山近，故曰『高並兩峰寒』。舊注指秦山、華山，非也。」浦起龍云：「兩峰不必指實。」

〔五〕醉把句：《魏書·源懷傳》：「理世務當舉綱維，何必須太子細也。」《舊唐書·孫伏伽傳》：「若欲子細推尋，逆城之内，人誰無罪？」

## 崔氏東山草堂〔一〕

愛汝玉山草堂静，高秋爽氣相鮮新①。有時自發鐘磬響，落日更見漁樵人。

盤剥白鴉谷口栗②，飯煮青泥坊底芹〔二〕。何爲西莊王給事，柴門空閉鎖松筠③？

王維時被張通儒禁在東山北寺。有所歎息，故云④〔三〕。（0485）

【校】

① 相，錢箋校：「一作多。」《草堂》作「多」。

② 栗，《九家》作「粟」。《草堂》校：「一作粟。」

③ 鎖，錢箋校：「一作好。」

④ 王維時被張通儒禁在東山北寺有所歎息故云，錢箋引吳若本注作：「王維時被張通儒禁在京城東山北寺，有所歎息故云。」息，宋本作「惜」，抄寫之誤。據錢箋、《九家》改。

【注】

當與前詩同作於至德元載（七五六）。

〔一〕東山：朱鶴齡注：「東山即玉山。」以其在藍田縣東。

〔二〕盤剥二句：《陝西通志》卷九藍田縣引《縣志》：「鴉谷在縣東南，即白鴉谷也。杜甫詩『盤剥白鴉谷口栗』即此。」《元和郡縣圖志》卷一藍田縣：「縣理城，即嶢柳城也，俗亦謂之青泥城。桓温伐苻健，使將軍薛珍擊青泥城破之，即其處也。」《九家》趙注：「此所謂青泥坊也。」朱鶴齡注引《説文》，謂坊即堤也。

〔三〕何爲二句：《舊唐書·王維傳》：「天寶末，爲給事中。禄山陷兩都，玄宗出幸，維扈從不及，爲賊所得。維服藥取痢，僞稱瘖病。禄山素憐之，遣人迎置洛陽，拘於普施寺，迫以僞署」；「得宋之問藍田别墅，在輞口」。《雍録》卷七：「輞川在藍田縣西南二十里，王維别墅在焉。本宋之問别圃也。」《九家》趙注：「蓋輞谷在藍田縣，謂之西莊，則在崔氏草堂之西也。」黄鶴注：「時維未得此别墅，詩意謂維得此别墅却再仕朝廷，遂令門鎖松筠，當同前詩是乾元元年作。」按，喻鳧《游山北寺》：「藍峰露秋院，灞水入春厨。」白居易《和答詩十首序》：「是夕，足下次於山北寺。」皆指藍田山北寺。鶴注謂王維至德間尚未得輞川别墅，實誤讀《舊唐書》傳。維經營輞川，實在天寶中。參陳鐵民《王維年譜》。《前定録》鄭虔：「十五年，安禄山亂東都，遣僞署西京留守張通儒至長安，驅朝官就東洛。虔至東都，僞署水部郎中。」蓋王維被拘至洛陽前，被張通儒禁在此寺。此詩注爲甫自注當無可疑。鶴注疑所不當疑，如其所解，全不成語。

## 對雪

戰哭多新鬼①，愁吟獨老翁。亂雲低薄暮，急雪舞回風〔一〕。瓢弃樽無緑②〔二〕，爐存火似紅。數州消息斷，愁坐正書空〔三〕。（0486）

【校】

① 哭，《文苑英華》作「國」。《九家》校：「一作國。」

② 瓢弃，《文苑英華》作「飄弃」。錢箋校：「一作飄弄。」　無緑，《草堂》校：「一作苔緑。」

【注】

黄鶴注：詩云「戰哭多新鬼」，當是天寶十五載（七五六）作。仇注：至德元載十月，房琯大敗於陳陶斜，詩正爲是而作。

〔一〕急雪句：《古風十九首》：「回風動地起，秋草萋已緑。」沈佺期《奉和洛陽玩雪應制》：「氛氲生浩氣，颯沓舞回風。」

〔二〕瓢弃：沈約《酬謝宣城朓》：「賓至下塵榻，憂來命緑樽。」王僧孺《在王晉安酒席數韻》：「何因送款款，半飲杯中醁。」《九家》趙注：「酒謂之醽醁，亦曰緑酒。」

〔三〕愁坐句：《世説新語·黜免》：「殷中軍被廢，在信安，終日恒書空作字。揚州吏民尋義逐之，竊視，唯作『咄咄怪事』四字而已。」

## 月夜

今夜鄜州月〔一〕，閨中只獨看。遥憐小兒女，未解憶長安。香霧雲鬟濕，清輝

玉臂寒。何時倚虛幌①，雙照淚痕乾〔二〕？（0487）

【校】

① 時，錢箋校：「一云當。」

【注】

黄鶴注：至德元載（七五六）八月自鄜州赴行在，爲賊所得時作。

〔一〕鄜州：《元和郡縣圖志》卷三關内道：「鄜州，洛交，上。……東南至上都四百七十七里。」參卷二《羌村三首》（0057）注。

〔二〕何時二句：江淹《雜體詩・王徵君微養疾》：「煉藥倚虛幌，泛瑟卧遥帷。」《文選》李善注：「《集略》曰：幌，以帛明窗也。」《九家》趙注：「雙照字，以言月照其夫婦相會之時也。」

施補華《峴傭説詩》：「詩猶文也，忌直貴曲。少陵『今夜鄜州月，閨中只獨看』，是身在長安，憶其妻在鄜州看月也。下云『遥憐小兒女，未解憶長安』，用旁襯之筆。兒女不解憶，而解憶者獨其妻矣。『香霧雲鬟』、『清輝玉臂』，又從對面寫，由長安遥想其妻在鄜州看月光景。收處作期望之詞，恰好去路，『雙照』緊對『獨看』，可謂無筆不曲。」

## 遣興

驥子好男兒〔一〕，前年學語時。問知人客姓，誦得老夫詩。世亂憐渠小，家貧仰母慈。鹿門携不遂，雁足繫難期①〔二〕。天地軍麾滿，山河戰角悲〔三〕。儻歸免相失②，見日敢辭遲③。（0488）

【校】

①鹿門携不遂雁足繫難期，宋本、錢箋、《九家》、《草堂》校：「一云鹿門携有處，鳥道去無期。」

②儻，錢箋、《草堂》校：「一作東。」

③日，宋本、錢箋、《九家》、《草堂》校：「一作爾。」

【注】

黄鶴注：是至德元載（七五六）陷賊中作。

〔一〕驥子句：《分門》洙曰：「驥子，公子宗武也。見《宗武生日》詩注。」本書卷一六《宗武生日》（1166）注：「宗武小名驥子。曾有詩：『驥子好男兒。』」仇注引胡夏客説，謂驥當是宗文，熊當是宗武。洪業是其說。未可據。

〔二〕鹿門二句：鹿門，見卷三《遣興五首》(0109)注。《漢書·蘇武傳》：「教使者謂單于，言天子射上林中，得雁，足有繫帛書，言武等在某澤中。」《九家》趙注：「此蓋公獨陷賊中而書信不通矣。」

〔三〕天地二句：杜審言《送崔融》：「祖帳連河闕，軍麾動洛城。」《晉書·樂志》：「角，說者云蚩尤氏帥魑魅與黄帝戰於涿鹿，帝乃始命吹角爲龍鳴以禦之」；「胡角者，本以應胡笳之聲，後漸用之横吹，有雙角，即胡樂也。」

## 元日①

近聞韋氏妹，迎在漢鍾離〔一〕。郎伯殊方鎮，京華舊國移②〔二〕。春城回北斗，郢樹發南枝〔三〕。不見朝正使〔四〕，啼痕滿面垂。(0489)

【校】

①元日，錢箋等題作「元日寄韋氏妹」。

②華，《草堂》作「城」。

【注】

黄鶴注：詩云「京華舊國移」，謂肅宗行宫在靈武，當是至德二載（七五七）元日，時陷賊中。

〔一〕近聞二句：韋氏妹：本書卷三《乾元中寓居同谷縣作歌七首》（0155）：「有妹有妹在鍾離，良人早殁諸孤癡。」即此妹。參該詩注。朱鶴齡注：「今云『郎伯殊方鎮』，時尚未没也。」説恐誤。鍾離，見《乾元中寓居同谷縣作歌七首》（0155）注。《元和郡縣圖志》卷九濠州：「漢置鍾離縣，復隸九江郡。」

〔二〕郎伯二句：朱鶴齡注：「婦人稱其夫曰郎曰伯。《詩》：『自伯之東。』」按，郎伯當是一詞，引《詩》不當。《乾元中寓居同谷縣作歌七首》趙注：「蓋其夫已殁，夫之兄迎在鍾離。」近實。韋氏妹之夫早殁，爲方鎮者當是其夫之兄。郎伯乃妻稱夫之伯兄，如今俗云大伯子。劉克莊《處士妻十首·於陵》：「何必如郎伯，區區禄萬鍾。辟纑並織屨，足了一生中。」詠《論衡·刺孟》仲子去母避兄、與妻獨處於陵事，用同此詩。

〔三〕春城二句：《三輔黄圖》卷一漢長安故城：「城南爲南斗形，北爲北斗形，至今人呼漢京城爲斗城是也。」《九家》趙注引其説。朱鶴齡注：「『回北斗』是用斗柄東而天下皆春。或引《三輔黄圖》未當。」浦起龍云：「既切地，亦紀時也。」《史記·楚世家》：「文王熊貲立，始都郢。」鍾離郡屬楚地。

〔四〕不見句：《漢書·宣帝紀》：「今匈奴單于稱北藩臣，朝正月。」《唐會要》卷二四《受朝賀》天寶六載十二月二十七日敕：「承前諸道差使賀正，十二月早到……望自今以後，應賀正使，並取元日。」

## 春望

國破山河在，城春草木深①。感時花濺淚，恨別鳥驚心〔一〕。烽火連三月〔二〕，家書抵萬金。白頭搔更短，渾欲不勝簪〔三〕。（0490）

【校】

①春，《草堂》校：「一作荒。」

【注】

黃鶴注：當是至德二載（七五七）春作。

〔一〕國破四句：司馬光《温公續詩話》：「古人爲詩，貴於意在言外，使人思而得之。故言之者無罪，聞之者足以戒也。近世唯杜子美最得詩人之體。如『國破山河在，城春草木深。感時花濺淚，恨別鳥驚心』，山河在，明無餘物矣。草木深，明無人矣。花鳥，平時可娛之物，見之而泣，聞之而恐，則時可知矣。他皆類此，不可遍舉。」

〔二〕烽火句：《九家》趙注：「此詩作於天寶十五載之正月，蓋安禄山反於十四載之十月，至是則烽火連三月。」黄鶴注：「當是至德二載三月陷賊時作，三月者直指三月而云。」浦起龍云：「上年之春潼關雖未破，而寇警不絶。此云『連三月』者，謂連逢兩個三月。」按，當指春季三月，故用「連」字。不必拘泥戰事起迄。

〔三〕白頭二句：《後漢書·李固傳》：「搔頭弄姿。」渾，簡直，幾乎。《敦煌變文集·佛説阿彌陀講經文》：「觀此世途渾似夢，誰能終日帶愁顔。」鮑照《擬行路難》：「膏沐芳餘久不御，蓬首亂鬢不設簪。」釋亡名《老苦》：「階庭唯仰杖，朝府不勝簪。」

## 憶幼子

字驥子。時隔絶在鄜州。

驥子春猶隔，鶯歌暖正繁〔一〕。别離驚節换，聰慧與誰論①？澗水空山道，柴門老樹村。憶渠愁只睡②，炙背俯晴軒〔二〕。（0491）

**【校】**

①慧，錢箋校：「晋作惠。」《九家》作「惠」。

②只，錢箋校：「荆作即。」《草堂》校：「王作即。」　睡，《草堂》校：「一作卧。」

【注】

黄鶴注：當是至德二載（七五七）春作。

〔一〕驥子二句：《西曲歌·西烏夜飛》：「持底喚歡來，花笑鶯歌詠。」盧照鄰《折楊柳》：「鶯啼知歲隔，條變識春歸。」黄生云：「鶯歌雖點春物，亦不泛下。暗比幼子正在學語之時，故接『聰慧』二字。」

〔二〕炙背句：嵇康《與山巨源絶交書》：「野人有快炙背而美芹子者。」

## 一百五日夜對月

無家對寒食，有淚如金波〔一〕。斫却月中桂①，清光應更多〔二〕。仳離放紅蕊，想像嚬青娥②〔三〕。牛女漫愁思，秋期猶渡河③〔四〕。（0492）

【校】

①斫却，錢箋校：「顧陶本作折盡。」

② 娥，錢箋、《九家》、《草堂》作「蛾」，錢箋校：「晋作娥。」《草堂》校：「或作娥。」

③ 猶，《草堂》作「應」。

【注】

黃鶴注：詩云「無家對寒食」，謂身陷賊中而家在鄜州，當是至德二載（七五七）作。

〔一〕無家二句：《荆楚歲時記》：「去冬至一百五日，即有疾風甚雨，謂之寒食。據曆合在清明前二日，亦有去冬至一百六日者。」《漢書・郊祀志》郊祀歌《天門》：「月穆穆以金波，日華耀以宣明。」

〔二〕斫却二句：《初學記》卷一引虞喜《安天論》：「俗傳月中仙人桂樹，今視其初生，見仙人之足漸以成形，桂樹後生。」段成式《酉陽雜俎》前集卷一：「舊言月中有桂有蟾蜍，故異書言月桂高五百丈，下有一人常斫之，樹創隨合。人姓吴名剛，西河人，學仙有過，謫令伐樹。」《世説新語・言語》：「徐孺子年九歲，嘗月下戲。人語之曰：『若令月中無物，當極明邪？』徐曰：『不然。譬如人眼中有瞳子，無此必不明。』」朱鶴齡注引作「若使月中無桂」。

〔三〕仳離二句：《詩・王風・中谷有蓷》：「有女仳離，嘅其歎矣。」傳：「仳，別也。」箋：「有女遇凶年而見弃，與其君子別離。」《九家》趙注：「公因其夫婦別離，遂借用耳。」陸機《東宫》：「軟顔收紅蕊，玄鬢吐素華。」《九家》趙注：「言寒食之花也。」朱鶴齡注：「丹桂花也。」《韓非子・内儲説上》：「一嚬一笑。」杜審言《戲贈趙使君美人》：「紅粉青娥映楚雲，桃花馬上石榴裙。」《九家》趙注：「舊作『青蛾』，當爲青娥，翠眉之謂也。」青蛾，見本卷《城西陂泛舟》(0445)注。朱鶴齡注：「舊傳月中有嫦娥，故云。」《九家》趙注：「言女方值此仳離而花發，則亦愁寂而已，可想見其嚬也。」仇注：「朱注却以蕊指月桂，蛾指嫦娥，不切。」

〔四〕牛女二句：見卷六《火》(0296)注。《詩·衛風·氓》：「將子無怒，秋以爲期。」《九家》趙注：「言二星離而終聚，其在我未知其何如耳。」

惠洪《天厨禁臠》卷上：「此杜子美詩也。其法頷聯雖不拘對偶，疑非聲律，然破題引韻已的對矣，謂之偷春格。言如梅花偷春色而先開也。」

楊萬里《誠齋詩話》：「詩有驚人句。杜《山水障》：『堂上不合生楓樹，怪底江山起烟霧。』又：『斫却月中桂，清光應更多。』」

羅大經《鶴林玉露》乙編卷二：「李太白云：『剗却君山好，平鋪湘水流。』杜子美云：『斫却月中桂，清光應更多。』二公所以爲詩人冠冕者，胸襟闊大故也。此皆自然流出，不假安排。」

## 大雲寺贊公房二首本四首。二首在前卷。

心在水精域〔一〕，衣霑春雨時。洞門盡徐步〔二〕，深院果幽期。到扉開復閉①，撞鐘齋及兹②〔三〕。醍醐長發性，飲食過扶衰③〔四〕。把臂有多日，開懷無愧詞④〔五〕。黄鸝度結構⑤，紫鴿下芳菲⑥〔六〕。愚意會所適，花邊行自遲。湯休起我病，微笑索題詩〔七〕。（0493）

【校】

① 到，錢箋校：「一作倒。」　扉，錢箋校：「一作屝。又作履。」　到扉，《草堂》校：「或作到屝。」

② 齋，《九家》、《草堂》作「齊」。

③ 飲，錢箋校：「一作飯。」

④ 詞，錢箋、《九家》、《草堂》作「辭」。

⑤ 鸝，錢箋校：「一作鶯。」《九家》作「鶯」。

⑥ 芳菲，錢箋、《草堂》作「罘罳」，校：「一云芳菲。」

前二首見卷一（0044）。

【注】

〔一〕心在句：《中阿含經》卷一一：「彼八萬四千樓觀中，有一樓觀，或金，或銀，或琉璃，或水精，名正法殿，是我常所住。」江總《大莊嚴寺碑》：「遥拖宛虹，光遍水精之域。」

〔二〕洞門：《漢書·董賢傳》：「重殿洞門。」注：「師古曰：洞門謂門門相當也。」

〔三〕到扉二句：《四分律行事鈔》卷上：「寺是攝十方一切衆僧修道境界法，爲待一切僧經游來往受供處所。無彼無此，無主無客。僧理平等，同護佛法。故其中飲食衆具，悉是供十方凡聖，同有鳴鐘作法，普集僧衆，同時共受。」《祖堂集》卷八本仁：「來晨令修齋，食畢聲鐘。」禪語録又謂齋後鐘。仇注：「扉開復閉，正值齋時。」

〔四〕醍醐二句：《增壹阿含經》卷一二：「由牛得乳，由乳得酪，由酪得酥，由酥得醍醐。然復醍醐於中，最尊最上，無能及者。」《涅槃經》卷一四：「從佛出生十二部經，從十二部經出修多羅，從修多羅出方等經，從方等經出般若波羅蜜，從般若波羅蜜出大涅槃，猶如醍醐。言醍醐者，喻於佛性。」《漢書·食貨志》：「酒者，天之美禄，帝王所以頤養天下，享祀祈福，扶衰養疾。百禮之會，非酒不行。」

〔五〕把臂二句：劉峻《廣絶交論》：「自昔把臂之英，金蘭之友。」《文選》李善注：「《東觀漢記》曰：朱暉同縣張堪，有名德，每與相見，常接以友道。暉以堪宿成名德，未敢安也。堪至把暉臂曰：欲以妻子託朱生。」潘岳《馬汧督誄》：「苟莫開懷，於何不至。」《左傳》襄公二十七年：「其祝史陳信於鬼神，無愧辭。」

〔六〕黄鸝二句：王延壽《魯靈光殿賦》：「於是詳察其棟宇，觀其結構。」《文選》李善注：「高誘《吕氏春秋注》曰：結，交也。構，架也。」紫鴿，楊倫云：「此句亦暗用釋氏『鴿入佛影，心不驚怖』之語。」《大智度論》卷一一：「佛在祇洹住晡時經行，舍利弗從佛經行。是時有鷹逐鴿，鴿飛來佛邊住。佛經行過之，影覆鴿上。鴿身安隱，怖畏即除，不復作聲。後舍利弗影到，鴿便作聲，戰怖如初。舍利弗白佛言：『佛及我身，俱無三毒。以何因緣，佛影覆鴿，鴿便無聲，不復恐怖。我影覆上，鴿便作聲，戰慄如故？』佛言：『汝三毒習氣未盡。以是故，汝影覆時，恐怖不除。』」

〔七〕湯休二句：《宋書·徐湛之傳》：「時有沙門釋惠休，善屬文，辭采綺艷，湛之與之甚厚。世祖命之還俗。本姓湯，位至揚州從事史。」仇注：「詩借湯休以比贊公。」王嗣奭《杜臆》：「起我病，謂有好詩之癖。」

細軟青絲履，光明白氎巾〔一〕。深藏供老宿〔二〕，取用及吾身。自顧轉無趣，交情何尚新〔三〕。道林才不世，惠遠德過人〔四〕。雨瀉暮簷竹，風吹青井芹①〔五〕。天陰對圖畫，最覺潤龍鱗〔六〕。（0494）

**【校】**

①青，宋本、錢箋、《九家》、《草堂》校：「一作春。」

**【注】**

〔一〕細軟二句：《說文》：「𡳐，履也。一曰青絲頭履也。」段注：「履者，足所依也。《方言》曰：絲作之者謂之履，麻作之者謂之不借。或謂之屨，或謂之鞆角，或謂之粗，或謂之屦，或謂之屣。履其通語也」；「上義謂麻作之，此義謂青絲爲頭。」《後漢書·西南夷傳》哀牢夷：「知染采文繡，罽毲帛疊，蘭干細布，織成文章如綾錦。」注：「《外國傳》曰：諸薄國女子織作白疊花布。」《大唐西域記》卷一「跋禄迦國」：「細氎細褐，鄰國所重。」慧琳《一切經音義》：「此國出細好白氎，上細毛罽，爲鄰國中華所重。時人號爲末禄氎，其實毛布也。」王建《送鄭權尚書南海》：「白氎家家織，紅蕉處處栽。」

〔二〕深藏句：《三國志·魏書·曹爽傳》：「以範鄉里老宿，於九卿中特敬之。」

〔三〕自顧二句：無趣，無所趨向。《華嚴經》卷一三：「樂觀衆生無生想，普見諸趣無趣想。」《大寶積經》卷二四：「不趣於無相，亦不入無相。無趣無所入，顯了平等住。」高適《自淇涉黄河途中作》：「獨行既未愜，懷土悵無趣。」《史記·魯仲連鄒陽列傳》：「諺曰：有白頭如新，傾蓋如故。何則？知與不知也。」集解：「桓譚《新論》曰：言内有以相知與否，不在新故也。」

〔四〕道林二句：《高僧傳》卷四：「支遁，字道林，本姓關氏，陳留人。……年二十五出家，每至講肆，善標宗會，而章句或有所遺，時爲守文者所陋。謝安聞而善之，曰：『此乃九方堙之相馬也，略其玄黄，而取其駿逸。』」惠遠，即慧遠。參卷七《大覺高僧蘭若》(0364)注。

〔五〕雨瀉二句：《九家》趙注：「『青井』當作『春井』，蓋言春時之水井耳。」朱鶴齡注：「春井猶云秋井。」按，井芹與箸竹爲對，蓋生於井上，青言其色。

〔六〕天陰二句：《歷代名畫記》卷三西京寺觀等畫壁：「大雲寺，東浮圖北有塔，俗呼爲七寶塔，隋文帝造。馮提伽畫車馬並帳幕人物，已剥落。又東壁、北壁，鄭法輪畫。西壁田僧亮畫。外邊四面楊契丹畫《本行經》。據裴《録》，此寺亦有展畫，其田、楊、鄭並同。塔東叉手下畫辟邪，雙目隨人物轉盼。三階院西下，曠野雜獸似是張孝師。西南浄土院繞殿僧至妙，失人名。」又卷九：「馮紹正，開元中任少府監，八年爲户部侍郎。尤善鷹鶻雞雉，盡其形態，觜眼脚爪，毛彩俱妙。曾于禁中畫五龍堂，亦稱其善，有降雲蓄雨之感。」《唐朝名畫録》吴道子：「又畫内殿五龍，其鱗甲飛動，每天欲雨，即生烟霧。」朱鶴齡注：「此曰『潤龍鱗』，殆類是耶？」

## 喜聞官軍已臨賊寇二十韻

胡虜潛京縣①，官軍擁賊壕〔一〕。鼎魚猶假息，穴蟻欲何逃〔二〕？帳殿羅玄冕，韝門照白袍〔三〕。秦山當警蹕〔四〕，漢苑入旌旄。路失羊腸險②，雲横雉尾高〔五〕。五原空壁壘，八水散風濤〔六〕。今日看天意，游魂貸爾曹〔七〕。乞降那更得，尚詐莫徒勞〔八〕。元帥歸龍種，司空握豹韜③〔九〕。前軍蘇武節④，左將吕虔刀〔一〇〕。兵氣回飛鳥，威聲没巨鼇〔一一〕。戈鋋開雪色，弓矢向秋毫⑤〔一二〕。天步艱方盡，時和運更遭〔一三〕。誰云遺毒螫⑥，已是沃腥臊〔一四〕。睿想丹墀近⑦，神行羽衛牢〔一五〕。花門騰絶漠，拓羯渡臨洮〔一六〕。此輩感恩至，羸俘何足操〔一七〕。鋒先衣染血，騎突劍吹毛〔一八〕。喜覺都城動，悲連子女號⑧。家家賣釵釧，只待獻春醪〔一九〕。（0495）

【校】

①虜，宋本、錢箋、《草堂》校：「一作騎。」
②失，宋本、錢箋、《九家》、《草堂》校：「一作濕。」
③握，錢箋校：「一作擁。」
④軍，宋本、錢箋、《九家》、《草堂》校：「一作旌。」
⑤向，《草堂》校：「晋作尚。」錢箋作「尚」，校：「晋作向。」
⑥遺，錢箋、《草堂》校：「一作貴。」　螫，錢箋校：「一作蠆。」
⑦想，宋本、錢箋、《草堂》校：「一作思。」
⑧連，錢箋作「憐」，校：「吴作連。」

【注】

黄鶴注：按史，至德二載（七五七）閏八月丁卯，廣平王俶爲天下兵馬元帥，郭子儀副之。則此詩九月作。

〔一〕胡虜二句：《漢書・晁錯傳》：「漢興以來，胡虜數入邊地。」《舊唐書・顔杲卿傳》乾元元年五月詔：「屬胡虜憑陵，流毒方熾。」時稱安史叛軍爲胡虜。謝朓《晚登三山還望京邑》：「灞涘望長安，河陽視京縣。」《九家》趙注：「京師之縣也。」《通典》卷三三《職官・縣令》：「大唐縣有赤、畿、望、緊、上、中、下七等之差。京都所治爲赤縣，京之旁邑爲畿縣。」《舊唐書・肅宗紀》：「（至德二載九月）丁亥，元帥廣平王統朔方、安西、回紇、南蠻、大食之衆二十萬，東向討賊。壬寅，與賊將安守忠、李歸仁等戰於香積寺西北，賊軍大敗，斬首六萬級，賊帥張通儒弃京城東走。癸卯，廣平王收西京。」

〔二〕鼎魚二句：《後漢書・劉陶傳》：「此猶養魚於沸鼎之中，栖鳥於烈火之上。」丘遲《與陳伯之書》：「將軍魚游於沸鼎之中，燕巢於飛幕之上，不亦惑乎。」《異苑》卷八：「晋太元中，桓謙字敬祖，忽有人皆長寸餘，悉被鎧持槊，乘具裝馬從坎中出。精光耀目，游走宅上，數百爲群。……蔣山道士朱應子令作沸湯，澆所入處，寂不復出。因掘之，有斛許大蟻，死在穴中。」

〔三〕帳殿二句：沈約《三日侍林殿曲水宴應制》：「天行聳雲旆，帳殿臨春籞。」《九家》趙注：「行在之所，以帳爲殿也。」《周禮・春官・司服》：「卿大夫之服，自玄冕而下如孤之服。」注：「自公之衮冕至卿大夫之玄冕，皆其朝聘天子及助祭之服。」《九家》趙注：「羅玄冕，言群臣侍也。」轅門，見卷三《前出塞九首》(0130)注。《梁書・陳慶之傳》：「慶之麾下悉著白袍，所向披靡。先是洛陽童謡曰：『名師大將莫自牢，千兵萬馬避白袍。』」《九家》趙注謂指朝廷之兵。仇注：「白袍，回紇衣。」説鑿。

〔四〕秦山句：《史記・梁孝王世家》：「出言蹕，入言警。」索隱：「《漢舊儀》云：皇帝輦動稱警，出殿則傳蹕，止人清道。言出入者，互文耳，入亦有蹕。」

〔五〕路失二句：《漢書・地理志》上黨郡：「壺關，有羊腸坂。」曹操《苦寒行》：「北上太行山，艱哉何巍巍。羊腸坂詰屈，車輪爲之摧。」《隋書・崔賾傳》：「從駕登太行山，詔問賾曰：『何處有羊腸坂？』賾對曰：『臣按《漢書・地理志》，上黨壺關縣有羊腸坂。』帝曰：『不是。』又答曰：『臣按皇甫士安撰《地書》，云太原北九十里有羊腸坂。』帝曰：『是也。』」《九家》趙注：「今公所謂羊腸者，指太原也。」説鑿。詩蓋泛言。《古今注》卷上：「雉尾扇，起於殷世。高宗有雊雉之祥，服章多用翟羽。周制以爲王后、夫人之車服。輿輦有翣，即緝雉羽爲扇，翣以障翳風塵也。漢朝乘輿服之，後以賜梁孝王。魏晉以來，用爲常準，諸王皆得用之。」《新唐書・儀衛志》大駕鹵簿：「次大傘二，執者騎，橫行，居衙門後。次雉尾障扇四，執者騎，夾傘。次腰輿，輿士八人。次小團雉尾扇四，方雉尾扇十二，花蓋二，皆執者一人，夾腰輿。」

〔六〕五原二句：五原，《九家》趙注謂指長安畢原、白鹿原、少陵原、高陽原、細柳原，樂游原不與，曰樂游廟。朱鶴齡注：「空辟壘，言敵之壁壘已空矣。」黄鶴注謂指鹽州五原郡：「謂肅宗即位於靈武，今次鳳翔，漸可還京，所以五原空存壁壘。」《元和郡縣圖志》卷四鹽州：「漢武帝元朔二年，置五原郡。地有五原，故號五原。……天寶元年改爲五原郡，乾元元年復爲鹽州」；「管縣二：五原……貞觀二年與州同置。五原謂龍游原、乞地千原、青嶺原、可嵐貞原、横槽原也。」按，唐人言五原皆指鹽州，未見長安有五原之稱。八水：《三輔黄圖》卷六：「關中八水皆出上林苑。霸水出藍田谷，西北入渭。滻水亦出藍田谷，北至霸陵入霸。涇水出安定涇陽幵頭山，東至陽陵入渭。渭水出隴西首陽縣鳥鼠同穴山，東北至華陰入河。豐水出鄠南山豐谷，北入渭。鎬水在昆明池北。牢水出鄠縣西南，入潦谷，北流入渭。潏水在杜陵，從皇子陂西北流，經昆明池入渭。」

〔七〕游魂句：《易·繫辭下》：「精氣爲物，游魂爲變。」《三國志·魏書·高柔傳》：「臣以爲晃信有言，宜貸其死。」詩謂唯有游魂可蒙寬貸，即致敵於死之義。

〔八〕乞降二句：《九家》趙注：「賊窘則乞降，黠則尚詐，今安賊既爲官軍所臨，欲望如是不可也。」

〔九〕元帥二句：《新唐書·肅宗紀》：「（至德二載八月）丁卯，廣平郡王俶爲天下兵馬元帥，郭子儀副之。」《舊唐書·肅宗紀》：「（至德二載）夏四月戊寅朔，以郭子儀爲司空，兼副元帥，統諸節度」；「（五月）甲子，郭子儀以失律讓司空。」此未改稱。《淮南子·精神訓》：「故通許由之意，《金縢》、《豹韜》廢矣。」《莊子·徐无鬼》：「金板、六弢。」釋文：「金板、六弢，皆《周書》篇名，或曰秘戲也。本又作『六韜』。謂太公《六韜》，文、武、虎、豹、龍、犬也。」

〔一〇〕前軍二句：《晉書·陶侃傳》：「暨蘇峻作逆，京都不守……峻弟逸復聚衆，侃與諸軍斬逸於石頭。……王導入石頭城，令取故節，侃笑曰：『蘇武節似不如是。』導有慚色，使人屏之。」錢箋：「李嗣業爲前軍，郭子儀爲中軍，王思禮爲後軍。」仇注引胡夏客曰：「嗣業所將，皆蕃夷四鎮，故以蘇武之典屬國爲比。」皆謂香積寺之戰。《晉書·王祥傳》：「初，吕虔有佩刀，工相之，以爲必登三公，可服此刀。虔謂祥曰：『苟非其人，刀或爲害。卿有公輔之量，故以相與。』祥固辭，强之乃受。祥臨薨，以刀授覽，曰：『汝後必興，足稱此刀。』」《九家》趙注：「又似言李嗣業。」引嗣業善用陌刀，高仙芝嘗署爲左陌刀將，香積之戰執長刀立於陣前，大呼「當嗣業刀者，人馬俱碎」。仇注：「前軍，謂李嗣業。左將，謂僕固懷恩。」時懷恩爲朔方左廂兵馬使。

〔一一〕兵氣二句：《九家》杜《補遺》引《北史·彭城王勰傳》「始有一鳥，望旗顛仆，臣謂大吉」事。趙注謂所引穿鑿，此句本亦無出處。易静《兵要望江南·占鳥》：「占飛鳥，軍旅要知因。或是縱横或逐我，或來逆我或成群。仔細説來情。」「兵行次，鳥衆逐軍行。未見彼軍防隱伏，若逢敵戰利先征，攻戰必先贏。」巨鼇，見卷七《荆南兵馬使太常卿趙公大食刀歌》(0310)注。《九家》趙注：「此狂賊懾服之意。」

〔一二〕戈鋋二句：班固《東都賦》：「戈鋋彗雲。」《文選》李善注：「《説文》曰：鋋，小矛也。」《列子·仲尼》：「目將眇者，先睹秋毫。」《九家》趙注：「弓矢向之，言能中微也。」

〔一三〕天步二句：《詩·小雅·白華》：「天步艱難，之子不猶。」《漢書·谷永傳》：「涉三七之節紀，遭無妄之卦運。」《後漢書·梁統傳》：「今遭值陛下神聖之運。」

〔一四〕誰云二句：班固《西都賦》：「流大漢之愷悌，蕩亡秦之毒螫。」《文選》李善注：「《説文》曰：螫，蟲行毒也。」《楚辭·九章·涉江》：「腥臊並御，芳不得薄兮。」王逸注：「腥臊，臭惡也。」

〔一五〕睿想二句：《太平御覽》卷二二一引《漢官》：「尚書郎奏事於明光殿，省中皆胡粉塗壁，其邊以丹漆地，故曰丹墀。」江淹《雜體詩·袁太尉淑從駕》：「羽衛藹流景，采吹震沈淵。」《文選》李善注：「負羽侍衛也。」

〔一六〕花門二句：花門，見卷一《哀王孫》（0047）注。《新唐書·西域傳》：「安者，一曰布豁，又曰捕喝，元魏謂忸蜜者。東北至東安，西南至畢，皆百里所。西瀕烏滸河，治阿濫謐城，即康居小君長罽王故地。大城四十，小堡千餘。募勇健者爲柘羯。柘羯，猶中國言戰士也。」《册府元龜》卷九六四《外臣部·封册》：「（開元二十八年三月）是月加拓羯王斯謹提特進，賞平蘇祿可汗之功。」卷九七六《外臣部·褒異》：「（乾元二年）十二月戊申，宴蕃胡柘羯於三殿，各賜物三十段。」《新唐書·封常清傳》：「常清使驍騎拒之，殺拓羯數十百人。」《舊唐書》作「柘羯」。此指西域諸國來赴難者。《舊唐書·僕固懷恩傳》：「及回紇使葉護、帝得數千騎來赴國難，南蠻、大食之卒相繼而至。」《元和郡縣圖志》卷三九隴右道：「洮州，臨洮，下。……廣德元年陷於西蕃。」

〔一七〕羸俘句：《九家》趙注：「羸俘，尫羸之俘也。操者，執俘之謂。」

〔一八〕騎突句：李頎《崔五六圖屏風各賦一物得烏孫佩刀》：「烏孫腰間佩兩刀，刃可吹毛錦爲帶。」盧綸《難綰刀子歌》：「吹毛可試不可觸，似有蟲搜闕裂文。」

〔一九〕家家二句：《後漢書·董卓傳》：「布應聲持矛刺卓，趣兵斬之。……士卒皆稱萬歲，百姓歌舞於道，長安中士女賣其珠玉衣裝市酒肉相慶者，填滿街肆。」

# 杜工部集卷第十①

## 近體詩一百二十二首 避賊至鳳翔及收復京師在諫省出華州轉至秦州作

### 喜達行在所三首 自京竄至鳳翔。

西憶岐陽信，無人遂却回〔一〕。眼穿當落日②，心死著寒灰〔二〕。霧樹行相引③，蓮峰望忽開④〔三〕。所親驚老瘦，辛苦賊中來。（0496）

【校】

① 宋本此卷底本爲吴若本。

② 當，宋本、錢箋校：「一作看。」《文苑英華》作「看」，校：「集作當。」

③ 霧，宋本、錢箋、《九家》、《草堂》校：「一作茂。」《文苑英華》作「茂」，校：「集作霧。」

④蓮峰，宋本、錢箋、《九家》校：「一作連山。」《文苑英華》作「連山」，校：「集作蓮峰。」　蓮，《草堂》校：「一作連。」　忽，錢箋、《草堂》校：「一作或。」《九家》作「或」。

**【注】**

黄鶴注：至德二載（七五七）夏，公自賊營逃至鳳翔行在所時作。

〔一〕西憶二句：岐陽，指鳳翔。《元和郡縣圖志》卷二鳳翔府：「隋開皇元年，於州城内置岐陽宫，岐州移於今理。……至德元年改爲鳳翔郡，乾元元年改爲鳳翔府」；「岐陽縣，次畿。西南至府一百里。」《九家》趙注：「無人遂却自鳳翔回，所以問之也。」仇注：「却回，謂退回之人。」按，却回，返回之義。本書卷一四《熱三首》（1023）：「閉户人高卧，歸林鳥却回。」《游仙窟》：「含嬌窈窕迎前出，忍笑嫈嫇返却回。」此謂在長安西望，不見岐陽之人遂返回。

〔二〕眼穿二句：敦煌詞《喜秋天》：「不知牽牛在那邊，望作眼睛穿。」《五更轉》：「耶輸憶我向門看，眼應穿。」《敦煌變文集·佛説阿彌陀講經文》：「每到日西獨吃飯，飢人遥望眼精穿。」此蓋民間常喻。朱鶴齡注：「鳳翔在京城西，故曰『當落日』。」《莊子·齊物論》：「形固可使如槁木，而心固可使如死灰乎？」

〔三〕霧樹二句：《九家》趙注：「言自出長安眼中所見。一作蓮峰非也。蓋蓮峰乃華山蓮華峰，豈有却倒過長安之東經同華之境而來乎。」

愁思胡笳夕①〔一〕，淒涼漢苑春。生還今日事，間道暫時人〔二〕。司隸章初覩，南陽氣已新〔三〕。喜心翻倒極，嗚咽淚霑巾②〔四〕。（0497）

**【校】**

① 愁，錢箋校：「一作秋。」《文苑英華》作「秋」，校：「集作愁。」

② 淚，錢箋校：「一作涕。」《文苑英華》校：「集作涕。」

**【注】**

〔一〕愁思句：《晉書·劉琨傳》：「中夜奏胡笳，賊又流涕歔欷，有懷土之切。」《宋書·樂志》：「葭，杜摯《笳賦》：『李伯陽入西戎所造。』漢舊注曰：『箛，號曰吹鞭。』《晉先蠶儀注》：『車駕住，吹小箛；發，吹大箛。』箛即葭也。又有胡笳。漢舊《箏笛録》有其曲，不記所出本末。」

〔二〕生還二句：《史記·楚世家》：「乃從間道走趙以求歸。」

〔三〕司隸二句：《後漢書·光武帝紀》：「以光武行司隸校尉，使前整修宮府。於是置僚屬，作文移，從事司察，一如舊章」；「望氣者蘇伯阿爲王莽使至南陽，遥望見春陵郭，唶曰：『氣佳哉！鬱鬱葱葱然。』」謝朓《始出尚書省》：「還睹司隸章，復見東都禮。」

〔四〕喜心二句：仇注：「翻倒，翻喜爲悲也。」按，卷七《王兵馬使二角鷹》（0311）：「角鷹翻倒壯士臂，將軍玉帳軒翠氣。」《太平廣記》卷三百《張嘉》（出《廣異記》）：「及他食物，又被翻倒。」翻倒即顛倒，倒轉義。此言由愁翻爲喜達到極點，故涕淚霑巾。

死去憑誰報，歸來始自憐。猶瞻太白雪，喜遇武功天〔一〕。影靜千官裏①，心蘇七校前〔二〕。今朝漢社稷，新數中興年〔三〕。（0498）

【校】

① 官，宋本、錢箋校：「一作門。」《文苑英華》校：「集作門。」

【注】

〔一〕猶瞻二句：太白、武功，見卷二《悲青坂》（0049）注。《舊唐書·肅宗紀》：「（至德二載）五月癸丑，郭子儀與賊將安守忠戰於清渠，官軍敗績，子儀退保武功。」「閏八月辛未，賊將遽寇鳳翔，崔光遠行軍司馬王伯倫、判官李椿率衆捍賊。賊退，乘勝至中渭橋，殺賊守橋衆千人，追擊入苑中。時賊大軍屯武功，聞之燒營而去。」時武功爲兩軍對壘之前綫。

〔二〕心蘇句：《漢書·刑法志》：「至武帝平百粵，内增七校，外有樓船。」注：「晉灼曰：《百官表》：中壘、屯騎、步兵、越騎、長水、胡騎、射聲、虎賁，凡八校尉。胡騎不常置，故此言七也。」

〔三〕今朝二句：王觀國《學林》卷二：「《烝民》詩曰：『任賢使能，周室中興焉。』陸德明《音義》曰：中，丁仲反。杜預《春秋左氏傳序》曰：『若平王能祈天永命，紹開中興。』陸德明《音義》曰：

中，丁仲反。觀國案：中字有鍾、衆二音，其義異也。音鍾者在二者之中，首尾均也。音衆者首尾不必均，但在二者之間爾。中興者在一世之間，因王道衰而有能復興者，斯謂之中興，首尾先後不必均也。……杜子美《喜達行在所》詩曰：『今朝漢社稷，新數中興年。』又《送鄭虔貶台州》詩曰：『萬里傷心嚴譴日，百年垂死中興時。』二詩皆律詩，並用中字作去聲。前賢用字，皆有所本，不妄舉也。」

王夫之《薑齋詩話》卷下：「情景名爲二，而實不可離，神於詩者妙合無垠。巧者則有情中景，景中情。景中情者，如『長安一片月』，自然是孤栖憶遠之情。『影静千官裏』，自然是喜達行在之情。」

## 得家書

去憑游客寄①，來爲附家書。今日知消息，他鄉且舊居。熊兒幸無恙，驥子最憐渠〔一〕。臨老羈孤極〔二〕，傷時會合疏。二毛趨帳殿，一命侍鸞輿〔三〕。北闕妖氛滿，西郊白露初〔四〕。涼風新過雁，秋雨欲生魚。農事空山裏，眷言終荷鋤②〔五〕。

(0499)

【校】

①游客寄，宋本、錢箋、《九家》校：「一云休汝騎。」

②眷言終荷鋤，宋本、錢箋、《九家》校：「一云終篇言荷鋤。」

【注】

黄鶴注：至德二載（七五七）在鳳翔行在作。

〔一〕熊兒二句：杜甫次子宗武小名驥子，熊兒是長子宗文小名。見卷九《遣興》（0488）注。《藝文類聚》卷七五引《風俗通》：「無恙，俗説疾也。凡人相見及書問者曰無恙耶。按上古之時，草居路宿。恙，噬蟲也，食人心。凡相勞問者曰：無恙乎？非爲疾也。」

〔二〕臨老句：謝莊《月賦》：「親懿莫從，羈孤遞進。」《文選》李善注：「羈孤，羈客孤子也。」

〔三〕二毛二句：《禮記·王制》：「制：三公一命卷，若有加則賜也，不過九命。……小國之卿與下大夫一命。」班固《西都賦》：「乘鑾輿，備法駕。」張衡《東京賦》：「奉引弩畢，先輅乃發。鑾旗皮軒，通帛綪旆。」《文選》薛綜注：「鑾旗，謂以象鑾鳥也。」李善注：「蔡邕《車服志》曰：鑾旗，俗人名曰雞翹。」《九家》趙注：「公是歲竄歸鳳翔，授左拾遺，故曰『一命侍鑾輿』也。」

〔四〕西郊句：《禮記·月令》：「孟秋之月……白露降。」《九家》趙注：「則在七月明矣。」

〔五〕眷言句：陶淵明《歸園田居》：「晨興理荒穢，帶月荷鋤歸。」

# 奉贈嚴八閣老〔一〕

扈聖登黄閣①，明公獨妙年〔二〕。蛟龍得雲雨，鵰鶚在秋天〔三〕。客禮容疏放，官曹可接聯②〔四〕。新詩句句好，應任老夫傳。（0500）

【校】

①扈聖，宋本、錢箋、《九家》、《草堂》校：「一作今日。」《文苑英華》作「扈從」，校：「集作扈聖。又作今日。」 閣，《文苑英華》校：「集作閤。」

②可，錢箋、《九家》、《草堂》校：「一作許。」《文苑英華》作「許」，校：「集作可。」

【注】

黄鶴注：按《舊史》，嚴武遷給事中在收長安之前，此詩在至德二載（七五七）作，是年公亦爲拾遺。

〔一〕嚴八閣老：嚴武。《舊唐書·嚴武傳》：「至德初，肅宗興師靖難，大收才傑，武杖節赴行在。宰相房琯以武名臣之子，素重之，及是，首薦才略可稱，累遷給事中。」李肇《唐國史補》卷下：「宰相相呼爲元老，或曰堂老。兩省相呼爲閣老。」《資治通鑑》大和八年：「德裕將出中書，謂涯曰：『且喜給事中封敕。』涯即召肅、欣謂曰：『李公適留語，令二閣老不用封敕。』」王應麟《困學紀聞》卷一八：「此唐人稱給事爲閣老也。」

〔二〕扈聖二句：《宋書·禮志》：「三公黄閤，前史無其義。史臣按，《禮記》：士韠與天子同，公侯大夫則異。鄭玄注：士賤，與君同，不嫌也。夫朱門洞啓，當陽之正色也。三公之與天子，禮秩相亞，故黄其閤，以示謙不敢斥天子，蓋是漢來制也。張超與陳公箋：拜黄閤將有日月是也。」黄鶴注：「給事中屬門下省，其長曰侍中，與中書令參總而顓判省事，即宰相也。給事中掌分判省事，故得同登黄閣。」「嚴武爲給事中，是年三十一，豈非妙年。」朱鶴齡注：「《説文》閣與閤異。閣，夾室也，以板爲之。亦樓觀通名。閤，門旁小户也。漢公孫弘開東閤以延賢人，蓋避當門，而東向開一小門引賓客，以别於官屬也。……此非子美誤用，乃訛字相沿耳。」

〔三〕蛟龍二句：《三國志·吴書·周瑜傳》：「恐蛟龍得雲雨，終非池中物也。」《淮南子·原道訓》：「秋風下霜，倒生挫傷，鷹鵰搏鷙。」《舊唐書·王志愔傳》：「執法剛正，百僚畏憚，時人呼爲皂鵰。言其顧瞻人吏，如鵰鶚之視燕雀也。」

〔四〕官曹句：《困學紀聞》卷一八：「給事中屬門下省，開元曰黄門省，故云黄閣。少陵爲左拾遺，亦東省之屬，故云『官曹可接聯』。近世用此詩爲宰輔事，誤矣。」

## 留別賈嚴二閣老兩院補闕①得雲字。嚴武、賈至②〔一〕。

田園須暫往，戎馬惜離羣〔二〕。去遠留詩別，愁多任酒醺〔三〕。一秋常苦雨〔四〕，今日始無雲。山路時吹角③，那堪處處聞。（0501）

【校】

① 兩院補闕，錢箋校：「一作兩院遺補諸公。」《文苑英華》作「兩院遺補諸公」。

② 嚴武賈至，錢箋作「賈至嚴武」。

③ 時，宋本、錢箋、《九家》校：「一作晴。」《文苑英華》作「晴」。　角，錢箋校：「一作笛。」《文苑英華》作「笛」，校：「集作角。」

【注】

黃鶴注：此詩乃至德二載（七五七）秋往鄜州省家時作。

〔一〕賈嚴二閣老：賈至、嚴武。《舊唐書・賈至傳》：「至，天寶末爲中書舍人。祿山之亂，從上皇幸蜀。時肅宗即位於靈武，上皇遣至爲傳位册文。」朱鶴齡注：「兩院，謂拾遺、補闕也。作遺補是。」按，拾遺、補闕未聞分院而居，兩院者蓋指左、右拾遺、補闕分居門下、中書省。本書卷二〇《爲遺補薦岑參狀》（1477）：「至德二載六月十二日左拾遺内供奉臣裴薦等狀。右拾遺内供奉臣孟昌浩。右拾遺内供奉臣魏齊聃。左拾遺内供奉臣杜甫。左補闕臣韋少游。」是兩院遺補諸公。

〔二〕戎馬句：《禮記·檀弓上》：「吾離群而索居，亦已久矣。」

〔三〕去遠二句：庾信《詠畫屏風》：「酒醺人半醉，汗濕馬全驕。」岑參《送羽林長孫將軍赴歙州》：「青門酒樓上，欲别醉醺醺。」

〔四〕一秋句：《墨子·尚同》：「飄風苦雨，薦臻而至者，此天之降罰也。」

## 晚行口號

三川不可到①，歸路晚山稠〔一〕。落雁浮寒水，飢烏集戍樓〔二〕。市朝今日異〔三〕，喪亂幾時休？遠愧梁江總，還家尚黑頭〔四〕。（0502）

【校】

①到，《文苑英華》作「望」，校：「集作到。」

【注】

黄鶴注：當是至德二載（七五七）往鄜州時作。

〔一〕三川二句：三川，見卷一《三川觀水漲二十韻》（0043）注。謝靈運《過始寧墅》：「岩峭嶺稠疊，洲縈渚連綿。」

〔二〕飢烏句：《九家》趙注：「飢烏集戍樓，蓋地經喪亂，寂乎無人而然也。」

〔三〕市朝句：《史記·趙世家》：「韓亡三川，魏亡晋國，市朝未變而禍已及矣。」陸機《門有車馬客行》：「市朝互遷易，城闕或丘荒。」

〔四〕遠愧二句：《陳書·江總傳》：「江總，字總持……侯景寇京都，詔以總權兼太常卿，守小廟。臺城陷，總避難崎嶇，累年，至會稽郡，憩於龍華寺。……梁元帝平侯景，徵總爲明威將軍，始興内史……會江陵陷，遂不行，總自此流寓嶺南積歲。天嘉四年，以中書侍郎徵還朝，直侍中書。……後主即位，除祠部尚書。……禎明二年，進號中權將軍。京城陷，入隋，爲上開府。開皇十四年，卒於江都，時年七十六。」《苕溪漁隱叢話》後集卷一引《復齋漫録》：「據總詩『白首入轘轅』，則非黑頭矣，不知子美將别有所本邪？」《千家注》劉辰翁評：「人知江令自陳入隋，不知其自梁時已達官矣。自梁入陳，自陳入隋，歸尚黑頭，其人物心事可知。著一『梁』字，而不勝其愧矣。詩之妙如此，豈待罵哉。」錢箋：「曰梁江總，以總在梁遇亂尚少年也。」顧炎武《日知録》卷二七：「以本傳總之年計之，梁太清三年己巳臺城陷，總年三十一。自此流離於外十四五年，至陳天嘉四年癸未還朝，總年四十五，即所謂『還家尚黑頭』也。總集有《詒孔中丞奂》詩曰：『我行五嶺表，辭鄉二十年。』子美遭亂崎嶇，略與總同，而自傷其年已老，故發此歎爾，何暇罵人哉。傳又云京城陷，入隋，爲上開府。開皇十四年，卒於江都，時年七十六。去禎明三年己酉陳亡之歲又已五年，頭安得黑乎？其臺城陷而避亂本在梁時，自不得蒙以陳氏，何罵之有？」浦起龍云：「江總仕梁，侯景陷臺城，避難會稽，憩龍華寺。寺即其上世都陽里舊基，故作《修心賦》曰：『是豫章之舊圃。』又曰：『庶忘累於妻子。』詩所謂『還家』當指此，正以自況值亂而歸寓宅也。以江總十八解褐之年計之，避難時纔三十餘耳。而公年已望五，故曰『遠愧』。」

## 獨酌成詩

燈花何太喜〔一〕，酒緑正相親①。醉裏從爲客，詩成覺有神〔二〕。兵戈猶在眼〔三〕，儒術豈謀身。共被微官縛②〔四〕，低頭愧野人。（0503）

【校】

① 緑，宋本、錢箋、《九家》、《草堂》校：「一作色。」

②共，宋本、錢箋校：「一作苦。」《草堂》作「苦」，校：「一作共。」

【注】

黄鶴注：當是往鄜州迎家時作。

〔一〕燈花二句：《西京雜記》卷三：「夫目瞤得酒食，燈火華得錢財。乾鵲噪而行人至，蜘蛛集而百事喜。」魚玄機《迎李近仁員外》：「今日喜時聞喜鵲，昨宵燈下拜燈花。」

〔二〕醉裏二句：駱賓王《詠懷》：「悲調絃中急，窮愁醉裏寬。」李嶠《餞駱四》：「曲中驚別緒，醉裏失愁容。」李白《江上吟》：「興酣落筆摇五岳，詩成笑傲凌滄洲。」

〔三〕兵戈句：謝靈運《從斤竹澗越嶺溪行》：「想見山阿人，薜蘿若在眼。」

〔四〕共被句：蕭衍《游鍾山大愛敬寺》：「曰予受塵縛，未得留蓋纏。」

## 收京三首

仙仗離丹極，妖星照玉除①〔一〕。須爲下殿走，不可好樓居②〔二〕。暫屈汾陽駕，聊飛燕將書〔三〕。依然七廟略，更與萬方初〔四〕。（0504）

【校】

①照，《草堂》作「帶」。

②須爲下殿走不可好樓居，宋本、錢箋、《九家》、《草堂》校：「一云得非羣盜起，難作九重居。」

【注】

黄鶴注：此詩梁權道編在至德二載（七五七），然第三首又似乾元元年（七五八）作，意二篇非同時作也。按，「春城」另有解，詳注。

〔一〕仙仗二句：仙仗，見卷二《洗兵馬》（0090）注。丹極，見卷七《虎牙行》（0338）注。曹植《贈丁儀》：「凝霜依玉除，清風飄飛閣。」《文選》李善注：「玉除，階也。《説文》曰：除，殿階也。《西都賦》曰：玉除彤庭。」按，《西都賦》作「玉階彤庭」。《晉書・天文志》：「有瑞星，有妖星。」「妖星，一曰彗星……見則兵起。」「二曰孛星……内不有大亂，則外有大兵。」計有二十一種。錢箋引《安禄山事跡》禄山生夜，「赤光傍照，群獸四鳴，望氣者見妖星芒熾，落其穹廬」。按，錢説過鑿。詩仍言妖星見而兵起之意。

〔二〕須爲二句：《資治通鑑》梁武帝大通六年：「上以諺云『熒惑入南斗，天子下殿走』，乃跣而下殿以禳之。」《史記・封禪書》：「公孫卿曰：『仙人可見……置脯棗，神人宜可致也。且仙人好樓居。』於是上令長安則作蜚廉桂觀，甘泉則作益延壽觀。」錢箋引《連昌宫詞》「上皇正在望仙樓」及玄宗登興慶宫華蕚相輝之樓事。朱鶴齡注：「玄宗晚節怠荒，深居九重，政由妃子，以致播遷之禍。公不忍顯言，而寓意於仙人之樓居。因貴妃嘗爲女道士，故舉此況之。……舊注直云譏玄宗好神仙，泥矣。」浦起龍云：「此皆以輕薄之見，測渾厚之語也。」

〔三〕暫屈二句：《莊子・逍遥游》：「堯治天下之民，平海内之政，往見四子藐姑射之山，汾水之陽，窅然喪其天下焉。」《史記・魯仲連鄒陽列傳》：「燕將攻下聊城，聊城人或讒之燕，燕將懼誅，因保守聊城，不敢歸。齊田單攻聊城歲餘，士卒多死而聊城不下。魯連乃爲書，約之矢以射城中，遺燕將。」《九家》趙注：「言京城不勞兵戰而駕可復止，若魯仲連飛書而聊城自下耳。」錢箋引《安禄山事跡》哥舒翰被送於洛陽，禄山令其書招李光弼等事。朱鶴齡注：「時嚴莊來降，史思明亦叛，慶緒納土，河北折簡可定，故以魯連射書言之。時解引哥舒翰至洛陽，禄山令以書招李光弼等，此於收京何涉？」浦起龍云：「言出狩曾無幾時，而蕩寇捷於一紙。」「錢箋以飛書爲禄山招李光弼，大謬。朱注以爲河北折簡可定，則又太落後層。」

〔四〕依然二句：庾肩吾《亂後行經吴郵亭》：「方憑七廟略，誓雪五陵冤。」《禮記・王制》：「天子七廟，三昭三穆，與太祖之廟而七。」《九家》趙注：「兵謀謂之廟略，蓋謀之於廟也。言廟略素定，更與萬方一新。更，平聲，蓋更始之義。」

生意甘衰白〔一〕，天涯正寂寥。忽聞哀痛詔，又下聖明朝〔二〕。羽翼懷商老①，文思憶帝堯〔三〕。叨逢罪己日〔四〕，霑洒望青霄②。（0505）

【校】

①懷，宋本、錢箋校：「一作慚。」

②霑洒，宋本、錢箋、《九家》、《草堂》校：「一作洒涕。」

【注】

〔一〕生意句：王褒《和殷廷尉歲暮》：「寂寞灰心盡，摧殘生意餘。」嵇康《養生論》：「積微成損，積損成衰，積衰得白，從白得老。」

〔二〕忽聞二句：《漢書・西域傳》：「（武帝）末年遂弃輪臺之地，而下哀痛之詔，豈非仁聖之所悔哉。」錢箋引《舊唐書・玄宗紀》：「（天寶十五載）八月癸未朔，御蜀都府衙，宣詔曰：……一物失所，無忘罪己。……皆朕不明之過也。……癸巳，靈武使至，始知皇太子即位。丁酉，上用靈武册稱上皇，詔稱誥。己亥，上皇臨軒册肅宗，命宰臣韋見素、房琯使靈武，册命曰：朕稱太上皇，軍國大事先取皇帝處分，後奏朕知。候克復兩京，朕當怡神姑射，偃息大庭。」朱鶴齡注謂指肅宗還京，下制大赦。按，詩云「忽聞」、「叨逢」，當指還京近日之事。然「哀痛」、「罪己」之語，又似混玄宗之詔而言。

〔三〕羽翼二句：商老，見卷六《昔游》（0288）注。《書・堯典》：「昔在帝堯，聰明文思，光宅天下。將遜於位，讓於虞舜，作《堯典》。」《九家》趙注：「商老，似言郭子儀副廣平王以成功也。文思憶帝堯，指言肅宗。」錢箋：「收京之時，上皇在蜀，誥定行日，肅宗汲汲御丹鳳樓下制。李泌有言：後代何以辨陛下靈武即位之意乎？故曰『忽聞哀痛詔，又下聖明朝』，蓋譏之也。靈武諸臣争誇擁立之功，至有蜀郡、靈武功臣之目。故以商老羽翼刺之」；「玄宗内禪，故目之曰帝堯。史稱靈武使至，上用靈武册稱太上皇，亦可謂殆哉岌岌乎矣。公心傷之，故以『憶帝堯』爲言。又肅宗已即大位，而用商老羽翼之事，則仍是東朝故事，亦元結書太子即位之義也。」朱鶴齡注：「肅宗即位，本迫於事勢。迨兩京克復，奉迎上皇，累表避位，而後受之。是時父子間猜嫌未見，不應有譏。以愚考之，羽翼蓋指廣平王而言也」；「肅宗之失，不在靈武之舉，而在還京後使良娣、輔國得媒孽其間，以致劫遷西内，子道不終。公於此時若有深見其微者，曰『憶帝堯』，欲其篤於晨昏之戀也。霑洒青霄，其所以望肅宗者豈不深且厚耶。」浦起龍云：「公爾時身遠闕廷，忽聞新詔，此心何等雀躍，旋即逆料其君將必戕子拂親，有是理乎」；「彼以上句例下句，解爲憶逆。愚以下句例上句，解爲願望。毫釐千里，必有能辯之者。」按，此收京之作仍主頌美，帝堯指玄宗，美其禪讓；羽翼蓋指佐命肅宗諸臣，亦含册命使臣，然非所謂微言譏之，亦不必牽涉廣平王事。還京後張良娣、李輔國事，皆非此詩所能逆料。錢箋、朱注皆深文求之，不若浦説通達。

〔四〕吅逢句：《左傳》莊公十一年：「禹湯罪己，其興也悖焉。」

汗馬收宫闕，春城鏟賊壕〔一〕。賞應歌杕杜，歸及薦櫻桃①〔二〕。雜虜横戈數②，

功臣甲第高〔三〕。萬方頻送喜③，無乃聖躬勞〔四〕。（0506）

【校】

①歸，宋本、錢箋、《九家》、《草堂》校：「一作福。」

②數，錢箋、《草堂》校：「魯作槊。」

③頻，宋本、錢箋校：「一作同。」

【注】

〔一〕汗馬二句：《史記·晉世家》：「矢石之難，汗馬之勞。」《說文》：「鏟，鏶也。從金，産聲。一曰平鐵。」段注：「謂以剛鐵削平柔鐵也。《廣韻》曰：鏟，平木器也。凡鏟削多用此字，俗多用『剗』字。」

〔二〕賞應二句：《詩·小雅·杕杜》序：「勞還役也。」《禮記·月令》仲夏之月：「天子乃雛嘗黍，羞以含桃，先薦寢廟。」注：「含桃，櫻桃也。」《草堂》夢弼注：「唐李綽《歲時記》：四月一日，內園進櫻桃，先薦寢廟。」朱鶴齡注：「是時，王師復兩京，圍安慶緒於鄴城未下。故言方春必可平賊，班師行賞，正值櫻桃薦廟之時，蓋預期之也。」浦起龍謂遥想還京後鏟壕、薦享諸事。按，圍慶緒乃在次年，朱說不妥。「春城」句言來春築城鏟壕，城用如動詞。故次言薦宗廟。

〔三〕雜虜二句：《晉書·武帝紀》：「西北雜虜及鮮卑、匈奴、五溪蠻夷、東夷三國前後十餘輩，各帥種人部落内附。」《舊唐書・郭子儀傳》：「子儀一軍萬餘人，而雜虜圍之數重。」指僕固懷恩所誘吐蕃、回紇、党項、羌、渾、奴剌諸族。朱鶴齡注：「謂回紇諸虜助順者。」《史記・孝武本紀》：「賜列侯甲第，僮千人。」集解：「《漢書音義》曰：有甲乙第次，故曰第。」《衛將軍驃騎列傳》：「天子爲治第，令驃騎視之，對曰：『匈奴未滅，無以家爲也。』」錢箋引内臣戎帥，競務奢豪，時謂木妖事。按，事見《舊唐書・馬璘傳》，乃安史大亂之後事，非此詩所謂。此詩只言賞賜功臣。

〔四〕萬方二句：《分門》師曰：「此聖主之勳勞，人臣不宜貪大功以爲己力，諷之之辭。」朱鶴齡注：「聖躬勞，即『大夫速退，無使君勞』之勞。」《晉書・羊祜傳》：「帝欲使祜卧護諸將，祜曰：『取吴不必須臣自行，但既平之後，當勞聖慮耳。功名之際，臣所不敢居。若事了，當有所付授，願審擇其人。』」浦起龍云意與此同。

## 月

天上秋期近，人間月影清。入河蟾不没，擣藥兔長生〔一〕。只益丹心苦，能添白髮明。干戈知滿地①，休照國西營〔二〕。（0507）

**【校】**

① 地，錢箋校：「一作道。」《草堂》作「道」。

【注】

黄鶴注：當是至德二載（七五七）作。

〔一〕入河二句：張衡《靈憲》：「羿請不死之藥於西王母，姮娥竊之以奔月。……姮娥遂託身於月，是爲蟾蠩。」《太平御覽》卷四引傅玄《擬天問》：「月中何有，玉兔擣藥。」《宋書·樂志》相和歌《上謁》古詞：「白兔長跪擣藥蝦蟆丸，奉上陛下一玉柈。」《初學記》卷一引《春秋元命苞》：「月之爲言闕也，而設以蟾蜍與兔者，陰陽雙居，明陽之制陰，陰之倚陽。」

〔二〕干戈二句：《分門》洙曰：「時官軍營於國西。休照，爲征夫見月而感。」《九家》、《草堂》皆有「時官軍營於國西」注。黄鶴注謂指武功賊營，引《舊唐書·肅宗紀》至德二載閏八月行軍司馬王伯倫追賊至中渭橋，賊大軍屯武功事。仇注謂指至德二載七月，官軍尚在扶風。

## 哭長孫侍御①〔一〕

道爲謀書重②，名因賦頌雄。禮闈曾擢桂，憲府舊乘驄③〔二〕。流水生涯盡，浮雲世事空。唯餘舊臺柏，蕭瑟九原中〔三〕。（0508）

【校】

① 此詩錢箋列入卷一八「他集互見」。

② 諫，宋本、錢箋校：「一作諫。一作詩。」《草堂》作「詩」。

③ 舊，錢箋、《草堂》校：「一作近。」

【注】

黄鶴注：當是至德二載（七五七）作。

〔一〕長孫侍御：此詩《中興間氣集》卷上作杜誦詩，謂：「杜君詩調不失文流，如『流水生涯盡，浮雲世事空』，得生人之理，故編之。」《文苑英華辨證》卷五：「按《中興間氣集》、《又玄集》、《唐宋類詩》皆云杜誦。高仲武當唐中興肅宗時編《間氣集》，載誦詩僅此一首……必不誤。近下圜注杜詩亦載此篇，雖云或以爲杜誦作，然不明辨也。」據此，二王本似未收此詩。今宋本此卷底本爲吴若本，收此詩。黄鶴注：「長孫侍御即後有《送長孫九侍御赴武威判官》者。此詩不言爲判官事，而言其爲詩流，與夫才思闊，則與此合。意是得武威之命，未到而死。」見卷二《送長孫九侍御赴武威判官》（0085）注。仇注：「此詩不及亂離中語，恐非長孫九侍御也。」

〔二〕禮闈二句：任昉《王文憲集序》：「出入禮闈，朝夕舊館。」《文選》李善注：「《十州記》曰：崇禮闈，即尚書上省門。崇禮東建禮門，即尚書下舍門。然尚書省二門名禮，故曰禮闈也。」唐人多指禮部，此指應尚書禮部試。《晋書·郤詵傳》：「武帝於東堂會送，問詵曰：『卿自以爲何如？』詵對曰：『臣舉賢良對策，爲天下第一，猶桂林之一枝，崑山之片玉。』」憲府，謂御史臺，秦、漢爲御史府，東漢稱憲臺。《舊唐書・韋温傳》：「入爲監察御史，以父在田里，憲府禮拘，難於省謁，不拜。」乘驄，見卷二《送長孫九侍御赴武威判官》注。

〔三〕唯餘二句：《漢書・朱博傳》：「是時御史府吏舍百餘區，井水皆竭。又其府中列柏樹，常有野烏數千栖宿其上。」《禮記・檀弓下》：「文子曰：『武也得歌於斯，哭於斯，聚國族於斯，是全要領以從先大夫於九京也。』」又：「趙文子與叔譽觀乎九原，文子曰：『死者如可作也，吾誰與歸。』」注：「晉卿大夫之墓地在九原。『京』蓋字之誤，當爲『原』。」

## 奉送郭中丞兼太僕卿充隴右節度使三十韻英乂〔一〕

詔發西山將①，秋屯隴右兵②〔二〕。淒涼餘部曲，燀赫舊家聲③〔三〕。鵰鶚乘時去〔四〕，驊騮顧主鳴。艱難須上策④，容易即前程。斜日當軒蓋，高風卷旆旌⑤。松悲天水冷，沙亂雪山清〔五〕。和虜猶懷惠〔六〕，防邊不敢驚⑥。古來於異域，鎮静示專征⑦〔七〕。燕薊奔封豕，周秦觸駭鯨〔八〕。中原何慘黷，餘孽尚縱横⑧〔九〕。箭入昭陽殿，笳吟細柳營〔一〇〕。内人紅袖泣⑨，王子白衣行〔一一〕。宸極妖星動⑩，園陵殺氣平⑪〔一二〕。空餘金椀出，無復繐帷輕〔一三〕。毀廟天飛雨〔一四〕，焚宮火徹明。罘罳朝共落，棆桷夜同傾〔一五〕。三月師逾整，羣胡勢就烹⑫〔一六〕。瘡痍親接戰⑬，勇決冠垂成⑭〔一七〕。妙譽期元宰，殊恩且列卿〔一八〕。幾時回節鉞，戮力掃欃槍〔一九〕。圭竇三千士⑮，雲梯七十城〔二〇〕。恥非齊説客，秖似魯諸生⑯〔二一〕。通籍微班忝，周行獨坐榮〔二二〕。隨肩趨漏刻，短髮寄簪纓⑰〔二三〕。徑欲依劉表，還疑厭禰衡⑱〔二四〕。漸衰那此別⑲〔二五〕，忍淚獨含情。廢邑狐狸語，空村虎豹爭。人頻墜塗炭，公豈忘精誠〔二六〕。元帥調新律⑳，前軍壓舊京〔二七〕。安邊仍扈從〔二八〕，莫作後功名㉑。

（0509）

【校】

①西山，錢箋校：「一作山西。」《文苑英華》作「山西」。

②屯，錢箋校：「一作營。」

③燀，宋本、錢箋、《九家》校：「一作烜。」

④須，錢箋校：「一作思。」《草堂》校：「魯作思。」

⑤高，宋本、錢箋、《九家》、《草堂》校：「一作歸。」

⑥不，宋本、錢箋校：「一作詎。」《草堂》、《文苑英華》作「詎」。

⑦示，宋本、錢箋校：「一作得。」

⑧餘，宋本、錢箋校：「一作遺。」

⑨泣，宋本、錢箋校：「一作短。」

⑩妖，錢箋作「祅」。　動，宋本、錢箋校：「一作大。」

⑪陵，宋本、錢箋、《九家》、《草堂》校：「一作林。」

⑫胡，錢箋、《文苑英華》校：「一作兇。」

⑬瘡痍，宋本、錢箋、《文苑英華》校：「一作恭承。」

⑭勇決，宋本、《文苑英華》校：「一云餘勇。」錢箋校：「一作餘力。」

⑮圭竇，宋本、錢箋校：「一云蓬户。」

⑯祗，宋本、錢箋校：「荆作甘。」《九家》、《草堂》作「甘」。《文苑英華》作「甘」，校：「一作祗。」

⑰寄，宋本、錢箋、《九家》校：「一作愧。」

⑱還疑，宋本、錢箋、《九家》、《草堂》校：「一作能無。」

⑲那，宋本、錢箋校：「一作寧。」

⑳律，宋本校：「樊作鼎。」錢箋校：「一作鼎。」

㉑莫作，宋本、錢箋、《九家》、《草堂》、《文苑英華》校：「一云無使。」

**【注】**

黄鶴注：當是至德二載（七五七）作。

〔一〕郭中丞：郭英乂。《舊唐書·郭英乂傳》：「先朝隴右節度使、左羽林軍將軍知運之季子也。……至德初，肅宗興師朔野，英乂以將門子特見任用，遷隴右節度使、兼御史中丞。既收二京，徵還闕下，掌禁兵，遷羽林大將軍，加特進。」《新唐書·郭英乂傳》：「禄山亂，拜秦州都督、隴右采訪使。賊將高嵩擁兵入汧、隴，英乂僞勞之，且具饗，既而伏兵發，盡虜其衆。至德二年，加隴右節度使。」元載《故定襄王郭英乂神道碑》：「至德二年，詔公爲鳳翔太守，轉西平太守，加隴右節度兼御史大夫。」

〔二〕詔發二句：《漢書·趙充國辛慶忌傳》贊：「秦漢以來，山東出相，山西出將。」《分門》洙曰引此。《九家》趙注：「英乂先爲秦州都督，乃加隴右節度使，故云西山，正言秦州，不干山西出將事。舊注非是。」錢箋：「天水、隴西、安定、北地皆爲山西，英乂瓜州長樂人，故云『山西將』也。」按，西山、山西義不同，錢箋執定山西爲説，未妥。唐有稱崑崙山爲西山者。英乂以西平郡太守加隴右節度使，西山蓋指此。《元和郡縣圖志》卷三九：「鄯州，西平。下府。……儀鳳二年置都督府，後復爲州。開元二十一年置隴右節度使……備西戎，統臨洮軍，開元中移就節度衙置。」

〔三〕淒涼二句：朱鶴齡注：「英乂繼其父節度隴右，故有『部曲』、『家聲』之句。」

〔四〕鵰鶚：見卷九《奉贈鮮于京兆二十韻》(0416)注。

〔五〕松悲二句：《元和郡縣圖志》卷三九：「秦州，天水。中府。……天寶元年改爲天水郡，乾元元年復爲秦州。」卷四〇瓜州：「雪山，在縣南一百六十里，積雪復不消。東西九十里，南連吐谷渾界。」

〔六〕和虜句：《九家》趙注：「和虜，指言吐蕃也。至德二載，使使來請討賊，且修好。既而侵廓、岷、霸等州，又請和也。」參卷二《塞蘆子》（0069）注。

〔七〕古來二句：《三國志·魏書·崔林傳》：「此州與胡虜接，宜鎮之以静，擾之則動其逆心，特爲國家生北顧憂。」《書·胤征》「湯征諸侯」傳：「爲夏方伯，得專征伐。」朱鶴齡注：「言鎮静安邊，然後可併力爲討賊之計。」

〔八〕燕薊二句：《左傳》定公四年：「吴爲封豕長蛇。」杜預注：「言吴貪害如蛇豕。」陳琳《爲曹洪與魏太子書》：「若駭鯨之決細網。」朱鶴齡注：「禄山反幽州，陷河北及洛陽、長安，所謂奔燕薊、觸周秦也。」

〔九〕中原二句：慘黷，見卷一《三川觀水漲二十韻》（0043）注。《後漢書·段熲傳》：「餘孽復起，於兹作害。」《光武帝紀》：「群盜縱横。」

〔一〇〕箭入二句：昭陽殿，見卷一《哀江頭》（0046）注。《漢書·周亞夫傳》：「上自勞軍，至霸上及棘門軍，直馳入，將以下騎出入送迎，已而之細柳軍。」《九家》趙注：「此一段陷京師時事。」「言胡人之箭乃在漢營。」

〔一一〕内人二句：内人，錢箋謂指梨園女妓。《教坊記》：「妓女入宜春院謂之内人，亦曰前頭人，常在上前也。其家猶在教坊，謂之内人家。」白衣行，《百家注》趙注：「言雖是王子，以避亂故，隱跡爲白衣而行。」

〔一二〕宸極二句：劉琨《勸進表》：「宸極失御，登遐醜裔。」《文選》李善注：「宸極，喻帝位。」妖星，見本卷《收京三首》(0504)注。錢箋引「祆，胡神也」之説。按，祆、祅字異，祅星即妖星，異文作祆，無涉胡神之祆。《漢書·王莽傳》：「赤眉遂燒長安宫室市里……長安爲虚，城中無人行，宗廟園陵皆發掘。」按，叛軍焚長安九廟，未有發陵寢事。詩連言及之。

〔一三〕空餘二句：本書卷一五《諸將五首》(1156)：「昨日玉魚蒙葬地，早時金椀出人間。」《草堂》夢弼注：「金碗當作玉碗，但避『玉魚』字，故改。」引《南史·沈炯傳》「茂陵玉碗，遂出人間」語，又謂或引孔氏《志怪》盧充事。《漢武故事》：「鄠縣又有一人於市貨玉杯，吏疑其御物，欲捕之，因忽不見。縣送其器，又茂陵中物也。光自呼吏問之，説市人形貌如先帝。」盧充事見《搜神記》卷一六，謂盧充家西三十里有崔少府墓，出獵進少府府，少府展充父書，令與女成婚，三日女有娠相，送充出，「家人相見悲喜，推問，知崔是亡人而入其墓，追以懊惋。别後四年，三月三日，充臨水戲……見崔氏女與三歲男共載……女抱兒還充，又與金碗。……充後乘車入市賣碗，高舉其價。……欻有一老婢識此，還白大家曰：『市中見一人乘車，賣崔氏女郎棺中碗。』大家即崔氏親姨母也。」朱鶴齡注謂《諸將》與此詩蓋皆借用盧充事。繐帷，見卷六《往在》(0291)注。

〔一四〕毁廟句：《舊唐書·肅宗紀》：「九廟爲賊所焚，上素服哭於廟三日，入居大明宫」；「(乾元元年四月)辛亥，九廟成，備法駕自長安殿迎九廟神主入新廟。」

〔一五〕罘罳二句：罘罳，見卷六《往在》(0291)注。錢箋謂此「罘罳朝共落」，蓋同蘇鶚《演義》言宫殿簷户間網羅。《爾雅・釋木》:「棆,無疵。」注:「棆,梗屬,似豫章。」《釋宫》:「桷謂之榱。」注:「屋椽。」

〔一六〕三月二句:《九家》趙注謂:至德二載閏八月,以廣平王爲天下兵馬元帥,自此逆數以前三月,當是郭子儀五月及安守忠戰青渠敗績之後,别訓練士卒,至此師逾整肅。以上十六句叙安史父子爲寇,而廣平王往收復京師。

〔一七〕瘡痍二句:《册府元龜》卷三九八《將帥部・撫士卒》:「成如璆爲特進。至德二年,關西節度郭英乂爲賊所敗,如璆代英乂收其餘卒於岐山,撫其瘡痍,招其逋散,三軍之士有如挾纊。」卷四四三《將帥部・敗衄》:「郭英乂爲關西節度兵馬使,至德二年三月,賊寇武功東原,英乂與賊戰,爲賊所敗,流矢中頤而走。右廂兵馬使王難得軍於西原,觀之不救,弃甲而遁。」事亦見《資治通鑑》。《九家》趙注:「此微言英乂之敗,而激其再立功也。」「敗績,故有瘡痍之譬。」

〔一八〕妙譽二句:《九家》趙注:「上句美其可以爲相,且列卿,則今兼太僕卿也。」《晉書・王導傳》贊:「實賴元宰,固懷匪石之心。」

〔一九〕幾時二句:《晉書・禮志》:「漢魏故事,遣將出征,符節郎授節鉞於朝堂。」槐槍,見卷八《魏將軍歌》(0366)注。

〔二〇〕圭竇二句:《禮記・儒行》:「儒有一畝之宫,環堵之室,篳門圭窬。」釋文:「圭窬,徐音豆。《説文》云:穿木户也。郭璞《三蒼解詁》云:門旁小窬也,音臾。《左傳》作竇,杜預云:圭竇,小户也。上鋭下方,狀如圭形也。」《史記・孔子世家》:「孔子以詩書禮樂教,弟子蓋三千焉。」

王嗣奭《杜臆》引邵二泉云：用《左傳》僖公二十四年：「秦伯送衛於晉三千人，實紀綱之僕。」《墨子·公輸》：「公輸般爲楚造雲梯之械，成，將以攻宋。」

〔二一〕恥非二句：《史記·酈生陸賈列傳》：「使酈生説齊王……田廣以爲然，聽酈生，罷歷下兵守戰備，與酈生日縱酒。淮陰侯聞酈生伏軾下齊七十餘城，夜度兵平原襲齊。」《劉敬叔孫通列傳》：「臣願徵魯諸生，與臣弟子共起朝儀。」《九家》趙注：「如我曾無説客之談，特爲諸生之事而已。蓋自責其無補於戰也。」朱鶴齡注：「齊説客，申七十城；魯諸生，申三千士。時賊尚據長安，故用下城事。」

〔二二〕通籍二句：通籍，見卷二《偪仄行》(0051)注。《詩·周南·卷耳》：「嗟我懷人，置彼周行。」傳：「置周之列位。」《後漢書·宣秉傳》：「光武特詔御史中丞與司隸校尉、尚書令會同並專席而從，故京師號曰三獨坐。」此言英乂帶御史中丞銜。

〔二三〕隨肩二句：《禮記·曲禮上》：「五年以長則肩隨之。」《漢書·王莽傳》：「捕斬虜騶，平定東域，虜知殄滅，在於漏刻。」簪纓，見卷七《八哀詩·嚴公武》(0332)注。《九家》趙注：「上句言同入朝也。」「下句以言其在有位之列也」。

〔二四〕徑欲二句：《三國志·魏書·王粲傳》：「年十七，司徒辟，詔除黄門侍郎，以西京擾亂，皆不就，乃之荆州依劉表。」禰衡，見卷九《敬贈鄭諫議十韻》(0415)注。

〔二五〕那：猶奈也。見張相《詩詞曲語辭彙釋》。

〔二六〕人頻二句：《書·仲虺之誥》：「民墜塗炭。」班固《幽通賦》：「魂煢煢與神交兮，精誠發於宵寐。」

〔二七〕元帥二句：《九家》趙注：「元帥，指言廣平王俶」；「前軍，指言李嗣業之軍」。「新律是師律之律」。參卷九《喜聞官軍已臨賊寇二十韻》（0495）注。《易・師・象》：「師出以律，失律凶也。」《淮南子・泰族訓》：「夔之初作樂也，皆合六律而調五音。」《漢書・律曆志》：「傳黄帝《調律曆》，漢元年以來用之。」

〔二八〕安邊句：司馬相如《上林賦》：「扈從横行，出乎四校之中。」

## 送楊六判官使西蕃〔一〕

送遠秋風落，西征海氣寒〔二〕。帝京氛祲滿〔三〕，人世别離難。絶域遥懷怒，和親願結歡〔四〕。敕書憐贊普，兵甲望長安〔五〕。宣命前程急①，惟良待士寬〔六〕。子雲清自守，今日起爲官〔七〕。垂淚方投筆，傷時即據鞍〔八〕。儒衣山鳥怪，漢節野童看〔九〕。邊酒排金盞②，夷歌捧玉盤〔一〇〕。草輕蕃馬健③，雪重拂廬乾〔一一〕。慎爾參籌畫，從兹正羽翰。歸來權可取，九萬一朝摶〔一二〕。（0510）

【校】

①命，宋本、錢箋校：「一作令。」

②盞，宋本、錢箋、《九家》、《草堂》校：「一作盌。」

③輕，宋本、錢箋、《草堂》校：「一作肥。」《九家》作「肥」，校：「一作輕。」

【注】

黄鶴注：當是至德二載（七五七）未復京師前作。

〔一〕楊六判官：名未詳。《舊唐書·肅宗紀》：「（至德二載三月癸亥）吐蕃遣使和親，遣給事中南巨川報命。」《册府元龜》卷九七九《外臣部·和親》：「（至德）二年九月……是歲，吐蕃又遣使請和親，上詔給事中南巨川以修戎好報命。」按，詩言「秋風落」，則巨川報命當在九月。朱鶴齡注：「楊蓋贊巨川以行者。」

〔二〕西征句：《九家》趙注：「往吐蕃，渡青海而去。」按，《漢書·地理志》：「金城郡，昭帝始元六年置。莽曰西海。」《王莽傳》：「今謹案已有東海、南海、北海郡，未有西海郡，請受良願等所獻地爲西海郡。」則西境固可稱西海。

〔三〕帝京句：氛祲，見卷七《久雨期王將軍不至》（0318）注。《九家》趙注：「蓋京師猶未復。」

〔四〕絶域二句：《漢書·陳湯傳》：「出百死，入絶域。」朱鶴齡注：「言吐蕃來請討賊也。」

〔五〕勑書二句：《舊唐書·吐蕃傳》：「其國人號其王爲贊普，相爲大論、小論。」《新唐書·吐蕃傳》：「其俗謂强雄曰贊，丈夫曰普，故號君長曰贊普，贊普妻曰末蒙。」朱鶴齡注：「言天子許其和親，遂降意以待之也」，「長安之人急望王師之至，則助國討賊不容緩也」。

〔六〕惟良句：朱鶴齡注引《杜詩博議》，謂此用《漢書》「與我共理者，其惟良二千石乎」，亦友于、貽厥之類。李嘉祐《送相公五叔守歙州》：「新安江自緑，明主重惟良。」此一證。按，王儉《褚淵碑文》：「元首惟明，股肱惟良。」《文選》李善注：「《尚書大傳》曰：元首明哉，股肱良哉。元首，君也。股肱，臣也。」此惟良所出，即股肱之臣義。

〔七〕子雲二句：羅大經《鶴林玉露》乙編卷四：「葉石林云：杜工部詩對偶至嚴，而《送楊六判官》云『子雲清自守，今日起爲官』，獨不相對。竊意『今日』字當是『令尹』字傳寫之訛耳。余謂不然。此聯之工，正爲假雲對日，兩句一意，乃詩家活法。若作『令尹』字，則索然無神，夫人能道之矣。且送楊姓人，故用子雲爲切題，豈應又泛然用一令尹耶？如『次第尋書札，呼兒檢贈篇』之句，亦是假以第對兒，詩家此類甚多。」朱鶴齡注：「子雲、今日是假對。但《漢書》言：子雲係出揚侯，其字不從木。按，晉羊舌氏食邑於揚，曰揚食我，後分其田爲三縣，曰平陽，曰楊氏。則揚與楊同出一姓，故楊修有『吾家子雲』之語。或疑此送楊判官，不合用子雲事，蓋失考耳。」

〔八〕垂淚二句：《後漢書·班超傳》：「家貧，常爲官傭書以供養。久勞苦，嘗輟業投筆歎曰：『大丈夫無它志略，猶當效傅介子、張騫立功異域，以取封侯，安能久事筆研間乎？』」《馬援傳》：「援自請曰：『臣尚能披甲上馬。』帝令試之，援據鞍顧眄，以示可用。」

〔九〕漢節句：《漢書·蘇武傳》：「杖漢節牧羊，卧起操持，節旄盡落。」

〔一〇〕邊酒二句：《册府元龜》卷九七九《外臣部·和親》：「（開元）四年八月，吐蕃請和，從之，賞賜金城公主及贊普錦帛器物等，蕃酋皆喜，公主奉表謝恩云：……謹獻金盞、羚羊衫段、青長毛罽各一，奉表以聞。」

〔一一〕雪重句：《舊唐書·吐蕃傳》：「屋皆平頭，高者至數十尺。貴人處於大氈帳，名爲拂廬。」

〔一二〕慎爾四句：《莊子·逍遥游》：「鵬之徙於南冥也，水擊三千里，摶扶摇而上者九萬里，去以六月息者也。」《九家》趙注：「楊君起於閑廢尤明。」朱鶴齡注：「欲其伸中國之威，不辱君命也。」仇注：「權位可取，言不終於判官。張注謂借兵之舉，權且取之，乃曲説也。」浦起龍云：「權此舉之可取與否，無久淹也。不曰權可否，而曰權可取，婉詞也。」

## 憶弟二首 時歸在南陸渾莊〔一〕。

喪亂聞吾弟，飢寒傍濟州〔二〕。人稀吾不到①，兵在見何由。憶昨狂催走，無時病去憂〔三〕。即今千種恨，惟共水東流〔四〕。（0511）

【校】

① 吾，錢箋、《九家》校：「一作書。」《草堂》作「書」。

【注】

黃鶴注：當是乾元元年（七五八）春作。按，當作於乾元二年（七五九）春鄴城兵敗前。

〔一〕弟：本卷《得弟消息二首》（0547）：「近有平陰信，遥憐舍弟存。」當即杜穎。見卷九《臨邑舍弟書至苦雨黄河泛溢隄防之患簿領所憂因寄此詩用寬其意》（0437）注。陸渾：《元和郡縣圖志》卷五河南府鞏縣：「陸渾山，俗名方山，在縣西五十五里。」「陸渾縣，畿。東北至府一百三十里。」

〔二〕濟州：《元和郡縣圖志》卷一〇鄆州盧縣：「濟州理碻磝城……泰常八年，於此置濟州。至天寶十三載，州爲河所陷，廢。」

〔三〕憶昨二句：《後漢書·朱浮傳》：「伯通獨中風狂走。」朱鶴齡注：「言避亂之時。」《九家》趙注：「公素多病，而又無時而病去，所以憂也。」仇注：「乃十字句法，謂自昔奔走以來，憂弟而病，無能解去也。」

〔四〕即今二句：朱鶴齡注：「濟州在洛陽之東，公身在洛，故恨與水俱東也。」

且喜河南定，不問鄴城圍〔一〕。百戰今誰在，三年望汝歸。故園花自發，春日鳥還飛。斷絶人烟久，東西消息稀。（0512）

【注】

〔一〕且喜二句：《舊唐書·肅宗紀》：「（乾元元年九月）庚寅，大舉討安慶緒於相州。」參卷二《新安吏》（0060）注。詩春季作，則在圍鄴城之次年春。

## 得舍弟消息

亂後誰歸得，他鄉勝故鄉。直爲心厄苦①，久念與存亡②〔一〕。汝書猶在壁，汝妾已辭房③〔二〕。舊犬知愁恨，垂頭傍我床。（0513）

【校】

① 直，宋本、錢箋、《草堂》校：「一作若。」《九家》作「若」，校：「一作直。」

② 念，宋本、錢箋、《九家》校：「一作得。」 與，宋本、錢箋校：「刊作汝。」《草堂》校：「一作汝。」

③ 妾，錢箋校：「一作室。」《草堂》校：「别本作室。」

【注】

黄鶴注：作於乾元元年（七五八）。按，當同前詩作於乾元二年（七五九）。

〔一〕直爲二句：《三國志·魏書·陶謙傳》注引《吴書》：「饑厄困苦，亦已甚矣。」朱鶴齡注：「與存亡，與之俱爲存亡也。」

〔二〕汝書二句：潘岳《悼亡詩》：「流芳未及歇，遺挂猶在壁。」沈夢麟《花谿集》卷三《遺婢五首》：「阿蓮今夕苦辭房，向我褰衣泣數行。」辭房指遣放婢妾。

## 鄭駙馬池臺喜遇鄭廣文同飲〔一〕

不謂生戎馬，何知共酒杯①〔二〕。燃臍郿塢敗②，握節漢臣回③〔三〕。白髮千莖雪④，丹心一寸灰⑤〔四〕。別離經死地⑥，披寫忽登臺〔五〕。重對秦簫發，俱過阮宅來⑦〔六〕。留連春夜舞⑧，淚落强徘徊⑨。（0514）

【校】

① 知，《草堂》作「如」。

② 敗，《文苑英華》作「散」。

③ 握，宋本、錢箋校：「宋景文作禿。」

④ 莖，《文苑英華》作「行」。

⑤ 寸，宋本、錢箋校：「晋作片。」

⑥ 死，錢箋校：「一作此。」《文苑英華》作「此」。

⑦ 宅，錢箋校：「一作巷。」
⑧ 留連，宋本、錢箋、《九家》校：「一作醉留。」 舞，宋本、錢箋校：「一作席。」
⑨ 留連春夜舞淚落强徘徊，宋本、錢箋、《九家》校：「一云醉留春苑夜，舞淚落徘徊。」 强，錢箋校：「一作更。」

【注】

黄鶴注：此詩在至德二載（七五七）作，蓋是年正月禄山爲安慶緒所弑，鄭駙馬池臺在河南新鄭，豈公以陷賊亦暫拘東都，故得與鄭虔相遇而同飲。朱鶴齡注：此駙馬池臺必是在京師者，黄鶴妄云在河南新安，遂造公嘗受拘東都之説。

〔一〕鄭駙馬：鄭潛曜。見卷九《鄭駙馬宅宴洞中》（0419）注。池臺當即鄭駙馬宅。鄭廣文：鄭虔。見卷一《醉時歌》（0019）注。

〔二〕不謂二句：仇注：「平時不謂遭亂，遇亂何知復聚。」

〔三〕燃臍二句：《三國志·魏書·董卓傳》：「築郿塢，高與長安城埒，積穀爲三十年儲，云事成雄據天下，不成，守此足以畢老。」注引《英雄記》：「暴卓屍於市，卓素肥，膏流浸地，草爲之丹，守屍吏瞑以爲大炷，置卓臍中以爲燈，光明達旦，如是積日。」《九家》趙注：「言慶緒奔敗如董卓也。」朱鶴齡注：「嚴莊與禄山子慶緒謀殺禄山，使帳下李猪兒以大刀斫其腹，腸潰於床而死，事正與卓類也。」《漢書·蘇武傳》：「杖漢節牧羊，卧起操持，節旄盡落。……武留匈奴凡十九歲，始以强壯出，及還，鬚髮盡白。」《九家》趙注：「言虔自陷賊中回。」参卷七《八哀詩・鄭公虔》(0336)注。

〔四〕白髮二句：宋之問《早發始興江口至虛氏村作》：「鬢髮俄成素，丹心已作灰。」

〔五〕披寫：見卷八《奉送魏六丈佑少府之交廣》(0382)注。

〔六〕重對二句：秦籥，見卷七《奉酬薛十二丈判官見贈》(0324)「帝里女」注。《晉書・阮咸傳》：「咸任達不拘，與叔父籍爲竹林之游，當世禮法者譏其所爲。咸與籍居道南，諸阮居道北，北阮富而南阮貧。」《九家》趙注：「阮舍、阮宅者，皆以阮咸言之……則阮宅者乃指言鄭駙馬家乎？」

## 臘日〔一〕

臘日常年暖尚遥①，今年臘日凍全消〔二〕。侵陵雪色還萱草，漏洩春光有柳條②〔三〕。縱酒欲謀良夜醉③，還家初散紫宸朝④〔四〕。口脂面藥隨恩澤，翠管銀罌下九霄〔五〕。（0515）

**【校】**

① 常年，宋本、錢箋校：「一作年年。」

②有，宋本、《九家》、《草堂》校：「一作是。」

③良，宋本、錢箋、《九家》、《草堂》校：「一作長。」

④散，宋本、錢箋校：「一作放。」　紫，宋本、錢箋校：「一作北。」

**【注】**

黄鶴注：當是至德二載（七五七）扈從還京時作。

〔一〕臘日：《風俗通義》卷八：「謹按《禮》傳：夏曰嘉平，殷曰清祀，周曰大蜡。漢改爲臘。臘者，獵也，言田獵取獸以祭祀其先祖也。或曰臘者，接也，新故交接，故大祭以報功也。漢家火行，衰於戌，故以戌臘也。」《太平御覽》卷三三引高堂隆《魏臺訪議》杜公瞻曰：「近日蜡臘兼設，蜡在十月，臘在歲終。隋開皇四年始停建亥之蜡，直爲建丑之臘，依五行，火衰於戌而用戌日故也。」《白孔六帖》卷四：「王者各以其行，盛日爲祖，衰日爲臘。漢以火德，火衰於戌，故戌日爲臘。魏以土德，土衰於辰，故辰日爲臘。晋以金德，金衰於丑，故丑日爲臘。」《宋史・禮志》和峴奏：「唐乘土德，貞觀之際，以前寅日蜡百神，卯日祭社官，辰日享宗廟。開元定禮，三祭皆於臘辰，以應土德。」

〔二〕臘日二句：庾信《梅花》：「常年臘月半，已覺梅花闌。不信今春晚，俱來雪裏看。」沈約《泛永康江》：「山光浮水至，春色犯寒來。」仇注引朱瀚曰前半本此。

〔三〕侵陵二句：朱鶴齡注：「侵陵雪色，言萱草初茁土時。」還、有互文義同。《左傳》襄公十四年：

「言語漏洩。」

〔四〕縱酒句：《文選》蘇武詩：「芬馨良夜發，隨風聞我堂。」

〔五〕口脂二句：吴曾《能改齋漫録》卷六：「《景龍文館記》：三年臘日，帝於苑中召近臣賜臘。晚自北門入，於内殿賜食，加口脂。臘脂盛以翠碧鏤牙筒。故杜子美《臘日》詩云：『口脂面藥隨恩澤，翠管銀罌下九霄。』王建《宫辭》云：『月冷天寒近臘時，玉街金瓦雪漓漓。浴堂門外抄名入，公主家人謝口脂。』皆言臘日賜口脂也。」《唐六典》卷一一殿中省尚藥局：「合口脂匠二人。皇朝初置。」《穆天子傳》卷二：「天子乃賜之黄金銀罌四七。」《新唐書·柳玭傳》：「有二青衣賫銀罌出，曰：『公恐君寒，奉地黄酒三杯。』」

## 紫宸殿退朝口號〔一〕

户外昭容紫袖垂，雙瞻御座引朝儀〔二〕。香飄合殿春風轉，花覆千官淑景移①〔三〕。晝漏希聞高閣報②〔四〕，天顔有喜近臣知。宫中每出歸東省，會送夔龍集鳳池③〔五〕。（0516）

【校】

① 景，《九家》、《草堂》校：「一作日。」

② 希，《九家》、《草堂》、《文苑英華》作「稀」。宋本、錢箋、《九家》校：「一作聲。」
③ 集，宋本、錢箋、《九家》、《草堂》校：「一作到。」

**【注】**

黄鶴注：當是乾元元年（七五八）爲拾遺時作。

〔一〕紫宸殿：《唐會要》卷三〇《大明宫》：「（龍朔三年四月）二十五日，始御紫宸殿聽政，百僚奉賀，新宫成也。」《雍録》卷三：「含元之北爲宣政，宣政之北爲紫宸。地每退北，輒又加高，至紫宸則極矣。其北遂爲蓬萊殿。」《新五代史·李琪傳》：「唐故事，天子日御殿見群臣，曰常參。朔望薦食諸陵寢，有思慕之心，不能臨前殿，則御便殿見群臣，曰入閤。宣政，前殿也，謂之衙，衙有仗。紫宸，便殿也，謂之閤。其不御前殿而御紫宸也，乃自正衙唤仗，由閤門而入，百官俟朝於衙者因隨以入見，故謂之入閤。然衙，朝也，其禮尊；閤，宴見也，其事殺。」

〔二〕户外二句：《唐六典》卷二司封郎中：「凡内命婦之制……昭儀、昭容、昭媛、充儀、充容、充媛並爲嬪，正二品。」卷一二内官尚儀局：「司賓掌賓客朝見宴會賞賜之事。司贊掌朝見宴會贊相之事。凡朝會，司贊引客立於殿庭，司言宣敕賜坐，司贊引升就席。」《酉陽雜俎》續集卷四：「今閤門有宫人垂帛引百寮，或云自則天，或言因後魏。據《開元禮疏》曰：晋康獻褚后臨朝不坐，則宫人傳百寮拜。有虜中使者見之，歸國遂行此禮。時禮樂盡在江南，北方舉動法之。周隋相沿，國家承之不改。」程大昌《演繁露》卷一一：「《唐會要》：天祐二年敕：今後每遇延英坐朝日，只令小黄門祗候引從，宫人不得擅出内。乃知杜詩『户外昭容紫袖垂，雙瞻御座引朝儀』者，真出殿引座。而鄭谷《入閤》詩亦言『導引出宫鈿』。蓋至天祐始罷。」《九家》趙注：「雙瞻御座，則應用昭容二人爲引。謂之瞻，則回瞻也。」

〔三〕香飄二句：庾肩吾《賦得横吹曲長安道》：「合殿生光彩，離宫起烟霧。」《荀子·正論》：「古者天子千官，諸侯百官。」袁奭《從駕游山》：「玉輿明淑景，珠旗轉瑞風。」

〔四〕晝漏句：《長安志》卷六：「（含元）殿東南有翔鸞閣，西南有栖鳳閣，與殿飛廊相接。又有鐘樓、鼓樓。」朱鶴齡注：「紫宸，内衙，故稀聞晝漏，必待外廷高閣之報也。」

〔五〕宫中二句：龐元英《文昌雜録》卷五：「東省，門下，鸞臺在焉。鳳池在中書省。杜詩不應有誤。恐唐朝别有故事。又恐是時政事堂適在右省耳。」《雍録》卷八：「政事堂在東省，屬門下。……至中宗時，裴炎以中書令執政事筆，故徙政事堂於中書省。杜甫爲左拾遺，作《紫宸殿退朝》詩云：『宫中每出歸東省，會送夔龍集鳳池。』鳳池者，中書也。左省官方自宫中退朝而出，則歸東省者，以本省言也已。又送夔龍集於鳳池者，殆東官集政事堂白六押事耶？杜之爲左拾遺也，在中宗後肅宗時，政事堂已在中書矣。故出東省而集於西省者，就政事堂見宰相也。爲其官於東省而越至西省，故《文昌録》於此闕疑也。」錢箋引此。按，《通典》卷二一《職官·宰相》：「舊制宰相常於門下省議事，謂之政事堂。至永淳二年七月，中書令裴炎以中書執政事筆，其政事堂合在中書，遂移在中書省。開元十一年，張説奏改政事堂爲中書門下，其政事印亦改爲中書門下之印。至德二載三月，宰相分直主政事執筆，每一人知十日。」詩言「會送夔龍集鳳池」，當是送宰相至中書門下，非謂已至中書會宰相。詩正言當時之制。《書・舜典》：「伯拜稽首，讓於夔龍。」傳：「夔、龍，二臣名。」鳳池，見卷三《寄薛三郎中據》（0363）注。

## 曲江二首〔一〕

一片花飛減却春，風飄萬點正愁人。且看欲盡花經眼，莫厭傷多酒入脣。江上小堂巢翡翠①，花邊高塚臥麒麟②〔二〕。細推物理須行樂，何用浮名絆此身③〔三〕。

（0517）

【校】

① 堂，宋本、錢箋校：「川作棠。」《草堂》校：「鮑氏曰堂或作棠。」

② 花，宋本、錢箋校：「一作苑。」《九家》作「苑」，校：「一作花。」

③ 用，宋本、錢箋校：「晋作事。」　浮，《草堂》校：「一作榮。」　名，宋本 錢箋校：「一作榮。」

【注】

黃鶴注：當是乾元元年（七五八）爲拾遺時在京師作。

〔一〕曲江：見卷一《九日寄岑參》(0025)注。

〔二〕花邊句：《九家》趙注：「舊本『花邊』，師民瞻本作『苑邊高塚』是。蓋芙蓉苑之邊也。」《西京雜記》卷三：「五柞宮有五柞樹……其宮西有青梧觀。觀前有三梧桐樹，樹下有石麒麟二枚，刊其脅爲文字，是秦始皇酈山墓上物也。頭高一丈三尺。東邊者前左折，折處有赤如血，父老謂其有神，皆含血屬筋焉。」《分門》洙曰引此。《封氏見聞記》卷六：「秦漢以來，帝王陵前有石麒麟、石辟邪、石象、石馬之屬，人臣墓前有石羊、石虎、石人、石柱之屬，皆所以表飾墳壟，如生前之象儀衛耳。」

〔三〕細推二句：《淮南子·覽冥訓》：「耳目之察，不足以分物理。」楊惲《報孫會宗書》：「人生行樂耳，須富貴何時。」謝靈運《初去郡》：「伊余秉微尚，拙訥謝浮名。」《文選》李善注：「《禮記》：孔子曰：恥名之浮於行也。」《漢書·叙傳》：「今吾子已貫仁誼之羈絆，繫名聲之韁鎖。」

朝回日日典春衣，每日江頭盡醉歸〔一〕。酒債尋常行處有，人生七十古來稀〔二〕。穿花蛺蝶深深見①，點水蜻蜓款款飛②〔三〕。傳語風光共流轉，暫時相賞莫相違〔四〕。(0518)

**【校】**

①見，宋本、錢箋、《草堂》校：「一作舞。」

②款款，宋本、錢箋、《草堂》校：「一云緩緩。」

【注】

〔一〕朝回句：典，典當。《因話録》卷四：「李公有故人子弟來投，落拓不事。李公遍問舊時別墅及家童有技者、圖書有名者，悉云賣却。李責曰：『郎君未官家貧，産業從賣，何至賣及書籍古畫？』惆悵久之，復問曰：『有一本虞永興手寫《尚書》，此猶在否？』其人慚懼，不敢言賣，云『暫將典錢』。」周賀《贈李主簿》：「對酒妨料吏，爲官亦典衣。」

〔二〕酒債二句：李白《贈劉都使》：「歸家酒債多，門客粲成行。」高適《贈別王十七管記》：「堂中皆食客，門外多酒債。」曹慕樊謂索共飲者多，未暇酬酢，即名酒債。按，張謂《宴鄭伯璵宅》：「俸錢供酒債，行子未須歸。」岑參《送顔少府投鄭陳州》：「愛客多酒債，罷官無俸錢。」《送崔主簿赴夏陽》：「地近行程少，家貧酒債多。」皆只作欠酒錢解。吴可《藏海詩話》：「世傳『酒債尋常行處有，人生七十古來稀』，以爲尋常是數，所以對七十。老杜詩亦不拘此説，如『四十明朝過，飛騰暮景斜』，又云『羇栖愁裏見，二十四回明』，乃是以連綿字對連綿數也。以此可見工部立意對偶處。」曹毗《對儒》：「此蓋員動之用舍，非尋常之所寶也。」《隋書·于仲文傳》：「以此爲觀，非尋常人也。」皆非言數，義同平常。行處，佛典有佛所行處、經行處語，蓋源自此。

〔三〕穿花二句：何遜《石頭答庾郎丹》：「黄鸝隱葉飛，蛺蝶縈空戲。」蕭綱《晚日後堂》：「花留蛺蝶粉，竹翳蜻蜓珠。」本書卷一四《喜觀即到復題短篇二首》(0997)：「泊船悲喜後，款款話歸秦。」

款款乃舒緩貌。

〔四〕傳語二句：《後村詩話》卷五引煬帝《春日》：「傳語春光道，先歸何處邊。」《九家》趙注引作馮少憐詩，又張謂《春江月》：「請語春光催後騎，併將歌舞向前溪。」趙注：「今公所謂『傳語』，正參用此語，以風光在我輩，當共流轉，相與賞玩，莫相違戾。」

范温《潛溪詩眼》：「或問余：東坡有言：詩至於杜子美，天下之能事畢矣。老杜之前，人固未有如老杜，後世安知無過老杜者？余曰：如一片花飛減却春，若詠落花則語意皆盡，所以古人既未到，決知後人更無好語。」

《二程遺書》卷一八：「且如今言能詩無如杜甫，如言『穿花蛺蝶深深見，點水蜻蜓款款飛』，如此閑言語道出作甚？」

葉夢得《石林詩話》卷下：「詩語固忌用巧太過，然緣情體物，自有天然之妙，雖巧而不見刻削之痕。……至『穿花蛺蝶深深見，點水蜻蜓款款飛』，『深深』字若無『穿』字，『款款』字若無『點』字，皆無以見其精微如此。然讀之渾然，全似未嘗用力，此所以不礙其氣格超勝。使晚唐諸子爲之，便當如『魚躍練波抛玉尺，鶯穿絲柳織金梭』體矣。」

吴喬《圍爐詩話》卷二：「律詩有二體，如沈佺期《古意》……八句如鈎鎖連環，不用起承轉合一定之法者也。子美《曲江》詩亦然。其云『一片花飛減却春』，言花初落也。『風飄萬點正愁人』，言花大落也。『且看欲盡花經眼』，言花落盡也。一片、萬點、減却春、正愁人、欲盡經眼，情景漸次而深，興起第四句以酒遣懷之意。『小堂巢翡翠』，言失位猶有可意事。『高塚卧麒麟』，言富貴終有盡頭時。落花起興，至此意已完。『細推物理須行樂』，因落花而知萬物有必盡之理。細推者，自一片、萬點、落盡、飲酒、塚墓，皆在其中，以引末句失官不足介懷之意。此體子美最多。」

## 曲江對酒

苑外江頭坐不歸，水精春殿轉霏微①〔一〕。桃花細逐楊花落②，黄鳥時兼白鳥飛③。縱飲久判人共弃〔二〕，懶朝真與世相違。吏情更覺滄洲遠④，老大悲傷未拂衣⑤〔三〕。（0519）

【校】

① 春，宋本、錢箋、《九家》、《草堂》校：「一作宫。」

② 細逐楊花落，宋本、錢箋、《草堂》校：「一云欲共梨花語。」

③ 時，宋本、錢箋、《草堂》校：「一作仍。」

④吏，宋本、錢箋、《九家》、《草堂》校：「一作含。」

⑤悲傷，《草堂》作「徒悲」。

【注】

黄鶴注：當是乾元元年（七五八）爲拾遺在京師作。

〔一〕苑外二句：《九家》趙注：「苑外者，芙蓉苑之外也，曲江在苑北。」「月宫謂之水精宫，今以言春殿，蓋以狀其清幽也。或云即殿名。」《太平御覽》卷一八七引《漢官典職》：「德陽殿柱皆金刻鏤作，奇禽萬巧，間以丹青翡翠，竟柱構以水精，一柱三帶，韜以赤緹。」黄生注：「曲江宫殿多在水中，故以二字擬之。」沈約《庭雨應詔》：「霢霂裁欲垂，霏微不能注。」

〔二〕縱飲句：《方言》：「拌，弃也。楚凡揮弃物謂之拌。」《集韻》拌：「俗作拵，非是。」李調元《方言藻》：「判與拌同，俗作拵。揚子雲《方言》：楚人揮弃物謂之拌。杜子美詩：『縱飲久判人共弃。』温庭筠詩：『夜聞猛雨判花盡。』今人云判得如此，猶言自分如此。」

〔三〕吏情二句：謝朓《之宣城郡出新林浦向板橋》：「既歡懷禄情，復協滄洲趣。」謝靈運《述祖德詩》：「高揖七州外，拂衣五湖裏。」

## 曲江對雨①

城上春雲覆苑牆，江亭晚色静年芳②〔一〕。林花著雨燕脂落③，水荇牽風翠帶

長〔二〕。龍武新軍深駐輦④，芙蓉別殿謾焚香〔三〕。何時詔此金錢會⑤，暫醉佳人錦瑟傍⑥〔四〕。（0520）

【校】

①對雨，宋本、錢箋校：「晋作值雨。」

②年，宋本、錢箋、《九家》校：「一作天。」

③脂，宋本、錢箋、《草堂》校：「一作支。」

④深，宋本、錢箋校：「一作經。」

⑤詔，宋本、錢箋、《九家》校：「一作重。」

⑥暫，宋本、錢箋、《九家》、《草堂》校：「一作爛。」

【注】

黄鶴注：當是乾元元年（七五八）爲拾遺時在京師作。

〔一〕江亭句：沈約《三月三日率爾成章》：「麗日屬元巳，年芳具在斯。」

〔二〕林花二句：《古今注》卷中：「燕支，葉似薊，花似蒲公，出西方，土人以染，名爲燕支，中國亦謂之紅藍。以染粉，爲婦人色，謂爲燕支粉。今人以重絳爲胭肢，非燕支花所染也。燕支花自爲紅藍耳。舊謂赤白之間爲紅，即今所謂紅藍也。」趙彦衛《雲麓漫鈔》卷七：「清微子《服飾變古録》云：燕脂，紂製，以紅藍汁凝而爲之。官賜宫人，塗之，號爲桃花粉。藍地水清，合之色鮮。至唐頗進貢，惟后妃得賜，曰燕脂。」此以言桃花之色。《詩·周南·關雎》：「參差荇菜，左右流之。」傳：「荇，接余也。」陸璣《疏》：「荇，一名接余，白莖，葉紫赤色，正圓徑寸餘，浮在水上，根在水底，與水深淺等，大如釵股，上青下白，褢其白莖，以苦酒浸之，脆美可案酒。」杜審言《和韋承慶過義陽公主山池》：「綰霧青絲弱，牽風紫蔓長。」

〔三〕龍武二句：《舊唐書·職官志》：「左右龍武軍，初，太宗選飛騎之尤驍健者别署百騎，以爲翊衛之備。天后初加置千騎，中宗加置萬騎，分爲左右營，置使以領之。自開元以來，與左右羽林軍名曰北門四軍。開元二十七年，改爲左右龍武軍，官員同羽林軍也。」仇注别引肅宗至德二載置左右神武軍，謂即此「新軍」。《九家》趙注：「兩句意言車駕唯深駐曲江，不復幸芙蓉苑，則别殿焚香爲漫耳。」程大昌《雍録》卷八：「龍武者，龍虎也。言其人材質服飾有似龍虎也。初置惟以從獵，其地最爲親密，固已易於寵狎矣。又其軍皆中官主之，廩給賞賜比他處特豐，事力重，技藝多。故杜甫詩曰：『龍武新軍深駐輦，芙蓉别殿謾焚香。』言其初時擬幸芙蓉，已遂留駐龍武也。甫之此言，蓋有譏也。」錢箋：「此亦懷上皇南内之詩也。玄宗用萬騎軍以平韋氏，改爲龍武軍，親近宿衛。自深居南内，無復昔日駐輦游幸矣。興慶宫南樓置酒眺望，欲由夾城以達曲江芙蓉苑，不可得矣。」何焯云：「歎其非復太平之舊，且不必遽謂其父子間有所嫌猜也。」

〔四〕何時二句：《九家》趙注：「似言賜錢爲宴。」引《劇談録》開元中上巳賜宴曲江池。見卷二《九日寄岑參》(0025)注。按，當指會醵，即合衆人之錢。《唐國史補》卷下：「進士爲時所尚久矣。……大宴於曲江亭子，謂之曲江會。」《唐語林》卷二引作「會醵爲樂於曲江亭，謂之曲江宴」。《唐摭言》卷三期集：「謝恩後，方詣期集院。……其日醵罰不少，又出抽名紙錢，每人十千文。其斂名紙，見狀元。俄於衆中驀抽三五個，便出此錢鋪底，一自狀元已下，每人三十千文。」錢箋引開元元年宴王公百寮於承天門，令左右於樓下撒金錢，許諸官争拾之。似未確。崔顥《渭城少年行》：「可憐錦瑟箏琵琶，玉壺清酒就倡家。」

## 早朝大明宮呈兩省寮友

賈　至〔一〕

銀燭朝天紫陌長，禁城春色曉蒼蒼。千條弱柳垂青瑣，百轉流鶯滿建章。劍佩聲隨玉墀步，衣冠身染御鑪香。共沐恩波鳳池裏，朝朝染翰侍君王。

**【注】**

〔一〕賈至：見本卷《留别賈嚴二閣老兩院補闕》(0501)注。

## 奉和賈至舍人早朝大明宫〔一〕舍人先世嘗掌絲綸〔二〕。

五夜漏聲催曉箭，九重春色醉仙桃①〔三〕。旌旗日暖龍蛇動〔四〕，宫殿風微燕雀高。朝罷香烟携滿袖，詩成珠玉在揮毫〔五〕。欲知世掌絲綸美，池上于今有鳳毛②〔六〕。（0521）

【校】

①重，宋本、錢箋、《九家》、《草堂》校：「一作天。」《文苑英華》作「天」，校：「集作重。」

②于，宋本、錢箋、《草堂》校：「一作如。」《文苑英華》校：「集作如。」　有，宋本、錢箋、《九家》、《草堂》校：「一作得。」

【注】

黄鶴注：此當是乾元元年（七五八）在諫省作。

〔一〕大明宫：《唐會要》卷三〇《大明宫》：「貞觀八年十月，營永安宫。至九年正月，改名大明宫，以備太上皇清暑。公卿百僚，争以私財助役。至龍朔二年，高宗染風痺，以宫内湫濕，乃修舊大明宮，改名蓬萊宮，北據高原，南望爽塏。……咸亨元年三月四日，改蓬萊宮爲含元殿。長安元年十一月，又改爲大明宮。」《唐六典》卷七尚書工部：「大明宮在禁苑之東南，西接宮城之東北隅。南面五門，正南曰丹鳳門。……丹鳳門内正殿曰含元殿。殿即龍首山之東趾也。階上高於平地四十餘尺，南去丹鳳門四百餘步，東西廣五百步。今元正、冬至於此聽朝也。」

〔二〕舍人先世：《舊唐書·賈曾傳》：「俄特授曾中書舍人。曾以父名忠，固辭。乃拜諫議大夫、知制誥。……開元初，復拜中書舍人，曾又固辭，議者以爲中書是曹司名，又與曾父音同字别，於禮無嫌，曾乃就職。與蘇晋同掌制誥，皆以詞學見知，時人稱爲蘇賈。……子至。至，天寶末爲中書舍人。禄山之亂，從上皇幸蜀。時肅宗即位於靈武，上皇遣至爲傳位册文。上皇覽之，歎曰：『昔先帝遜位於朕，册文則卿之先父所爲。今朕以神器大寶付儲君，卿又當演誥。累朝盛典，出卿父子之手，可謂難矣。』」

〔三〕五夜二句：《初學記》卷二五引衛宏《漢舊儀》：「五夜：甲夜，乙夜，丙夜，丁夜，戊夜。」《顔氏家訓·書證》：「或問：一夜何故五更？更何所訓？答曰：漢魏以來，謂爲甲夜、乙夜、丙夜、丁夜、戊夜。又云鼓：一鼓、二鼓、三鼓、四鼓、五鼓。亦云一更、二更、三更、四更、五更，皆以五爲節。所以爾者，假令正月建寅，斗柄夕則指寅，曉則指午矣。自寅至午，凡歷五辰。冬夏之月，雖復長短參差，然辰間遼闊，盈不過六，縮不至四，進退常在五者之間。」錢箋引《緗素雜記》謂杜詩「五夜漏聲」，正謂戊夜耳。箭：漏箭，見卷九《奉贈太常張卿二十韻》「傳夕箭」（0414）注。朱鶴齡注：「醉仙桃，言春色之濃，桃花如醉，以在禁内，故曰仙桃，非用王母事也。」《唐六典》卷七尚書工部東都上陽宮：「次北東上曰玉京門……玉京西北出曰仙桃門。」《唐會要》卷七貞觀二十一年正月丁酉詔：「東苑蟠桃，西池味谷。」和凝《宮詞》：「侍臣不異東方朔，應喜仙桃滿禁林。」是唐禁中植桃。

〔四〕旌旗句：《周禮·春官·司常》：「司常掌九旗之物名，各有屬，以待國事。日月爲常，交龍爲旂，通帛爲旜，雜帛爲物，熊虎爲旗，鳥隼爲旟，龜蛇爲旐。」

〔五〕朝罷二句：《新唐書·儀衛志》：「朝日，殿上設黼扆、躡席、熏爐、香案。」《文心雕龍·神思》：「吟詠之間，吐納珠玉之聲。」高允《塞上公亭詩序》：「仰德音於在昔，遂揮毫以寄言。」

〔六〕欲知二句：《禮記·緇衣》：「子曰：王言如絲，其出如綸；王言如綸，其出如綍。」《南齊書·謝朝宗傳》：「王母殷淑儀卒，超宗作誄奏之，帝大嗟賞，曰：『超宗殊有鳳毛，恐靈運復出。』」

## 同前

王　維〔一〕

絳幘雞人送曉籌①，尚衣方進翠雲裘。九天閶闔開宮殿，萬國衣冠拜冕旒。日色纔臨仙掌動，香烟欲傍袞龍浮。朝罷須裁五色詔，佩聲歸到鳳池頭。

【校】

① 送，錢箋作「報」，校：「一作送。」

【注】

〔一〕王維：見卷九《崔氏東山草堂》(0489)注。《舊唐書·王維傳》：「賊平，陷賊官三等定罪。維以《凝碧詩》聞於行在，肅宗嘉之。會縉請削己刑部侍郎以贖兄罪，特宥之，責授太子中允。乾元中，遷太子中庶子、中書舍人，復拜給事中，轉尚書右丞。」

## 同前

岑　參〔一〕

雞鳴紫陌曙光寒，鶯囀皇州春色闌。金鎖曉鍾開萬户，玉堦仙仗擁千官。花迎劍佩星初落，柳拂旌旗露未乾。獨有鳳凰池上客，陽春一曲和皆難。

【注】

〔一〕岑參：見卷一《九日寄岑參》(0025)注。本書卷二〇《爲補遺薦岑參狀》(1477)：「宣議郎、試大理評事、攝監察御史、賜緋魚袋岑參。右臣等竊見岑參識度清遠、議論雅正……至德二載六月十二日左拾遺内供奉裴薦等狀。」

楊萬里《誠齋詩話》：「七言褒頌功德，如少陵、賈至諸人倡和《早朝大明宫》，乃爲典雅重大。和此詩者，岑參云『花迎劍佩星初落，柳拂旌旗露未乾』，最佳。」

謝榛《四溟詩話》卷三：「予客都門，雪夜同張茂參、劉成卿二計部酌酒談詩。茂參曰：『賈舍人《早朝大明宮》詩及諸公和者，可能定其次第否？』……成卿曰：『予僭評之，何異蠡測海爾。杜其一也，王其二也，岑其三也，賈其四也。』予曰：『子所論詎敢相反？顛之倒之，則伯仲叔季定矣。賈則氣渾調古，岑則詞麗格雄，王、杜二作，各有短長，其次第猶是一輩行。或有擬之者，難與爲倫。』」

## 宣政殿退朝晚出左掖〔一〕

天門日射黃金榜，春殿晴曛赤羽旗①〔二〕。宮草微微承委珮②，鑪烟細細駐游絲〔三〕。雲近蓬萊常好色③，雪殘鳷鵲亦多時〔四〕。侍臣緩步歸青瑣，退食從容出每遲〔五〕。（0522）

【校】

①曛，錢箋校：「一作熏。」

②微微，宋本、錢箋、《九家》、《草堂》校：「一云霏霏。」《文苑英華》作「霏霏」，校：「集作微微。」

③好，宋本、錢箋、《九家》校：「一作五。」《草堂》作「五」。《文苑英華》作「五」，校：「集作好。」

【注】

黄鶴注：當是乾元元年（七五八）春作。

〔一〕宣政殿：《唐六典》卷七尚書工部大明宫：「丹鳳門内正殿曰含元殿……其北曰宣政門……内曰宣政殿。殿前東廊曰日華門，門東門下省。」《唐會要》卷二四《朔望朝參》：「故事，朔望日，御宣政殿見群臣，謂之大朝。玄宗始以朔望陵寢薦食，不聽政，其後遂以爲常。」左掖：門下省。《漢書・成帝紀》：「入尚方掖門。」注：「服虔曰：掖門者，正門之傍小門也。」「師古曰：掖門在兩傍，言如人臂掖也。」張説《和許給事中直夜簡諸公》：「左掖知天近，南窗見月臨。」

〔二〕天門二句：《藝文類聚》卷六二引《神異經》：「西南方有宫，以金爲牆，門有金榜，以銀鏤字，題曰『天皇之宫』。」仇注引邵注：「榜，門匾也。」楊巨源《春日奉獻聖壽無疆詞》：「曙色含金榜，晴光轉玉珂。」赤羽旗，《分門》洙曰：「以赤鳥羽爲旗。」《九家》趙注：「如《周官》析羽爲旌。」朱鶴齡注：「所謂前朱雀也。」張衡《西京賦》：「垂翟葆，建羽旗。」《文選》薛綜注：「建隼羽爲旌旗也。」

〔三〕宫草二句：《禮記・曲禮下》：「立則磬折垂佩。主佩倚則臣佩垂，主佩垂則臣佩委。」注：「君臣俛仰之節。倚，謂附於身。小俛則垂，大俛則委於地。」游絲，見次首注。

〔四〕雲近二句：蓬萊宫，即大明宫。見本卷《奉和賈至舍人早朝大明宫》（0521）注。司馬相如《上林賦》：「過鳷鵲，望露寒。」《文選》李善注：「張揖曰：此四觀，武帝建元中作，在雲陽甘泉宮外。」

〔五〕侍臣二句：青瑣，見卷九《奉贈太常張卿二十韻》(0419)注。《詩・召南・羔羊》：「退食自公，委蛇委蛇。」《唐會要》卷六五《光禄寺》：「景雲二年正月敕：左右廂南衙廊中食，每日常參官職事五品以上及員外郎，供一百盤、羊三口。餘賜中書門下供奉官及監察御史、太常博士。百官每日常供具三羊，六參日、節日加羊一口。」

## 題省中院壁

掖垣竹埤梧十尋，洞門對霤常陰陰①〔一〕。落花游絲白日静，鳴鳩乳燕青春深〔二〕。腐儒衰晚謬通籍，退食遲回違寸心〔三〕。衮職曾無一字補，許身愧比雙南金〔四〕。(0523)

【校】

① 霤，宋本、錢箋校：「一作雪。」《九家》、《草堂》作「雪」。

【注】

黄鶴注：當是乾元元年(七五八)爲拾遺時作。

〔一〕掖垣二句：劉楨《贈徐幹》：「誰謂相去遠，隔此西掖垣。」《草堂》夢弼注：「垣、埤皆牆也。高曰垣，低曰埤。垣竹、埤梧皆長十尋也。」仇注謂無此句法。王褒《和從弟佑山家詩》：「衆林積爲籟，園竹茂成埤。」朱鶴齡注：「此是『竹埤』所本，不必强疏。」洞門，見卷九《大雲寺贊公房二首》（0493）注。左思《吴都賦》：「玉堂對霤，石室相距。」《文選》李善注：「鄭玄《禮記注》曰：堂前有承霤。」《九家》趙注謂洞門不當言「對霤」，當作「對雪」，蓋終南崇山，雖春深而有積雪。説迂。

〔二〕落花二句：沈約《三月三日率爾成章》：「游絲映空轉，高楊拂地垂。」《九家》趙注：「游絲於春時空中自有之，蓋野馬之類，天地之氣也。即非蛛絲，學者多誤指之矣。」曹植《贈徐幹》：「春鳩鳴飛棟，流猋激櫺軒。」鮑照《采桑》：「乳燕逐草蟲，巢蜂拾花萼。」

〔三〕腐儒二句：通籍，見卷九《奉贈太常張卿二十韻》（0419）注。陸機《文賦》：「函綿邈於尺素，吐滂沛乎寸心。」《詩·邶風·谷風》：「中心有違。」

〔四〕衮職二句：《詩·大雅·烝民》：「衮職有闕，維仲山甫補之。」箋：「衮職者不敢斥王之言也，王之職有闕，輒能補之者，仲山甫也。」張載《擬四愁詩》：「佳人遺我緑綺琴，何以贈之雙南金。」《詩·魯頌·泮水》：「元龜象齒，大賂南金。」傳：「南，謂荆揚也。」箋：「荆揚之州，貢金三品。」

陳師道《後山詩話》：「黄魯直謂白樂天云『笙歌歸院落，燈火下樓臺』，不如杜子美云『落花游絲白日静，鳴鳩乳燕青春深』也。」

葉夢得《石林詩話》卷上：「禪宗論雲間有三種語：其一爲隨波逐浪句，謂隨物應機，不主故常。其二爲截斷衆流句，謂超出言外，非情識所到。其三爲函蓋乾坤句，謂泯然皆契，無間可伺。其深淺以是爲序。余嘗戲謂學子言：老杜詩亦有此三種語，但先後不同。『波漂菰米沉雲黑，露冷蓮房墜粉紅』爲函蓋乾坤句，以『落日游絲白日静，鳴鳩乳燕青春深』爲隨波逐浪句，以『百年地僻柴門迥，五月江深草閣寒』爲截斷衆流句。若有解此，當與渠同參。」

方回《瀛奎律髓》卷二五：「此篇八句俱拗，而律吕鏗鏘。試以微吟，或以長歌，其實文從字順也。以下吴體皆然。『落花游絲白日静，鳴鳩乳燕青春深』，此等句法惟老杜多，亦惟山谷、後山多，而簡齋亦然。乃知江西詩派非江西，實皆學老杜耳。」

## 春宿左省①

花隱掖垣暮，啾啾栖鳥過。星臨萬户動〔一〕，月傍九霄多。不寢聽金鑰②，因風想玉珂〔二〕。明朝有封事，數問夜如何〔三〕。（0524）

【校】

① 春宿左省，《文苑英華》題作「春夜宿左省」。

② 寑,《文苑英華》作「寐」,校:「集作寢。」 鑰,《文苑英華》作「鎖」,校:「集作鑰。」

**【注】**

黄鶴注:乾元元年(七五八)作。

〔一〕星臨句:庾肩吾《亂後經夏禹廟》:「月起吾山北,星臨天漢中。」《漢書·郊祀志》:「作建章宫,度爲千門萬户。」

〔二〕不寢二句:《唐六典》卷八門下省:「城門郎掌京城、皇城、宫殿諸門開闔之節,奉其管鑰而出納之。」卷一二内官尚宫局:「司闈掌宫闈管鑰之事。」張華《輕薄篇》:「文軒樹羽蓋,乘馬鳴玉珂。」《西京雜記》卷二:「自是長安始盛飾鞍馬,競加雕鏤,或一馬之飾直百金,皆以南海白蜃爲珂,紫金爲萼,以飾其上。」《唐六典》卷四尚書禮部百僚冠笏:「傘、幰、珂、珮各有差。」「珂,三品已上九子,四品七子,五品五子。」《宋史·儀衛志》:「馬珂之制,銅面,雕翎鼻拂,攀胸,上綴銅杏葉、紅絲拂。又胸前及腹下皆有攀,綴銅鈴,後有跋塵、錦包尾。」

〔三〕明朝二句:《漢書·宣帝紀》:「令群臣得奏封事,以知下情。」《新唐書·百官志》左補闕、左拾遺:「掌供奉諷諫,大事廷議,小則上封事。」《詩·小雅·庭燎》:「夜如何其,夜未央。」

## 送翰林張司馬南海勒碑① 相國製文〔一〕。

冠冕通南極,文章落上台〔二〕。詔從三殿去②〔三〕,碑到百蠻開。野館濃花發,

春帆細雨來。不知滄海上③，天遣幾時回〔四〕？（0525）

【校】

①司馬，宋本、錢箋校：「一云學士。」

②三殿，宋本、錢箋校：「一云天上。」

③上，宋本、錢箋校：「一作使。」《文苑英華》作「使」，校：「集作上。」

【注】

黃鶴注：梁權道編在乾元元年（七五八），亦從舊次耳。按《南詔傳》，玄宗詔何履光以兵定南詔境，立馬援銅柱乃還，蓋在天寶七載（七四八），恐是此時往勒碑。

〔一〕翰林張司馬：司空曙有《送翰林張學士嶺南勒聖碑》。黃鶴注：「《唐志》翰林無司馬，唯王府長史下有司馬一人……今題云『翰林張司馬』，豈非以司馬而居翰林之事？」「今題云『勒碑』，又是相國已製，則張非文詞經學之士明矣，殆鐫工之精者。」陶敏疑爲張漸。《全唐文補遺》第七輯《皇第五孫女墓志銘》：「署中大夫、行中書舍人、翰林院待制、上柱國張漸撰。」天寶十三載閏十一月葬。《舊唐書·楊國忠傳》：「國忠之党翰林學士張漸、竇華……憑國忠之勢，招來賂遺，車馬盈門，財貨山積。及國忠敗，皆坐誅滅。」若此詩乾元間作，則非其人。《新唐書·百官志》：「翰林院者，待詔之所也。唐制，乘輿所在，必有文詞、經學之士，下至卜醫伎術之流，皆直於別院，以備宴見，而文書詔令，則中書舍人掌之。自太宗時，名儒學士時時召以草制，然猶未有名號。乾封以後，始號北門學士。玄宗初，置翰林待詔，以張說、陸堅、張九齡爲之，掌四方表疏批答、應和文章。既而又以中書務劇，文書多壅滯，乃選文學之士，號翰林供奉，與集賢院學士分掌制詔書敕。」翰林待詔、供奉屬差遣，充其職者皆另有官銜。《新唐書・呂向傳》：「帝自爲文，勒石西岳，詔向爲鐫勒使。」姜宸英《湛園札記》卷四：「此雖權設，亦以士人爲之也。若是雜流，公不宜作詩送之。」南海勒碑：《舊唐書・地理志》：「廣州中都督府，隋南海郡。……天寶元年，改爲南海郡。乾元元年，復爲廣州。」杜詩南海，例指廣州。黄鶴注以南詔事當之，非是。此勒碑事疑與西原蠻有關。乾元初曾遣中使賜西原蠻詔書，約降。參卷六《自平》(0266)注。

〔二〕文章句：《太平御覽》卷二〇六引陶氏《職官要録》：「三台擬三公。黄帝以風后配上台，天老配中台，五聖配下台。」

〔三〕三殿：麟德殿。《南部新書》丙卷：「麟德殿三面，亦謂之三殿。」《雍録》卷四：「李肇《記》曰：翰林院在少陽院南，其東當三院。結鄰、鬱儀樓，即三院之東西廊也。」「三殿者，麟德殿也。一殿而三面，故名三殿也。三院即三殿也。」

〔四〕不知二句：《九家》趙注：「此句暗用《博物志》有人乘槎至海犯牛斗事。杜公每用，却多指爲張騫云。」見卷一《送孔巢父謝病歸游江東兼呈李白》(0026)注。黄生云：「蓋因其姓，因其使，使又往海上，用事精切，又雄渾不露。」

# 晚出左掖

晝刻傳呼淺，春旗簇仗齊〔一〕。退朝花底散，歸院柳邊迷〔二〕。樓雪融城濕，宫雲去殿低。避人焚諫草，騎馬欲雞栖〔三〕。朱仲卿車如雞栖馬如狗①〔四〕。（0526）

【校】

① 朱仲卿車如雞栖馬如狗，錢箋以此爲吴若本注。

【注】

黄鶴注：當是乾元元年（七五八）春在諫省作。

〔一〕晝刻二句：《藝文類聚》卷四九引《漢官解詁》：「衛尉，主宫闕之内……當出入者，案籍畢，復齒符，乃引内之也。其有官位得出入者，令執御者各傳呼前後以相通，從昏至晨，分部行夜。」陸倕《新刻漏銘》：「衛宏載傳呼之節，較而未詳。」《文選》李善注：「衛宏《漢舊儀》曰：夜漏起宫中，宫城門傳五伯官，直符行衛士，周廬擊木柝，歡呼備火。」《九家》趙注：「謂傳呼淺，則在晝不若夜之遠也。」簇，簇聚。見卷一《橋陵詩三十韻因呈縣内諸官》（0037）注。

〔二〕退朝二句：《雍録》卷八：「按《六典》，宣政殿前有兩廡，兩廡各自有門，其東曰日華，日華之東，則門下省也。以其地居殿廡之左，故又曰左省也。凡兩省官繫銜左者，如左散騎、左諫議、給事中，皆其屬也。西廡有門曰月華，月華之西即中書省也。凡繫銜爲右者，如右諫議、右常侍、中書舍人，則其屬也。……老杜詩曰：『退朝花底散，歸院柳邊迷』，其曰散者，分班而出東西，各歸其廨也。」龐元英《文昌雜録》卷四：「杜甫《紫宸退朝》詩云：『香飄合殿春風轉，花覆千官淑景移。』又《晚出左掖》云：『退朝花底散，歸院柳邊迷。』乃知唐朝殿亦種花柳。今殿庭惟對植槐楸，鬱鬱然有嚴毅之氣也。」

〔三〕避人二句：《晋書·羊祜傳》：「其嘉謀讜議，皆焚其草，故世莫聞。」《舊唐書·馬周傳》：「周臨終，索所陳事表草一帙，手自焚之，慨然曰：『管、晏彰君之過，求身後名，吾弗爲也。』」《後漢書·陳蕃傳》：「蕃友人陳留朱震……震字伯厚，初爲州從事，奏濟陰太守單匡臧罪，並連匡兄中常侍車騎將軍超。桓帝收匡下廷尉，以譴超，超詣獄謝。三府諺曰：車如雞栖馬如狗，疾惡如風朱伯厚。」顧炎武《日知録》卷二七引此，謂：「蓋欲效古人敝車羸馬之意。」「雞栖言車小也。余聞之張錦衣紀云。」

〔四〕錢箋引吴若本此注，謂：「按此詩爲『晚出左掖』，不如用『日之夕矣』爲當。」按，《漢書·朱邑傳》邑字仲卿，此注誤與伯厚淆。然其爲作者自注，當無疑。《詩·王風·君子于役》：「雞栖于塒，日之夕矣。」此用雞栖蓋兩涉。

## 曲江陪鄭八丈南史飲〔一〕

雀啄江頭黄柳花①，鵁鶄鸂鶒滿晴沙〔二〕。自知白髮非春事，且盡芳樽戀物華〔三〕。近侍即今難浪跡，此身那得更無家〔四〕。丈人文力猶强健②，豈傍青門學種瓜〔五〕。（0527）

【校】

① 黄柳，《文苑英華》作「杨柳」。

② 文，宋本、錢箋校：「刊作才。」《草堂》校：「卞圜刊作才。」《九家》、《文苑英華》作「才」。

【注】

黄鶴注：當是乾元元年（七五八）在諫省時作，時未貶華州司功也。

〔一〕鄭八丈南史：事跡未詳。《册府元龜》卷一三九《帝王部·旌表》：「（興元元年十二月）前起居舍人鄭南史爲司封員外郎……並朱泚時潛不仕也。」未知是否一人。

〔二〕鵁鶄句：《爾雅·釋鳥》：「鳽，鵁鶄。」注：「似鳧，脚高，毛冠。江東人家養之以厭火災。」左思

《吴都賦》：「鸂鶒鸕鷀。」《文選》劉逵注：「鸂鶒，水鳥也。色黄赤，有斑文，食短狐蟲，在水中，無毒。江東諸郡皆有之。」《駢雅》卷七：「鴛鴦、鸂鶒，匹鳥也。」《舊唐書・倪若水傳》：「（開元）四年，玄宗令宦官往江南采鵁鶄等諸鳥。」《開元天寶遺事》卷三：「五月五日，明皇避暑游興慶池，與妃子晝寢於水殿中。宫嬪輩憑欄倚檻，争看二鸂鶒戲於水中。」

〔三〕自知二句：《九家》趙注：「春事嬉游賞玩，皆年少之所宜，故白髮非春事矣。」劉孝綽《櫟口守風》：「華茵藉初卉，芳樽散緒寒。」謝靈運《撰征賦》：「怨物華之推斁，慨舟壑之遞遷。」

〔四〕近侍二句：江淹《雜體詩・張廷尉綽雜述》：「浪跡無蚩妍，然後君子道。」《文選》李善注：「浪，猶放也。」《九家》趙注：「今既復聚，故喜而曰『那得更無家』。」朱鶴齡注：「那得更無家，即笑爲妻子累意也。時已有去官之志。」仇注：「回念此身，更無家計可資。」浦起龍云：「洛陽舊宅當殘破之後，故曰無家。」按，那得即那能，亦即不得、不能。趙、朱注近是。

〔五〕丈人二句：見卷二《喜晴》(0077)「東門瓜」注。

## 送賈閣老出汝州〔一〕

西掖梧桐樹〔二〕，空留一院陰。艱難歸故里，去住損春心〔三〕。宫殿青門隔，雲山紫邏深〔四〕。人生五馬貴〔五〕，莫受二毛侵。（0528）

【注】

黃鶴注：至奔襄鄧在乾元二年三月，此詩在元年（七五八）春作，公是時在左掖。

〔一〕賈閣老：賈至。《新唐書·肅宗紀》：「（乾元二年三月）史思明殺安慶緒。東京留守崔圓、河南尹蘇震、汝州刺史賈至奔於襄鄧。」又見《册府元龜》卷四四三《將帥部·敗衄》。又至有《汝州刺史謝上表》。

〔二〕西掖句：西掖，中書省。《初學記》卷一一引應劭《漢官儀》：「左右曹受尚書事，前事文士，以中書在右，因謂中書爲右曹，又稱西掖。」至以中書舍人出守汝州。

〔三〕艱難二句：黃鶴注：「蓋至之父曾，河南洛陽人，而汝州唐屬河南道，與河南又爲鄰。」錢箋：「賈至本傳不載出守之故。杜有《別賈嚴二閣老》及《寄岳州兩閣老》詩。知其爲房琯黨也。琯與武尚未貶，而先出至者，以普安郡制置天下之詔，至實當制，故先去之也。岳州之謫，亦本於此。公詩有艱難去住之句，情見乎詞矣。」按，艱難謂國艱，去住言彼此二人。錢氏刻意深求，敲剥史實，未見其當。

〔四〕宫殿二句：青門，長安東門。見前詩注。《太平寰宇記》卷八汝州：「廢臨汝縣，在州西南六十里。本漢梁縣地。唐先天元年十二月割置縣，於今縣西南二十里紫邏川置。」《雲笈七籤》卷一一二：「鄭南海爲牧梁宋，其表弟進士劉生寓居汝州，有紫邏山，即神仙靈境也。」

〔五〕五馬：見卷四《冬狩行》（0194）注。

# 送鄭十八虔貶台州司户傷其臨老陷賊之故闕爲面别情見於詩〔一〕

鄭公樗散鬢成絲①，酒後常稱老畫師〔二〕。萬里傷心嚴譴日〔三〕，百年垂死中興時。蒼惶已就長途往②，邂逅無端出餞遲。便與先生應永訣，九重泉路盡交期③〔四〕。（0529）

【校】

①成，錢箋校：「一作如。」《草堂》作「如」。

②蒼惶，宋本、錢箋校：「一作伶俜。」

③路，宋本、錢箋校：「一作下。」

【注】

黄鶴注：當是至德二載（七五七）十二月作。

〔一〕鄭十八虔：見卷七《八哀詩・鄭公虔》（0336）注。《册府元龜》卷一五二《帝王部・明罰》：

「（至德二載）十二月，受賊僞官陳希烈、達奚珣等二百餘人並繫楊國忠宅，付三司推鞫。……是月，三司所推受賊僞官陳希烈等定六等罪，於尚書省集議，皆以爲極重刑之於市，與衆弃之；其次自盡及重杖一頓；其次三等皆流貶。」

〔二〕鄭公二句：《莊子・逍遥游》：「吾有大樹，人謂之樗，其大本擁腫而不中繩墨，其小枝卷曲而不中規矩。立之途，匠者不顧。」虞世南《奉和幸江都應詔》：「多幸沾行葦，無庸類散樗。」《舊唐書・閻立本傳》：「太宗嘗與侍臣學士泛舟於春苑，池中有異鳥，隨波容與。太宗擊賞，數詔座者爲詠，召立本令寫焉。時閣外傳呼云畫師閻立本。」

〔三〕萬里句：《後漢書・襄楷傳》：「嚴被譴讓。」宋之問《至端州驛見杜五審言》：「逐臣北地承嚴譴，謂到南中每相見。」

〔四〕九重句：蕭統《詠彈筝人》：「還作三洲曲，誰念九重泉。」

## 題鄭十八著作主人①〔一〕

台州地闊海冥冥②〔二〕，雲水長和島嶼青。亂後故人雙別淚③，春深逐客一浮萍④。酒酣懶舞誰相拽〔三〕，詩罷能吟不復聽。第五橋東流恨水，皇陂岸北結愁亭〔四〕。賈生對鵩傷王傅，蘇武看羊陷賊庭〔五〕。可念此翁懷直道⑤，也霑新國用輕

刑〔六〕。禰衡實恐遭江夏，方朔虛傳是歲星〔七〕。窮巷悄然車馬絶⑥，案頭乾死讀書螢〔八〕。（0530）

【校】

①主人，錢箋、《草堂》作「虔」，《九家》作「丈」。

②闊，宋本、錢箋、《草堂》校：「一作僻。」

③亂後，宋本、錢箋校：「一作繾綣。」

④春深，宋本、錢箋校：「一作飄颻。」

⑤翁，《草堂》作「公」。　懷，宋本、錢箋校：「一作常。」

⑥悄然，宋本、錢箋校：「一云一朝。」

【注】

黄鶴注：當是乾元元年（七五八）三月作。

〔一〕題鄭十八著作主人：王嗣奭《杜臆》：「遵岩云：此當是題其在京之故居，詳其謫居而及其被謫之由，結句乃其所居之感也，極是。余初疑『題』字誤，今知非誤也，但『題』下缺『故居』二字。」按，「主人」即就居所言，如劉長卿《逢雪宿芙蓉山主人》。或者不曉其義，而妄改爲虔、丈之類。

〔二〕台州句：《元和郡縣圖志》卷二六：「台州，臨海。……武德四年討平李子通，於臨海縣置海州，五年改海州爲台州，蓋因天台山爲名。……東至大海一百八十里。」

〔三〕酒酣句：《王梵志詩校注》〇〇五首：「忽起相羅拽，啾唧索租調。」《敦煌變文集・漢將王陵變》：「橫駝豎拽，到王陵面前。」

〔四〕第五二句：第五橋，見卷九《陪鄭廣文游何將軍山林十首》（0449）注。皇陂即皇子陂，見《重過何氏五首》（0460）注。王嗣奭《杜臆》：「虔所居與第五橋、皇子陂皆近，故引用。洙注以爲會別之地，誤矣。」

〔五〕賈生二句：對鵩，見卷七《八哀詩・李公邕》（0334）注。《漢書・蘇武傳》：「單于愈益欲降之，乃幽武置大窖中，絶不飲食。天雨雪，武卧齧雪與旃毛並咽之，數日不死。匈奴以爲神，乃徙武北海上無人處，使牧羝，羝乳乃得歸。……武既至海上，廩食不至，掘野鼠去草實而食之。杖漢節牧羊，卧起操持，節旄盡落。」

〔六〕可念二句：錢箋：「是時陷賊官以六等定罪，虔在次三等之數，貶台州司户，故曰『用輕刑』也。」

〔七〕禰衡二句：禰衡，見卷九《敬贈鄭諫議十韻》（0415）注。《太平御覽》卷五引《漢武故事》：「西王母使者至，東方朔死，上問使者，對曰：『朔是木帝精，爲歲星，下游人中以觀天下，非陛下臣也。』」《太平廣記》卷六《東方朔》（出《洞冥記》及《朔别傳》）：「武帝得此語，即召太王公問之曰：『爾知東方朔乎？』公對曰：『不知。』『公何所能？』曰：『頗善星曆。』帝問：『諸星皆具在否？』曰：『諸星具，獨不見歲星十八年，今復見耳。』帝仰天歎曰：『東方朔生在朕傍十八年，而不知是歲星哉。』」

〔八〕窮巷二句：車胤聚螢讀書，見卷七《奉酬薛十二丈判官見贈》（0324）注。

## 端午日賜衣〔一〕

宮衣亦有名，端午被恩榮〔二〕。細葛含風軟，香羅疊雪輕。自天題處濕〔三〕，當暑著來清。意内稱長短①，終身荷聖情②。（0531）

【校】

①意内稱，宋本、錢箋、《草堂》校：「一云恰稱身。」

②情，《九家》、《草堂》校：「一作明。」

【注】

黄鶴注：乾元元年（七五八）作。

〔一〕端午日賜衣：李嶠有《謝端午賜衣表》。常衮有《謝端午賜衣及器物等表》。參卷八《惜别行送向卿進奉端午御衣之上都》(0374)注。

〔二〕宮衣二句：王嗣奭《杜臆》：「鍾云：亦有名，有望外意。余謂公即以六月出華州，知時帝眷已衰，寓不平之感。」何焯云：「『有名』即所謂『自天題處濕』，衣有賜杜甫字也。」

〔三〕自天句：朱鶴齡注：「題謂題名衣上。」天題，謂御筆所題。

## 贈畢四曜〔一〕

才大今詩伯〔二〕，家貧苦宦卑。飢寒奴僕賤，顔狀老翁爲〔三〕。同調嗟誰惜〔四〕，論文笑自知。流傳江鮑體，相顧免無兒〔五〕。（0532）

【注】

黄鶴注：公在長安時贈之，當是乾元元年（七五八）。

〔一〕畢四：畢曜，見卷二《偪仄行》(0051)注。

〔二〕才大句：詩伯，參卷二《戲贈閿鄉秦少公短歌》(0083)「文章伯」注。

〔三〕飢寒二句：仇注引申涵光曰：「奴僕賤主、奴僕自賤與奴僕爲人所賤，三説俱通。」王延壽《王孫賦》：「顔狀類乎老公，軀體似乎小兒。」王嗣奭《杜臆》：「吾初讀顔狀老夫爲，意曜真老。後公在秦州時畢曜除監察，始知畢以飢寒憔悴，故顏狀致然，則可悲之甚。」

〔四〕同調句：謝靈運《七里瀨》：「誰謂古今殊，異代可同調。」

〔五〕流傳二句：《九家》趙注：「江謂江淹，鮑謂鮑照。師民瞻本『江鮑體』作『江左體』，亦是。言江左，則不止指二人。」鍾嶸《詩品》：江淹「文通詩體總雜，善於摹擬，筋力於王微，成就於謝朓。」鮑照「其源出於二張，善製形狀寫物之詞，得景陽之諔詭，含茂先之靡嫚。骨節强於謝混，驅邁疾於顏延。總四家而擅美，跨兩代而孤出。嗟其才秀人微，故取湮當代。」《朝野僉載》卷六：「時人語曰：『蘇瓌有子，李嶠無兒。』」趙注引此，謂：「意言各有子以傳世業，即非伯道無兒事。」《隋書·蘇威傳》：「子夔……少聰敏，有口辯。……楊素甚奇之，每戲威曰：『楊素無兒，蘇夔無父。』」曹慕樊引此。

## 酬孟雲卿〔一〕

樂極傷頭白，更長愛燭紅①〔二〕。相逢難衮衮②，告別莫怱怱〔三〕。但恐天河落，寧辭酒盞空〔四〕。明朝牽世務〔五〕，揮淚各西東。（0533）

**【校】**

① 長，錢箋校：「一作深。」

②難，錢箋校：「流俗本作雖。」《草堂》作「雖」。

【注】

黄鶴注：當是乾元元年（七五八）六月出爲華州司功將行時作。

〔一〕孟雲卿：見卷二《湖城東遇孟雲卿復歸劉顥宅宿宴飲散因爲醉歌》（0081）注。

〔二〕更長：見卷一《今夕行》（0009）注。

〔三〕相逢二句：《藝文類聚》卷四引《竹林七賢論》：「裴逸民叙前言往行，衮衮可聽。」《南史·梁宗室傳》：「童謡云：莫匆匆，且寬公。」

〔四〕但恐二句：鮑照《玩月城西門廨中》：「夜移衡漢落，徘徊帷幌中。」《吴聲歌曲·子夜歌》：「奉酒待相勸，酒還杯亦空。」吴均《别王謙》：「離歌玉絃絶，别酒金卮空。」

〔五〕明朝句：陸機《擬東城一何高》：「曷爲牽世務，中心若有違。」

## 奉贈王中允維〔一〕

中允聲名久，如今契闊深〔二〕。共傳收庾信，不比得陳琳〔三〕。一病緣明主，三年獨此心〔四〕。窮愁應有作，試誦白頭吟〔五〕。（0534）

【注】

黄鶴注：當是乾元元年（七五八）作。

〔一〕王中允：王維，《舊唐書·王維傳》：「禄山陷兩都，玄宗出幸。維扈從不及，爲賊所得。維服藥取痢，僞稱瘖病。禄山素憐之，遣人迎置洛陽，拘於普施寺，迫以僞署。禄山宴其徒於凝碧宫，樂工皆梨園弟子、教坊工人。維聞之悲惻，潛爲詩曰：『萬户傷心生野烟，百官何日再朝天。秋槐花落空宫裏，凝碧池頭奏管絃。』賊平，陷賊官三等定罪，維以《凝碧詩》聞於行在，肅宗嘉之，會縉請削己刑部侍郎以贖兄罪，特宥之，責授太子中允。乾元中，遷太子中庶子、中書舍人，復拜給事中，轉尚書右丞。」

〔二〕如今句：《詩·邶風·擊鼓》：「死生契闊，與子成説。」傳：「契闊，勤苦也。」釋文：「《韓詩》云：約束也。」繁欽《定情詩》：「何以致契闊，繞腕雙跳脱。」此亦作相約解。

〔三〕共傳二句：《周書·庾信傳》：「侯景作亂，梁簡文帝命信率宫中文武千餘人，營於朱雀航。及景至，信以衆先退，臺城陷後，信奔於江陵。梁元帝承制，除御史中丞。及即位，轉右衛將軍，封武康縣侯，加散騎常侍，來聘於我，屬大軍南討，遂留長安。」《三國志·魏書·陳琳傳》：「琳避難冀州，袁紹使典文章。袁氏敗，琳歸太祖。太祖謂曰：『卿昔爲本初移書，但可罪狀孤而已，惡惡止其身，何乃上及父祖邪？』琳謝罪，太祖愛其才而不咎。」《九家》趙注：「共傳收庾信，以言肅宗憐維，釋其死罪，止下遷太子中允」；「維聞悲甚，賦詩痛悼，則異乎陳孔璋在袁紹時詈及曹父祖矣。」錢箋：「以侯景比禄山，以子山比中允也」；「當時從逆之臣謗訕朝廷，如陳琳之爲袁紹檄狀曹公者多矣。維獨痛憤作詩，聞於行在，故曰『不比得陳琳』也。」王嗣奭《杜臆》：「陳琳本得罪於曹，故云『不比得陳琳』，言維本無罪。」仇注：「維初繫洛陽，而肅宗復用，與庾信之奔竄江陵、元帝收用者相似。維作《凝碧》詩，能不忘故主，與陳琳之爲紹草檄，後事魏武者不同。」按，「共傳」乃疑詞，當用庾信留周事。二句謂傳聞維受僞署，其實非同於陳琳之歸曹。

〔四〕一病二句：《九家》趙注：「維既以不欲污賊而病，其心三年唯在明主。」錢箋：「維一病三年，不當復責授中允，落句譏肅宗之失刑也。」仇注：「一病，指詐瘖事。三年，自天寶末至乾元初也。」錢箋屬無事生非。

〔五〕窮愁二句：《西京雜記》卷三：「相如將聘茂陵人女爲妾，卓文君作《白頭吟》以自絶，相如乃止。」《九家》趙注：「止言當老而吟賦爾。」仇注：「文君願一心不二，故借此喻維。」浦起龍云：「試索誦其哀吟，可灼知其不二。」

## 奉陪鄭駙馬韋曲二首〔一〕

韋曲花無賴，家家惱殺人〔二〕。渌樽雖盡日①，白髮好禁春②〔三〕。石角鉤衣破，藤枝刺眼新③。何時占叢竹，頭戴小烏巾〔四〕。（0535）

【校】

①渌，錢箋作「緑」。　雖，錢箋校：「一作須。」《草堂》本作「須」。

②禁，宋本、錢箋、《九家》、《草堂》校：「一作傷。」

③枝，宋本、錢箋、《九家》校：「一作蘿。」

【注】

黄鶴注：當是乾元元年（七五八）春作。仇注編入天寶十三載（七五四）作。

〔一〕鄭駙馬：黄鶴注：「駙馬即潛曜。」見卷九《鄭駙馬宅宴洞中》（0419）注。《雍録》卷七：「吕《圖》：韋曲在明德門外，韋后家在此，蓋皇子陂之西也。所謂『城南韋杜，相去尺五』者也。」張禮《游城南記》：「韋曲在韓鄭莊之北。堯夫，進士韋師賜之字也，世爲韋曲人。遠祖敻後周時居此，蕭然自適，與族人處玄及安定梁曠爲放逸之友，時人慕其閑素，號爲逍遥公。」

〔二〕韋曲二句：《方言》：「央亡、嚜杘、姡，獪也，江湘之間或謂之無賴，或謂之㺒。」《史記·高祖本紀》：「始大人常以臣無賴。」集解：「晋灼曰：許慎曰：賴，利也。無利入於家也。或曰江淮之間小兒多狡猾爲無賴。」江總詩：「惱殺未歸客，桃花壚眼醉。」李白《贈段七娘》：「千杯緑酒何辭醉，一面紅妝惱殺人。」

〔三〕禁：承受。本書卷一二《春水生二絶》（0738）：「一夜水高二尺强，數日不可更禁當。」卷一六《舍弟觀藍田取妻子至江陵喜寄三首》（1284）：「巡簷索共梅花笑，冷蕊疏枝半不禁。」《敦煌變文集·伍子胥變文》：「一寸愁腸似刀割，途中不禁淚沾襟。」《可洪音義》：「不禁，音今。力所不加也。」讀平聲。

〔四〕何時二句：占，據也。《魏書·穆崇傳》：「以占奪民田，免官爵。」張謂《官舍早梅》：「風光先占得，桃李莫相輕。」《增修禮部韻略》五十五艷：「占，章艷切。擅據也，著位也，固也。」《六書故》占：「又去聲。《漢書》曰：令商賈各以其物自占。今人因用爲占據之占。」《法書要録》卷一羊欣《采古來能書人名》：「吴時張弘好學不仕，常著烏巾，時人號爲張烏巾。」

野寺垂楊裏，春畦亂水間。美花多映竹，好鳥不歸山。城郭終何事，風塵豈駐顏。誰能共公子，薄暮欲俱還〔一〕。（0536）

**【注】**

〔一〕城郭四句：張説《錢本草》：「錢味甘，大熱有毒，偏能駐顏。」《九家》趙注：「言城中多風塵，徒催人老耳。」王嗣奭《杜臆》：「鳥猶知戀，而城郭風塵傷生伐性，薄暮而公子欲還，可以人而不如鳥乎？」浦起龍云：「爲公子汩於聲色下砭，正爲自己役於名利收韁也。」

## 寄左省杜拾遺

岑　參〔一〕

聯步趨丹陛，分曹限紫微。曉隨天仗入，暮惹御香歸。白髮悲花落，青雲羨鳥飛。聖朝無闕事，自覺諫書稀。

【注】

〔一〕岑參：見本卷岑參《同奉和賈至舍人早朝大明宫》注。黄鶴注：「今題云奉答岑參補闕，則是薦後除參補闕，亦可謂言聽矣。」

## 奉答岑參補闕見贈

窈窕清禁闥，罷朝歸不同。君隨丞相後，我往日華東①〔一〕。冉冉柳枝碧，娟娟花蘂紅〔二〕。故人得佳句，獨贈白頭翁②。（0537）

【校】

①往，宋本、錢箋、《九家》校：「一作住。」

②獨，宋本、錢箋校：「一作猶。」

【注】

黄鶴注：當是乾元元年（七五八）作。

〔一〕窈窕四句：黄鶴注：「當是岑補闕居右署，而公居左署，故不同。岑亦有『分曹限紫微』之句。」岑參官右補闕，屬中書省。參本卷《晚出左掖》（0526）注。

〔二〕娟娟句：鮑照《玩月城西門廨中》：「末映東北墀，娟娟似蛾眉。」王昌齡《齋心》：「紫葛蔓黄花，娟娟寒露中。」

# 送許八拾遺歸江寧覲省甫昔時常客游此縣於許生處乞瓦棺寺維摩圖樣志諸篇末〔一〕

詔許辭中禁，慈顔赴北堂①〔二〕。聖朝新孝理，祖席倍輝光②〔三〕。内帛擎偏重③〔四〕，宫衣著更香。淮陰清夜驛④，京口渡江航〔五〕。春隔雞人晝，秋期燕子

涼〔六〕。賜書誇父老，壽酒樂城隍⑤〔七〕。看畫曾飢渴，追蹤恨淼茫⑥。虎頭金粟影，神妙獨難忘〔八〕。（0538）

**【校】**

①赴，宋本、錢箋校：「樊作拜。」　詔許十字，宋本、錢箋、《九家》校：「一云天語辭中禁，家榮赴北堂。」

②祖席倍輝光，宋本、錢箋、《九家》校：「一云行子倍恩光。」

③內，宋本、錢箋、《草堂》校：「一作贈。」

④清，錢箋校：「一云新。」　清夜，宋本校：「一云續代。」

⑤「春隔」至「城隍」，宋本、錢箋、《九家》校：「一云竹引趨庭者，山添扇枕涼。十年過父老，幾日賽城隍。」

⑥恨，宋本、錢箋、《草堂》校：「一作限。」《九家》作「限」。

**【注】**

黃鶴注：當是乾元元年（七五八）作。

〔一〕許八：許登。岑參有《送許子擢第歸江寧拜親因寄王大昌齡》。錢箋：「在天寶元年告賜靈符上加尊號之日。此云許八拾遺，蓋擢第後十餘年官拾遺，又得覲省也。」賈至《授韋少游祠部員外郎等制》：「守右監門衛胄曹參軍許登，振藻揚采，穆如清風。……登可右拾遺。」陶敏考爲此人。岑參又有《送許拾遺恩歸江寧拜親》。劉長卿有《送許拾遺還京》。《元和郡縣圖志》卷二五潤州：「上元縣，緊。東北至州一百八十里。本金陵地。……至德二年，於縣置江寧郡，乾元元年改爲昇州，並置浙西節度使。上元二年廢昇州，仍改江寧爲上元縣。」《高僧傳》卷五《竺法汰傳》：「瓦官寺本是河内山玩公墓爲陶處，晋興寧中，沙門慧力啓乞爲寺，止有堂塔而已。及汰居之，更拓房宇，修立衆業，又起重門，以可地勢。」《景定建康志》卷四六：「崇勝戒壇院，即古瓦官寺，又爲昇元寺，在城西南隅。晋哀帝興寧二年，詔移陶官於淮水北，遂以南岸窑地施僧慧力，造瓦官寺。《舊志》曰瓦棺者非也。蓋據俗説云瓦棺寺之名起自西晋，時長沙城隅忽陸地生青蓮兩朵，民以聞官，掘得一瓦棺，見一僧形貌儼然，其花從舌根生。父老云昔有一僧，不説姓名，平生誦《法華經》萬餘部，臨死遺言曰以瓦棺葬之。遂以寺名爲瓦棺，而本於此。其説頗涉怪誕，縱果有此事，亦在長沙，於此無與也。」《歷代名畫記》卷五：「顧愷之，字長康，小字虎頭。……《京師寺記》云：興寧中，瓦棺寺初置，僧衆設會，請朝賢鳴刹注疏。其時，士大夫莫有過十萬者。既至，長康打刹注百萬。長康素貧，衆以爲大言。後寺衆請勾疏，長康曰宜備一壁，遂閉户往來一月餘。日所畫維摩詰一軀，工畢，將欲點眸子，乃謂寺僧曰：『第一日觀者請施十萬，第二日可五萬，第三日可任例責施。』及開户光照，一寺施者填咽，俄而得百萬錢。」

〔二〕慈顔句：潘岳《閑居賦》：「壽觴舉，慈顔和。」《儀禮·士昏禮》：「婦洗在北堂。」

〔三〕聖朝二句：仇注：「去年十一月迎上皇至京，是年正月又加上皇尊號，故曰『新孝理』。」《漢書·劉屈氂傳》：「丞相爲祖道，送至渭橋。」注：「師古曰：祖者送行之祭，因設宴飲焉。」沈佺期《夏日梁王席送張岐州》：「天人開祖席，朝寀候征麾。」

〔四〕内帛：參卷二《北征》(0052)「囊中帛」注。

〔五〕淮陰二句：《舊唐書·地理志》楚州：「天寶元年，改爲淮陰郡。乾元元年，復爲楚州。」潤州丹徒縣：「吳爲京口戍，晋置南徐州。隋爲延陵鎮，因改爲延陵縣。尋以蔣州之延陵、永年，常州之曲阿三縣置潤州。」《九家》趙注：「蓋往江寧經歷之地。」

〔六〕春隔二句：《周禮·春官·雞人》：「雞人掌共雞牲，辨其物。大祭祀，夜嘑旦，以嘂百官。」《九家》趙注：「方春而歸……其返以秋爲期也。」朱鶴齡注：「言拾遺春日辭朝，期以涼秋覲母。」

〔七〕壽酒句：《北齊書·慕容儼傳》：「城中先有神祠一所，俗號城隍神，公私每有祈禱。」《太平廣記》卷三〇三《宣州司户》(出《紀聞》)：「吳俗畏鬼，每州縣必有城隍神。」李陽冰《縉雲縣城隍神記》：「城隍神祀典無之，吳越有之，風俗水旱疾疫，必禱焉。」

〔八〕虎頭二句：吳曾《能改齋漫録》卷五：「《歷代名畫記》云顧愷之字長康，小字虎頭，晋陵無錫人。然予考《世説》，乃謂顧愷之爲虎頭將軍，每食蔗自尾至本，人或問，曰漸入佳境。則知虎頭非小字，《名畫記》之誤。」《藝文類聚》卷八七引《世説》有此，《九家》趙注已引。元黄之《潤州江寧縣瓦棺縣維摩詰畫像碑》亦謂：「瓦棺寺變相者，晋虎頭將軍顧愷之所畫也。」又《吳郡志》卷一七：「顧家橋，顧悌仕吳爲虎頭將軍，父亡五日絶漿而死。郡人爲之造橋。」錢箋、朱注均謂《漫録》未知所據，失考。金粟如來，維摩前身。吉藏《維摩經義疏》卷一：「有人言文殊師利本是龍種上尊佛，浄名即是金粟如來。相傳云金粟如來出《思惟三昧經》，今未見本。」

## 因許八奉寄江寧旻上人

不見旻公三十年，封書寄與淚潺湲〔一〕。舊來好事今能否，老去新詩誰與傳①？棊局動隨尋澗竹②，袈裟憶上泛湖船〔二〕。聞君話我爲官在〔三〕，頭白昏昏只醉眠。（0539）

【校】

① 與，宋本、錢箋、《草堂》校：「一作爲。」

② 尋，宋本、錢箋、《草堂》校：「一作幽。」《九家》作「幽」。

【注】

黄鶴注：當是乾元元年（七五八）作。

〔一〕不見二句：《楚辭·九歌·湘君》：「橫流涕兮潺湲，隱思君兮悱側。」王逸注：「潺湲，流貌。」

〔二〕棋局二句：袈裟，僧衣。《四分律》卷一：「剃髮被袈裟以信堅固，出家學道，精勤不懈，得阿羅漢。」何焯云：「上句杜尋旻，下句旻尋杜，二句即三十年舊來好事光景也。」

〔三〕在：語助，接於動詞或動詞短語後。《游仙窟》：「他家解事在，未肯輒相瞋。」《敦煌變文集·前漢劉家太子傳》：「遂有一童子，過在街坊。」

## 至德二載甫自京金光門出問道歸鳳翔乾元初從左拾遺移華州掾與親故別因出此門有悲往事①〔一〕

此道昔歸順，西郊胡正繁②〔二〕。至今殘破膽，應有未招魂③〔三〕。近得歸京邑，移官豈至尊④〔四〕。無才日衰老，駐馬望千門。（0540）

【校】

①問，宋本校：「樊作間。」錢箋校：「樊作間。」《九家》無此字。《草堂》作「開」，校：「一作間。」

②胡，宋本校：「一作騎。」正，錢箋校：「一作騎。」二校蓋有一誤。繁，宋本校：「一云煩。」《九家》、《草堂》作「煩」。

③殘，《草堂》校：「陳作猶。」　應，宋本、錢箋校：「一作猶。」《九家》作「猶」。

④得，宋本、錢箋校：「一作侍。」《草堂》作「侍」，校：「一作得。」　豈，宋本、錢箋校：「一作遠。」

**【注】**

黄鶴注：此詩作於乾元元年（七五八）六月，雖史不載移掾月日，而七月已有《代華州郭使君進滅寇狀》。

〔一〕金光門：《唐六典》卷七尚書工部京城：「西面三門，中曰金光，北曰開遠，南曰延平。」《長安志》卷七同。移華州掾：元稹《杜君墓係銘》：「拜左拾遺，歲餘，以直言失官，出爲華州司功，尋遷京兆功曹。」《舊唐書·杜甫傳》：「明年春，琯罷相，甫上疏言琯有才，不宜罷免。肅宗怒，貶琯爲刺史，出甫爲華州司功參軍。」《元和郡縣圖志》卷二：「華州，華陰四輔。……西至上都一百八十里。東至東都六百八十里。」按，甫至德二載間道竄鳳翔，故西出金光門。此蓋因與親故別又出此門，非往華州而出此門。

〔二〕此道二句：按，至德二載四月，郭子儀與王思禮軍合於西渭橋，進屯潏西，五月清渠兵敗，退保武功。杜甫約於四月自長安西竄。

〔三〕至今二句：破膽，見卷九《奉贈鮮于京兆二十韻》(0419)注。招魂，見卷二《彭衙行》(0070)注。

〔四〕近得二句：《分門》師曰：「甫陷禄山軍中，竄歸鳳翔，謁肅宗，故云歸順。後論房琯事，移華州司功，非出天子之意，蓋讒邪毁傷之也。」錢箋：「公上疏救房琯，詔三司推問，以張鎬力救，勅放就列。至次年，復與房琯、嚴武俱貶，坐琯黨也。此公事君交友、平生出處之大節。」琯罷相在至德二載五月，貶邠州刺史則在乾元元年六月，劉秩、嚴武等同貶。甫移華州掾亦在此時。

## 寄高三十五詹事 適〔一〕

安穩高詹事〔二〕，兵戈久索居。時來如宦達①，歲晚莫情疏〔三〕。天上多鴻雁，池中足鯉魚②〔四〕。相看過半百③，不寄一行書。（0541）

【校】

① 如，宋本、錢箋、《九家》、《文苑英華》校：「一作知。」

② 池，錢箋校：「一作河。」《文苑英華》作「河」，校：「集作池。」

③ 百，《文苑英華》作「月」，校：「集作百。」

【注】

黃鶴注：當是乾元元年（七五八）作。

〔一〕高三十五詹事：高適，見卷一《送高三十五書記》(0002)注。《舊唐書・高適傳》：「二年，永王璘起兵於江東，欲據揚州。初，上皇以諸王分鎮，適切諫，不可。及是永王叛，肅宗聞其論諫有素，召而謀之。適因陳江東利害，永王必敗。上奇其對，以適兼御史大夫、揚州大都督府長史、淮南節度使。詔與江東節度來瑱率本部兵平江淮之亂，會於安州。師將渡而永王敗，乃招季廣琛於歷陽。兵罷，李輔國惡適敢言，短於上前，乃左授太子少詹事。」《册府元龜》卷四四三《將帥部・敗衄》：「乾元二年三月壬申……與逆賊安慶緒戰於相州城下，官軍不利。……東京士庶驚恐，散投山谷，留守崔圓、河南尹蘇震、詹事高適、汝州刺史賈至百餘人，南奔襄鄧。」高適《酬裴員外以詩代書》：「留司洛陽宮，詹府唯蒿萊。」是高適除詹事留守東都。

〔二〕安穩句：《晉書・顧愷之傳》：「行人安穩，布帆無恙。」

〔三〕歲晚句：《禮記・表記》：「情疏而貌親，在小人則穿窬之盜也與？」

〔四〕天上二句：鴻雁，見卷九《遺興》(0488)注。《相和歌辭・飲馬長城窟行》：「客從遠方來，遺我雙鯉魚。呼兒烹鯉魚，中有尺素書。」

## 路逢襄陽楊少府入城戲呈楊員外綰甫赴華州日，許寄員外茯苓①〔一〕。

寄語楊員外，山寒少茯苓〔二〕。歸來稍暄暖②，當爲斸青冥〔三〕。翻動神仙窟③，封

題鳥獸形〔四〕。 兼將老藤杖，扶汝醉初醒④。（0542）

【校】

① 路逢襄陽楊少府入城戲呈楊員外綰甫赴華州日許寄員外茯苓，錢箋校：「一本戲題四韻附呈許員外爲求茯苓。」《文苑英華》作「路逢襄陽楊少府入京城戲題四韻附呈楊四員外綰甫赴華州日許員外爲求茯苓」。 宋本首個「楊」字漫漶，據錢箋補。 寄，宋本無此字，據錢箋補。

② 稍暄，宋本、錢箋、《九家》校：「一云候和。」

③ 動，宋本、錢箋校：「一作倒。」 神仙，錢箋校：「一作龍蛇。」《文苑英華》作「龍蛇」，校：「集作神仙。」

④ 汝，《文苑英華》校：「一作爾。」

【注】

黄鶴注：當是乾元元年（七五八）作。

〔一〕楊員外綰：楊綰，《舊唐書·楊綰傳》：「楊綰，字公權，華州華陰人也。……肅宗即位於靈武。綰自賊中冒難，披榛求食，以赴行在。時朝廷方急賢，及綰至，衆心咸悦，拜起居舍人、知制誥。歷司勳員外郎、職方郎中，掌誥如故。遷中書舍人，兼修國史。」

〔二〕山寒句：《唐六典》卷三户部關内道厥貢：「華州伏苓、伏神、細辛。」《通典》卷六《食貨·賦税》

諸郡每年常貢華陰郡：「伏苓三十八斤。」

〔三〕當爲句：《説文》：「斸，斫也。」段注：「木部有欘字，所以斫也。齊謂之兹其。蓋實一字。」仇注謂青冥爲樹色，引吴沅云：「偃蓋老松，下有茯苓，天色晴霽時，松下有青氣一股，斜注地邊，掘之可得茯苓。此即斸青冥之説也。」按，青冥謂天色，此指山高處。仇説迂。

〔四〕翻動二句：《淮南子·説山訓》：「千年之松，下有茯苓，上有兔絲。」《初學記》卷四引《太清諸草木方》：「九月九日采菊花與茯苓、松脂，久服之令人不老。」《政和證類本草》卷一二引陶隱居云：「自然成者大如三四升器，外皮黑細皺，内堅白，形如鳥獸龜鱉者良。」引《蜀本圖經》：「生枯松樹下，形塊無定，以似人龜鳥形者佳。今所在有大松處皆有，惟華山最大。」封題，封緘題識。《晉書·顧愷之傳》：「愷之見封題如初，但失其畫。」

## 題鄭縣亭子

鄭縣亭子澗之濱〔一〕，户牖憑高發興新。雲斷岳蓮臨大路①，天晴宫柳暗長春②〔二〕。宫名。巢邊野雀羣欺燕③，花底山蜂遠趁人〔三〕。更欲題詩滿青竹，晚來幽獨恐傷神。（0543）

【校】

①路，宋本、錢箋、《九家》校：「一作道。」

②晴，宋本、錢箋、《草堂》校：「一作清。」　宮，錢箋校：「一作官。」《草堂》作「官」。

③雀，錢箋校：「一作鵲。」《草堂》校：「一作鵲。或作鶴。」

【注】

黄鶴注：當是乾元元年（七五八）赴華州司功時作。

〔一〕鄭縣句：《元和郡縣圖志》卷二華州：「鄭縣，望。郭下。」陸游《老學庵筆記》卷六：「先君入蜀時，至華之鄭縣，過西溪。唐昭宗避兵嘗幸之。其地在官道旁七八十步，澄深可愛。亭曰西溪亭，蓋杜工部詩所謂『鄭縣亭子澗之濱』者。亭旁古松間支徑入小寺，外弗見也。」

〔二〕雲斷二句：《九家》趙注：「岳蓮，指言蓮花峰也。」見卷三《青陽峽》(0146)注。《詩話總龜》後集卷一八引《杜詩正異》：「大路，陝華間地名也。《晋書》：檀道濟從劉裕伐姚泓至潼關，姚鸞屯大路以絶道濟糧道。」《九家》趙注謂其穿鑿。朱鶴齡注引《通鑑》注：「自澠池西入關有兩路，南路由回谿阪，自漢以前皆由之。曹公惡南路之險，更開北路，遂以北路爲大路。」嚴耕望《唐代交通圖考》謂自陝城以東有所謂南北兩道。《通鑑》注所據爲《通典》卷一七七「永寧縣」文。《元和郡縣圖志》卷二同州朝邑縣：「長春宮，後周武帝置。隋大業十三年，高祖起義兵，自太原舍於此宮，休甲養士，而定京邑。」

〔三〕巢邊二句：《九家》趙注：「舊注云皆感時而作，非也。此道實事，而偶似讖耳。」趁，見卷三《青陽峽》(0146)注。

## 望岳

西岳崚嶒竦處尊①〔一〕，諸峰羅立如兒孫②。安得仙人九節杖，拄到玉女洗頭盆〔二〕。車箱入谷無歸路③，箭栝通天有一門④〔三〕。稍待秋風涼冷後⑤，高尋白帝問真源〔四〕。（0544）

【校】

① 崚嶒，宋本、錢箋校：「一云危稜。」《九家》校：「一云稜危。」

② 立，宋本、錢箋校：「一作列。」《九家》作「列」。　如，錢箋校：「一作似。」

③ 歸，宋本、錢箋、《草堂》校：「一作回。」

④ 栝，宋本校：「晋作閣。」錢箋校：「晋作閣。一作闕。」《草堂》校：「一作闕。」

⑤ 秋，錢箋作「西」，校：「吴作秋。」

【注】

黃鶴注：當是乾元元年（七五八）赴華州司功時作。

〔一〕西岳句：《元和郡縣圖志》卷二華州華陰縣：「太華山，在縣南八里。」沈約《游鍾山詩應西陽王教》：「鬱律構丹巘，崚嶒起青嶂。」

〔二〕安得二句：《太平御覽》卷七一〇引《劉根別傳》：「孝武皇帝登少室，見一女子以九節杖仰指日，閉左目，開右目，氣且絶，久乃蘇息。武帝使問之所行何事，女子不答。東方朔曰：婦人食日精者。」《太平廣記》卷五九《明星玉女》（出《集仙録》）：「明星玉女者，居華山，服玉漿，白日昇天。山頂石龜，其廣數畝，高三仞。其側有梯磴，遠皆見。玉女祠前有五石臼，號曰玉女洗頭盆。其中水色碧緑澄澈，雨不加溢，旱不減耗。」

〔三〕車箱二句：《太平寰宇記》卷二九華州華陰縣：「車箱谷，一名車水渦。在縣西南二十五里，去敷水谷七里。深不可測。祈雨者以石投之，其中有一鳥飛出，應時獲雨。」《九家》趙注引《華山記》：「箭栝峰上有穴，纔見天，攀緣自穴而上，有至絶處者。」然他書未見。《韓非子·外儲説左上》：「秦昭王令工施鉤梯而上華山，以松柏之心爲博，箭長八尺，棋長八寸，而勒之曰：昭王嘗與天神博於此矣。」錢箋引此。《水經注》河水南至華陰潼關：「自下廟歷列柏，南行十一里，東回三里，至中祠。又西南出五里至南祠，謂之北君祠。……從此南入谷七里，又屆一祠，謂之石養父母，石龕木主存焉。又南出一里至天井，井裁容人，穴空，迂回頓曲而上，可高六丈餘。山上又有微涓細水，流入井中，亦不甚沾人。上者皆所由陟，更無別路。欲出井望空視明，如在室窺窗也。」朱鶴齡注引此，謂與通天一門語甚合。又《初學記》卷五蓮峰與柏箭爲事對，朱注謂則箭栝乃「柏」字之訛耳。按，《水經注》所述列柏至天井相距甚遥，難言爲一事。

〔四〕稍待二句：《禮記·月令》：「立秋之日，天子親帥三公九卿、諸侯大夫迎秋於西郊。」注：「迎秋者，祭白帝白招拒於西郊之兆也。」《天中記》卷八引《洞天記》：「華山名太極總仙之天，即少昊爲白帝，治西岳，上應井鬼之精，下鎮秦地之分野。」劉孝儀《和昭明太子鍾山解講》：「回輿下重閣，降道訪真源。」

## 至日遣興奉寄北省舊閣老兩院故人二首①〔一〕

去歲茲辰捧御床，五更三點入鵷行〔二〕。欲知趨走傷心地②，正想氛氲滿眼香〔三〕。無路從容陪語笑③，有時顛倒著衣裳〔四〕。何人錯憶窮愁日④，愁日愁隨一線長⑤〔五〕。（0545）

**【校】**

① 故人，宋本、錢箋校：「一作補遺。」

② 地，《草堂》作「處」。

③ 語笑，《草堂》作「笑語」。

④ 憶，錢箋校：「一作認。」《草堂》作「認」。

⑤ 愁日愁隨一線長，宋本、錢箋校：「刊作日日愁隨一線長。」《九家》校：「一作白日愁隨一線長。」

## 【注】

黄鶴注：當是乾元元年（七五八）作。

〔一〕至日：《唐六典》卷七尚書工部大明宫：「丹鳳門内正殿曰含元殿……今元正、冬至於此聽朝也。」《唐會要》卷二四《受朝賀》：「（開元八年十一月十三日）敕：『自今以後，冬至日受朝，永爲常式。』至天寶三年十一月五日甲子冬至，敕：『……自今以後，冬至宜取以次日受朝，仍永爲常式。』」後永泰元年又改爲冬至日祭南郊後受朝賀。據此詩，則至德二載冬至日朝會。北省：中書、門下省。《通典》卷二一《職官·中書省》：「時謂尚書省爲南省，門下、中書爲北省，亦謂門下省爲左省，中書爲右省，或通謂之兩省。」兩院：見本卷《留别賈嚴二閣老兩院補闕》（0501）注。朱瀚斷此詩爲僞作，然據詩所記朝會事，他人斷難僞造。

〔二〕五更句：《唐六典》卷一〇秘書省挈壺正：「凡候夜漏以爲更點之節，每夜分爲五更，每更分爲五點，更以擊鼓爲節，點以擊鐘爲節。」《唐會要》卷七一《十二衛》：「（建中）二年閏二月八日敕：四月一日以後，五更二點放鼓契。九月一日以後，五更三點放鼓契。日出後二刻傳點，三刻進坐牌。」蓋冬至大朝會，故衆官五更三點即入朝。鵷行，指朝班。《隋書·樂志》北齊元會大饗歌《食舉樂》：「懷黄綰白，鵷鷺成行。」

〔三〕欲知二句：欲知，蔣紹愚謂有料想、已料之義。此與「正想」互文。朱鶴齡注：「趨走，言爲華州掾趨謁上官。」仇注：「近注謂趨走殿陛者，非。」引《官定後戲贈》「老夫怕趨走」爲證。按，仍當指殿陛。謂料想去年此日趨走之地，今辰正舉行朝會大禮。

〔四〕無路二句：《晋書·王嘉傳》：「滑稽好語笑。」劉孝綽《侍宴集賢堂應令》：「委坐陪瑶席，綢繆參宴笑。」仇注：「滿眼、陪笑，同列朝班。」《詩·齊風·東方未明》：「東方未明，顛倒衣裳。顛之倒之，自公召之。」箋：「挈壺氏失漏刻之節，東方未明而以爲明，故群臣促遽，顛倒衣裳。」亦言入朝。句意謂仍不時憶及入朝而致顛倒衣裳。仇注謂趨走、顛倒指參謁郡主，誤。

〔五〕何人二句：《荆楚歲時記》：「晋魏間宫中以紅綫量日影，冬至後日影添長一綫。」《格致鏡原》卷四九引《唐雜録》：「宫中以女工揆日長短，冬至後日晷漸長，較常日添一綫之工。」《九家》趙注：「蓋謂别人錯思我窮愁之日，殊不知我愁日之愁則隨一綫長。」王嗣奭《杜臆》：「得意之人，未必憶及窮愁，故云錯憶。」仇注：「《演義》以冬至陽長陰消，謂之愁盡日。此説無據。」今《蘇氏演義》無此文。

憶昨逍遥供奉班，去年今日侍龍顔①〔一〕。麒麟不動鑪烟上，孔雀徐開扇影

還〔二〕。玉几由來天北極②，朱衣只在殿中間〔三〕。孤城此日堪腸斷，愁對寒雲雪滿山③。（0546）

【校】

① 今日，《文苑英華》作「冬至」，校：「集作今日。」

② 几，宋本、錢箋校：「一作座。」《草堂》校：「一作坐。」

③ 雪，宋本、錢箋校：「一作白。」

【注】

〔一〕憶昨二句：《唐六典》卷二吏部郎中：「供奉官，謂侍中，中書令，左右散騎常侍，黄門、中書侍郎，諫議大夫，給事中，中書舍人，起居郎，起居舍人，通事舍人，左右補闕、拾遺，御史大夫，御史中丞，侍御史，殿中侍御史。」《史記·高祖本紀》：「高祖爲人，隆準而龍顔。」集解：「應劭曰：顔，頷顙也。齊人謂之顙，汝南淮泗之間曰顔。」

〔二〕麒麟二句：陳敬《陳氏香譜》卷四：「《晉儀禮》：大朝會，即鎮宫皆以金鍍九尺麒麟大爐。唐薛逢詩云『獸坐金床吐碧烟』是也。」《百家注》趙注：「麒麟者，香爐之狀也。」《唐六典》卷一一殿中省尚輦局：「凡繖扇，大朝會則繖二翰一，陳之於庭。孔雀扇一百五十有六，分居左右。舊翟尾扇，開元初改繡孔雀以省。」《唐會要》卷二四《朔望朝參》：「開元中，蕭嵩奏：『每月朔望，皇帝受朝於宣政殿……臣以爲宸儀肅穆，升降俯仰，衆人不合得而見之，乃請備羽扇於殿兩廂，上將出，所司承旨索扇，扇合，上座定，乃去扇。給事中奏無事，將退，又索扇如初。』令以常式。」

〔三〕玉几二句：《書·顧命》：「敷重篾席，黼純，華玉仍几。」傳：「華玉以飾憑几。」《漢書·西域傳》：「天子負黼依，襲翠被，馮玉几，而處其中。」《唐會要》卷二四《朔望朝參》：「開元二十五年，御史大夫李通奏：『每至冬至，及緣大禮，應朝參官並六品清官並服朱衣，餘六品以下許通著袴褶。如有繆故，准式不合著朱衣袴褶者，其日聽不入朝。自餘應合著而不著者，請奪一月俸，以懲不恪。』制曰：『可。』」

## 得弟消息二首〔一〕

近有平陰信〔二〕，遥憐舍弟存。側身千里道，寄食一家村〔三〕。烽舉新酣戰，啼垂舊血痕〔四〕。不知臨老日，招得幾人魂①。（0547）

**【校】**

①人，宋本、錢箋校：「一作時。」

【注】

黃鶴注：梁權道編此詩在乾元元年華州詩內，然詩云「兩京三十口」，殆是在京師作，是天寶十五載（七五六）避賊時作。按，詩云「烽舉新酣戰」，當指鄴城之戰。或作於乾元二年（七五九）。

〔一〕弟：杜穎。見本卷《憶弟二首》（0511）注。

〔二〕近有句：《元和郡縣圖志》卷一〇鄆州：「平陰縣，上。西南至州一百二十里。……大業二年移於今理，仍改名平陰，屬濟州。天寶十三載，州廢，縣割隸鄆州。」

〔三〕寄食句：《史記・淮陰侯列傳》：「常數從其下鄉南昌亭長寄食。」

〔四〕啼垂句：《說苑・權謀》：「下蔡威公閉門而哭，三日三夜，泣盡而繼以血。旁鄰窺牆而問之曰：『子何故而哭悲若此乎？』對曰：『吾國且亡。』」

汝懦歸無計，吾衰往未期。浪傳烏鵲喜，深負鶺鴒詩〔一〕。生理何顏面，憂端且歲時。兩京三十口，雖在命如絲〔二〕。（0548）

【注】

〔一〕浪傳二句：《西京雜記》卷三：「乾鵲噪而行人至，蜘蛛集而百事喜。」《詩・小雅・常棣》：「脊令在原，兄弟急難。」傳：「脊令，雝渠也。飛則鳴，行則搖，不能自舍耳。急難，言兄弟之相救於急難。」

〔二〕雖在句：《後漢書·劉茂傳》：「臣爲賊所圍，命如絲髮。」謝靈運《初發石首城》：「寸心若不亮，微命察如絲。」

## 秦州雜詩二十首〔一〕

滿目悲生事，因人作遠游〔二〕。遲回度隴怯〔三〕，浩蕩及關愁①。水落魚龍夜，山空鳥鼠秋②〔四〕。西征問烽火，心折此淹留〔五〕。（0549）

**【校】**

① 及，宋本、錢箋、《九家》、《草堂》校：「一作入。」

② 空，宋本、錢箋校：「一作通。」

**【注】**

黃鶴注：當是乾元二年（七五九）秋作。

〔一〕秦州：見卷三《發秦州》（0140）注。

〔二〕滿目二句：《分門》師曰：「因琯有此游也。」仇注引顧注：「關輔大饑，生事艱難，故依人遠游，非謂因房琯而致此遠游。」浦起龍云：「因人之人，或即指任佐。」聞一多《會箋》采其說。按，甫至秦隴必有入幕之打算，佐非其所望之人。

〔三〕遲回句：度隴，見卷三《青陽峽》(0146)注。《元和郡縣圖志》卷二隴州汧源縣：「大震關在州西六十里，後周置。漢武至此遇雷震，因名。」

〔四〕水落二句：《水經注》渭水：「(汧)水有二源，一水出(汧)縣西山，世謂之小隴山，岩障高險，不通軌轍。故張衡《四愁詩》曰：『我所思兮在漢陽，欲往從之隴坂長。』其水東北流，歷澗，注以成淵，潭漲不測。出五色魚，俗以爲靈，而莫敢采捕，因謂是水爲龍魚水，自下亦通謂之龍魚川。」《太平寰宇記》卷三二隴州引《水經注》作「魚龍川」。《舊唐書·太宗紀》：「(貞觀四年)冬十月壬辰，幸隴州。……十三日，校獵於魚龍川。」《水經注》渭水：「水出鳥鼠山渭水谷，《尚書·禹貢》所謂『渭出鳥鼠』者也。」《元和郡縣圖志》卷三九渭州：「鳥鼠山，今名青雀山，在縣西七十六里。渭水所出，凡有三源，並下。其同穴鳥如家雀，色小青。其鼠如家鼠，色小黃。」姚寬《西溪叢語》卷上：「老杜：『水落魚龍夜，山空鳥鼠秋。』陸農師引《水經》：魚龍以秋日爲夜。按，龍秋分而降，則蟄寢於淵。龍以社日爲夜，豈謂是乎？又，鳥獸同穴者，鼠與鳥爲雌雄，似鼠而尾短，在內，鳥在外。魚龍，水名。鳥鼠，山名。鳥鼠秋而魚龍夜，是詩兩句而含三事也。」葉矯然《龍性堂詩話》初集：「老杜『水落魚龍夜，山空鳥鼠秋』，即岑參『魚龍川北磐溪雨，鳥鼠山西洮水雲』。魚龍、鳥鼠皆地名，解魚龍以秋爲夜者，鑿矣。」

〔五〕心折句：江淹《别賦》：「使人意奪神駭，心折骨驚。」《文選》李善注：「亦互文也。」

秦州山北寺①，勝跡隗囂宫②〔一〕。苔蘚山門古③，丹青野殿空。月明垂葉露，雲逐渡溪風。清渭無情極，愁時獨向東〔二〕。（0550）

【校】

① 山，宋本、錢箋、《草堂》校：「一作城。」《九家》、《文苑英華》作「城」。

② 勝跡，宋本、錢箋校：「一云傳是。」

③ 古，宋本、錢箋校：「一作故。」

【注】

〔一〕秦州二句：《元和郡縣圖志》卷三九秦州伏羌縣：「後漢隗囂自稱西伯，都於此。」《方輿勝覽》卷六九天水軍：「麥積山……山之北曰雕窠谷，又有隗囂避暑宫，對面瀑布瀉出於蒼崖之間，亦勝景也。」又引此詩：「隗囂據隴西天水郡，寺即其故居。」

〔二〕清渭二句：《元和郡縣圖志》卷三九秦州上邽縣：「渭水，在縣北十三里，西自伏羌縣界流入。」

州圖領同谷，驛道出流沙〔一〕。降虜兼千帳〔二〕，居人有萬家。馬驕珠汗落①，

胡舞白蹄斜②〔三〕。年少臨洮子③，西來亦自誇〔四〕。（0551）

【校】

①珠，錢箋、《草堂》校：「一作朱。」

②蹄，宋本、錢箋校：「一作題。」《九家》、《草堂》作「題」，《九家》校：「一作蹄。」

③子，宋本、錢箋、《草堂》校：「一作至。」

【注】

〔一〕州圖二句：同谷，見卷二《送韋十六評事充同谷郡防禦判官》（0088）注。《舊唐書・地理志》秦州中都督府：「天寶元年，改爲天水郡。依舊都督府，督天水、隴西、同谷三郡。」《唐六典》卷三户部郎中：「隴右道……東接秦州，西逾流沙，南連蜀及吐蕃，北界朔漠。」《元和郡縣圖志》卷四〇甘州張掖縣：「居延海，在縣東北一百六十里，即居延澤，古文以爲流沙者，風吹流行，故曰流沙。」

〔二〕降虜：指党項等族内附部落。見卷二《遣興三首》（0095）注。

〔三〕馬驕二句：《梁書・裴子野傳》：「是時西北徼外有白題及滑國，遣使由岷山道入貢。……子野曰：『漢潁陰侯斬胡白題將一人。服虔注云：白題，胡名也。……此其後乎。』」《九家》杜《補遺》引此。趙注：「服虔注云：謂之白題，題者額也。其俗以白塗其額，故以此得名。舞則頭偏，頭偏則白題亦斜矣。」似以「題者額也」三句爲服虔注，然他書未見。張邦基《墨莊漫録》卷二引裴子野言，謂：「予常疑之。蓋白題胡名，對珠汗似無意。後見李長民元叔云：在京師圍城中，戎入城，有胡人風吹氊笠墮地，後告云落下白題。其胡下馬拾之。始悟白題乃胡人謂氊笠子也。子美所謂『胡舞白題斜』，胡人多爲旋舞，笠之斜似乎謂此也。」朱鶴齡注謂白題胡如黑齒、雕題之類。何焯謂作白蹄亦得，引《詩》「有豕白蹢」箋：「四蹄皆白曰駭。」「則白蹄其尤躁疾者。」

〔四〕年少二句：《元和郡縣圖志》卷三九：「洮州，臨洮。……開元十七年廢入岷州。二十年於臨潭又置臨州，二十七年又改爲洮州。廣德元年陷於西蕃。」同卷鄯州：「開元二十一年置隴右節度使……備西戎。統臨洮軍，開元中移就節度衙置，管兵五萬五千人，馬八千四百匹。」《舊唐書·地理志》洮州：「天寶元年，改爲臨洮郡。管密恭縣，党項部落也，寄治州界。乾元元年，復爲洮州。」《九家》趙注：「洮州在秦州之西，故云『西來亦自誇』，誇其年少耳。」按，此「臨洮子」當爲洮州人或臨洮軍人，然必是内附部落，與前言降虜、胡舞相應。

鼓角緣邊郡，川原欲夜時。秋聽殷地發，風散入雲悲。抱葉寒蟬静，歸來獨鳥遲①。萬方聲一概②，吾道竟何之〔一〕？（0552）

【校】

① 來，宋本、錢箋校：「一作山。」《九家》、《草堂》作「山」。

② 方，宋本、錢箋校：「一作年。」

【注】

〔一〕萬方二句：《九家》趙注：「時東有安史之亂，西有吐蕃之警，故曰『萬方聲一概』。」《楚辭·九章·懷沙》：「同糅玉石兮，一概而相量。」陶淵明《乞食》：「飢來驅我去，不知竟何之。」

南使宜天馬〔一〕，由來萬匹强。浮雲連陣没，秋草偏山長①〔二〕。聞説真龍種，仍殘老驌驦②〔三〕。哀鳴思戰鬬，迥立向蒼蒼。（0553）

【校】

① 偏，宋本、錢箋、《草堂》校：「一作滿。」

② 仍殘，宋本、錢箋、《草堂》校：「一云空餘。」

【注】

〔一〕南使句：《史記·大宛列傳》：「初，天子發書易，云神馬當從西北來。得烏孫馬好，名曰天馬。

及得大宛汗血馬，益壯，更名烏孫馬曰西極，名大宛馬曰天馬云。」《草堂》夢弼注：「或曰南使乃沙苑別名。唐置牧馬監。」説未詳。仇注從張遠改西使，引張騫事，大謬。錢箋引《水經注》馬池水「謂之龍淵水」事，然非此詩所謂。鄭文謂指唐之監牧南使，是。《唐六典》卷五駕部郎中：「監牧六十有五焉，皆分使而統之。南使十五監，西使十六監，北使七監，東使九監，鹽州使八監，嵐州使三監。」《新唐書·百官志》：「麟德中，置八使，分總監坊。秦、蘭、原、渭四州及河曲之地，凡監四十有八：南使有監十五，西使有監十六，北使有監七，鹽州使有監八，嵐州使有監二。」張説《隴右監牧頌德碑》：「置八使以董之，設四十八監以掌之，跨隴西、金城、平涼、天水四郡之地，幅員千里，猶爲隘狹。更析八監，布於河曲豐曠之野，乃能容之。」秦州當四州之南，故爲南使諸監之地。

〔二〕浮雲句：朱鶴齡注引《西京雜記》文帝良馬九匹「一曰浮雲」。錢箋謂指是年三月，九節度之師潰於鄴城，戰馬萬匹惟存三千。

〔三〕聞説二句：龍種，見卷一《天育驃騎歌》(0013)注。驌驦，見卷一《沙苑行》(0038)注。《九家》趙注：「所餘之驌驦，以遺而不用於戰，故哀鳴思戰鬭也。豈非公自況耶？」朱鶴齡注謂其説鑿。

城上胡笳奏，山邊漢節歸〔一〕。防河赴滄海，奉詔發金微①〔二〕。士苦形骸黑，

旌疏鳥獸稀②。那聞往來戍③，恨解鄴城圍〔三〕。（0554）

【校】

①微，宋本、錢箋校：「一作徽。」

②旌，錢箋校：「一作林。」

③聞，宋本、錢箋校：「一作堪。」《九家》、《草堂》作「堪」，《草堂》校：「舊作聞。」

【注】

〔一〕城上二句：胡笳，見本卷《喜達行在所三首》（0497）注。《九家》趙注：「胡笳奏，言用兵以禦吐蕃也。時吐蕃既侵陷州郡，又欲請和，而爲之通使也。」

〔二〕防河二句：《九家》趙注：「吐蕃雖旋請和，而出入不常，則河又不可不防矣。滄海豈指青海耶？」朱鶴齡注引《博物志》「東海稱渤海，又謂之滄海」，謂：「時發金微之卒防禦河北，非防河西也。」《舊唐書·李忠臣傳》：「至德二載正月……防河招討使李銑承制以忠臣爲德州刺史。屬史思明歸順，河南節度張鎬令忠臣以兵赴鄆州，與諸軍使收河南州縣。」《唐會要》卷八〇《謚法》蘇端駁太常贈司徒楊綰謚議：「使防河之人，家聞采䓴之歎。」是當時亦指防禦河北河南。《舊唐書·僕固懷恩傳》：「貞觀二十年，鐵勒九姓大首領率其部來降，分置瀚海、燕然、金微、幽陵等九都督府於夏州，别爲蕃州以禦邊。」《突厥傳》：「瀚海都護領瀚海、金微、新黎等七都督，仙蕚、賀蘭等八州，各以其首領爲都督、刺史。」當從朱注。

〔三〕那聞二句：鄴城圍，見卷二《新安吏》(0060)注。《九家》趙注：「西邊既苦吐蕃之戰，而鄴城之圍既圍復解，史賊猶未平，則役戍疲於往來，所以爲恨。」按，詩亦憂慮於邊兵盡抽調東征而西部空虛，故致恨於鄴城之敗。參卷二《塞蘆子》(0069)注。

莽莽萬重山，孤城山谷間①。無風雲出塞，不夜月臨關〔一〕。屬國歸何晚，樓蘭斬未還〔二〕。烟塵獨長望②，衰颯正摧顔③。(0555)

【校】

① 山，宋本、錢箋、《九家》、《草堂》校：「一作石。」

② 獨，宋本、錢箋、《草堂》校：「一作一。」《九家》作「一」。

③ 摧，宋本、錢箋校：「一云催。」

【注】

〔一〕無風二句：邵博《邵氏聞見後録》卷一八：「王子韶云『無風』谷名，『不夜』城名，嘗親至其地。」《九家》趙注：「或曰今秦州有無風寨、不夜城，蓋亦後人因杜詩而爲之名也。」錢箋引《齊地記》「古者有日夜出」，已見《能改齋漫録》，非杜詩所謂。

〔二〕屬國二句：《漢書·百官公卿表》：「典屬國，秦官，掌蠻夷降者。」《昭帝紀》：「移中監蘇武前使匈奴，留單于庭，十九歲乃還，奉使全節，以武爲典屬國。」樓蘭，見卷四《憶昔二首》(0192)「傅介子」注。《九家》趙注：「公之意尚怒吐蕃或叛或欲和，而思使者斬之也。」

閒道尋源使〔一〕，從天此路回。牽牛去幾許，宛馬至今來〔二〕。一望幽燕隔，何時郡國開〔三〕？東征健兒盡〔四〕，羌笛暮吹哀。(0556)

【注】

〔一〕聞道句：《九家》趙注：「時遣使與吐蕃和，云『尋源使』，則借張騫以爲言也。《博物志》載乘槎事，以爲後漢時人，而公屢使作張騫。梁庾肩吾《奉使江州船中七夕》詩曰：『漢使俱爲客，星槎共逐流。』亦以漢使貼星槎事使。蓋《因話録》所謂詩家承襲也。」《史記·大宛列傳》：「漢使窮河源。」參卷一《謝孔巢父謝病歸游江東兼呈李白》(0026)注。

〔二〕宛馬句：宛馬，見卷一《高都護驄馬行》(0012)注。《九家》趙注：「則望吐蕃既和而西域皆通貢也。」

〔三〕一望二句：朱鶴齡注：「時河北幽薊諸州皆陷史思明。」郡國開，謂何時收復幽燕而重爲郡縣。

〔四〕東征句：朱鶴齡注：「健兒盡，亦謂鄴城之敗。」

今日明人眼，臨池好驛亭。叢篁低地碧，高柳半天青。稠疊多幽事，喧呼閲使星〔一〕。老夫如有此，不異在郊坰〔二〕。（0557）

【注】

〔一〕稠疊二句：謝靈運《過始寧墅》：「岩峭嶺稠疊，洲縈渚連綿。」《後漢書・李郃傳》：「和帝即位，分遣使者，皆微服單行。……郃因仰觀，問曰：『二君發京師時，寧知朝廷遣二使邪？』二人默然，驚相視曰：『不聞也。』問何以知之？郃指星示云：『有二使星向益州分野，故知之耳。』」《九家》趙注：「指往來使吐蕃者。」

〔二〕老夫二句：郊坰，見卷七《奉酬薛十二丈判官見贈》(0324)注。《百家注》趙注：「老夫若有此亭景，則如在郊坰矣。」按，指長安。

雲氣接崑崙，涔涔塞雨繁〔一〕。羌童看渭水，使客向河源①〔二〕。烟火軍中幕，牛羊嶺上村。所居秋草浄，正閉小蓬門。（0558）

【校】

①使，宋本、錢箋校：「一作估。」　向，錢箋校：「一作尚。」《草堂》作「尚」，校：「一作向。」

【注】

〔一〕雲氣二句：崑崙，見卷一《白水縣崔少府十九翁高齋三十韻》(0042)注。潘尼《苦雨賦》：「瞻中塘之浩汗，聽長霤之涔涔。」《增修禮部韻略》：「涔涔，雨多貌。」

〔二〕羌童二句：《九家》趙注謂似指吐蕃之兵窺覷渭水。按，當指党項内附部落。見前「降虜」注。向河源，見前「尋源使」注。

蕭蕭古塞冷，漠漠秋雲低①。黄鵠翅垂雨，蒼鷹飢啄泥。薊門誰自北，漢將獨征西〔一〕。不意書生耳②，臨衰厭鼓鞞③〔二〕。(0559)

【校】

① 雲，《九家》作「風」，校：「一作雲。」《草堂》校：「一作風。」

② 耳，宋本、錢箋校：「一作眼。」

③ 厭，宋本、錢箋、《九家》、《草堂》校：「一作見。」

【注】

〔一〕薊門二句：曹植《艷歌行》：「出自薊北門，遥望胡地桑。」鮑照《代出自薊北門行》：「時危見臣節，世亂識忠良。」《九家》趙注：「誰自北，則公問收復燕薊者誰也。」《後漢書·馮異傳》：「拜異爲征西大將軍。……於是北地諸豪長耿定等，悉畔隗囂降。」仇注：「吐蕃在邊，尚遺征西之將。」

〔二〕臨哀句：鼓鞞，見卷二《無家别》(0065)注。沈佺期《雜詩三首》：「何苦朝鮮郡，年年事鼓鼙。」劉長卿《奉陪鄭中丞自宣州解印》：「跡遠親魚鳥，功成厭鼓鼙。」

山頭南郭寺①，水號北流泉〔一〕。老樹空庭得，清渠一邑傳〔二〕。秋花危石底，晚景臥鍾邊②。俛仰悲身世〔三〕，溪風爲颯然③。(0560)

【校】

① 南，宋本、錢箋、《草堂》校：「一云東。」

② 邊，宋本、錢箋、《九家》、《草堂》校：「一作前。」

③ 颯，錢箋、《草堂》、《九家》校：「一作肅。」

【注】

〔一〕山頭二句：《元和郡縣圖志》卷三九秦州：「郡前有湖水，冬夏無增減，取天水名，由此湖也。」《太平寰宇記》卷一五〇秦州天水縣引《秦州記》：「縣界無山，有水一派，北流入長道縣界。」錢箋引此，然未引「縣界無山」一句，似與詩言「山頭」不合。

〔二〕清渠句：朱鶴齡注引《唐書》秦州清水縣及《水經注》「清水導源東北隴山」，疑清渠即此水。然據《元和郡縣圖志》，清水縣「西南至州一百二十五里」，似不能與首二句牽合爲一。

〔三〕俛仰：同俯仰。班固《西都賦》：「方舟並騖，俯仰極樂。」《文選》李善注：「《莊子》曰：俛仰之間。杜預《左氏傳注》曰：俛，俯也。音免。」盧諶《贈劉琨》：「瞻彼日月，迅過俯仰。」

傳道東柯谷〔一〕，深藏數十家。對門藤蓋瓦，映竹水穿沙。瘦地翻宜粟，陽坡可種瓜〔二〕。船人近相報，但恐失桃花〔三〕。（0561）

**【注】**

〔一〕傳道句：《千家注》趙傁曰引《天水圖經》：「秦州隴城縣有杜工部故居及工部侄佐草堂，在東柯谷之南，麥積山瑞應寺上。」陸友仁《研北雜志》卷下：「杜子美舊居在秦州東柯谷，今爲寺，山下有大木，至今呼爲子美樹。」《甘肅通志》卷六秦州：「秦亭山，在州東南五十里，左有永豐山，中則東柯谷。山亘四十里，上有秦亭，下爲秦谷。」「東柯谷，在州東南六十里。杜甫詩『傳道東柯谷』，即此。」

〔二〕瘦地二句：《九家》趙注：「種粟當在肥地，而瘦地翻自宜粟，言東柯谷中之地無不好者。」「種瓜正要日照。」《齊民要術·種穀》：「地勢有良薄，良田宜種晚，薄田宜種早。良地非獨宜晚，早亦無害。薄地宜早，晚必不成實也。」麥非良地則不須種，而粟薄地亦宜。

〔三〕船人二句：《九家》趙注：「意以東柯谷爲桃源也。船人報恐失桃花，則公欲往不往之際矣。舊注以爲桃花水，誤矣。」

萬古仇池穴，潛通小有天〔一〕。神魚人不見，福地語真傳〔二〕。近接西南境，長懷十九泉〔三〕。何時一茅屋①，送老白雲邊。（0562）

【校】

①時，錢箋校：「一作當。」《草堂》作「當」。

【注】

〔一〕萬古二句：仇池，見卷二《送韋十六評事充同谷郡防禦判官》（0088）注。蘇軾《和桃花源詩》序：「余在潁州，夢至一官府，人物與俗間無異，而山川清遠，有足樂者。顧視堂上，榜曰仇池。覺而念之：仇池武都氏故地，楊難當所保，余何爲居之？明日以問客，客有趙令時德麟者曰：公何爲問此？此乃福地小有洞天之附庸也。杜子美蓋云：『萬古仇池穴，潛通小有天。』……他日工部侍郎王欽臣仲至謂余曰：吾嘗奉使過仇池，有九十九泉，萬山環之，可以避世，如桃源也。」《雲笈七籤》卷二七《天地宮府圖·十大洞天》：「第一王屋山洞，周回萬里，號曰小有清虚之天。」

〔二〕神魚二句：《草堂》夢弼注：「世説仇池有地穴通小有洞中，出神魚，食之者仙。經十九靈泉也。」《雲笈七籤》卷二七：「太上曰：其次七十二福地，在大地名山之間。上帝命真人治之，其間多得道之所。」

〔三〕近接二句：上句謂仇池接秦州西南境。《甘肅通志》卷二三成縣：「仇池故城在西和之南，成縣之北，相去各百里。其山四面斗絶，稜角外向，自成城郭樓櫓之狀。上有羊腸盤道三十六回，其上有平地，方二十餘里，田百頃，泉九十九源，亦名百頃城。」《明一統志》卷三五鞏昌府：「十九泉，在成縣南。」引此詩。朱鶴齡注：「王仁裕《入洛記》亦云：仇池有甘泉百孔。此云十九泉，豈舉其最勝者耶？」仇注：「此云十九泉，乃詩家省字之法。」朱鶴齡注：「前詩聞東柯谷之勝而欲卜居，此述仇池穴之勝而欲卜居也。觀卒章『讀記憶仇池』，則前六句皆是引記中語。」

未暇泛滄海，悠悠兵馬間。塞門風落木①，客舍雨連山。阮籍行多興②，龐公隱不還〔一〕。東柯遂疏懶③，休鑷鬢毛班〔二〕。（0563）

【校】

① 塞門風落木，錢箋、《九家》、《草堂》校：「一云塞風寒落木。」

② 興，《草堂》作「哭」。

③ 遂，《草堂》校：「一作放。」 懶，宋本、錢箋校：「一云放。」

【注】

〔一〕阮籍二句：阮籍，見卷二《晦日尋崔戢李封》（0075）注。龐公，見卷三《遣興五首》（0109）注。

〔二〕休鑷句：左思《白髮賦》：「星星白髮，生於鬢垂。……將拔將鑷，好爵是縻。」《南史·齊本紀》廢帝鬱林王：「高帝方令左右拔白髮，問之曰：『兒言我誰耶？』答曰：『太翁。』高帝笑謂左右曰：『豈有爲人作曾祖而拔白髮者乎？』即擲鏡鑷。」

東柯好崖谷，不與衆峰羣。落日邀雙鳥，晴天養片雲①。野人矜險絶②，水竹會平分〔一〕。采藥吾將老，童兒未遣聞③。（0564）

【校】

① 養，宋本、錢箋校：「一作卷。」《九家》作「卷」。

② 矜，錢箋校：「一作吟。」

③ 童兒，錢箋、《草堂》作「兒童」。

【注】

〔一〕野人二句：《楚辭·九辨》：「皇天平分四時兮，竊獨悲此廩秋。」《九家》趙注：「此已含蓄可避世之意，將與野人分水竹之景也。」王嗣奭《杜臆》：「半水半竹，故云平分。」按，會，應當，表揣想。仍以趙注爲是。

邊秋陰易久①，不復辨晨光。簷雨亂淋幔，山雲低度牆。鸕鷀窺淺井，蚯蚓上深堂②〔一〕。車馬何蕭索，門前百草長〔二〕。（0565）

【校】

① 久，錢箋校：「一作夕。」《九家》、《草堂》作「夕」。

② 深，宋本、錢箋、《九家》、《草堂》校：「一作高。」

【注】

〔一〕鸕鷀二句：《爾雅·釋鳥》：「鷀，鷧。」注：「即鸕鷀也。觜頭曲如鉤，食魚。」釋文：「《字林》云：似鶂而黑。」玄應《一切經音義》：「此鳥胎出，從口內吐出，一産八九，中國或謂之水鴉。」郭璞《爾雅圖贊·蚯蚓》：「蚯蚓土精，無心之蟲。交不以分，淫於阜螽。觸而感物，無乃常雄。」

〔二〕車馬二句：《九家》趙注：「暗用張仲蔚所居蓬蒿滿門、寂無車馬事。」

地僻秋將盡，山高客未歸。塞雲多斷續，邊日少光輝。警急烽常報，傳聞檄屢飛①〔一〕。西戎外甥國〔二〕，何得迕天威②。（0566）

【校】

①聞，宋本、錢箋校：「一作聲。」《九家》、《草堂》作「聲」，《草堂》校：「一作聞。」

②得，《草堂》校：「一作德。」　迕，宋本、錢箋校：「一作近。」《九家》、《草堂》作「近」，《草堂》校：「一作迕。」

【注】

〔一〕警急二句：《史記·魏公子列傳》：「北境傳舉烽。」集解：「文穎曰：作高木櫓，櫓上作桔槔，桔槔頭兜零，以薪置其中，謂之烽。常低之，有寇即火然舉之以相告。」《通典》卷一五二《兵·守拒法》：「烽臺，於高山四顧險絶處置之，無山亦於孤迥平地置。下築羊馬城，高下任便，常以三五爲准。……每晨及夜平安，舉一火。聞警，固舉二火。見烟塵，舉三火。見賊，燒柴籠。如每晨及夜平安火不來，即烽子爲賊所捉。」左思《詠史》：「邊城苦鳴鏑，羽檄飛京都。」

〔二〕西戎句：唐玄宗《親征吐蕃制》：「爰自昔年，慕我朝化，申以婚姻之好，結爲甥舅之國。」

鳳林戈未息，魚海路常難〔一〕。候火雲烽峻①，懸軍幕井乾②〔二〕。風連西極動，

月過北庭寒〔三〕。故老思飛將，何時議築壇③〔四〕？（0567）

【校】

① 烽，宋本、錢箋校：「一作峰。」《草堂》作「峰」。

② 幕，宋本、錢箋校：「一作暮。」

③ 時，宋本、錢箋校：「一作人。」

【注】

〔一〕鳳林二句：《元和郡縣圖志》卷三九河州：「鳳林縣，中下。東南至州八十里。……又名安鄉，天寶元年改名鳳林。石門山，在縣東北二十八里。山高險絶，對岸若門，即臯蘭山門也。漢武帝元狩二年，霍去病出隴西至臯蘭，即此也。」《舊唐書·吐蕃傳》：「（大曆二年）十一月，和蕃使、檢校户部尚書兼御史大夫薛景仙自吐蕃使還，首領論泣陵隨景仙來朝。景仙奏云：贊普請以鳳林關爲界。」《新唐書·李國臣傳》：「以折衝從收魚海五城。」《册府元龜》卷三七《帝王部·頌德》：「（天寶元年）十二月，西河大破吐蕃，中書門下表賀曰：……三數日間河西當有大捷，今日王倕果奏大破吐蕃魚海。」樊衡《河西破蕃賊露布》：「十五日至青海北界……十六日進至魚海軍。……因得戮巨鯨於魚海，墜封豕於鹿泉。平積骸成京觀，斬魚海軍大使劍具一人，生擒魚海軍副使金字告身論悉諾匝。」豆盧詵《嶺南節度判官宗公神道碑》：「遂從安思順破魚海，敗五城。」嚴耕望《唐代交通圖考》：「據《露布》，魚海軍當爲青海北之一重地。……新城威戎軍在今湟源之西至海晏間，是在青海東北，然則魚海軍在新城之西三四日程也。……新城威戎軍西通魚海軍一道，正當即隋以前西平郡通青海北龍夷城之故道也。杜翁此詩殆即指此道而言。」

〔二〕懸軍句：《三國志·蜀書·法正傳》：「左將軍縣軍襲我。」《易·井》：「井收勿幕。」注：「幕猶覆也。」此指軍中所鑿井。《後漢書·耿恭傳》：「恭於城中穿井十五丈不得水，吏士渴乏，笮馬糞汁而飲之。恭仰歎曰：『聞昔貳師將軍拔佩刀刺山，飛泉涌出。今漢德神明，豈有窮哉。』乃整衣服向井再拜，爲吏士禱。有頃，水泉奔出。」

〔三〕風連二句：《楚辭·離騷》：「朝發軔於天津兮，夕余至乎西極。」《舊唐書·地理志》：「北庭節度使所治，在北庭都護府」；「北庭都護府……在京師西北五千七百二十里，東至伊州界六百八十里，南至西州界四百五十里。」

〔四〕故老二句：《史記·李將軍列傳》：「廣居右北平，匈奴聞之，號曰漢之飛將軍。」《淮陰侯列傳》：「於是王欲召信拜之，何曰：『王素慢無禮，今拜大將如呼小兒耳，此乃信所以去也。王必欲拜之，擇良日，齋戒，設壇場，具禮，乃可耳。』」朱鶴齡注謂飛將指郭子儀，是秋七月以魚朝恩之譖，罷閑京師。盧元昌謂李嗣業爲北庭節度，圍鄴城，卒於軍中。其説皆附會。

唐堯真自聖，野老復何知〔一〕？曬藥能無婦，應門幸有兒①〔二〕。藏書聞禹穴，

讀記憶仇池②〔三〕。爲報鴛行舊，鷦鷯在一枝〔四〕。（0568）

【校】

① 幸，宋本校：「刊作亦。」錢箋校：「一作亦。」《草堂》作「亦」。

② 憶，宋本、錢箋、《草堂》校：「一作悟。」

【注】

〔一〕唐堯二句：《史記·五帝本紀》：「帝堯爲陶唐。」集解：「韋昭曰：陶唐皆國名也，猶湯稱殷商矣。張晏曰：堯爲唐侯，國於中山，唐縣是也。」《漢書·賈捐之傳》：「臣聞堯舜，聖之盛也，禹入聖域而不優，故孔子稱堯曰大哉。」《列子·仲尼》：「堯治天下五十年，不知天下治歟不治歟，不知億兆之願戴己歟、不願戴己歟，顧問左右，左右不知。問外朝，外朝不知。問在野，在野不知。」《九家》趙注：「唐堯，謂肅宗也。」仇注：「自聖，見讜言不能入。何知，見朝政不忍聞。」浦起龍云：「是爲腹誹矣，公不然也。」

〔二〕曬藥二句：能無，豈無。李密《陳情事表》：「内無應門五尺之童。」

〔三〕藏書二句：禹穴，見卷一《送孔巢父謝病歸游江東兼呈李白》(0026)注。《太平御覽》卷四一引《九土文括略》：「禹禪此山，有一石穴委曲，黄帝藏書於此，禹得之。」王嗣奭《杜臆》：「禹穴非會稽者，必近秦州有之。」楊倫云：「句係陪説，取與仇池穴相類耳。」

〔四〕爲報二句：爲報，替我告知。《莊子·逍遥游》：「鷦鷯巢於深林，不過一枝。」

## 月夜憶舍弟

戍鼓斷人行，邊秋一雁聲①。露從今夜白〔一〕，月是故鄉明。有弟皆分散②〔二〕，無家問死生。寄書長不避③，況乃未休兵。（0569）

【校】

①邊秋，錢箋作「秋邊」，校：「一作邊秋。」

②分散，錢箋、《九家》、《草堂》校：「一作羈旅。」

③避，宋本、錢箋校：「樊作達。」《九家》、《草堂》作「達」。

【注】

黄鶴注：當是乾元二年（七五九）秦州作。

〔一〕露從句：《禮記·月令》：「孟秋之月……涼風至，白露降，寒蟬鳴。」

〔二〕有弟句：《九家》趙注：「公之二弟，方賊亂時，一在濟州，一在陽翟。」參卷四《乾元中寓居同谷縣作歌七首》(0154)注。

王得臣《麈史》卷二：「杜子美善於用事及常語，多離析或倒句，則語峻而體健，意亦深穩。如『露從今夜白，月是故鄉明』是也。」

## 宿贊公房〔一〕京中大雲寺主謫此安置。

杖錫何來此①〔二〕，秋風已颯然。雨荒深院菊，霜倒半池蓮。放逐寧違性②，虛空不離禪〔三〕。相逢成夜宿，隴月向人圓。（0570）

【校】

①此，錢箋校：「一作久。」

②違，錢箋校：「一作虧。」

【注】

黃鶴注：當是乾元二年（七五九）晚秋在秦州作。

〔一〕贊公：見卷三《西枝村尋草堂地夜宿贊公土室二首》（0101）注。

〔二〕杖錫：見卷三《寄贊上人》（0103）注。

〔三〕虛空句：《長阿含經》卷二一：「有人得第二禪者，即踴身上昇於虛空中。」

## 東樓

萬里流沙道，西征過此門①〔一〕。但添新戰骨，不返舊征魂②。樓角凌風迴③，城陰帶水昏④。傳聲看驛使，送節向河源〔二〕。（0571）

【校】

① 西征，宋本、錢箋校：「一云行。一云征西。」《九家》作「征西」。《草堂》作「征行」。　此，錢箋作「北」，校：「一作此。」

② 但添新戰骨不返舊征魂，宋本、錢箋、《九家》、《草堂》校：「一云但添征戰骨，不返死生魂。」

③ 凌，《九家》作「臨」。《草堂》校：「一本作臨。」

④ 水，宋本、錢箋校：「一作雨。」

【注】

黄鶴注：當是乾元二年（七五九）秦州作。

〔一〕萬里二句：流沙，見卷二《送從弟亞赴安西判官》（0087）注。《九家》趙注：「流沙，則自秦州而西往也。」《新唐書·吐蕃傳》：「玄宗繼收黄河積石、宛秀等軍，中國無斥候警者幾四十年。輪臺、伊吾屯田，禾菽彌望。開遠門外揭候署曰：『西極道九千九百里』，示戍人無萬里行也。」

〔二〕傳聲二句：《唐六典》卷八門下省符寶郎：「自漢以來，唯旌節稱節，餘皆號符焉」；「凡國有大事則出納符節，辨其左右之異，藏其左而班其右，以合中外之契焉。……五曰旌節。……旌節之制，命大將帥及遣使於四方，則請而假之，旌以專賞，節以專殺。」《九家》趙注：「末句又以言遣使與吐蕃和」，「又暗用張騫奉使尋河源事」。河源軍在鄯州西一百二十里。此蓋指隴右節度使。

## 雨晴

天際秋雲薄①，從西萬里風〔一〕。今朝好晴景，久雨不妨農。塞柳行疏翠②，山梨結小紅。胡笳樓上發，一雁入高空。（0572）

【校】

①際，宋本校：「一云外。」錢箋作「水」，校：「一云外。一云際。」《草堂》作「外」，校：「一作際。一作水。」

②塞，宋本、錢箋、《草堂》校：「一云岸。」

【注】

黃鶴注：當是乾元二年（七五九）秦州作。

〔一〕天際二句：洪邁《容齋三筆》卷六：「天永秋雲薄，從西萬里風。謂秋天遼永，風從萬里而來，可謂廣大。而集中作天水，此乃秦州郡名，若用之入此篇，其致思淺矣。」又改作「天永」。

## 寓目

一縣蒲萄熟，秋山苜蓿多〔一〕。關雲常帶雨，塞水不成河。羌女輕烽燧①，胡兒制駱駞②〔二〕。自傷遲暮眼，喪亂飽經過。（0573）

【校】

①輕，宋本、錢箋、《九家》、《草堂》校：「一作摇。」

②制，宋本、錢箋、《九家》、《草堂》校：「一作掣。」

【注】

黄鶴注：當是在秦州作，乾元二年（七五九）詩。

〔一〕一縣二句：《史記·大宛列傳》：「宛左右以蒲陶爲酒，富人藏酒至萬餘石，久者數十歲不敗。俗嗜酒，馬嗜苜蓿。漢使取其實來，於是天子始種苜蓿、蒲陶肥饒地。及天馬多，外國使來衆，則離宮别觀旁盡種蒲萄、苜蓿極望。」《藝文類聚》卷八七引《秦州記》：「秦野多蒲萄。」《新唐書·王毛仲傳》：「初監馬二十四萬，後乃至四十三萬，牛羊皆數倍。蒔茼麥、苜蓿千九百頃以禦冬。」

〔二〕羌女二句：《舊唐書·職官志》虞部郎中：「其關内、隴右、西使、南使諸牧監馬牛駝羊，皆貯藁及茭草。」《唐會要》卷七二《馬》：「（天寶）十三載六月一日，隴右群牧都使奏：……就群牧交點，總六十萬五千六百三頭匹口……駝五百六十三頭。」朱鶴齡注：「關塞無阻，羌胡雜居，乃世變之深可慮者，公故感而歎之。未幾，秦隴果爲吐蕃所陷。」按，此與《秦州雜詩》所言「降虜」皆指党項等内附部落，其諸部且爲唐朔方諸軍主力，與吐蕃入侵事無關。舊注每不辨史實，見「羌」、「胡」字，即斥言世變俗亂，不足爲訓。

# 山寺

野寺殘僧少，山園細路高〔一〕。麝香眠石竹，鸚鵡啄金桃〔二〕。亂石通人過①，懸崖置屋牢。上方重閣晚，百里見秋毫②〔三〕。（0574）

【校】

①石，宋本、錢箋校：「一作水。」《草堂》作「水」，校：「一作石。」

②秋，宋本、錢箋校：「一作纖。」《九家》、《草堂》、《文苑英華》作「纖」，《草堂》校：「一作秋。」

【注】

黄鶴注：公《賀薛璩畢曜遷官》詩在秦州，亦曰「隴俗輕鸚鵡」，則此詩正在秦州作，乾元二年（七五九）。

〔一〕野寺二句：《方輿勝覽》卷六九天水軍：「麥積山，在天水縣東百里，狀如麥積，爲秦地林泉之冠。杜甫秦州《山寺》詩：『麝香眠石竹，鸚鵡啄金桃。』即此。」錢箋引《方輿勝覽》瑞應寺條，以此寺即瑞應寺。姜宸英《湛園札記》卷四引庾信《麥積崖佛龕銘》，但言大都督李允信於壁之南崖梯雲鑿道，不言先有瑞應寺。

〔二〕麝香二句：《爾雅・釋獸》：「麝父，麕足。」注：「脚似麕有香。」《唐六典》卷二二中尚署：「麝香出蘭州。」卷七户部郎中隴右道甘、沙、渭、河等州亦貢麝香。禰衡《鸚鵡賦》：「惟西域之靈鳥兮，挺自然之奇姿。」《文選》李善注：「西域，謂隴坻出此鳥也。」《舊唐書・西戎傳》康國：「（貞觀）十一年，又獻金桃、銀桃，詔令植之於苑囿。」《封氏聞見記》卷七：「黄桃名金桃，大如鵝卵，康國所獻也。」

〔三〕亂石四句：《太平廣記》卷三九七《麥積山》（出《玉堂閑話》）：「麥積山者北跨清渭，南漸兩當，五百里岡巒，麥積處其半。崛起一石塊，高百萬尋，望之團團，如民間積麥之狀，故有此名。其青霄之半，峭壁之間，鐫石成佛，萬龕千室。雖自人力，疑其鬼功。隋文帝分葬神尼舍利函於東閣之下，石室之中。有庾信銘記，刊於岩中。古記云：六國共修，自平地積薪至於岩巔，從上鐫鑿其龕室佛像，功畢，旋旋折薪而下，然後梯空架險而上。其上有散花樓，七佛用金蹄銀角犢兒。由西閣懸梯而上，其間千房萬屋，緣空躡虚，登之者不敢回顧。將及絶頂，有萬菩薩堂，鑿石而成，廣古今之大殿，其雕梁畫栱、繡棟雲楣，並就石而成，萬軀菩薩，列於一堂。自此室之上，更有一龕，謂之天堂。空中倚一獨梯，攀緣而上。至此，則萬中無一人敢登者。於此下顧其群山，皆如培塿。王仁裕時獨能登之，仍題詩於天堂西壁上。」錢箋節引。

# 即事

聞道花門破，和親事却非〔一〕。人憐漢公主，生得渡河歸。秋思抛雲髻①，腰支勝寶衣②〔二〕。羣凶猶索戰〔三〕，回首意多違。（0575）

【校】

①髻，宋本、錢箋校：「一作鬟。」《九家》、《草堂》作「鬟」，《草堂》校：「一作髻。」

②勝，宋本、錢箋校：「一作賸。」《九家》、《草堂》作「賸」，《草堂》校：「一作勝。」

【注】

黄鶴注：寧國公主乾元二年（七五九）八月自回紇歸，當是是年作。

〔一〕聞道二句：見卷二《留花門》（0068）注。《舊唐書·回紇傳》：「（乾元元年）秋七月丁亥，詔以幼女封爲寧國公主出降。」「（乾元二年）夏四月，回紇毗伽闕可汗死。長子葉護先被殺，乃立其少子登里可汗，其妻爲可敦。六月丙午，以左金吾衛將軍李通爲試鴻臚卿、攝御史中丞，充弔祭回紇使。毗伽闕可汗初死，其牙官、都督等欲以寧國公主殉葬，公主曰：『我中國法，婿死即持喪，朝夕哭臨，三年行服。今回紇娶婦，須慕中國禮。若今依本國法，何須萬里結婚。』然公主亦依回紇法，剺面大哭，竟以無子得歸。秋八月，寧國公主自回紇還，詔百官於明鳳門外迎之。」《九家》趙注：「其後犯順自是寶應二年，相去公主之歸乃四年也，而又無破之之事。豈公主纔歸之後便爲寇，而中國能破敗之邪？」朱鶴齡注：「時公主不肯殉葬，又以無子歸唐，則回紇之好失矣。公故傷和親之非計也。……向者結婚回紇，實欲資其力以討賊。今賊方索戰，而回紇之好中絶，其和親之本意何？」仇注謂「花門破」指鄴城之敗，花門同破。按，時回紇遭喪，自不能出兵助唐。和親事非，乃謂中生變故，即指寧國因喪歸國事，不必解爲以和親爲非計，回紇之好已盡失。

〔二〕腰支句：《史記·三王世家》：「皇子賴天，能勝衣趨拜。」蕭衍《送始安王方略入關》：「如何吾幼子，勝衣已別離。」詩用此。舊注從賸衣者誤。

〔三〕羣凶句：朱鶴齡注：「羣凶指史思明輩。是年九月，思明分兵四道濟河，光弼議弃東都，守河陽。」

## 遣懷

愁眼看霜露，寒城菊自花。天風隨斷柳，客淚墮清笳①。水净樓陰直②，山昏

塞日斜。夜來歸鳥盡，啼殺後栖鴉〔一〕。（0576）

【校】

①清，宋本、錢箋、《草堂》校：「一作晴。」

②樓，錢箋校：「一作城。」

【注】

黄鶴注：乾元二年（七五九）秦州作。

〔一〕夜來二句：李白《三五七言》：「落葉聚還散，寒鴉栖復驚。」

## 天河

常時任顯晦，秋至輒分明①。縱被微雲掩，終能永夜清②。含星動雙闕〔一〕，伴月落邊城。牛女年年渡〔二〕，何曾風浪生。（0577）

【校】

①輒，宋本校：「刊作最。」錢箋校：「一作最。」《九家》校：「一作轉。」《草堂》作「轉」，校：「一作最。

一作輒。」

②能，宋本、錢箋校：「一云當。一云輸。」《九家》、《草堂》校：「一作嘗。」《文苑英華》作「當」。

【注】

黄鶴注：當是乾元二年（七五九）七月在秦州作。

〔一〕含星二句：《古詩十九首》：「兩宫遥相望，雙闕百餘尺。」《周禮·天官·大宰》：「乃縣治象之法於象魏。」注：「鄭司農云：象魏，闕也。」

〔二〕牛女：見卷六《火》（0290）注。

## 初月①

光細弦豈上②，影斜輪未安〔一〕。微升古塞外③，已隱暮雲端。河漢不改色，關山空自寒。庭前有白露，暗滿菊花團④〔二〕。（0578）

【校】

①初月，《文苑英華》題作「新月」。

②光細，宋本、錢箋、《草堂》校：「一云常時。」　豈，宋本、錢箋校：「刊作初。陳作欲。」《九家》作「初」，校：「趙作豈。」《草堂》作「欲」，校：「陳、卞皆曰刊作欲。」《文苑英華》校：「集作欲。」

③塞，錢箋校：「一作堞。」《文苑英華》作「堞」，校：「集作塞。」

④滿，《草堂》校：「一作滴。」　團，宋本、錢箋校：「一云欄。」《文苑英華》作「欄」，校：「集作團。」

【注】

黄鶴注：梁權道編在乾元二年（七五九）。按至德二載（七五七）十月還京，當在是年秋作，蓋詩意屬肅宗即位於靈武。仇注：詩有「古塞」、「關山」等語，當是乾元二年在秦州作。

〔一〕光細二句：《釋名》：「弦，月半之名也。其形一旁曲，一旁直，若張弓施弦也。」《詩·小雅·天保》箋：「月上弦而就盈。」鮑泉《江上望月》：「客行鈎始懸，此夜月將弦。」劉孝綽《望月》：「輪光缺不半，扇影出將圓。」

〔二〕庭前二句：《九家》趙注：「《詩》云『零露漙兮』，雖止是『漙』字，而《選》載謝玄暉詩『猶沾餘露團』，又江文通云『簷前露已團』，則用『團』字。」吴曾《能改齋漫録》卷六：「杜子美《初月》詩云：『庭前有白露，暗滿菊花團。』又《白露》詩云：『白露團甘子。』又《江月》詩：『玉露團清影。』又絶句：『玉座應悲白露團。』按，謝惠連詩：『團團滿葉露。』謝玄暉：『猶沾餘露團。』庾信《挹得胥臺露》詩：『惟有團階露，承睫共沾衣。』杜詩所本。」朱鶴齡注：「漙，《集韻》或作霉，通作專，以故古多混用。」

黄庭堅《杜詩箋》：「王原叔説，此詩爲肅宗作。」《分門》師古曰：「微升古塞外，喻肅宗即位於靈武也。已隱暮雲端，喻帝爲張皇后、李輔國所蔽也。」《九家》趙注：「蓋以月言人君，已不爲善取譬。況自至德之元逮乾元之元，肅宗即位已三年矣，豈得以月之微升比即位乎？」朱鶴齡注：「舊注以『古塞』二句爲託喻，後人將下四句俱牽合作比，如何可通？」

## 歸燕

不獨避霜雪，其如儔侶稀〔一〕。四時無失序，八月自知歸〔二〕。春色豈相訪①，衆雛還識機〔三〕。故巢儻未毁，會傍主人飛〔四〕。（0579）

【校】

① 訪，宋本、錢箋校：「一作誤。」

【注】

黄鶴注：舊次在乾元二年（七五九）秦州詩内，梁編亦然。

〔一〕不獨二句：其如，其如何。謝朓《將發石頭上烽火樓》：「歸飛無羽翼，其如離别何。」江總《别南海賓化侯》：「其如江海泣，惆悵徒離憂。」曹睿《長歌行》：「哀彼失群燕，喪偶獨煢煢。單心誰與侶，造房孰與成。」嵇康《五言贈秀才》：「徘徊戀儔侶，慷慨高山陂。」

〔二〕四時二句：《禮記·月令》：「仲春之月……玄鳥至。」「仲秋之月……鴻雁來，玄鳥歸。」

〔三〕春色二句：豈，蔣紹愚謂有豈不、豈非義。此當作豈不解。二句皆爲問句。鮑照《詠雙燕》：「豈但避霜雪，當儆野人機。」

〔四〕故巢二句：傅咸《燕賦》：「有言燕今年巢在此，明歲復來者。其將逝，翦爪識之，其後果至焉。」沈約《學省愁卧》：「網蟲垂户織，夕鳥傍簷飛。」劉孝綽《古意送沈宏》：「復此歸飛燕，銜泥繞曲房。差池入綺幕，上下傍雕梁。」

## 擣衣

亦知戍不返，秋至拭清砧〔一〕。已近苦寒月①，況經長別心②。寧辭擣熨倦③，一寄塞垣深。用盡閨中力，君聽空外音〔二〕。（0580）

【校】

① 苦，宋本、錢箋、《草堂》校：「一作暮。」

②經，宋本、錢箋、《九家》、《草堂》校：「一作驚。」

③熨，宋本、錢箋校：「一作衣。」《九家》、《草堂》作「衣」。

【注】

黄鶴注：乾元二年（七五九）作。

〔一〕亦知二句：曹毗《夜聽擣衣》：「冬夜清且永，皓月照堂陰。纖手疊輕素，朗杵叩鳴碪。」

〔二〕君聽句：宋之問《麟趾殿侍宴應制》：「欲知陪賞處，空外有飛烟。」空外，猶言空中。

## 促織

促織甚微細①〔一〕，哀音何動人②。草根吟不穩③，床下夜相親〔二〕。久客得無淚，放妻難及晨④〔三〕。悲絲與急管⑤，感激異天真〔四〕。（0581）

【校】

①細，《草堂》作「物」。

②音，錢箋校：「一作聲。」

③吟，宋本、錢箋校：「一作冷。」

④放，宋本、錢箋校：「一作故。」《文苑英華》校：「集作故。」《九家》、《草堂》作「故」。妻，《草堂》校：「王彥輔作栖。」

⑤絲，宋本、錢箋、《九家》、《草堂》校：「一云絃。」《文苑英華》校：「集作絃。」

【注】

黄鶴注：自此至《除架》五詩皆託以喻人，當是乾元二年（七五九）秦州作。

〔一〕促織：《爾雅·釋蟲》：「蟋蟀，蛩。」注：「今促織也。亦名蜻蛚。」

〔二〕床下句：《詩·豳風·七月》：「九月在户，十月蟋蟀入我床下。」

〔三〕放妻句：陸璣《毛詩草木鳥獸蟲魚疏》：「蟋蟀……幽州人謂之趨織，督促之言也。里語曰：趨織鳴，懶婦驚是也。」

〔四〕悲絲二句：《九家》趙注：「暗用《晉書》絲不如竹，竹不如肉，以其漸近自然。故絲管之聲不若蟲聲之天真也。」

## 螢火

幸因腐草出，敢近太陽飛〔一〕。未足臨書卷，時能點客衣〔二〕。隨風隔幔小，帶

雨傍林微。十月清霜重，飄零何處歸？（0582）

**【注】**

黄鶴注：乾元二年（七五作）秦州作。

〔一〕幸因二句：《禮記·月令》：「季夏之月……腐草爲螢。」傅咸《螢火賦》：「進不競於天光兮，退在晦而能明。」沈旋《詠螢火》：「雨墜弗虧光，陽昇反奪照。」

〔二〕未足二句：車胤聚螢讀書，見卷七《奉酬薛十二丈判官見贈》（0324）注。

《分門》師曰：「螢出於腐草，喻小人起於微賤而侵陵大德之士。一旦時清，必蒙擯斥，故云『飄零何處歸』。」《苕溪漁隱叢話》前集卷一三引《漫叟詩話》：「説者云爲李輔國作。」黄鶴注：「蓋指李輔國輩，以宦者近君而撓政也。」方回《瀛奎律髓》卷二七：「凡評詩正不當如此刻切拘泥。言之者無罪，聞之者足以戒。大丈夫耿耿者不當爲螢爝微光，於此自無相關。世之近明忽晦不常者，又豈一輔國。」仇注：「腐草喻腐刑之人，太陽乃人君之象，比義顯然。」

## 蒹葭〔一〕

摧折不自守①〔二〕，秋風吹若何？暫時花戴雪②，幾處葉沉波③？體弱春甲早④〔三〕，叢長夜露多。江湖後搖落，亦恐歲蹉跎⑤〔四〕。（0583）

【校】

①守，宋本、錢箋校：「一云與。」

②戴，錢箋校：「一作載。」《草堂》作「帶」。

③幾處，宋本、錢箋校：「一作墮水。」

④甲，宋本校：「一云風。」錢箋校：「一云風。一云苗。」《九家》作「風」，校：「一作甲。一作苗。」《草堂》作「苗」，校：「亦作田。一作風。」

⑤亦，宋本、錢箋、《九家》校：「一作只。」《草堂》校：「一作祇。」

【注】

黃鶴注：從舊次乾元二年（七五九）作。

〔一〕蒹葭：《詩・秦風・蒹葭》：「蒹葭蒼蒼，白露爲霜。」見卷一《渼陂西南臺》(0032)注。

〔二〕摧折句：《分門》洙曰：「生質衰脆，不能自守。」

〔三〕體弱句：《説文》：「甲，東方之孟，昜氣萌動。從木戴孚甲之象。」段注：「孚者，卵孚也。孚甲猶今言殼也。凡草木初生，或戴種於顛，或先見其葉。故其字像之。下像木之有莖，上像孚甲下覆也。」本書卷一一《賓至》(0621)：「自鋤稀菜甲，小摘爲情親。」

〔四〕江湖二句：《九家》趙注：「末句似費解。蓋言今在秦州所見之蒹葭已摇落矣，尚餘時月之光景，江湖之上其物在後摇落，亦恐當歲之暮，有可傷之意。」仇注：「南方地氣多濕，故在江湖者後落。秋風摧折如彼，而遠託江湖者亦復蹉跎歲晚乎。」以江湖屬南方，似未允。蒹葭枯萎在秋末，此所謂「後摇落」。見摇落而傷歲暮，此所謂「歲蹉跎」。

## 苦竹〔一〕

青冥亦自守，軟弱强扶持〔二〕。味苦夏蟲避，叢卑春鳥疑。軒墀曾不重，剪伐欲無辭①。幸近幽人屋，霜根結在兹〔三〕。(0584)

【校】

① 欲，宋本、錢箋校：「一云亦。」

【注】

黄鶴注：同上年作。

〔一〕苦竹：《齊民要術》卷一〇引《孝經河圖》：「安思縣多苦竹。竹之醜有四：有青苦者，白苦者，紫苦者，黄苦者。」李衎《竹譜》卷四：「苦竹處處有之，其種凡二十有二。北方有二種，一種節稀而堅厚，枝短葉長。一種與淡竹無異，但筍味差苦。」

〔二〕青冥二句：《九家》趙注：「青冥，雲霄間之貌。蓋指苦竹在高山上者。」

〔三〕軒墀四句：《九家》趙注：「種人家軒墀者，有不重而剪伐之。若在幽人之家，方有保護結根之理。」仇注：「五六見廊廟非分，七八言林麓堪依。」《古詩十九首》：「冉冉孤生竹，結根泰山阿。」

## 除架〔一〕

束薪已零落，瓠葉轉蕭疏①〔二〕。幸結白花了，寧辭青蔓除〔三〕。秋蟲聲不去，暮雀意何如。寒事今牢落，人生亦有初〔四〕。（0585）

【校】

①轉，宋本、錢箋校：「一云卷。」　蕭，宋本、錢箋校：「一云相。」

【注】

黄鶴注：當是秋冬之交，公將赴同谷，同上年作。

〔一〕除架：《分門》洙曰：「瓜架也。」《齊民要術》卷二種瓜：「瓜引蔓，皆沿茇上。茇多則瓜多，茇少則瓜少。茇多則蔓廣，蔓廣則歧多，歧多則饒子。……若無茇處，豎乾柴亦得。」「胡瓜亦豎柴木，令引蔓緣之。」

〔二〕束薪二句：《詩·王風·揚之水》：「揚之水，不流束薪。」《小雅·瓠葉》：「幡幡瓠葉，采之亨之。」

〔三〕幸結二句：《九家》趙注：「瓜初花，其色白，結白花則爲瓜實矣。」王嗣奭《杜臆》：「瓠開白花，與瓜有别，然瓜其總名也。」

〔四〕寒事二句：朱鶴齡注：「言蟲鳥猶有故物之戀，人可以不念厥初哉？」仇注：「寒事已落，人生亦然，有始盛終衰之慨。」徐幹《室思詩》：「人靡不有初，想君能終之。」

## 廢畦

秋蔬擁霜露，豈敢惜凋殘〔一〕。暮景數枝葉，天風吹汝寒。緑霑泥滓盡，香與歲時闌。生意春如昨①，悲君白玉盤〔二〕。（0586）

【校】

①春，《草堂》校：「魯訔疑作春。」

【注】

黄鶴注：從舊次乾元二年（七五九）作，時公已有去秦之意矣。

〔一〕秋蔬二句：黄生以尾聯見春意、玉盤字，謂此蔬即生菜，生菜者韭也。生菜，見卷九《陪鄭廣林游何將軍山林十首》（0455）注，未可徑作韭解。春盤所薦亦未必爲韭。此蓋泛言。

〔二〕生意二句：何遜《輕薄篇》：「象床沓繡被，玉盤傳綺食。」此只言食器之美。古詩詠橘柚「委身玉盤中」，用者夥矣。《藝文類聚》卷七三引應劭《漢官儀》：「封禪壇南有玉盤，盤中有玉龜。」《九家》趙注引作「白玉盤」，非食器，與此無涉。王嗣奭《杜臆》：「落句謂生意内含，其春如昨，但悲君玉盤乏供耳。……乃江湖魏闕之思。」仇注亦謂君指君王。朱鶴齡注：「言生意猶存，而凋殘如此，不得同春盤之薦，深可悲也。」按，唐人言「悲君」皆指言對方，未有涉及君王者。此蓋泛言，亦自指。

## 夕烽

夕烽來不近①，每日報平安②〔一〕。塞上傳光小③，雲邊落點殘④。照秦通警

急，過隴自艱難⑤〔二〕。聞道蓬萊殿〔三〕，千門立馬看⑥。（0587）

【校】

①近，宋本、錢箋校：「一作止。」

②夕烽來不近每日報平安，宋本校：「一云夕烽明照灼，了了報平安。」錢箋校：「一云烽明夕照灼，了了報平安。」

③光，宋本、錢箋校：「一云聲。」

④落，宋本、錢箋校：「一云數。」

⑤照秦通警急過隴自艱難，宋本、錢箋校：「一云燄銷仍再滅，烟迴不勝寒。」

⑥聞道蓬萊殿千門立馬看，宋本、錢箋校：「一云恐照蓬萊殿，城中幾道看。」

【注】

黄鶴注：乾元二年（七五九）十月，李光弼與史思明戰於河陽，思明敗，當在其年作。仇注：皆憂吐蕃之亂，此望西方之烽也。

〔一〕夕烽二句：見本卷《秦州雜詩二十首》（0566）注。

〔二〕塞上四句：仇注：「凡平安火，止用一炬，故傳光少而落點殘。若警急之報，則炬多光熾，便當照秦過隴矣。」按，《唐六典》卷五兵部職方郎中：「開元二十五年敕以邊隅無事，寰宇乂安，內地置烽，誠爲非要，量停近甸烽二百六十所。」此天寶亂前事。《舊唐書·杜希全傳》：「鹽州……乃者城池失守，制備無據，千里庭障，烽燧不接。」《王承元傳》：「鳳翔城東，商旅所集，居人多以烽火相警。」此貞元以後事。當肅宗時，隴坂以東亦當隨時設以烽燧。然數千里之遥，烽警傳遞必不能速如邊境，亦必有烽燧不接之缺，此所謂「過隴自艱難」。

〔三〕聞道句：蓬萊殿，見卷四《病橘》(0189)注。按，烽燧因戰伐警備隨時而設。《舊唐書·東夷傳》高麗：「初，帝自定州命每數十里置一烽，屬於遼城，與太子約，克遼東，當舉烽。是日，帝命舉烽，傳入塞。」《李相國論事集》卷四：「河湟郡縣，没於蕃醜，列置烽堠，逼近郊圻。」此言時西戎警急，京城擾動。

## 秋笛①

清商欲盡奏〔一〕，奏苦血霑衣。他日傷心極，征人白骨歸〔二〕。相逢恐恨過，故作發聲微。不見秋雲動，悲風稍稍飛〔三〕。(0588)

【校】

① 秋笛，《九家》、《草堂》校：題「一作吹笛。」

【注】

黃鶴注：乾元二年（七五九）秋作。

〔一〕清商句：宋玉《笛賦》：「吟清商，追流徵。」《韓非子・十過》：「平公問師曠曰：『此所謂何聲也？』師曠曰：『此所謂清商也。』公曰：『清商固最悲乎？』師曠曰：『不如清徵。』」《隋書・音樂志》：「清樂，其始即清商三調是也，並漢來舊曲。樂器形制，並歌章古辭，與魏三祖所作者，皆被於史籍。屬晋朝遷播，夷羯竊據，其音分散。苻永固平張氏，始於涼州得之。宋武平關中，因而入南，不復存於内地。及平陳後獲之。」亦雙關秋時。潘岳《悼亡詩》：「清商應秋至，溽暑隨節闌。」《文選》李善注：「秋風爲商。」

〔二〕他日二句：王嗣奭《杜臆》：「他日謂昔日。征人白骨歸，謂相州之敗無疑。」按，此蓋指唐人詠塞下之作。如王昌齡《塞下曲》：「黄塵足今古，白骨亂蓬蒿。」劉灣《出塞》：「死是征人死，功是將軍功。」王翰《涼州詞》：「醉卧沙場君莫笑，古來征戰幾人回。」王之涣《涼州詞》：「羌笛何須怨楊柳，春光不度玉門關。」諸調皆屬横吹曲，亦每道及戰死。

〔三〕不見二句：仇注：「不見，猶云獨不見。」謂反問。《韓非子・十過》：「公曰：『清徵可得而聞乎？』……師曠不得已而鼓之。一奏，而有玄雲從西北而方起。再奏之，大風至，大雨隨之。」

## 送遠

帶甲滿天地，胡爲君遠行〔一〕？親朋盡一哭，鞍馬去孤城。草木歲月晚，關河霜雪清。別離已昨日，因見古人情〔二〕。（0589）

【注】

黄鶴注：乾元二年（七五九）作，作詩時公將去秦也。

〔一〕帶甲二句：黄鶴注：「當是指其年史思明之亂。」《戰國策·楚策》：「帶甲百萬。」

〔二〕別離二句：江淹《古離別》：「送君如昨日，簷前露已團。」仇注：「因思《古别離》有『送君如昨日』者，知今古有同悲也。」

## 觀兵

北庭送壯士，貔虎數尤多〔一〕。精鋭舊無敵，邊隅今若何〔二〕？妖氛擁白馬，

元帥待彫戈〔三〕。莫守鄴城下，斬鯨遼海波〔四〕。（0590）

【注】

黄鶴注：當是乾元二年（七五九）春作，非秦州詩。仇注編入乾元元年（七五八）冬。按，據命題，仍以從舊次編入秦州詩爲是。

〔一〕北庭二句：錢箋：「北庭，謂鎮西北庭節度使李嗣業之兵，即安西兵也。」朱鶴齡注：「乾元元年十月，李嗣業將鎮西北庭兵屯懷州，會師攻鄴。」按，嗣業自安西統衆赴靈武行在在至德元載，後以北庭行營節度使從郭子儀圍相州，且於乾元二年正月卒於相州行營。此詩所言與本卷《秦州雜詩》（0554）「奉詔發金微」同，亦指發邊兵入援過秦州者，故題爲「觀兵」。若鄴城之師，則詩人無由觀之。《舊唐書·郭昕傳》：「肅宗末爲四鎮留後。自關隴陷蕃，爲虜所隔，其四鎮北庭使額，李嗣業、荔非元禮皆遥領之。昕阻隔十五年，建中二年，與伊西北庭節度使李元忠俱遣使來朝。」北庭都護府陷吐蕃，在上元元年。

〔二〕邊隅句：朱鶴齡注：「邊隅謂鄴城，凡臨敵境即爲邊。」浦起龍云：「指延州、雁門等，東抵燕塞之邊。」按，仍指西域。亦憂心吐蕃入侵，邊隅不保。

〔三〕妖氛二句：朱鶴齡注：「白馬，用侯景事。」按，疑指滑州。《舊唐書·肅宗紀》：「（乾元二年九月）庚寅，逆胡史思明陷洛陽，副元帥李光弼守河陽，汝、鄭、滑等州陷賊。」《元和郡縣圖志》卷八滑州：「今州城東北五里白馬故城，即衛之曹邑也。」「白馬縣，望。郭下。」朱鶴齡注：「元帥指嗣業。」「舊注北庭謂回紇，元帥謂廣平，妖氛謂吐蕃，俱極謬。」仇注：「郭子儀前爲副元帥，收復東京，今望朝廷以元帥授子儀，故曰待琱戈。」按，《舊唐書·肅宗紀》：「（乾元二年七月）辛丑，制以趙王系爲天下兵馬元帥，司空兼侍中李光弼爲副。」時李光弼守河陽，當指光弼。《漢書·郊祀志》：「賜爾旂鸞黼黻琱戈。」注：「師古曰：琱戈，刻鏤之戈也。」

〔四〕莫守二句：錢箋引李光弼與朔方軍同逼魏城求戰之謀，而謂：「皆謂不當困守鄴城，老師乏饋，以待援師之至也。」仍以鄴城圍潰之前爲説。按，此與《秦州雜詩》「恨解鄴城圍」意同，皆追咎鄴城之敗，望官軍此去北收遼海，一舉平叛。

## 不歸

河間尚征伐①〔一〕，汝骨在空城。從弟人皆有，終身恨不平。數金憐俊邁，總角愛聰明〔二〕。面上三年土，春風草又生②。（0591）

【校】

① 征，宋本、錢箋校：「一作戰。」

② 春，宋本、錢箋校：「一作秋。」 草，宋本、錢箋校：「一作吹。」

【注】

黃鶴注：祿山自范陽反，公之從弟死於城中，天寶十四載十一月至乾元元年爲三年，當是乾元二年（七五九）春作，公是時在東都。而梁權道編在秦州作，非。仇注謂公之從弟必死於天寶十五載，至乾元二年爲三年。

〔一〕河間句：《舊唐書·地理志》河北道：「瀛州，上，隋河間郡。……天寶元年，改爲河間郡。乾元元年，復爲瀛州。」《舊唐書·史思明傳》：「南拔常山、趙郡，又攻河間，爲尹子奇所圍，已四十餘日。顔真卿使和琳以一萬二千人、馬百匹以救之。至河間二十餘里，北風勁烈，鼓聲不相聞，賊縱擊之，擒和琳以至城下。思明既全，合勢，賊軍益盛。李奐爲賊所擒，送東京。又攻景城。」時在至德元載十月。

〔二〕數金二句：《草堂》夢弼注：「數，所具切，計也。謂幼之時識錢數也。張正見詩：數金買聲名。」仇注引胡夏客曰：「數金，用河間姹女數錢語，以應河間。蕭子顯詩：瞑數河間錢。」按，數錢，唐人用以詠歌妓，當非此詩所謂。數金或與算數有關。《九章算術》卷七：「今有共買金，人出四百盈三千四百，人出三百盈一百，問人數、金價各幾何？答曰：三十三人，金價九千八百。」金爲交易物，亦以之計物值，故常用爲演算例題。《三國志·魏書·胡質傳》注引虞預《晋書》：「陔及二弟韶、茂，皆總角見稱，並有器望。」《晋書·荀顗傳》：「總角知名，博學洽聞。」

# 天末懷李白

涼風起天末〔一〕，君子意如何？鴻雁幾時到，江湖秋水多。文章憎命達，魑魅喜人過〔二〕。應共冤魂語，投詩贈汨羅〔三〕。（0592）

【注】

《九家》趙注：公在秦州懷之，而遂謂之「天末」。黄鶴注：應在寶應元年（七六二）後。仇注仍繫於秦州作。

〔一〕涼風句：張衡《東京賦》：「眇天末以遠期，規萬世而大摹。」陸機《爲顧彦先贈婦》：「借問歎何爲，佳人眇天末。」

〔二〕文章二句：朱鶴齡注：「上句言文章窮而益工，反似憎命之達者。下句言小人争害君子，猶魑魅喜得人而食之，即《招魂》『雄虺九首，吞人以益其心』意也。」宋之問《祭杜學士審言文》：「辭業備而官成，名聲高而命薄。屈原不終於楚相，揚雄自投於漢閣。代生人而豈無，人違代而咸若。運鍾唐虞，崇文寵儒；國求至寶，家獻靈珠。後復有王、楊、盧、駱，繼之以子躍雲衢。王也才參卿於西陝，楊也終遠宰於東吴；盧則哀其栖山而卧疾，駱則不能保族而全軀。」

〔三〕應共二句：《史記·屈原賈生列傳》：「屈原至於江濱，被髮行吟澤畔，顔色憔悴，形容枯槁。……於是懷石，遂自投汨羅以死。」索隱：「汨水在羅，故曰汨羅。《地理志》：長沙有羅縣，羅子之所徙。《荆州記》：羅縣北帶汨水。」《九家》趙注：「此以白比於賈誼也。屈原其死爲冤也，誼過汨羅，有《弔屈原賦》。」仇注：「冤魂指屈原，投詩謂李白。」「邵寶謂白已死，公在夔州作，蓋誤認冤魂爲白魂耳。」黃鶴注誤同。

## 獨立

空外一鷙鳥，河間雙白鷗。飄颻搏擊便，容易往來游〔一〕。草露亦多濕，蛛絲仍未收。天機近人事，獨立萬端憂〔二〕。（0593）

【注】

黃鶴注：詩乾元二年（七五九）在秦華間作。仇注：此詩有憂讒畏譏之意，必乾元元年（七五八）在華州時作。

〔一〕空外四句：《九家》趙注：「此言白鷗往來，蓋不知鷙鳥之將搏擊，此可謂寒心矣。公後篇《寄賈六嚴八》詩戒其爲文爲詩莫傳於衆，而曰『浦鷗防碎首，霜鶻不空拳』，則公今詩應有所憂之人乎？」按，二詩意不同，此似言鷙鳥、白鷗各得其便。

〔一一〕草露四句：《九家》趙注：「或曰露下衆草則將殺草，蛛絲未收則將羅物，皆有殺意。此並是天機，如人事之多患，宜公有萬端之憂也。」按，草露、蛛絲只言物之更微細者，未見所謂殺意。所謂天機，亦萬物流轉、各有天性之意。《莊子·秋水》：「今予動吾天機，而不知其所以然。」《文選》《文賦》李善注引司馬彪注：「天機，自然也。」又劉障注：「言天機者，言萬物轉動，各有天性，任之自然，不知所由然也。」謝莊《月賦》：「陳王初喪應劉，端憂多暇。」《文選》李周翰注：「端然憂愁，以多閑暇。」

《千家注》劉辰翁曰：「此必有幽人受禍而羅織仍未已者，如太白、鄭虔輩也。」朱鶴齡注：「此詩與《鄭縣亭子》『巢邊野雀群欺燕，花底山蜂遠趁人』，皆有憂讒畏譏之意。」二説不同，皆涉猜度。

## 日暮

日落風亦起，城頭烏尾訛①〔一〕。黄雲高未動，白水已揚波。羌婦語還哭，胡兒行且歌〔二〕。將軍别换馬②〔三〕，夜出擁彫戈。（0594）

【校】

① 烏，宋本、錢箋校：「晋作烏。」《九家》、《草堂》作「烏」，《九家》校：「杜《正謬》：烏尾當作烏尾。」《草堂》校：「一作烏。非是。」

② 别换馬，宋本、錢箋校：「一云换駿馬。」

【注】

黄鶴注：亦乾元二年（七五九）在秦州作。

〔一〕城頭句：《分門》修可曰引《後漢書·五行志》京師童謡「城上烏，尾畢逋」，「蓋言處高利獨食，不與下共，謂人主多聚斂也。」朱鶴齡注引《詩傳》：「訛，動也。」見《小雅·無羊》傳。

〔二〕羌婦二句：《九家》趙注：「蓋秦州有寄處者耳。與前篇『羌女輕烽燧，胡兒制駱駝』同義。」見本卷《寓目》(0573)。

〔三〕將軍句：《九家》趙注：「以敵人識其所乘舊馬，所以换馬。」《舊唐書·李光弼傳》：「光弼令换馬遣之，玉换馬復入，決死而前。」《唐律疏議》卷一〇《職制》：「經驛不换馬者，杖八十。」换馬者或因戰傷而换，或因馬疲而换。《北征》：「送兵五千人，驅馬一萬匹。」則騎兵人備兩馬。

## 空囊

翠柏苦猶食，晨霞高可餐①〔一〕。世人共鹵莽，吾道屬艱難。不爨井晨凍，無衣床夜寒。囊空恐羞澀，留得一錢看〔二〕。（0595）

【校】

① 晨，錢箋、《草堂》校：「一云明。」 高，宋本、錢箋、《草堂》校：「一云朝。」《九家》作「朝」。

【注】

黄鶴注：當是乾元二年（七五九）作。

〔一〕翠柏二句：《異苑》卷八：「漢末大亂，宫人小黄門上墓樹上避兵，食松柏實，遂不復飢。舉體生毛，長尺許。」《楚辭·遠游》：「餐六氣而飲沆瀣兮，漱正陽而含朝霞。」《雲笈七籤》卷五七《服氣精義論》：「是知吸引晨霞，餐漱風露，養精源於五臟，導榮衛於百關。」

〔二〕囊空二句：趙壹《客秦詩》：「文籍徒滿腹，不如一囊錢。」袁昂《古今書評》：「羊欣書如大家婢爲夫人，雖處其位，而舉止羞澀。」

## 病馬

乘爾亦已久①〔一〕，天寒關塞深。塵中老盡力，歲晚病傷心。毛骨豈殊衆，馴良猶至今。物微意不淺，感動一沉吟②。（0596）

【校】

① 爾，《文苑英華》作「汝」，校：「集作爾。」

② 動，《文苑英華》作「激」，校：「集作動。」

【注】

黄鶴注：當是乾元二年（七五九）在秦州作。

〔一〕乘爾句：《九家》趙注：「此篇暗使田子方事之意。」《韓詩外傳》卷八：「昔者田子方出見老馬於道，喟然有志焉。以問於御者曰：『此何馬也？』曰：『故公家畜也。罷而不爲用，故出放也。』田子方曰：『少盡其力，而老去其身，仁者不爲也。』束帛而贖之。窮士聞之，知所歸心矣。」

## 蕃劍

致此自僻遠①，又非珠玉裝〔一〕。如何有奇怪，每夜吐光芒。虎氣必騰趠②，龍身寧久藏〔二〕。風塵苦未息，持汝奉明王。（0597）

【校】

①致，錢箋校：「一云至。」

②趠，宋本、錢箋校：「一作上。」《九家》、《草堂》作「上」。

【注】

黄鶴注：舊次與梁編皆在乾元二年（七五九）秦州詩内。

〔一〕致此二句：《西京雜記》卷一：「高帝斬白蛇劍，劍上有七采珠、九華玉以爲飾。」曹植《七啓》：「步光之劍，華藻繁縟。飾以文犀，雕以翠緑。綴以驪龍之珠，錯以荆山之玉。」

〔二〕虎氣二句：《越絶書》卷二：「闔廬冢在閶門外，名虎丘。下池廣六十步，水深丈五尺，銅槨三重，墳池六尺，玉鳧之流，扁諸之劍，三千方圓之口，三千時耗，魚腸之劍在焉。千萬人築治之，取土臨湖口，築三日而白虎居上，故號虎丘。」《九家》趙注引此，謂：「亦無『虎氣』字。於虎曰氣，於龍曰身，豈公因事而自造語耶？」又別引《世説》（見《殷芸小説》卷二）：「王子喬墓在京茂陵，戰國時有人盜發之，睹之無所見，唯有一劍懸在空中。欲取之，劍便作龍鳴虎吼，遂不敢近。」龍身，見卷七《可歎》（0328）「紫氣鬱鬱猶衝斗」注。

## 銅瓶

亂後碧井廢，時清瑤殿深〔一〕。銅瓶未失水，百丈有哀音。側想美人意，應非寒甃沉①〔二〕。蛟龍半缺落，猶得折黃金〔三〕。（0598）

【校】

① 非，錢箋、《草堂》校：「一作悲。」

【注】

黃鶴注：乾元二年（七五九）作。

〔一〕亂後二句：張説《南省就竇尚書山亭尋花柳宴序》：「諸公入金門，侍瑤殿。」

〔二〕銅瓶四句：《九家》趙注：「銅瓶乃是不用於汲而留於世者，非是沈在井底所得。側想美人之意，可以推見。」仇注：「此瓶未經失水，則繫以長綆，而轆轤有聲。及其沉没水中，想汲井宫人，應對寒甃而傷悲矣。」浦起龍云：「借汲井之人，影知己之人，蓋謂君也。注家不察，將美人認煞宫人。」按，「應非」句應「未失水」，不煩改「悲」字。哀音謂汲水井中之音。側想美人意，謂見銅瓶而想像汲井之時如此。不必别求深解。《初學記》卷六引《風俗通》：「甃，聚磚修井也。」

〔三〕蛟龍二句：《九家》趙注：「井中或得斷釵遺珥，有黄金蛟龍之狀。」師云：「蛟龍蓋瓶上刻鑄之象，今雖缺落，猶可準折黄金，則其工巧可知。」朱鶴齡注引戴延之《西征記》（《藝文類聚》卷六二引）：「太極殿上有金井欄、金博山、金轆轤，蛟龍負山於井上。」按，詩詠瓶而非井，二句自應屬瓶。

## 觀安西兵過赴關中待命二首〔一〕

四鎮富精鋭①，摧鋒皆絶倫。還聞獻士卒②，足以静風塵〔二〕。老馬夜知道，蒼鷹飢著人③〔三〕。臨危經久戰，用急始如神④〔四〕。（0599）

**【校】**

① 四，宋本、錢箋校：「一云西。」

②獻，宋本、錢箋校：「一作就。」《草堂》作「遺」。
③飢，宋本、錢箋校：「一作秋。」
④急，錢箋、《九家》校：「一作意。」《草堂》作「意」，校：「一作急。」　始，宋本、錢箋校：「一作使。」

【注】

黃鶴注：當是乾元元年（七五八）華州作，梁權道編在乾元二年（七五九）作。按，仍當作於秦州，故云「過赴關中」，若華州則已在關中。

〔一〕安西：《舊唐書·地理志》：「安西大都護府……長壽二年，收復安西四鎮，依前於龜茲國置安西都護府。至德後，河西、隴右戍兵皆徵集收復兩京，上元元年，河西軍鎮多爲吐蕃所陷。」《新唐書·地理志》謂：「至德元載更名鎮西，後復爲安西。」《通典》卷一七二《州郡·大唐》則謂：「鎮西節度使，理安西。」《舊唐書》李嗣業、荔非元禮等稱鎮西北庭行營節度使，馬璘稱鎮西節度使。

〔二〕四鎮四句：《舊唐書·地理志》安西都護府所統四鎮：龜茲都護府，本龜茲國；毗沙都督府，本于闐國；疏勒都督府，本疏勒國；焉耆都督府，本焉耆國。唐長孺《唐書兵志箋正》：「按唐代在西域之軍區有三：曰磧西或四鎮，曰安西，曰伊西或北庭，三者常相兼，故軍鎮亦不常所屬。……所謂安西四鎮節度，正稱應曰四鎮節度使安西都護。」黃鶴注等皆引乾元元年六月，李嗣業充鎮西北庭行營節度使，八月同郭子儀討安慶緒。按，嗣業早於至德初入援，所充行營節度使，即鎮西北庭兵已在關内者。此詩所言，乃續徵調者。參前《觀兵》(0590)注。

〔三〕老馬二句：《韓非子·説林》：「管仲、隰朋從桓公伐孤竹，春往冬反，迷惑失道。管仲曰：『老馬之智可用也。』乃放老馬而隨之，遂得道。」鷹飢，見卷一《送高三十五書記》(0002)注。

〔四〕臨危二句：《三國志·魏書·郭淮傳》：「淮臨危濟難，功書王府。」《史記·絳侯周勃世家》：「即有緩急，周亞夫真可任將兵。」

奇兵不在衆，萬馬救中原。談笑無河北，心肝奉至尊〔一〕。孤雲隨殺氣，飛鳥避轅門。竟日留歡樂①，城池未覺喧。(0600)

【校】

① 歡樂，宋本、錢箋、《九家》、《草堂》校：「一作觀樂。」

【注】

〔一〕談笑二句：《三國志·吴書·甘寧傳》：「士衆皆懼，惟寧談笑自若。」葛立方《韻語陽秋》卷一：「杜甫《觀安西過兵》詩云：『談笑無河北，心肝奉至尊。』故東坡亦云：『似聞指揮築上郡，已覺談笑無西戎。』蓋用左太沖《詠史詩》『長嘯激清風，志若無東吴』也。王維云：『虜騎千重只似無』，句則拙矣。」

## 送人從軍

弱水應無地，陽關已近天〔一〕。今君渡沙磧〔二〕，累月斷人烟。好武寧論命，封侯不計年〔三〕。馬寒防失道，雪没錦鞍韉〔四〕。（0601）

【注】

黄鶴注：當是乾元二年（七五九）在秦州作。

〔一〕弱水二句：弱水，見卷二《送韋十六評事充同谷郡防禦判官》（0088）注。《元和郡縣圖志》卷四〇沙州壽昌縣：「陽關，在縣西六里。以居玉門關之南，故曰陽關。本漢置也，謂之南道，西趣鄯善、莎車。後魏嘗於此置陽關縣，周廢。」

〔二〕今君句：沙磧，沙漠。《魏書·西域傳》焉耆國：「東去高昌九百里，西去龜茲九百里，皆沙磧，東南去瓜州二千二百里。」《隋書·西域傳》高昌：「從武威西北，有捷路，度沙磧千餘里，四面茫然，無有蹊徑。欲往者，尋有人畜骸骨而去。」錢箋：「漢後史家變稱爲磧。磧者沙積也，其義一也。」

〔三〕好武二句：《史記·李將軍列傳》：「諸廣之軍吏及士卒或取封侯。」仇注：「亦暗用李廣數奇不遇事。」

〔四〕雪没句：岑參《衛節度赤驃馬歌》：「紅纓紫鞚珊瑚鞭，玉鞍錦韉黄金勒。」桂馥《札樸》卷七：「馬韉具曰韉，此俗作也。當爲『韀』。《廣韻》：韀，蘇旱切。二幅。《説文》：韀，婦人脅衣。馥謂韀亦馬之脅衣，故冒名焉。《晋書》：張方傳軍人入宫閣，争割流蘇武帳而爲馬韀。」

## 野望

清秋望不極，迢遞起曾陰。遠水兼天净，孤城隱霧深。葉稀風更落，山迥日初沉。獨鶴歸何晚，昏鴉已滿林〔一〕。（0602）

【注】

黄鶴注：乾元二年（七五九）秦州作。

〔一〕獨鶴二句：《分門》洙曰：「譏小人衆多也。」《九家》趙注：「末句亦道實事耳，舊注所言未必然。」

## 示侄佐佐草堂在東柯谷〔一〕。

多病秋風落，君來慰眼前。自聞茅屋趣，只想竹林眠。滿谷山雲起，侵籬澗

水懸。嗣宗諸子侄①，早覺仲容賢〔二〕。（0603）

【校】

①嗣，宋本、錢箋、《九家》、《草堂》校：「一云阮。」

【注】

黄鶴注：乾元二年（七五九）九月作。

〔一〕佐：杜佐，岑參有《送杜佐下第歸陸渾别業》。《新唐書·宰相世系表二上》杜淹後：繁子，「佐，大理正。」《舊唐書·杜元穎傳》：「杜元穎，萊公如晦裔孫也。父佐，官卑。」《杜審權傳》：「國初萊成公如晦六代孫。祖佐，位終大理正。佐生二子，元穎、元絳。」黄鶴注引《世系表》襄陽杜氏殿中侍御史暐子佐，爲另一人。朱鶴齡注亦淆二人。東柯谷：見《秦州雜詩二十首》（0561）注。

〔二〕嗣宗二句：阮籍字嗣宗。《晋書·阮咸傳》：「咸字仲容。……任達不拘，與叔父籍爲竹林之游，當世禮法者譏其所爲。」

## 佐還山後寄三首〔一〕

山晚浮雲合①，歸時恐路迷。澗寒人欲到，村黑鳥應栖。野客茅茨小，田家樹木低。舊諳疏懶叔，須汝故相携〔二〕。（0604）

【校】

①浮，錢箋校：「一云黄。」

【注】

黄鶴注：同上年作。

〔一〕還山：黄鶴注：「還東柯谷也。」

〔二〕舊諳二句：《九家》趙注：「末句又以嵇康自處。」

白露黄粱熟，分張素有期〔一〕。已應舂得細，頗覺寄來遲。味豈同金菊，香宜配緑葵①〔二〕。老人佗日愛②，正想滑流匙〔三〕。（0605）

【校】

① 金，宋本校：「晉作甘。」錢箋校：「一作甘。」　配，《九家》作「酌」。

② 佗，錢箋作「他」。

【注】

〔一〕白露二句：《後漢書·五行志》桓帝初京都童謡：「石上慊慊春黄粱。」《齊民要術》卷二粱秫：「今世有黄粱，穀秫，桑根秫，槵天棓秫也」；「種與植穀同時，晚者全不收也。」分張，分開、分給。鍾會《檄蜀文》：「而巴蜀一州之衆，分張守備，難以禦天下之師。」《南齊書·張岱傳》：「岱初作遺命，分張家財。」

〔二〕味豈二句：《禮記·月令》：「鞠有黄華。」釋文：「鞠，本又作菊。」潘岳《閑居賦》：「緑葵含露，白薤負霜。」《南齊書·周顒傳》：「王儉謂顒曰：『卿山中何所食？』顒曰：『赤米白鹽，緑葵紫蓼。』」《顔氏家訓·勉學》：「齊主客郎李恕問梁使曰：『江南有露葵否？』答曰：『露葵是蓴，水鄉所出。卿今食者，緑葵菜耳。』」

〔三〕老人二句：《太平廣記》卷四九四《薛令之》（出《閩川名士傳》）載薛詩：「飯澀匙難綰，羹稀箸易寬。」

幾道泉澆圃，交横落慢坡①〔一〕。葳蕤秋葉少②，隱映野雲多〔二〕。隔沼連香芰，

通林帶女蘿〔三〕。甚聞霜薤白〔四〕，重惠意如何③。（0606）

【校】

①慢，錢箋校：「或作幔。」《九家》、《草堂》作「幔」。

②葉少，宋本、《九家》校：「一作菜色。」錢箋校：「一作小。一作菜色。」

③惠，宋本、錢箋校：「一云薦。」

【注】

〔一〕幾道二句：黄希注：「幔坡，言青翠如幔。」朱鶴齡注：「或云疑作『幔落坡』，與『泉澆圃』對，言幔影落於坡上也。」仇注：「設幔於坡，以防鳥雀，是爲瓜果而設者。」按，慢坡猶言緩坡。《續資治通鑑長編》卷三〇二：「憲州静樂縣民請射石神慢坡塢荒地千餘頃，置弓箭手五百人，歲輸租米三千石。」《西廂記諸宫調》卷三：「栲栳大隊精兵，轉過拽脚慢坡。」

〔二〕葳蕤二句：《楚辭・七諫》：「上葳蕤而防露兮，下泠泠而來風。」王逸注：「葳蕤，盛貌。」《史記・司馬相列傳》：「紛綸葳蕤。」索隱：「胡廣曰：葳蕤，委頓也。張揖云：亂貌。」仇注：「葳蕤有兩解，一作盛貌，一作衰貌。」隱映，映襯。謝舉《凌雲臺》：「綺甍懸桂棟，隱映傍喬柯。」

〔三〕隔沼二句：《楚辭・離騒》：「製芰荷以爲衣兮，集芙蓉以爲裳。」王逸注：「芰，菱也。」《説文》：「蔆，芰也。楚謂之芰，秦謂之薢茩。」羅願《爾雅翼》卷六：「蔆生水中，實兩角，或四角。

一名芰。……菱葉覆被水上，其花黄白色，其食餌之，可以斷穀。」《詩·小雅·頍弁》：「蔦與女蘿，施于松柏。」傳：「蔦，寄生也。女蘿，菟絲、松蘿也。」

〔四〕甚聞句：潘岳《閑居賦》：「緑葵含露，白薤負霜。」蕭綱《七勵》：「霜薤沸烈，露葵繁舒。」《政和證類本草》卷二八引唐本注：「薤本是韭類，葉不似葱，今云同類，不識所以然。薤有赤、白二種，白者補而美，赤者主金瘡及風苦而無味。」

## 從人覓小胡孫許寄〔一〕

人説南州路，山猿樹樹懸〔二〕。舉家聞若駭①，爲寄小如拳〔三〕。預哂愁胡面，初調見馬鞭②〔四〕。許求聰惠者③，童稚捧應癲。（0607）

**【校】**

① 若駭，宋本、錢箋、《九家》、《草堂》校：「一云共愛。」

② 初，宋本、錢箋校：「一作何。」

③ 惠，錢箋作「慧」。

【注】

黄鶴注：詩云「人説南州路」，則詩在西北作，當是寓秦州時。

〔一〕胡孫：《古今事文類聚》後集卷三七「猴」引《廣雅》：「一名狙，一名王孫，一名胡孫。」《朝野僉載》卷四：「遇契丹賊孫萬榮使何阿小取滄瀛冀貝，良弼謂鹿城令李懷璧曰：『孫者胡孫，即是獮猴，難可當也。『萬』字者有草，即草中藏。』勸懷璧降何阿小。」

〔二〕山猿句：《爾雅·釋獸》：「猱，蝯，善援。」注：「便攀援。」吴曾《能改齋漫録》卷三：「意題皆是胡孫，而首句以山猿爲詞者，何耶？」按，《太平廣記》卷一八四《高輦》（出《玉堂閑話》）：「胡孫大者爲猿。」李德裕《白猿賦》：「此郡多白猿，其性馴而仁愛，所止榛林不瘁，果熟乃取，不敢與猴相狎，猴亦畏而避之。昔傅休奕有《猿猴賦》，但悦其變態似優，以爲戲玩，且不言二物殊性，余今作賦以辨之爾。」是人多混言或連言。

〔三〕舉家二句：黄庭堅《杜詩箋》：「舉家聞如駭，當作『咳』。禺屬惟猿猴喜怒飲食常作咳。」《爾雅翼》卷二〇：「猴狀似愁胡，而手足如人，其聲嗝嗝若咳。」按，如駭謂家人聞之，若咳則言猴之聲，二意不同，自以前者爲順解。《分門》師曰：「小如拳，言胡孫至小者爲奇也。」《九家》師云：「《南越志》：廣夷之山多小樹，玃立如拳。」《天中記》卷六〇引《崇安志》：「武夷山多獮猴，其小者僅如拳。」

〔四〕預哂二句：傅玄《猿猴賦》：「既似老公，又類胡兒。」《分門》師曰：「初調見馬鞭，言始調狎之則用笞撻，如馬之見鞭而後行也。」朱鶴齡注：「舊注胡孫能警馬，畜馬者夜則令胡孫警馬背。」引《齊民要術》「常繫獮猴於馬坊，令馬不畏，辟惡，消百病」。按，以鞭調猴與胡孫警馬爲二事，詩似只言前者。

## 秋日阮隱居致薤三十束〔一〕

隱者柴門内①，畦蔬繞舍秋。盈筐承露薤〔二〕，不待致書求。束比青芻色，圓齊玉筯頭〔三〕。衰年關鬲冷〔四〕，味暖併無憂②。（0608）

**【校】**

① 門，宋本、錢箋、《草堂》校：「一云荆。」

② 併，宋本、錢箋、《九家》、《草堂》校：「一作腹。」

**【注】**

黄鶴注：公以乾元二年（七五九）夏至秦州，有《貽阮隱居詩》，此詩同是其年作。

〔一〕阮隱居：阮昉。見卷三《貽阮隱居》（0093）。《説文》：「䪥，䪥菜也。似韭，從韭，㲋聲。」俗作薤。《爾雅翼》卷五：「薤似韭而無實，亦不甚葷。古禮脂用葱，膏用薤。脂，羊牛麋鹿之屬。膏，犬豕之屬。蓋物各有所宜。今薤與牛肉同食，令人作瘕是也。……薤有赤、白二種，赤者主金瘡及風苦而無味，白者補而美。又雖有辛，不葷五藏，養生者服之，可以安神養氣。」劉克莊《後村詩話》卷一〇：「公於菜中尤重薤，有『味暖腹無憂』之句，非嗜生冷者。貴人日費萬錢，或一生食萬羊。子美晚途以耒陽令饋白酒牛肉暴卒，豈若常蔬茹乎？」

〔二〕盈筐句：《詩·周南·卷耳》：「采采卷耳，不盈頃筐。」

〔三〕束比二句：《詩·小雅·白駒》：「生芻一束，其人如玉。」仇注引顧注：「玉筯頭，言薤根之白。」《太平御覽》卷八九二引《帝王世紀》：「紂爲玉筯。」

〔四〕衰年句：《鹽鐵論·箴石》：「今欲下箴石，通關鬲。」鬲同膈。《廣韻》：「膈，胸膈。」《集韻》：「膈、膞，肓也。或從革。」《正字通》：「否隔、睽隔、肝膈，並借鬲，義通。肝鬲、胸鬲，皆作鬲。《韻補》：膈，肝膈。鬲，胸膈。分爲二，非。」

## 秦州見勅目薛三璩授司議郎畢四曜除監察與二子有故遠喜遷官兼述索居凡三十韻①〔一〕

大雅何寥闊②，斯人尚典刑〔二〕。交期余潦倒，材力爾精靈〔三〕。二子聲同日，諸生困一經〔四〕。文章開突奧③，遷擢潤朝廷〔五〕。舊好何由展〔六〕，新詩更憶聽。別來頭併白，相見眼終青〔七〕。伊昔貧皆甚，同憂心不寧④。棲遑分半菽，浩蕩逐流萍〔八〕。俗態猶猜忌⑤，妖氛忽杳冥⑥〔九〕。獨慚投漢閣，俱議哭秦庭⑦〔一〇〕。還蜀祇無補，囚梁亦固扃〔一一〕。華夷相混合，宇宙一膻腥。帝力收三統〔一二〕，天威總四溟。舊都俄望幸〔一三〕，清廟肅惟馨。雜種雖高壁⑧，長驅甚建瓴〔一四〕。焚香淑景殿，漲水望雲亭〔一五〕。法駕初還日，羣公若會星〔一六〕。宮臣仍點染，柱史正零丁〔一七〕。官忝趨棲鳳，朝回歎聚螢⑨〔一八〕。喚人看腰褭，不嫁惜娉婷〔一九〕。掘劍知埋獄，提刀見發硎〔二〇〕。侏儒應共飽，漁父忌偏醒〔二一〕。旅泊窮清渭，長吟望濁涇〔二二〕。羽書還似急，烽火未全停。師老資殘寇，戎生及近坰〔二三〕。忠臣辭憤激，烈士涕飄零。上將盈邊鄙⑩，元勳溢鼎銘⑪〔二四〕。仰思調玉燭，誰定握青萍⑫？劍名〔二五〕。隴俗輕鸚鵡，原情類鶺鴒〔二六〕。秋風動關塞，高卧想儀形〔二七〕。（0609）

**【校】**

① 勑，宋本、錢箋、《九家》、《草堂》校：「一云除。」

② 闊，宋本、錢箋校：「一作廓。」

③突，宋本、錢箋校：「一作突。烏弔切。」奥，宋本、錢箋校：「一云隩。」
④心，宋本、錢箋校：「一作歲。」《九家》、《草堂》作「歲」。
⑤忌，錢箋校：「一作忍。」
⑥忽，錢箋校：「一作遂。」
⑦俱，錢箋校：「一作但。」
⑧雖，宋本、錢箋、《九家》、《草堂》校：「一作難。」　壁，錢箋作「壘」。
⑨歎，宋本、錢箋、《九家》、《草堂》校：「一作欲。」
⑩上，宋本、錢箋校：「一云小。」
⑪隘，錢箋、《草堂》作「溢」。
⑫握，宋本、錢箋、《九家》、《草堂》校：「一作淬。」

**【注】**

黄鶴注：乾元二年（七五九）秋作。

〔一〕敕目：《唐六典》卷一尚書都省：「凡上之所以逮下，其制有六，曰制、敕、册、令、教、符。天子曰制，曰敕，曰册。」敕目者僅抄録其目。《舊唐書·李昭德傳》：「臣近於南臺見敕目，諸處奏事，陛下已依。」蓋杜甫在秦州所見朝報有薛、畢授官敕目。薛三璩：薛璩，見卷一《同諸公登慈恩寺塔》（0023）、卷七《寄薛三郎中據》（0363）注。《唐六典》卷二六太子左春坊：「太子司議郎四人，正六品上」；「司議郎掌侍從規諫，駁正啓奏，以佐庶子、中允之闕。」畢四曜：畢曜，見卷二《偪仄行》(0051)注。

〔二〕大雅二句：《詩·大雅·蕩》：「雖無老成人，尚有典刑。」箋：「雖無此臣，猶有常事故法可案用也。」

〔三〕交期二句：嵇康《與山巨源絶交書》：「足下舊知我潦倒粗疏，不切事情。」傅毅《舞賦》：「攄予意以弘觀兮，繹精靈之所束。」

〔四〕二子二句：《九家》趙注：「言二子由諸生而登朝廷也。」仇注：「並除官，故云同日。」鮑照詩：「豎儒守一經，未足識行藏。」

〔五〕文章二句：《爾雅·釋宫》：「西南隅謂之奥」，「東南隅謂之窔。」《荀子·非十二子》：「奥窔之間，簟席之上斂然，聖王之文章具焉。」《九家》趙注：「潤朝廷，字如富潤屋、德潤身之潤。」

〔六〕舊好句：曹植《離友詩》：「迄魏都兮息蘭房，展宴好兮惟樂康。」

〔七〕相見句：《晋書·阮籍傳》：「籍又能爲青白眼，見禮俗之士，以白眼對之。」

〔八〕栖遑二句：《漢書·項籍傳》：「今歲饑民貧，卒食半菽。」注：「臣瓚曰：士卒食蔬菜，以菽雜半之。」曹植《雜詩》：「寄松爲女蘿，依水如浮萍。」何偃《冉冉孤生竹》：「流萍依清源，孤鳥宿深沚。」

〔九〕俗態二句：仇注：「猜忌，指李林甫。妖氛，指安禄山。」

〔一〇〕獨慚二句：投漢閣，見卷一《醉時歌》(0019)注。《左傳》定公四年：「申包胥如秦乞師……立，依於庭牆而哭，日夜不絶聲，勺飲不入口七日。秦哀公爲之賦《無衣》，九頓首而出，秦師乃出。」《草堂》夢弼注：「甫得罪，自比揚雄也。」「言二子既顯達，當議救朝廷之難也。」朱鶴齡注：「投漢閣，比降賊諸臣如陳希烈、張均兄弟是也。哭秦庭，比肅宗遣使徵兵回紇也。」仇注：「投閣，身陷賊中。哭秦，乞師回紇。」何焯云：「公之自責如此，於摩詰、廣文有恕詞焉，可謂忠厚之至。」浦起龍云：「哭秦庭，望諸節鎮出師也。」獨慚，當從仇、何之説。

〔一一〕還蜀二句：《分門》洙曰：「司馬相如還蜀。」《草堂》夢弼注：「甫以故鄉爲賊焚蕩，雖獲歸還，復何益哉。」朱鶴齡注引《三國志·蜀書·黄權傳》黄權降魏，魏主問之，對曰：「臣降吴不可，還蜀無路，是以歸命。」《漢書·鄒陽傳》：「（梁）孝王怒，下陽吏，將殺之。陽客游以讒見禽，恐死而負累，乃從獄中上書……書奏孝王，孝王立出之，卒爲上客。」夢弼注：「甫雖謫華州，亦能固守。」朱鶴齡注：「還蜀、囚梁，又比陷賊脱歸及爲所拘縶者，皆指當時事。」仇注：「還蜀，不得扈從上皇也。囚梁，朝官被繫洛陽也。」浦起龍云：「無補，自謙脱賊任拾遺之事。固扃，謂二子亦嘗被拘於洛陽也。」按，下云「宫臣仍點染」，蓋指治罪陷賊官事。杜甫蓋與薛、畢皆自賊中拔歸，然薛、畢或因脅從而獲罪。囚梁指下獄，時治罪在長安，不在洛陽。參卷七《八哀詩·蘇公源明》（0335）注。諸家謂指二子曾被賊拘，不確。還蜀即指歸朝，此事則在其後，且賊拘亦不得言「固扃」。

〔一二〕帝力句：《漢書·律曆志》：「三統者，天施、地化、人事之紀也。……此三律之謂矣，是爲三統。」《谷永傳》：「垂三統，列三正，去無道，開有德。」按，三統又指三代之統。《律曆志》兒寬議：「臣愚以爲三統之制，後聖復前聖者，二代在前也。今二代之統絶而不序矣。」唐封三恪二王後，亦遵此義。

〔一三〕舊都句：《九家》趙注：「舊都，指言長安。望幸，言車駕還也」，「言再見宗廟也。」

〔一四〕雜種二句：雜種，見卷二《留花門》(0068)注。《史記·高祖本紀》：「其以下兵於諸侯，譬猶居高屋之上建瓴水也。」

〔一五〕焚香二句：《長安志》卷六西内：「安仁門内有安仁殿……歸真觀在安仁殿後，觀後有絲綵院，院西有淑景殿。」望雲亭，見卷九《贈翰林張四學士》(0469)注。

〔一六〕羣公句：《詩·衛風·淇奥》：「充耳琇瑩，會弁如星。」箋：「會，謂弁之縫中，飾之以玉，皪皪而處，狀似星也。天子之朝服皮弁，以日視朝。」

〔一七〕宫臣二句：《九家》趙注：「點染者，爲文字也。此以言薛璩。畢除監察，故以柱史言畢。」朱鶴齡注：「胡震亨曰：仍點染，言據此時被誣，仍未湔洗。必有實事，惜無考。」點染，點污。見卷六《園官送菜》(0285)注。《唐六典》卷一三御史臺侍御史：「《周官·宗伯》屬官御史……以其在殿柱之間，亦謂之柱下史。秦改爲侍御史。」畢曜爲監察御史，故以「柱史」稱之。浦起龍云：「曰宫臣、柱史者，就今日之官稱之，非謂其已除官也。」「若二子亦於是時授此官，何得至秦州始見勑目也。」説是，可破趙注等誤。李密《陳情事表》：「零丁孤苦，至於成立。」

〔一八〕官忝二句：《長安志》卷六：「(含元)殿東南有翔鸞閣，西南有栖鳳閣，與殿飛廊相接。」車胤聚螢讀書，見卷七《奉酬薛十二丈判官見贈》(0324)注。《九家》趙注謂趨栖鳳者言畢曜，歎聚螢似言薛璩仍不廢讀書，東宫官屬以經教授，以讀書爲事爾。朱鶴齡注謂二句公自謂也。按，當從朱注。時薛、畢二人尚未就職。

〔一九〕唤人二句：腰褭，見卷一《天育驃騎歌》(0013)注。《九家》趙注：「以言二公初不自眩鬻，以駿馬、以佳人爲喻。」《草堂》夢弼注：「此皆甫以良馬美女自喻，不見用於世也。」朱鶴齡注：「言我忝官拾遺，逢人爲之吹薦，惜二子過時不字。」

〔二〇〕掘劍二句：掘劍，見卷七《可歎》(0328)「紫氣鬱鬱猶衝斗」注。《莊子·養生主》：「以無厚入有間，恢恢乎其於游刃必有餘地矣，是以十九年而刀刃若新發於硎。」「提刀而立，爲之四顧。」《九家》趙注：「以言二公稍因遷用而後見其才也。」

〔二一〕侏儒二句：《漢書·東方朔傳》：「朱儒飽欲死，臣朔飢欲死。」《史記·屈原賈生列傳》：「屈原曰：『舉世混濁而我獨清，衆人皆醉而我獨醒，是以見放。』漁父曰：『……舉世混濁，何不隨其流而揚其波？衆人皆醉，何不餔其糟而啜其醨？』」

〔二二〕旅泊二句：《元和郡縣圖志》卷三九秦州上邽縣：「渭水，在縣北十三里。」《九家》趙注：「公在秦而憶長安故也。」「窮其上流，所以言清。」濁涇，見卷一《秋雨歎三首》(0016)注。

〔二三〕師老二句：《左傳》僖公二十八年：「且楚師老矣。」《老子》：「天下無道，戎馬生於郊。」《九家》趙注：「則時又有吐蕃之患矣。」仇注：「師老，頓兵已久。戎生，思明復熾。」

〔二四〕元勳句：《禮記·祭統》：「夫鼎有銘，銘者自名也。」張衡《東京賦》：「銘勳彝器，歷世彌光。」陳琳詩：「建功不及時，鐘鼎何所銘。」《孟子·公孫丑上》：「伯夷隘，柳下惠不恭。隘與不恭，君子不由也。」隘鼎銘，謂不以鼎銘爲意。

〔二五〕仰思二句：《爾雅・釋天》：「四氣和謂之玉燭。」疏：「言四時和氣，温潤明照，故曰玉燭。李巡曰：人君德美如玉，而明若燭。」《梁書・武帝紀》：「仁被動植，氣調玉燭。」陳琳《答東阿王箋》：「秉青萍干將之器。」《文選》吕延濟注：「青萍、干將，皆劍名也。」仇注：「上將、元勳，見功臣可仗。欲調玉燭，青萍誰屬，言當專任李、郭，以致太平。」

〔二六〕隴俗二句：《九家》趙注：「隴俗輕鸚鵡，公自况也。」按，此爲襯句。甫亦不當自喻鸚鵡。鶺鴒，見本卷《得弟消息二首》(0548)注。趙注：「與二公如兄弟之急難也。」

〔二七〕高卧句：《世説新語・賞譽》：「夫學之所益者淺，體之所安者深。閑習禮度，不如式瞻儀形。」《九家》趙注：「想望其風彩也。」

按，此詩感二子遷擢，有昨是今非、世事難料之歎。蓋杜甫自賊中拔歸，即授拾遺，而薛、畢二人其時或有點染罣誤之事，尚未洗湔，甫亦有薦拔之事。今日甫流落秦隴，而二人得參近侍，故見勅目而不勝欷歔。

## 寄彭州高三十五使君適虢州岑二十七長史參三十韻 時患瘧病〔一〕。

故人何寂寞①，今我獨淒涼。老去才難盡②〔二〕，秋來興甚長。物情尤可見〔三〕，辭客未能忘。海内知名士，雲端各異方〔四〕。高岑殊緩步，沈鮑得同行③〔五〕。意愜關飛動，篇終接混茫〔六〕。舉天悲富駱，近代惜盧王〔七〕。似爾官仍貴，前賢命可傷④。諸侯非弃擲，半刺已翺翔〔八〕。詩好幾時見，書成無信將⑤〔九〕。男兒行處是，客子鬭身强⑥〔一〇〕。羈旅推賢聖，沉綿抵咎殃〔一一〕。三年猶瘧疾，一鬼不銷亡⑦〔一二〕。隔日搜脂髓，增寒抱雪霜〔一三〕。徒然潛隙地，有覥屢鮮粧〔一四〕。何太龍鍾極〔一五〕，于今出處妨。無錢居帝里，盡室在邊疆。劉表雖遺恨，龐公至死藏〔一六〕。心微傍魚鳥，肉瘦怯豺狼。隴草蕭蕭白，洮雲片片黄〔一七〕。彭門劍閣外⑧，虢略鼎湖傍〔一八〕。荆玉簪頭冷，巴牋染翰光〔一九〕。烏麻蒸續曬，丹橘露應嘗〔二〇〕。豈異神仙宅〔二一〕，俱兼山水鄉。竹齋燒藥竈，花嶼讀書床。更得新清否⑨，遥知對屬忙〔二二〕。舊官寧改漢，淳俗本歸唐⑩〔二三〕。濟世宜公等，安貧亦士常〔二四〕。蚩尤終戮辱〔二五〕，胡羯漫猖狂。會待妖氛静，論文暫裹糧⑪〔二六〕。（0610）

【校】

①故，宋本、錢箋、《草堂》校：「一作古。」

②難，宋本、錢箋校：「一作雖。」《九家》作「雖」。

③同，宋本、錢箋、《草堂》校：「樊作周。」

④命，《草堂》作「事」。

⑤信，宋本、錢箋校：「一作使。」《草堂》作「使」。

⑥鬭，錢箋、《草堂》校：「一作問。」

⑦不，宋本、錢箋校：「一作未。」

⑧彭門，宋本、錢箋校：「一作天彭。」

⑨新清，錢箋、《草堂》作「清新」。

⑩本歸，錢箋校：「一云不離。」《草堂》作「不離」。

⑪静，宋本、錢箋校：「一云滅。」　裹，宋本作「裹」，據錢箋等改。

【注】

黄鶴注：乾元二年（七五九）作。

〔一〕高三十五使君適：高適，見本卷《寄高三十五詹事》（0541）注。《舊唐書·高適傳》：「乃左授太子少詹事。未幾，蜀中亂，出爲蜀州刺史，遷彭州。」黄鶴注：「公有《寄高詹事詩》……是時未出爲刺史也。史又云乾元二年五月貶李峴爲蜀州刺史，而此詩亦是年秋作，則是初得刺彭無疑。柳芳《曆》亦云適乾元初刺彭州。蓋史誤其先後耳。當以詩爲是。」岑二十七長史參：岑參，見本卷《奉答岑參補闕見贈》（0537）注。杜確《岑嘉州詩集序》：「入爲右補闕，頻上封章，指述權佞，改起居郎，尋出虢州長史。」岑參《佐郡思舊游》詩序：「己亥歲春三月，參自補闕轉起居舍人，夏四月署虢州長史。」

〔二〕老去句：《宋書·鮑照傳》：「上好爲文章，自謂物莫能及，照悟其旨，爲文多鄙言累句，當時咸謂照才盡，實不然也。」《梁書·江淹傳》：「淹少以文章顯，晚節才思微退，時人皆謂之才盡。」

〔三〕物情句：范雲《贈張徐州謖》：「物情弃疵賤，何獨顧衡闈。」《文選》李善注：「《莊子》曰：人之有所不得與，皆物之情也。郭象曰：憂娱在懷，皆物情耳。」

〔四〕海内二句：《三國志·魏書·陳宫傳》注引魚豢《典略》：「少與海内知名之士皆相連結。」枚乘《雜詩》：「美人在雲端，天路隔無期。」

〔五〕高岑二句：孫綽《游天台山賦》：「恣心目之寥朗，任緩步之從容。」朱鶴齡注：「沈鮑，沈約、鮑照也。」

〔六〕意愜二句：謝靈運《石壁精舍還湖中作》：「慮澹物自輕，意愜理無違。」《文心雕龍·詮賦》：「延壽《靈光》，含飛動之勢。」《莊子·繕性》：「古之人在混芒之中，與一世而得澹漠焉。」

〔七〕舉天二句：《舊唐書·富嘉謨傳》：「嘉謨與少微屬詞，皆以經典爲本，時人欽慕之，文體一變，稱爲富吴體。」《駱賓王傳》：「坐贓，左遷臨海丞，怏怏失志，弃官而去。文明中，與徐敬業於揚州作亂。敬業軍中書檄，皆賓王之詞也。敬業敗，伏誅，文多散失。」《盧照鄰傳》：「因染風疾去官，處太白山中，以服餌爲事。……既沈痼攣廢，不堪其苦，嘗與親屬執别，遂自投潁水而死。時年四十。」《王勃傳》：「勃六歲解屬文，構思無滯，詞情英邁。……恃才傲物，爲同僚所嫉。……渡南海，墮水而卒，時年二十八。」

〔八〕諸侯二句：《九家》趙注：「諸侯以言高適，半刺以言岑參。」傅玄《傅子·安民》：「今之刺史，古之牧伯也。今之郡縣，古之諸侯也。」唐玄宗《幸河東推恩詔》：「今之刺史，古之諸侯。」庾亮《答郭預書》：「别駕舊與刺史别乘同流，宣王化於萬里者，其任居刺史之半，安可任非其人。」《唐六典》卷三〇上州：「别駕一人，從四品下。長史一人，從五品上。」「隋初，上州有刺史、長史、司馬……三年，罷郡，以州統縣，改别駕、贊治爲長史、司馬。」錢箋：「岑爲長史而曰『半刺已翱翔』，賈爲司馬而曰『治中實弃捐』，蓋並可以互稱也。」

〔九〕書成句：信，信使。方以智《通雅》卷一九：「使者爲信。古人謂使爲信，黄伯思《法帖刊誤》炎報帖：故遣信還。逸少帖：遣一信見告。」《正字通》卷一：「古人謂使者曰信，與訊通。《韓世家》：陳軫説楚王發信臣，多其車，重其幣。相如《諭巴蜀檄》：故遣信使曉諭百姓。晋司馬炎報帖末云：故遣信還。《王濬傳》：王渾遣信，要令暫過論事。虞永興帖：事已信，人口具。《真誥》云：至山下，又遣一信見告。」

〔一〇〕男兒二句：行處，參本卷《曲江二首》(0518)注。《焦氏易林》睽之晉：「鬬身戰天，門有何患。」

〔一一〕羈旅二句：《九家》趙注：「言聖賢皆如此，不獨我也。」仇注：「王弼《易注》：仲尼爲旅人，即推賢聖意。」《易・乾・文言》王弼注：「仲尼旅人，則國可知矣。」沈約《齊故安陸昭王碑》：「因遘沉痾，綿留氣序。」謝脁《侍宴西堂落日望鄉》：「沉病已綿緒，負官别鄉憂。」《漢書・外戚傳》：「懼古人之禍敗，近事之咎殃。」《九家》趙注：「言其病也。」

〔一二〕三年二句：《搜神記》卷一六：「昔顓頊氏有三子，死而爲疫鬼。一居江水，爲瘧鬼。」《文選》張衡《東京賦》李善注引《漢舊儀》同。

〔一三〕隔日二句：《黄帝内經素問・瘧論》：「其氣之舍深，内薄於陰，陽氣獨發，陰邪内著，陰與陽争不得出，是以間日而作也。」「夫寒者陰氣也，風者陽氣，先傷於寒而後傷於風，故先寒而後熱也，病以時作，名曰寒瘧。……先風而後傷於寒，故先熱而後寒也，亦以時作，名曰温瘧。」參卷二《病後遇王倚飲贈歌》(0079)注。

〔一四〕徒然二句：朱鶴齡注：「潛隙地，屢鮮粧，言逃瘧也。俗云避瘧鬼必伏於幽隙之地，不爾即晝易容貌。」《太平廣記》卷二九六《太室神》(出《廣古今五行記》)：「後魏太武時，嵩陽太室中有寶神像長數尺。孝文太和中，有人避瘧於此廟。」《高力士外傳》：「高公患瘧，敕於功臣閣下避瘧。」《詩・小雅・何人斯》：「有靦面目，視人罔極。」

〔一五〕何太句：《蘇氏演義》卷上：「龍鍾者，不昌熾、不翹舉貌，如藍鬖、拉搭、解縱之類。」《通雅》卷六：「龍鍾，一作隴種、蹱蹱、儱偅。轉爲籠東、瀧涷。《荀子》曰：隴種而退。注：遺失貌。余以爲即龍鍾字。《埤蒼》作躘踵，或作偅。然古多通用。杜弼爲侯景檄梁曰：龍鍾稚子。王褒《與周弘正書》：龍鍾橫集。裴度曰：見我龍鍾。元載別妻詩：誰不厭龍鍾。退之詩：白首誇龍鍾。或言老，或言涙，或訓小人行，總皆狀其潦倒笨累耳。《指南》作儱偅。《北史》：宇文泰戰敗，敵兵追及，李穆以鞭擊泰，駡曰『籠東軍士，爾主安在』？籠東猶隴種。《説文》：瀧涑，沾漬也。兵敗披靡而退，如冒雨衣濕之狀。俗謂水濕爲瀧涑。又《三國吴志》周魴誘曹休書：卒奉大畧，伀矇狼狽。伀音鍾，伀矇猶龍鍾也。郝京山以《淮南》蘢蓯遼巢爲一則，非矣。林氏曰：《方言》：瀧涿謂之霑漬，音籠冢。此與《説文》相證，可存。姚文燮曰：竹曰龍鍾，生羅浮地。亦謂其大而笨累也。」

〔一六〕劉表二句：見卷三《遣興五首》(0109)注。

〔一七〕隴草二句：隴右節度使統洮州。

〔一八〕彭門二句：《元和郡縣圖志》卷三一彭州：「垂拱二年，于此置彭州，以岷山導江、江出山處，兩山相對，古謂之天彭門，因取以名州。」劍閣，見卷一《哀江頭》(0046)注。《元和郡縣圖志》卷六虢州：「(大業)三年又於弘農縣置弘農郡，義寧元年改爲鳳林郡。其年，於盧氏縣置虢郡，武德元年改爲虢州。其年，改鳳林郡爲鼎州，因鼎湖以爲名。貞觀八年廢，遂移虢州於今理所。」「湖城縣，望。東南至州五十二里。本漢湖縣，屬京兆尹。即黄帝鑄鼎之處。後漢改屬弘農郡，至宋加『城』字，爲湖城縣。荆山，在縣南，即黄帝鑄鼎之處。」虢古稱虢略。《後漢書·郡國志》弘農郡陸渾縣：「西有虢略地。」

〔一九〕荆玉二句：《説苑·雜事》：「荆人卞和得玉璞而獻之荆厲王，使玉尹相之，曰：『石也。』……和乃奉玉璞而哭於荆山中，三日三夜。」《山海經·中山經》：「荆山之首，曰景山，其上多金玉。」《太平寰宇記》卷六陜州湖城縣：「荆山在縣南，出美玉，即黄帝鑄鼎之所。」然他書未載。疑杜詩以荆山玉附會湖城之荆山。謝惠連《擣衣詩》：「簪玉出北房，鳴金步南階。」《唐國史補》卷下：「紙則有……蜀之麻面、屑末、滑石、金花、長麻、魚子、十色牋。」《唐摭言》卷一三：「目御前有蜀牋數十幅，因命授之。」

〔二〇〕烏麻二句：《政和證類本草》卷二四引陶隱居云：「生大宛，故名胡麻。又莖方名巨勝，莖圓名胡麻。服食家常九蒸九暴，熬擣餌之。」引唐本注：「此麻以角作八稜者爲巨勝，四稜者爲胡麻，都以烏者良，白者劣耳。」引《圖經》：「生中原川谷，今並處處有之。」左思《蜀都賦》：「家有鹽泉之井，户有橘柚之園。」

〔二一〕豈異句：孫綽《游天台山賦》：「皆玄聖之所，靈仙之所窟宅。」《游仙窟》：「承聞此處有神仙之窟宅。」

〔二二〕遥知句：《文鏡秘府論》北卷論對屬（據考出上官儀《筆札華梁》）：「凡爲文章，皆須對屬。誠以事不孤立，必有配匹而成。」

〔二三〕舊官二句：《九家》趙注：「此所謂不圖今日復見漢官威儀，言安史雖亂而舊典不改矣。」朱鶴齡注：「刺史本漢官，故云『寧改漢』。虢州本晋地，故云『不離唐』也。」《通典》卷三二《職官·州牧刺史》：「（漢）文帝十三年，以御史不奉法，下失其職，乃遣丞相史出刺並督監察御史。……至五年，乃置部刺史，掌奉詔六條察州，凡十二州焉。……（隋）開皇三年，罷郡，以州統縣。自是刺史之名存而職廢。後雖有刺史，皆太守之互名，理一郡而已，非舊刺史之職。……大唐武德元年，罷郡置州，改太守爲刺史。」漢有部刺史巡察諸州，唐刺史爲州郡長官，實相當於漢之太守。此所謂「寧改漢」，亦因實有別而言。《史記・晋世家》：「周公誅滅唐。成王與叔虞戲，削桐葉爲珪以與叔虞，曰：『以此封若。』……於是遂封叔虞於唐。」按，歸唐，蓋用晋伐虢事。《左傳》僖公五年：「晋侯復假道於虞以伐虢。……冬十二月丙子朔，晋滅虢。」

〔二四〕濟世二句：《史記・平津侯主父列傳》：「天子召見三人，謂曰：『公等皆安在？何相見之晚也。』」《列子・天瑞》：「貧者士之常也。」

〔二五〕蚩尤句：《史記・五帝本紀》：「蚩尤作亂，不用帝命。於是黄帝乃徵師諸侯，與蚩尤戰於涿鹿之野，遂禽殺蚩尤。」

〔二六〕論文句：《左傳》文公十二年：「裹糧坐甲，固敵是求。」《九家》趙注：「言賊必平而反聚也。」按，論文裹糧，蓋戲語，互爲匹敵也。

## 寄岳州賈司馬六丈巴州嚴八使君兩閣老五十韻〔一〕

衡岳啼猿裏，巴州鳥道邊〔二〕。故人俱不利①，謫宦兩悠然②。開闢乾坤正③，榮枯雨露偏〔三〕。長沙才子遠，釣瀨客星懸〔四〕。憶昨趨行殿〔五〕，殷憂捧御筵。討胡愁李廣，奉使待張騫〔六〕。無復雲臺仗，虛修水戰船〔七〕。蒼茫城七十，流落劍三千〔八〕。畫角吹秦晉④，旄頭俯澗瀍〔九〕。小儒輕董卓，有識笑苻堅〔一〇〕。浪作禽填海，那將血射天⑤〔一一〕。萬方思助順，一鼓氣無前〔一二〕。陰散陳倉北，晴熏太白巔〔一三〕。亂麻屍積衛，破竹勢臨燕〔一四〕。法駕還雙闕，王師下八川〔一五〕。此時霑奉引〔一六〕，佳氣拂周旋。貔虎開金甲⑥，麒麟受玉鞭〔一七〕。侍臣諳入仗，廐馬解登仙〔一八〕。花動朱樓雪，城凝碧樹烟。衣冠心慘愴，故老淚潺湲。哭廟悲風急，朝正霽景鮮〔一九〕。月分梁漢米，春得水衡錢⑦〔二〇〕。内蘂繁於纈，宮莎軟勝綿⑧〔二一〕。恩榮同拜手，出入最隨肩⑨〔二二〕。晚著華堂醉〔二三〕，寒重繡被眠。轡齊兼秉燭，書枉滿懷牋〔二四〕。每覺昇元輔，深期列大賢〔二五〕。秉鈞方咫尺，鎩翮再聯翩〔二六〕。禁掖朋從改⑩，微班性命全。青蒲甘受戮⑪〔二七〕，白髮竟誰憐。弟子貧原憲，諸生老伏虔〔二八〕。師資謙未達，鄉黨敬何先⑫〔二九〕。舊好腸堪斷，新愁眼欲穿⑬。翠乾危棧竹，紅膩小湖蓮⑭〔三〇〕。賈筆論孤憤，嚴詩賦幾篇〔三一〕。定知深意苦⑮，莫使衆人傳。貝錦無停織，朱絲有斷絃〔三二〕。浦鷗防碎首，霜鶻不空拳〔三三〕。地僻昏炎瘴，山稠隘石泉〔三四〕。且將棋度日，應用酒爲年。典郡終微眇，治中實弃捐〔三五〕。安排求傲吏，比興展歸田〔三六〕。去去才難得，蒼蒼理又玄〔三七〕。古人稱逝矣，吾道卜終焉〔三八〕。隴外翻投跡，漁陽復控弦〔三九〕。笑爲妻子累，甘與歲時遷。親故行稀少，兵戈動接聯。他鄉饒夢寐，失侶自迍邅〔四〇〕。多病加淹泊⑯，長吟阻靜便〔四一〕。如公盡雄俊，志在必騰騫⑰〔四二〕。（0611）

【校】

① 利，宋本、錢箋校：「一作別。」

② 悠，宋本、《草堂》校：「舊作茫。」錢箋校：「一作茫。」

③ 正，宋本、錢箋校：「一作大。」

④ 吹，宋本、錢箋校：「一作欹。」 晋，宋本、錢箋校：「一作塞。」

⑤ 將，《草堂》作「堪」。

⑥ 甲，宋本、錢箋校：「刊作匣。」《草堂》校：「一作匣。」

⑦ 得，宋本、錢箋、《草堂》校：「刊作給。」

⑧ 莎，宋本、錢箋校：「刊作花。」

⑨ 入，宋本、錢箋、《草堂》校：「一作處。」

⑩改，宋本、錢箋、《九家》、《草堂》校：「一作換。」

⑪受，宋本、錢箋、《九家》、《草堂》校：「一作就。」

⑫何，宋本、錢箋校：「一作推。」

⑬愁，宋本、錢箋校：「一作秋。」

⑭湖，宋本、錢箋、《九家》、《草堂》校：「一作池。」

⑮苦，宋本、錢箋校：「一作好。」

⑯加，宋本、錢箋校：「一作成。」

⑰如公盡雄俊志在必騰騫，宋本、錢箋校：「一云公如盡憂患，何事有陶甄。樊云如公盡雄俊，何事負陶甄。」《九家》、《草堂》校無「樊云」十字。

**【注】**

黄鶴注：當是乾元二年（七五九）秦州作。

〔一〕賈司馬：賈至。見本卷《留別賈嚴二閣老兩院補闕》（0501）、《送賈閣老出汝州》（0528）注。《新唐書·賈至傳》：「坐小法，貶岳州司馬。寶應初，召復故官。」錢箋謂至自汝州刺史奔于襄鄧，「坐小法」者謂此。嚴八使君：嚴武，見本卷《奉贈嚴八閣老》（0500）注。《舊唐書·房琯傳》：「乾元元年六月，詔曰：……又與前國子祭酒劉秩、前京兆少尹嚴武等潛爲交結……琯可邠州刺史，秩可閬州刺史，武可巴州刺史。」

〔二〕衡岳二句：《元和郡縣圖志》卷二七：「岳州，巴陵，下。……武德六年，復爲岳州。」衡岳指衡山，自岳州溯湘水而上至衡州。《舊唐書・地理志》山南西道：「巴州，中，隋清化郡。……天寶元年，改爲清化郡。乾元元年，復爲巴州。」謝朓《暫使下都夜發新林至京邑贈西府同僚》：「風雲有鳥路，江漢限無梁。」《文選》李善注：「《南中八志》曰：交趾郡治龍編縣，自興古鳥道四百里。」李白《蜀道難》：「西當太白有鳥道，可以横絶峨眉巔。」

〔三〕開闢二句：朱鶴齡注：「乾坤正，言兩京收復。雨露偏，言二公遠謫，深沾雨露之恩也。」

〔四〕長沙二句：《史記・屈原賈生列傳》：「乃以賈生爲長沙王太傅。賈生既辭往行，聞長沙卑濕，自以壽不得長，又以適去，意不自得。」《後漢書・逸民傳》嚴光：「及光武即位，乃變名姓，隱身不見。帝思其賢，乃令以物色訪之。……因共偃卧，光以足加帝腹上。明日，太史奏客星犯御坐甚急。帝笑曰：『朕故人嚴子陵共卧耳。』除爲諫議大夫，不屈。乃耕於富春山，後人名其釣處爲嚴陵瀨焉。」

〔五〕憶昨句：《分門》洙曰：「天子行幸所止，曰行殿。」《周書・皇后傳》：「純等設行殿，列羽儀。」《九家》趙注：「自此已下二十句，皆公自言在鳳翔所見，以至收復京師時事也。」

〔六〕討胡二句：朱鶴齡注：「愁李廣，當指哥舒翰，謂其以老將敗績也。待張騫，謂肅宗即位即遣使回紇，修好徵兵。」

〔七〕無復二句：庾信《哀江南賦》：「非無北闕之兵，猶有雲臺之仗。」《三國志・魏書・三少帝紀》注引《魏氏春秋》：「帝自將冗從僕射李昭、黄門從官焦伯等下陵雲臺，鎧仗授兵，欲因際會，自出討文王。」《漢書·食貨志》：「是時粤欲與漢用船戰逐，乃大修昆明池，列館環之，治樓船，高十餘丈。」何焯云：「謂昆明池落賊中也。」按，鄭回《南詔德化碑》：「三年，漢又命前雲南郡都督兼侍御史李宓……乃舟楫備修，擬水陸俱進。」《新唐書·南蠻傳》：「會楊國忠以劍南節度當國，乃調天下兵凡十萬，使侍御史李宓討之，輦餉者尚不在，涉海而疫死，相踵於道。」高適《李雲南征蠻詩》序：「天寶十一載，有詔伐西南夷，右相楊公兼節制之寄，乃奏前雲南太守李宓涉海自交趾擊之。道路險艱，往復數萬里，蓋百王所未通也。十二載四月至於長安。」是天寶間討南詔曾自海上用兵。

〔八〕蒼茫二句：《分門》洙曰：「《莊子·説劍》：趙文王喜劍，劍士來門而客三千餘人，日夜相擊於前。」朱鶴齡注：「城七十，似借用樂毅下齊七十餘城事。禄山反，河北二十餘郡皆弃城走。」「《越絶書》：闔閭葬虎丘，有扁諸之劍三千。時西京陵墓多爲賊發，故云『流落』。」「舊注引《莊子》……於時事無著。」浦起龍云：「此借作劍佩用，時朝士多陷賊者。」按，《莊子·説劍》下文云：「然吾王所見劍士，皆蓬頭突鬢垂冠，曼胡之纓，短後之衣。」左思《魏都賦》：「三屬之甲，縵胡之纓。」《文選》張載注引《説劍》之文。「城七十」與「劍三千」分言齊、趙，謂皆爲安史叛軍所下，士人流落。當從《分門》洙注。

〔九〕旄頭句：《漢書·天文志》：「昴曰旄頭，胡星也。」《書·禹貢》：「伊洛瀍澗，既入於河。」傳：「澗出沔池山，瀍出河南北山。」朱鶴齡注：「澗、瀍二水在東都。」

〔一〇〕小儒二句：《九家》趙注：「小儒、有識，公自謂也。」錢箋引《袁紹傳》「卓按劍叱紹曰：豎子敢然。紹勃然曰：天下健者，豈唯董公。」朱鶴齡注：「董卓殺於呂布，苻堅亡於鮮卑，喻安史必滅。」

〔一一〕浪作二句：《山海經・北山經》：「有鳥焉，其狀如烏，文首白喙赤足，名曰精衛，其鳴自詨。是炎帝之少女名曰女娃，女娃游於東海，溺而不返，故爲精衛，常銜西山之木石，以堙於東海。」《史記・殷本紀》：「帝武乙無道，爲偶人，謂之天神。與之博，令人爲行。天神不勝，乃僇辱之。爲革囊，盛血，卬而射之，命曰射天。」《九家》趙注：「言安史不知量也。」

〔一二〕一鼓句：《左傳》莊公十年：「夫戰，一鼓作氣，再而衰，三而竭。」

〔一三〕陰散二句：《舊唐書・肅宗紀》：「（至德二載七月）丁酉，改雍縣爲鳳翔縣，陳倉爲寶雞縣。」《地理志》鳳翔府：「肅宗自順化郡幸扶風郡，置天興縣，改雍縣爲鳳翔縣，並治郭下。初以陳倉爲鳳翔縣，乃改爲寶雞縣。」太白，見卷二《九成宮》（0056）注。《九家》趙注：「言將復京師也。」

〔一四〕亂麻二句：《元和郡縣圖志》卷一六河北道：「衛州，汲郡。望。……西南至東都三百九十里，東北至相州一百九十里。」《舊唐書・肅宗紀》：「（乾元元年十月乙未）郭子儀奏破賊十萬於衛州，獲安慶緒弟慶和，進收衛州。」破衛州在收兩京後又一年，詩所言有混淆。《史記・天官書》：「死人如亂麻。」

〔一五〕法駕二句：司馬相如《上林賦》：「蕩蕩乎八川分流，相背而異態。」見卷九《喜聞官軍已臨賊寇二十韻》（0495）「八水」注。《九家》趙注：「自『法駕還雙闕』而下十八句，言車駕還長安所見之事也。」

〔一六〕此時句：《漢書・郊祀志》：「禮月之夕，奉引復迷。」注：「韋昭曰：奉引，前導引車。」《九家》趙注：「公爲拾遺，掌供奉諷諫，故云『霑奉引』。」

〔一七〕貔虎二句：貔虎，見卷三《後出塞五首》(0134)注。蔡琰《悲憤詩》：「卓衆來東下，金甲耀日光。」《九家》趙注：「麒麟，以言御馬。」《杜陽雜編》卷上：「上因命御馬九花虬並紫玉鞭轡以賜子儀。」「上嘗幸興慶宮，於複壁間得寶匣，匣中獲玉鞭，鞭末有文曰軟玉鞭，即天寶中異國所獻。光可鑒物，節文端嚴，雖藍田之美不能過也。」

〔一八〕厩馬句：厩馬，見卷二《瘦馬行》(0073)注。《太平御覽》卷二三〇引《齊職儀》：「乘黄，獸名也。龍翼馬身，黄帝乘之而仙，後人以名厩。」

〔一九〕哭廟二句：《禮記・檀弓下》：「有焚其先人之室，則三日哭。故曰新宫火，亦三日哭。」《舊唐書・肅宗紀》：「(至德二載十月)丁卯，入長安。……九廟爲賊所焚，上素服哭於廟三日，入居大明宫。」朝正，指元正大朝會。《唐六典》卷四禮部郎中：「凡元日大陳設於太極殿。」

〔二〇〕月分二句：《九家》師云：「謝承《後漢書》：章帝分梁漢儲米給民。」《新唐書・食貨志》：「肅宗即位，遣御史鄭叔清等籍江淮、蜀漢富商右族訾畜……於是北海郡録事參軍第五琦以錢穀得見，請於江淮置租庸使，吴鹽、蜀麻、銅冶皆有税，市輕貨繇江陵、襄陽、上津路轉至鳳翔。」《李叔明傳》：「東都平，拜洛陽令，招徠遺民，號能吏。擢商州刺史、上津轉運使。」按，時河南未平，江淮漕運不通，故百官所分米亦取自梁漢，自上津路轉運。《漢書・宣帝紀》：「二年春，以水衡錢爲平陵。」《百官公卿表》：「水衡都尉，武帝元鼎二年初置，掌上林苑，有五丞。……又衡官……皆屬焉。……初，御羞、上林、衡官及鑄錢，皆屬少府。」《唐六典》卷二二諸鑄錢監：「錢官，漢氏初屬少府，後屬水衡。」《九家》趙注引《漢書》應劭注「水衡與少府皆天子私藏」，謂此句言蒙賜予之優。按，《舊唐書·食貨志》乾元元年七月詔：御史中丞第五琦奏請改錢，以一當十，別爲新鑄，不廢舊錢，文曰乾元重寶。此「水衡錢」即指官俸所得，錢監所鑄，非關天子私藏。

〔二一一〕内蘂二句：朱鶴齡注：「内蘂，宫花也。」玄應《一切經音義》：「纈，謂以絲縛繒染之，解絲成文曰纈也。」《唐會要》卷三一《内外官章服》大和六年六月敕：「客女及婢，通服青碧，聽同庶人，兼許夾纈。」《唐語林》卷四：「玄宗柳婕妤有才學，上甚重之。婕妤妹適趙氏，性巧慧，因使工鏤板爲雜花，象之而爲夾結。因婕妤生日，獻王皇后一匹。上見而賞之，因敕宫中依樣製之。當時甚秘，後漸出，遍於天下，乃爲至賤所服。」夾結即夾纈。宫莎，宫草。王涯《宫詞》：「迎風殿裏罷雲和，起聽新蟬步淺莎。」張喬《省中偶作》：「二轉郎曹自勉旃，莎階吟步想前賢。」仇注謂内蘂、宫莎乃大内所種花草，借纈綿以比況。

〔二一二〕恩榮二句：《書·太甲》：「伊尹拜手稽首。」傳：「拜手，首至手。」《禮記·曲禮上》：「五年以長則肩隨之。」

〔二一三〕晚著句：《九家》趙注：「著音直略切。」《類篇》著：「又直略切，附也。」《廣韻》：「著，直略切，附也。」《敦煌變文集·廬山遠公話》：「忽然困重著床，魂魄不安。」用同。《唐會要》卷二六《待制官》：「先天三年十月五日敕：『京清官及朝集使六品已上，每日兩人隨仗待制供奉，及宿衛官不在此例。』至開元十四年七月，詔曰：『比令百官，更直待制……』」又大曆十四年崔祐甫奏，待制官酉時後放，依敕每日未時放歸。至爲中書舍人，武爲給事中，甫爲拾遺，皆屬待制官。本卷有《春宿左省》（0524）。

〔二四〕書枉句：韋述《答蕭十書》：「忽枉書問，詞高理博。」枉，言委屈、煩擾。

〔二五〕每覺二句：班固《涿邪山祝文》：「晃晃將軍，大漢元輔。」《論語·子張》：「我之大賢與，于人何所不容。」《九家》趙注：「所以極言二公才器可爲宰輔也。」浦起龍云：「指房琯也。舊云即指賈、嚴，誤。」然前後語脈難通。

〔二六〕秉鈞二句：《詩·小雅·節南山》：「秉國之鈞，四方是維。」顏延之《五君詠·嵇中散》：「鸞翮有時鎩，龍性誰能馴。」《文選》李善注：「《淮南子》曰：飛鳥鎩羽。許慎曰：鎩，殘羽也。」錢箋：「至出守汝州，在乾元元年。當是與公及嚴武後先貶官也。按十五載八月，玄宗幸普安郡，制置天下之詔，房琯建議，而至當制。琯將貶而至先出守，其坐琯黨無疑矣。至父子演綸，受知於玄宗，肅宗深忌蜀郡舊臣，至安能一日容於朝廷。其再貶岳州，雖坐小法，亦以此故也。蓋琯既用事，則必汲引至、武，故其貶也，亦聯翩而去。」朱鶴齡注引《杜詩博議》：「至貶岳州，實因弃汝州之故，吴縝《唐書糾謬》有辨甚詳。」按，肅宗貶房琯、嚴武，有明詔。錢箋必以賈至牽涉其中，證成所謂玄宗舊臣之黨。

〔二七〕青蒲句：《漢書·史丹傳》：「丹以親密臣得侍視疾，候上間獨寢時，丹直入卧内，頓首伏青蒲上，涕泣言曰。」《太平御覽》卷四五二引應劭注：「以青規地曰青蒲，自非皇后不得至此。」《九家》趙注：「公以拾遺爲職，常有諫諍之心，故用青蒲事。」朱鶴齡注：「謂疏救房琯。」

〔二八〕弟子二句：《史記・仲尼弟子列傳》：「憲攝敝衣冠見子貢，子貢恥之，曰：『夫子豈病乎？』原憲曰：『吾聞之，無財者謂之貧，學道而不能行者謂之病。若憲，貧也，非病也。』」《日知録》卷二七：「古人經史，皆是寫本，久客四方，未必能携。一時用事之誤，自所不免，後人不必曲爲之諱。……諸生老伏虔，本用濟南伏生事，伏生名勝，非虔。後漢有服虔，非伏也。」錢箋謂「伏」當作「服」，朱鶴齡注引《服虔傳》，蓋謂用服虔事。按，虔字叶韻，故不可改。然言老，自是伏生事，此必詩人記憶之誤，而非寫刻之誤。楊萬里《誠齋詩話》：「詩有實字而善用者，以實爲虚。杜云：『弟子貧原憲，諸生老伏虔。』『老』字蓋用『趙充國請行，上老之』。」貧、老皆意動用法。仇注：「公以原憲、服虔自處，而後輩嫌其貧老。」

〔二九〕師資二句：《老子》二十七章：「善人，不善人之師。不善人，善人之資。不貴其師，不愛其資，雖知大迷。」《世説新語・言語》：「昔先君仲尼與君先人伯陽，有師資之尊。」《孟子・告子上》：「『鄉人長於伯兄一歲，則誰敬？』曰：『敬兄。』『酌則誰先？』曰：『先酌鄉人。』」《九家》趙注：「言鄉黨之人將敬父兄而已乎，抑先敬有道德之人也？」朱鶴齡注：「即《壯游》『坐深鄉黨敬』之意。」仇注：「言師資雖不敢居，鄉黨獨不當先敬乎。」按，二句互文，皆有愧不敢當之意。

〔三〇〕翠乾二句：《九家》趙注：「自此已下二十句，以言嚴、賈所居之地。」「危棧竹，以指嚴八之巴州在棧閣之外。小湖蓮，以指賈六之岳州多陂湖。」

〔三一〕賈筆二句：陸游《老學庵筆記》卷九：「南朝詞人謂文爲筆，故《沈約傳》云：謝玄暉善爲詩，任彦昇工於筆，約兼而有之。又《庾肩吾傳》梁簡文《與湘東王書論文章之弊》曰：詩既若此，筆又如之。又曰：謝朓、沈約之詩，任昉、陸倕之筆。《任昉傳》又有沈詩、任筆之語。老杜《寄賈至嚴武》詩云：『賈筆論孤憤，嚴詩賦幾篇。』杜牧之亦云：『杜詩韓筆愁來讀，似倩麻姑癢處抓。』亦襲南朝語爾。」《文心雕龍·總術》：「今之常言，有文有筆，以爲無韻者筆也，有韻者文也。」王嗣奭《杜臆》：「余謂『賈筆』句借用長沙痛哭流涕語。至『嚴詩』句，則借嚴助事。」引《漢書·嚴助傳》「作賦頌數十篇」。朱鶴齡注：「《漢書》：賈君房下筆，言語妙天下。賈筆當本此。然賈筆、嚴詩，直以至、武言之，未必用故實。」

〔三二〕貝錦二句：《詩·小雅·巷伯》：「萋兮斐兮，成是貝錦。彼譖人者，亦已大甚。」傳：「興也。萋、斐，文章相錯也。貝錦，錦文也。」箋：「錦文者，文如餘泉餘蚳之貝文也。興者，喻讒人集作己過，以成於罪，猶女工之集采色以成錦文。」《吕氏春秋·本味》：「伯牙鼓琴，鍾子期聽之。……鍾子期死，伯牙破琴絶絃，終身不復鼓琴，以爲世無足復爲鼓琴者。」《九家》趙注：「歎二子無知音而戒之也。」

〔三三〕浦鷗二句：《九家》趙注：「謂二子如浦鷗，言官如霜鶻，既不空拳，期於必中，則鷗有碎首之防，戒之至也。」空拳，參卷二《義鶻》(0071)注。

〔三四〕地僻二句：《九家》趙注：「上句言岳州近南爲有瘴矣，下句言巴州在亂山間也。」

〔三五〕典郡二句：《唐六典》卷三〇：「後漢省都尉，州又置別駕、治中，皆刺史自辟除。魏晋以下因之。隋文帝罷郡，以州統縣，改別駕、治中爲長史、司馬。」參前《寄彭州高三十五使君適虢州岑二十七長史參三十韻》「半刺」注。浦起龍云：「高、岑、賈、嚴俱典州郡，而高、岑爲簡任，賈、嚴則左遷。故前篇云『諸侯非弃擲，半刺已翱翔』，此篇云『典郡終微眇，治中實弃捐』。事同情別，識此乃悟兩詩神理。」

〔三六〕安排二句：《史記・老子韓非列傳》：「莊子者，蒙人也，名周。周嘗爲蒙漆園吏。」郭璞《游仙詩》：「漆園有傲吏，萊氏有逸妻。」《莊子・大宗師》：「造適不及笑，獻笑不及排，安排而去化，乃入於寥天一。」注：「安於推移而與造化俱。」《文選》張衡《歸田賦》序：「張衡仕不得志，欲歸田里，因作此賦。」

〔三七〕去去二句：《文選》蘇武詩：「參辰皆已没，去去從此辭。」《論語・泰伯》：「孔子曰：『才難，不其然乎？』」《莊子・逍遥游》：「天之蒼蒼，其正色邪？」《九家》趙注：「所謂天理難喻也。」

〔三八〕古人二句：《論語・陽貨》：「日月逝矣，歲不我與。」按，此陽貨勸孔子出仕語。唐人每不分別，作孔子語引。《三國志・魏書・管寧傳》：「中國少安，客人皆還，唯寧晏然若將終焉。」

〔三九〕隴外二句：《莊子・天地》：「多物將往，投跡者衆。」注：「亢足投跡，不安其本步也。」漁陽，見卷三《後出塞五首》(0135)注。仇注：「時史思明復反。」

〔四〇〕失侣句：《易・屯》：「屯如邅如，乘馬班如。」注：「屯難之時，正道未行。」左思《詠史》：「英雄有迍邅，由來自古昔。」

〔四一〕多病二句：張九齡《奉和聖制送十道采訪使及朝集使》：「戒程有攸往，詔餞無淹泊。」謝靈運《過始寧墅》：「拙疾相倚薄，還得静者便。」

〔四二〕志在句：《九家》趙注：「不應押兩『騫』字。」《玉篇》：「騫，許言切。飛舉也。」「騫，丘焉切。馬腹縶也。虧也。」《廣韻》元韻：「騫，飛舉貌。」仙韻：「騫，虧少。一曰馬腹縶。」洪邁《容齋五筆》卷七「騫、騫二字義訓」：「文人相承，以騫騰之騫爲軒昂掀舉之義，非也。其字之下從馬，馬豈能掀舉哉？閔損字子騫，雖古聖賢命名，製字未必有所拘泥，若如虧少之義則涣然矣。其下從鳥，則於掀飛之訓爲得。此字殆廢於今，故東坡、山谷亦皆押『騫』字入『元』字，如『時來或作鵬騫』、『傳非其人恐飛騫』之類，特不暇毛舉深考耳。唯韓公《和侯協律詠笋》一聯云：『得時方張王，挾勢欲騰騫。』乃爲得之。」按，李白《書情贈蔡舍人雄》：「曾飈振六翮，不日思騰騫。」又《贈宣城趙太守悦》：「所期要津日，倜儻假騰騫。」傳本皆或作「騰騫」，亦傳寫之淆。李、韓詩皆押元韻，自應爲「騫」字。朱鶴齡注引《漢書》「斬將搴旗」及《韻會》「搴，古通於騫」，謂杜詩「騰騫」蓋以搴取爲義。然「搴」在《廣韻》爲上聲獮韻，《禮部韻略》謂又仙韻。《古今韻會舉要》等乃入先、仙韻。此蓋從俗改。杜甫《八哀詩·蘇公源明》：「煌煌齋房芝，事絶萬手搴。」錢起《仲春晚尋覆釜山》：「碧洞志忘歸，紫芝行可搴。」則皆押上聲。謂「騰騫」以搴取爲義，臆説耳。仇注引鄭庠《古韻》，謂真、文、元、寒、删、先六韻，皆協先音。然此詩爲近體，無容如此通押。杜此詩既叶仙韻，字又作「騫」，或爲詩人誤記，或爲有意淆誤，其義即飛舉之騰騫，字則借仙韻之騫。

# 寄張十二山人彪三十韻〔一〕

獨卧嵩陽客①，三違潁水春②〔二〕。艱難隨老母，滲澹向時人。謝氏尋山屐③，陶公漉酒巾④〔三〕。群兇彌宇宙，此物在風塵〔四〕。歷下辭姜被，關西得孟鄰〔五〕。早通交契密⑤，晚接道流新〔六〕。静者心多妙⑥，先生藝絶倫。草書何太古⑦，詩興不無神。曹植休前輩，張芝更後身〔七〕。數篇吟可老，一字買堪貧〔八〕。將恐曾防寇，深潛託所親⑧〔九〕。寧聞倚門夕，盡力潔飧晨〔一〇〕。疏懶爲名誤，驅馳喪我真。索居猶寂寞⑨，相遇益愁辛⑩〔一一〕。流轉依邊徼⑪，逢迎念席珍。時來故舊少，亂後别離頻〔一二〕。世祖修高廟，文公賞從臣〔一三〕。商山猶入楚，源水不離秦⑫〔一四〕。存想青龍秘，騎行白鹿馴〔一五〕。耕岩非谷口，結草即河濱⑬〔一六〕。肘後符應驗，囊中藥未陳〔一七〕。旅懷殊不愜⑭，良覿渺無因〔一八〕。自古皆悲恨，浮生有屈伸〔一九〕。此邦今尚武⑮，何處且依仁〔二〇〕？鼓角凌天籟，關山信月輪⑯〔二一〕。官場羅鎮磧⑰，賊火近洮岷〔二二〕。蕭瑟論兵地⑱，蒼茫鬭將辰〔二三〕。大軍多處所，餘孽尚紛綸〔二四〕。

高興知籠鳥，斯文起獲麟⑲〔二五〕。窮秋正搖落，回首望松筠⑳〔二六〕。（0612）

【校】

①陽，宋本、錢箋、《九家》、《草堂》校：「一作雲。」

②違，《文苑英華》校：「一作逢。」

③屐，《文苑英華》校：「一作屣。」

④公，《文苑英華》校：「一作潛。」　巾，宋本誤「申」，據錢箋等改。

⑤密，《文苑英華》校：「一作闊。」

⑥妙，宋本、錢箋校：「一云好。」

⑦何太古，宋本、錢箋、《九家》校：「一云應甚苦。」　太，《文苑英華》校：「一作甚。」

⑧潛，宋本、錢箋、《草堂》校：「一作情。」

⑨猶，宋本、錢箋、《九家》、《草堂》校：「一作尤。」

⑩愁，錢箋作「悲」，校：「一作酸。吴作愁。」《文苑英華》作「酸」，校：「一作愁。」

⑪流轉，宋本、錢箋校：「一云轉徙。」　徼，《九家》校：「一作境。」

⑫源水不離秦，宋本、錢箋校：「刊作湍水不流秦。」　源，錢箋作「渭」。《草堂》校：「一作渭。」《文苑英華》校：「一作湍。」　離，宋本、錢箋《九家》、《草堂》校：「一作知。」《文苑英華》校：「一作流。」

⑬即，宋本、錢箋、《草堂》校：「一作欲。」

⑭旅，錢箋校：「一作放。」《草堂》作「放」。　旅懷，《文苑英華》校：「一作懷賢。」

⑮今，宋本、錢箋、《九家》、《草堂》校：「一作全。」

⑯信，宋本、錢箋校：「樊作倚。」《九家》、《草堂》作「倚」，《草堂》校：「一作信。」

⑰埸，宋本、錢箋、《九家》、《草堂》校：「一作壕。」　鎮，宋本、錢箋校：「一作錦。」《草堂》校：「樊作錦。」

⑱瑟，《文苑英華》校：「一作索。」　兵，宋本、錢箋、《九家》、《草堂》校：「一作功。」《文苑英華》作「功」，校：「一作兵。」

⑲起，宋本、錢箋校：「一作豈。」《文苑英華》作「豈」，校：「一作起。」

⑳松，宋本、錢箋校：「一作湘。」

【注】

黄鶴注：當是乾元二年（七五九）秦州作。

〔一〕張十二山人彪：張彪，《唐才子傳》卷三：「彪，潁上人。初赴舉，無所遇。適遭喪亂，奉老母避地隱居嵩陽，供養至謹。與孟雲卿爲中表，俱工古調詩。雲卿有贈云：『善道居貧賤，潔服蒙塵埃。行行無定心，坎壈難歸來。』性高簡，善草書。志在輕舉，《詠神仙》云：『五穀非長年，四氣乃靈藥。列子何必待，吾心滿寥廓。』時與杜甫往還。」引甫此詩。《篋中集》録其詩。韋續《墨藪》書品優劣第三草書：「張彪，孤峰削成，藏筋露骨。」倪濤《六藝之一録》卷八九引《石墨鎸華》：「王宥等華岳題名：華岳題名凡二紙……其一則上元元年華陰令王宥，前令王紓，丞王沐，尉李齊、權頌，鄭縣簿張彬，尉竇彧，下邽丞李演，尉邢涉，處士王季友、張彪，著作郎孟昌原，法曹參軍李樞，同謁題。」《全唐文補遺》第七輯所録與此文字有出入。

〔二〕獨卧二句：《初學記》卷五引戴延之《西征紀》：「嵩山東謂太室，西謂少室，相去十七里，嵩其總名也。謂之室者，以其下各有石室焉。」《水經注》潁水：「潁水出潁川陽城縣西北少室山。」《元和郡縣圖志》卷七：「潁州，汝陰。上。……秦併天下，爲潁川郡地。在漢則汝南郡之汝陰縣也。」

〔三〕謝氏二句：《宋書・謝靈運傳》：「尋山陟嶺，必造幽峻。岩嶂千重，莫不備盡。登躡常著木履，上山則去前齒，下山則去其後齒。」《南史・謝靈運傳》作「木屐」。蕭統《陶淵明傳》：「郡將嘗候之，值其釀熟，取頭上葛巾漉酒，漉畢，還復著之。」

〔四〕此物句：朱鶴齡注：「此物，蒙巾屐言。黄注指張彪，非。」

〔五〕歷下二句：歷下，見卷一《陪李北海宴歷下亭》(0006)注。《太平御覽》卷七〇七引《海内先賢傳》：「姜肱字伯淮，事繼母。年少，肱兄弟感《凱風》之孝，同被而寢不入室，以慰母心也。」《列女傳》卷一：「其舍近墓，孟子之少也，嬉游爲墓間之事，踴躍築埋。孟母曰：『此非吾所以居處子也。』乃去舍市傍。其嬉戲爲賈人衒賣之事。孟母又曰：『此非吾所以居處子也。』復徙舍學宫之傍。其嬉游乃設俎豆揖讓進退。」朱鶴齡注：「味下二句，公蓋交山人於歷下，而遇之於關西也。次公謂辭姜被，公自言別諸弟之時，亦非。」浦起龍云：「公與山人遇，始於齊，繼於華州。其在華州之遇，當在將起身客秦隴時也。舊誤以張曾來秦州相遇，遂至徧身荆棘。」按，三違潁水春，謂張離嵩陽入關已三年。當是張先居華州，甫後至與爲鄰。據華岳題名，張彪上元年仍在華州。

〔六〕早通二句：陸機《贈顧令文爲宜春令》：「交道雖博，好亦勤止。比志同契，惟予與子。」僧肇《鳩摩羅什法師誄》：「道契神交。」孔稚圭《北山移文》：「談空空於釋部，核玄玄於道流。」

〔七〕張芝句：《法書要録》卷一羊欣《采古來能書人名》：「弘農張芝，高尚不仕，善草書，精勁絶倫。家之衣帛，必先書而後練。臨池學書，池水盡墨。每書云：匆匆不暇草書。人謂之書聖。」《殷芸小説》卷三：「張衡亡月，蔡邕母方娠，此二人才貌相類，時人云邕即衡之後身也。」

〔八〕數篇二句：《書斷列傳》卷二：「羲之爲會稽，子敬出戲，見北館新白土壁，白浄可愛。子敬令取掃帚，沾泥汁中以書壁，爲方丈一字，晻曖斐亹，極有勢好。日日觀者成市。羲之後見，歎其美，問誰所作，答曰七郎。羲之於是作書與所親曰：『子敬飛白大有直，是圖於此壁。』子敬好書，觸遇造玄。有一好事年少，故作精白紗裓，著往詣，子敬便取裓書之。草正諸體，悉備兩袖，及褾略周，自歎比來之合。年少覺王左右有凌奪之色，於是掣裓而走。左右果逐及於門外，鬭争分裂衣，少年才得一袖而已。」葛立方《韻語陽秋》卷一謂此二句分續前二句。

〔九〕將恐二句：《詩·小雅·谷風》：「將恐將懼，維予與女。」賈誼《弔屈原文》：「襲九淵之神龍兮，沕深潛以自珍。」仇注：「將恐深潛，避亂之計。」

〔一〇〕寧聞二句：倚門，見卷二《送李校書二十六韻》(0089)注。束皙《補亡詩》：「馨爾夕膳，絜爾晨餐。」朱鶴齡注：「言山人奉母潛身，力致孝養。」

〔一一〕疏懶四句：阮籍《詠懷》：「願耕東臯陽，誰與守其真。」庾闡《斷酒戒》：「吾固以窮智之害性，任欲之喪真也。」浦起龍云：「疏懶八句，夾入在華即遇即別之情，而深致客秦愁緒。」此四句言在華州。

〔一二〕流轉四句：席珍，見卷九《上韋左相二十韻》(0413)注。此四句言在秦憶張山人。

〔一三〕世祖二句：《後漢書·光武帝紀》：「十年春正月……修理長安高廟。」「有司奏上尊廟曰世祖。」《左傳》僖公二十四年：「晋侯賞從亡者，介之推不言禄，禄亦弗及。」錢箋：「至德二載十二月，蜀郡、靈武元從功臣皆加封爵。次年四月，九廟成，備法駕，自長安迎九廟神主入新廟。此二句借漢晋爲喻，以括焚毁收復之事也。肅宗賞功，獨厚于靈武從臣，故曰文公賞從臣，引介子推之事以譏之。此《春秋》之微詞也。」微詞之説，諸家未采。《九家》趙注：「自此至『囊中藥未陳』，言肅宗反正，張山人雖隱者，亦可施其術也。」

〔一四〕商山二句：商山，見卷二《喜晴》(0077)注。《史記·蘇秦列傳》正義：「商坂即商山也，在商洛縣南一里。亦曰楚山。」朱鶴齡注：「商山、渭水，是用四皓、太公事以擬山人。」「或曰此二句與《謁先主廟》詩『錦江元過楚，劍閣復通秦』同意，言肅宗反正，天下復歸於唐也，亦通。」

〔一五〕存想二句：邊韶《老子銘》：「存想丹田，太一紫房。」《抱朴子·雜應》：「老君真形者，思之……從黄童百二十人，左有十二青龍，右有二十六白虎……此事出於仙經中也。」《雲笈七籤》卷一一《誦黄庭經訣》：「《仙經》曰：存五臟之氣，變爲五色雲，常在頂上，覆蔭一身。日居於前，月居於後，左青龍，右白虎，前朱雀，後玄武，即去邪長生之道也。」《神仙傳》卷二衛叔卿：「忽有一人乘浮雲、駕白鹿集於殿前，帝驚問之爲誰，曰：『我中山衛叔卿也。』」

〔一六〕耕岩二句：谷口，見卷九《鄭駙馬宅宴洞中》(0419)注。《神仙傳》卷八：「河上公者，莫知其姓名也。漢孝文帝時，結草爲庵於河之濱，常讀老子《道德經》。」《九家》趙注：「言張山人之耕岩儻非似鄭子真之谷口，則所結茅屋必如河上公之在河濱矣。」非、即二字相應。

〔一七〕肘後二句：《抱朴子·遐覽》：「崔文子《肘後經》。」「李先生《口訣肘後》二卷。」傳世葛洪撰、陶貞白補《肘後方》。《抱朴子·遐覽》：「道經有……趙太白《囊中要》五卷。」《隋書·經籍志》曆數：「《遁甲肘後立成囊中秘》一卷，葛洪撰。」

〔一八〕良覿：見卷一《白水縣崔少府十九翁高齋三十韻》(0042)注。

〔一九〕浮生：見卷一《三川觀水漲二十韻》(0043)注。

〔二〇〕何處句：《論語·述而》：「子曰：『志於道，據於德，依於仁，游於藝。』」

〔二一〕鼓角二句：《莊子·齊物論》：「子游曰：『地籟則衆竅是已，人籟則比竹是已。敢問天籟。』子綦曰：『夫天籟者，吹萬不同，而使其自己也，咸其自取，怒者其誰邪！』」《樂府詩集》卷二三《横吹曲辭》引《樂府解題》：「《關山月》，傷離别也。古《木蘭詩》曰：萬里赴戎機，關山度若飛。朔氣傳金柝，寒光照鐵衣。」

〔二二〕官場二句：《九家》趙注：「官場即官之戰場也。」《百家注》趙注：「言四鎮皆置官場，收斂以供軍需。」朱鶴齡注：「《唐書》：隴右道北庭都護府有神山鎮，又有大漠、小磧。」按，《唐會要》卷八七《轉運鹽鐵使》：「其後王涯復判二使，表請使茶山之人，移樹官場。」此指茶場。又稅場、鹽場等，皆可稱官場。此當指教場，演兵之地。鎮即軍鎮。磧言其近沙漠。岷州、洮州皆屬隴右道。朱鶴齡注：「上元元年，吐蕃陷廓州，廓州與洮、岷連接。」仇注：「鼓角四句，憂吐蕃之侵。」

〔二三〕蕭瑟二句：《三國志·吴書·吕蒙傳》：「天下未定，鬭將如寧難得，宜容忍之。」《隋書·賀若弼傳》：「韓擒是鬭將，非領將。」

〔二四〕大軍二句：《後漢書·段熲傳》：「猶不誅盡，餘孽復起，於兹作害。」仇注：「蕭瑟四句，憂思明之亂。」

〔二五〕高興二句：潘岳《秋興賦》序：「譬猶池魚籠鳥，有江湖山藪之思。於是染翰操紙，慨然而賦。于時秋也，故以『秋興』命篇。」《公羊傳》哀公十四年：「西狩獲麟，孔子曰：『吾道窮矣。』」杜預《春秋左氏傳序》：「今麟出非其時，虚其應而失其歸，此聖人所以爲感也。絶筆於獲麟之一句者，所感而起，固所以爲終也。」朱鶴齡注：「皆自況也。趙注屬張山人，非。」

〔二六〕窮秋二句：《南史·袁彖傳》：「夫迅寒急節，乃見松筠之操。」

## 寄李十二白二十韻會稽賀知章一見白，號爲天上謫仙人①。

昔年有狂客，號爾謫仙人。筆落驚風雨②，詩成泣鬼神〔一〕。聲名從此大，汩没一朝伸〔二〕。文彩承殊渥，流傳必絶倫〔三〕。龍舟移棹晚，獸錦奪袍新〔四〕。白日來深殿，青雲滿後塵。乞歸優詔許，遇我宿心親③〔五〕。未負幽棲志④，兼全寵辱身。劇談憐野逸⑤〔六〕，嗜酒見天真。醉舞梁園夜，行歌泗水春〔七〕。才高心不展，道屈善無鄰〔八〕。處士禰衡俊，諸生原憲貧〔九〕。稻粱求未足，薏苡謗何頻〔一〇〕。五嶺炎蒸地，三危放逐臣〔一一〕。幾年遭鵩鳥，獨泣向麒麟⑥〔一二〕。蘇武先還漢，黄公豈事秦〔一三〕。楚筵辭醴日，梁獄上書辰〔一四〕。已用當時法，誰將此義陳⑦？老吟秋月下，病起暮江濱〔一五〕。莫怪恩波隔，乘槎與問津⑧〔一六〕。（0613）

**【校】**

① 會稽賀知章一見白號爲天上謫仙人，《九家》、《文苑英華》有此注。錢箋無。

② 驚，宋本、錢箋、《九家》、《草堂》校：「一作聞。」《文苑英華》作「聞」，校：「集作驚。」

③ 宿，宋本、《九家》校：「一云夙。」《文苑英華》作「夙」，校：「集作宿。」

④ 未，《九家》作「不」。　負，宋本、錢箋校：「一作遂。」

⑤ 劇，錢箋校：「一作戲。」《文苑英華》作「戲」，校：「集作劇。」

⑥ 獨泣向麒麟，宋本、錢箋校：「一云不獨泣麒麟。」　泣，宋本、錢箋、《文苑英華》校：「一作立。」

⑦ 義，宋本、錢箋校：「一作議。」

⑧與，宋本、錢箋校：「一作得。」

【注】

黄鶴注：李白乾元元年長流夜郎，從舊次當在乾元二年（七五九）秦州作。

〔一〕昔年四句：李白《對酒憶賀監》序：「太子賓客賀監，于長安紫極宫一見，呼余爲謫仙人，因解金龜换酒爲樂。」《本事詩》高逸第三：「李太白初自蜀至京師，舍於逆旅，賀監知章聞其名，首訪之，既奇其姿，復請所爲文。出《蜀道難》以示之，讀未竟，稱歎者數四，號爲謫仙，解金龜换酒，與傾盡醉。期不間日，由是稱譽光赫。賀又見其《烏栖曲》，歎賞苦吟，曰：『此詩可以泣鬼神矣。』」參卷一《飲中八仙歌》（0027）注。

〔二〕汩没：見卷三《泥功山》（0150）注。

〔三〕文彩二句：《宋書·徐爰傳》：「既經大宥，思沾殊渥。」李陽冰《草堂集序》：「天寶中，皇祖下詔，徵就金馬，降輦步迎，如見綺皓。以七寶床賜食，御手調羹以飯之。謂曰：『卿是布衣，名爲朕知，非素蓄道義，何以及此。』置於金鑾殿，出入翰林中，問以國政，潛草詔誥。」

〔四〕龍舟二句：范傳正《唐左拾遺翰林學士李公新墓碑》：「他日泛白蓮池，公不在宴，皇歡既洽，召公作序。時公已被酒於翰苑中，仍命高將軍扶以登舟，優寵如是。」《本事詩》高逸第三：「時寧王邀白飲酒，已醉，既至，拜舞頹然。上知其薄聲律，謂非所長，命爲《宫中行樂》五言律詩十首。……白取筆抒思，略不停綴，十篇立就，更無加點。筆跡遒利，鳳跱龍拏，律度對屬，無不精絶。」奪袍，見卷九《崔駙馬山亭宴集》(0467)注。劉邈《秋閨》：「燈前量獸錦，簷下織花紋。」令狐楚《謝賜冬衣狀》：「宛是蠶綿，爛如獸錦。」朱鶴齡注：「織錦爲獸文也。」

〔五〕乞歸二句：見卷一《贈李白》(0003)注。

〔六〕劇談句：《漢書・揚雄傳》：「口吃不能劇談。」

〔七〕醉舞二句：《西京雜記》卷二：「梁孝王好營宮室苑囿之樂，作曜華之宮，築兔園。園中有百靈山，山有膚寸石、落猿岩、栖龍岫。又有雁池，池間有鶴洲、鳧渚。其諸宮觀相連，延亘數十里。」《元和郡縣圖志》卷八宋州宋城縣：「兔園，縣東南十里。漢梁孝王園。」錢箋：「天寶三載，杜在東都，四載在齊州，斯其與高、李游之日乎。」《元和郡縣圖志》卷一〇兖州：「曲阜，在縣理魯城中。……洙、泗二水，東自泗水縣界流入，又西南流經縣北，分爲二流。水側有一城，爲二水之分會也，南爲泗水，北爲洙水。二水之間，即夫子領所居也。」「泗水縣，上。西南至州一百里。漢卞縣之地。……泗水，源出縣東陪尾山，其源有四，四泉俱導，因以爲名。」參卷六《昔游》(0288)、卷七《遣懷》(0360)注。

〔八〕道屈句：《左傳》襄公二十九年：「鄰於善，民之望也。」

〔九〕處士二句：孔融《薦禰衡疏》：「竊見處士平原禰衡，年二十四，字正平，淑質貞亮，英才卓礫。」原憲，見本卷《寄岳州賈司馬六丈巴州嚴八使君兩閣老五十韻》(0610)注。

〔一〇〕稻粱二句：稻粱，見卷一《同諸公登慈恩寺塔》(0023)注。《後漢書・馬援傳》：「南方薏苡實大，援欲以爲種，軍還，載之一車。時人以爲南土珍怪，權貴皆望之。援時方有寵，故莫以聞。

及卒後，有上書譖之者，以爲前所載還皆明珠文犀。」

〔一一〕五嶺二句：《舊唐書·李白傳》：「禄山之亂，玄宗幸蜀，在途以永王璘爲江淮兵馬都督、揚州節度大使。白在宣州謁見，遂辟從事。永王謀亂，兵敗，白坐長流夜郎。」《史記·秦始皇本紀》正義：「《廣州記》云：五嶺者，大庾、始安、臨賀、揭陽、桂陽。《輿地志》云：一曰臺嶺，亦名塞上，今名大庾。二曰騎田，三曰都龐，四曰萌諸，五曰越嶺。」《書·舜典》：「竄三苗于三危。」《史記·五帝本紀》正義：「《括地志》云：三危山有三峰，故曰三危，俗亦卑羽山，在沙州敦煌縣東南三十里。」朱鶴齡注：「太白時流夜郎，三危去夜郎甚遠，此特借言其放逐耳。」浦起龍云：「當作三苗。三苗乃夜郎地也。以三危爲三苗放處，故誤用耳。」

〔一二〕幾年二句：鵩鳥，見卷七《八哀詩·李公邕》（0334）注。《公羊傳》哀公十四年：「春，西狩獲麟。……有以告者曰：『有麕而角者。』孔子曰：『孰爲來哉！孰爲來哉！』反袂拭面，涕沾袍。」

〔一三〕蘇武二句：蘇武，見本卷《鄭駙馬池臺喜遇鄭廣文同飲》（0514）注。黄公，四皓之一夏黄公。見卷二《喜晴》（0077）注。《九家》趙注：「此以比白之得還，比武則先也。」「黄公，比白之不妄從永王璘也。」仇注：「蘇武、黄公，言心本無他。」

〔一四〕楚筵二句：辭醴，見卷六《壯游》（0295）「置醴」注。梁獄，見本卷《秦州見勑目薛三璩授司議郎畢四曜除監察與二子有故遠喜遷官兼述索居凡三十韻》（0609）「囚梁」注。《九家》趙注：「此皆永王璘本待白之薄，而白豈與其謀哉。」仇注：「辭醴，謂不受僞官。上書，謂力辯己冤。」《新唐書・李白傳》：「有詔長流夜郎，會赦，還尋陽，坐事下獄。時宋若思將吴兵三千赴河南，道尋陽，釋囚辟爲參謀，未幾辭職。」李白有《獄中上崔相涣》、《中丞宋公以吴兵三千赴河南軍次尋陽脱余之囚參謀幕府因贈之》等詩，其繫潯陽獄在流夜郎前。

〔一五〕老吟二句：《九家》趙注：「公於老病吟起之中思念白。」仇注謂老、病皆指白：「曰江濱，蓋赦後還潯陽也。」浦起龍謂指黔江、烏江，不必定指潯陽。

〔一六〕莫怪二句：丘遲《侍宴樂游苑送張徐州應詔》：「參差别念舉，肅穆恩波被。」乘槎，見卷二《喜晴》(0077)「靈查」注。朱鶴齡注：「末歎如白之才而恩波不及，故欲乘槎以問之天也。」